D1092901

Le Mystère Napoléon

Le Troisième Secret, traduit de l'anglais (États-Unis) par Jean-Luc Piningre.

L'Héritage des Templiers, traduit de l'anglais (États-Unis) par Françoise Smith.

L'Énigme Alexandrie, traduit de l'anglais (États-Unis) par Françoise Smith.

La Conspiration du temple, traduit de l'anglais (États-Unis) par Françoise Smith.

La Prophétie Charlemagne, traduit de l'anglais (États-Unis) par Diniz Galhos.

Le Musée perdu, traduit de l'anglais (États-Unis) par Gilles Morris-Dumoulin.

Steve Berry

Le Mystère Napoléon

Traduit de l'anglais (États-Unis)
par Danièle Mazingarbe

COLLECTION **THRILLERS**

cherche
midi

DIRECTION ÉDITORIALE : Arnaud Hofmarcher
COORDINATION ÉDITORIALE : Roland Brénin

Titre original : *The Paris Vendetta*
Éditeur original : Ballantine Books
© Steve Berry, 2009

© le cherche midi, 2011, pour la traduction française
23, rue du Cherche-Midi
75006 Paris
Vous pouvez consulter notre catalogue général
et l'annonce de nos prochaines parutions sur notre site :
www.cherche-midi.com

*Pour Gina Centrello, Libby McGuire, Kim Hovey,
Cindy Murray, Christine Cabello, Carole Lowenstein
et Rachel Kind.*

Avec mes remerciements et ma profonde gratitude.

L'argent n'a pas de patrie; les financiers n'ont pas de patriotisme et n'ont pas de décence; leur unique objectif est le gain.

Napoléon BONAPARTE

L'histoire montre que les courtiers ont utilisé toutes les formes d'abus, d'intrigue, de duplicité et de moyens violents pour maintenir leur contrôle sur les gouvernements.

James MADISON

Donnez-moi le contrôle de la monnaie et je me passerai de ceux qui font les lois.

Mayer Amschel ROTHSCHILD

Prologue

Le général Napoléon Bonaparte descendit de son cheval et leva les yeux vers la pyramide. Il y en avait deux autres à proximité, l'une derrière l'autre, mais celle-ci était la plus grandiose des trois.

Quelle magnifique récompense lui avait réservé sa conquête.

La chevauchée de la veille depuis Le Caire en direction du sud, à travers des champs longeant des canaux d'irrigation boueux, s'était déroulée sans encombre. Deux cents hommes armés l'avaient accompagné, car il aurait été imprudent de s'aventurer seul aussi loin en Égypte. Il avait laissé sa troupe bivouaquer pour la nuit, à deux kilomètres de là. La journée avait été encore une fois une vraie fournaise, et il avait préféré attendre le coucher du soleil pour effectuer sa visite.

Il avait débarqué près d'Alexandrie quinze mois auparavant, avec trente-quatre mille hommes, mille canons, sept cents chevaux et cent mille cartouches. Il s'était rapidement avancé vers le sud et avait pris la capitale, Le Caire, son but étant de prévenir toute résistance en agissant rapidement et par surprise. Puis, non loin d'ici, il avait affronté les mamelouks, ces anciens esclaves turcs ayant régné sur l'Égypte pendant cinq cents ans. Il avait surnommé ce combat glorieux la Bataille des Pyramides. Le spectacle avait été grandiose – des milliers de guerriers, vêtus de costumes multicolores, chevauchant de magnifiques étalons. Il sentait encore l'odeur de la cordite, entendait le grondement des canons, le claquement des mousquetons et les cris des mourants. Ses troupes, dont de nombreux combattants de la campagne d'Italie, avaient combattu avec bravoure. Deux cents Français étaient morts, mais il avait capturé pratiquement toute l'armée ennemie et pris contrôle de la Basse-Égypte. Un journaliste avait écrit qu'«une poignée de Français avaient fait se soumettre un quart de la population du globe».

Ce n'était pas tout à fait exact, mais cela faisait plaisir à entendre.

Par respect, disaient-ils, les Égyptiens l'avaient surnommé le sultan El-Kébir. Au cours des quatorze derniers mois, tandis qu'il gouvernait cette nation en tant que commandant en chef, il avait découvert que, comme d'autres aiment la mer, lui aimait le désert. Il adorait aussi la vie en Égypte, où les richesses comptaient peu et le caractère beaucoup.

Et les habitants de ce pays se fiaient aussi à la providence.

Comme lui.

«Bienvenue, général. Quelle magnifique soirée pour une visite!» lança Gaspard Monge de sa voix joviale.

Napoléon appréciait ce géomètre pugnace, un Français d'un certain âge, fils de marchand, doté d'un visage large aux yeux enfoncés et d'un nez charnu. Bien qu'étant érudit, Monge ne quittait pas son fusil et sa gourde, et il semblait avoir autant soif de révolution que de bataille. Il faisait partie des cent soixante spécialistes, scientifiques et artistes – des savants, comme les avait nommés la presse – qui avaient fait le voyage de France avec lui, puisqu'il était venu non seulement pour conquérir, mais aussi pour s'instruire. Son modèle spirituel, Alexandre le Grand, en avait fait autant quand il avait envahi la Perse. Monge avait déjà voyagé avec Napoléon en

Italie et supervisé le pillage de ce pays, si bien qu'il lui faisait confiance.

Jusqu'à un certain point.

« Savez-vous, Gaspard, que je voulais étudier la science quand j'étais enfant. Pendant la Révolution, à Paris, j'ai assisté à plusieurs conférences sur la chimie. Mais, hélas ! les circonstances ont fait de moi un officier de l'armée. »

Un des ouvriers égyptiens emmena son cheval, après qu'il eut pris une sacoche en cuir. Il était seul maintenant avec Monge ; une poussière lumineuse dansait dans l'ombre de la grande pyramide.

« Il y a quelques jours, dit-il, j'ai fait un calcul qui m'a permis de déterminer que ces trois pyramides contiennent suffisamment de pierres pour bâtir un mur d'un mètre d'épaisseur et de trois mètres de haut autour de Paris. »

Monge parut réfléchir à cette affirmation.

« C'est tout à fait possible, général. »

Son ton équivoque fit sourire Napoléon.

« Vous me répondez comme un mathématicien qui doute.

– Pas du tout. Seulement je trouve intéressant la façon dont vous considérez ces édifices. En aucun cas par rapport aux pharaons, ni aux tombeaux qu'ils contiennent, ni même aux extraordinaires techniques mises en jeu pour les construire. Non, vous les considérez seulement par rapport à la France.

– Difficile pour moi de faire autrement. Je ne pense pas à grand-chose d'autre. »

Depuis son départ, la France avait sombré en plein désarroi. Sa flotte, jadis importante, avait été détruite par les Anglais, l'isolant ici en Égypte. Le Directoire à la tête du pays semblait vouloir faire la guerre à toutes les nations royalistes, se faisant des ennemis de l'Espagne, de la Prusse, de l'Autriche et de la Hollande. Pour lui, le conflit semblait être un moyen de prolonger son pouvoir et de remplir les caisses de l'État aux abois.

Ridicule.

La République était un échec total.

Pour un des rares journaux européens qui avait fait la traversée de la Méditerranée, ce n'était qu'une question de temps avant qu'un autre Louis ne s'asseye sur le trône français.

Il devait rentrer.

Tout ce qu'il chérissait semblait être en train de s'écrouler.

« La France a besoin de vous, dit Monge.

– Voilà que vous parlez comme un vrai révolutionnaire. »

Son ami se mit à rire.

« Vous savez bien que je le suis. »

Sept ans auparavant, Napoléon avait regardé d'autres révolutionnaires envahir le palais des Tuileries pour détrôner Louis XVI. Il avait alors servi fidèlement la République et s'était battu à Toulon, avait été ensuite promu général de brigade, puis général de l'armée de l'Ouest. On l'avait finalement nommé commandant en chef de l'armée d'Italie. De là, il avait marché vers le nord, pris l'Autriche, et était rentré à Paris en tant que héros national. Maintenant, à trente ans à peine, il était général de l'armée d'Orient et avait conquis l'Égypte.

Mais sa destinée était de gouverner la France.

« Quelles merveilles ! » s'exclama-t-il, en admirant de nouveau les grandes pyramides.

En faisant route depuis le camp, il avait vu des ouvriers dégager le sable d'un sphinx à moitié enseveli. Ayant personnellement ordonné l'excavation de l'austère gardien, il constata les progrès de l'opération avec plaisir.

« Cette pyramide est la plus proche du Caire, nous l'appelons donc la Première », déclara Monge.

Il en désigna une autre.

« La Deuxième. La plus éloignée étant la Troisième. Si nous pouvions seulement lire les hiéroglyphes, nous connaîtrions peut-être leurs véritables noms. »

Il acquiesça. Personne ne comprenait les signes étranges qui figuraient sur presque tous les monuments anciens. Il avait ordonné qu'on les recopie, et cela avait donné lieu à tellement de dessins que ses artistes avaient utilisé tous les crayons venus de France. Monge avait trouvé une méthode astucieuse :

en façonner d'autres en faisant fondre des balles en plomb dans des roseaux du Nil.

« Il y a peut-être une raison d'espérer là-bas », dit Napoléon. Monge fit un petit signe de tête entendu.

Ils savaient tous deux qu'une certaine pierre noire pourrait peut-être leur fournir la réponse. Découvert à Rosette, ce bloc de basalte noir comportait trois écritures différentes – des hiéroglyphes, la langue de l'Égypte ancienne, le démotique, la langue de l'Égypte contemporaine, et le grec. Le mois précédent, Monge avait participé, à l'endroit de la découverte, à une séance de son institut d'Égypte, créé par lui pour encourager ses savants.

Mais de nombreuses études étaient encore nécessaires.

« Nous effectuons les premiers examens systématiques de ces sites, dit Monge. Tous ceux qui sont venus avant nous se sont contentés de piller. Nous allons consigner tout ce que nous trouvons. »

Une autre idée révolutionnaire, pensa Napoléon. Qui convenait parfaitement à Monge.

« Faites-moi entrer », ordonna-t-il.

Son ami le précéda en haut d'une échelle posée contre la face nord, jusqu'à une plateforme à vingt mètres de haut. Il était déjà venu jusque-là plusieurs mois auparavant, avec quelques-uns de ses généraux quand ils avaient inspecté les pyramides pour la première fois. Mais il avait refusé d'entrer dans l'édifice pour ne pas être obligé de marcher à quatre pattes devant ses subordonnés. Cette fois, il se baissa et s'engagea tant bien que mal dans un couloir d'un mètre de haut à peine et pas plus large, qui descendait en pente douce vers le cœur de la pyramide. Sa sacoche de cuir se balançait à son cou. Ils arrivèrent à un autre couloir, creusé vers le haut, que Monge emprunta. La pente montait à présent, en direction d'un petit carré de lumière à l'extrémité.

Ils émergèrent enfin dans une salle et purent se redresser. Il fut aussitôt saisi par la beauté de l'endroit. Dans la lueur vacillante des lampes à huile, on apercevait un plafond qui s'élevait à une dizaine de mètres. Le sol montait en pente raide à travers le granit. Des murs s'avançaient en une série de cantilevers reposant les uns sur les autres pour former une voûte étroite.

« C'est magnifique, chuchota-t-il.

— Nous l'avons appelé la Grande Galerie.

— Un nom approprié. »

Au pied de chaque mur latéral, une rampe à toit plat, d'un demi-mètre de largeur, rallongeait la galerie, laissant un passage d'un mètre entre les rampes. Pas de marches, juste une pente raide.

« Il est là-haut ? demanda-t-il à Monge.

— Oui, général. Il est arrivé il y a une heure et je l'ai conduit jusqu'à la Chambre du roi. »

Il tenait toujours la sacoche.

« Attendez dehors, en bas. »

Monge fit demi-tour pour s'en aller, puis s'arrêta.

« Vous êtes certain de vouloir faire cela seul ? »

Il regardait devant lui la Grande Galerie. Il se souvint de ce que disaient les légendes des Égyptiens : par ces couloirs occultes étaient passés les illuminés de l'Antiquité, des individus qui y entraient mortels et en ressortaient transformés en dieux. On racontait que cet endroit était celui d'une « deuxième naissance », le « monde du mystère ». La sagesse régnait ici, comme Dieu régnait sur le cœur des hommes. Ses savants se demandaient quel désir fondamental avait inspiré ce travail d'une technicité herculéenne, mais, pour lui, il n'y avait qu'une seule explication possible – et il comprenait parfaitement cette obsession : le désir d'échanger la médiocrité de la condition humaine et de sa fin inéluctable pour la grandeur de la lumière. Ses scientifiques caressaient l'idée que cette construction pouvait être la plus parfaite du monde, l'arche de Noé, peut-être à l'origine des langues, des alphabets et des mesures.

Pas pour lui. Il la considérait comme le portail menant à l'éternité.

« Il n'y a que moi qui puisse le faire », murmura-t-il enfin.

Monge s'éloigna.

Il balaya le sable de son uniforme et s'avança sur la pente raide. Elle devait faire environ cent vingt mètres de long. Arrivé en haut, Napoléon était essoufflé. Une marche haute menait dans une galerie basse de plafond qui débouchait dans une antichambre, dont trois des murs étaient taillés dans le granit.

La Chambre du roi s'ouvrait au-delà, avec des murs en pierre rouge polie, dont les blocs gigantesques étaient si parfaitement ajustés qu'il ne restait entre eux qu'à peine l'épaisseur d'un cheveu. La chambre était rectangulaire, moitié moins large que longue, creusée au cœur de la pyramide. Monge lui avait dit qu'il pouvait exister une relation entre les dimensions de cette chambre et des constantes mathématiques éprouvées.

Il ne doutait pas de la véracité de cette observation.

Le plafond, dix mètres au-dessus, était formé de dalles de granit. La lumière s'infiltrait par deux puits qui perçaient la pyramide du nord au sud. Dans la pièce, il y avait un homme, et un sarcophage en granit inachevé et sans couvercle. Monge avait mentionné que les traces de perceuses tubulaires et de scie faites par les anciens ouvriers étaient encore visibles. Et il avait raison. Il avait également indiqué que la largeur du sarcophage dépassait d'à peine un centimètre celle du corridor ascendant, ce qui voulait dire qu'il avait été placé ici *avant* que le reste de la pyramide ne soit construit.

L'homme, qui faisait face au mur du fond, se retourna.

Son corps informe était enveloppé d'un ample vêtement, sa tête entourée d'un turban de laine, une écharpe en calicot blanc sur une épaule. Ses origines égyptiennes étaient évidentes, mais on devinait dans son front plat, ses pommettes saillantes et son nez épaté, des traces d'autres filiations.

Napoléon ne quittait pas des yeux le visage buriné.

« As-tu apporté l'oracle ? » lui demanda l'homme.

Il montra la sacoche en cuir.

« Je l'ai. »

Napoléon sortit de la pyramide. Il était resté à l'intérieur pendant presque une heure, et la nuit était tombée sur la plaine de Gizeh. Avant de partir, il avait demandé à l'Égyptien d'attendre à l'intérieur.

Il balaya à nouveau la poussière de son uniforme et remit la sacoche en cuir sur son épaule. Il retrouva l'échelle et s'efforça de calmer ses émotions. La dernière heure avait été terrifiante.

Monge attendait seul en bas, tenant les rênes du cheval de Napoléon.

« Votre visite a été satisfaisante, mon général ? »

Il se tourna vers son savant.

« Écoutez-moi bien, Gaspard. Ne reparlez plus jamais de cette nuit. Vous me comprenez ? Personne ne doit savoir que je suis venu ici. »

Son ami parut surpris par le ton de sa voix.

« Je n'ai pas voulu vous offenser... »

Il leva la main.

« N'en parlez plus jamais. Vous me comprenez ? »

Le mathématicien acquiesça, mais Napoléon perçut le regard de Monge levé vers le haut de l'échelle, vers l'Égyptien qui attendait que Napoléon parte.

« Tuez-le », murmura-t-il à Monge.

Il lut la stupéfaction sur le visage de son ami et s'approcha de l'oreille de l'académicien.

« Vous aimez porter ce fusil. Vous voulez être soldat. Le moment est venu. Un soldat obéit à son commandant. Je ne veux pas que cet homme quitte cet endroit. Si vous n'avez pas le cran de le faire, dans ce cas, faites-le faire par quelqu'un d'autre, mais sachez ceci : si cet homme est encore vivant demain, notre glorieuse expédition au nom de la République exaltée connaîtra la perte tragique d'un mathématicien. »

Monge le regarda d'un air apeuré.

« Vous et moi avons beaucoup fait ensemble, déclara Napoléon. Nous sommes de véritables amis. Des frères de ce qu'on appelle la République. Mais vous ne devez jamais me désobéir. »

Il le relâcha et monta sur son cheval.

« Je rentre, Gaspard. En France. Vers ma destinée. Puissiez-vous également trouver la vôtre, ici, dans cet endroit perdu ! »

PREMIÈRE
PARTIE

1

La balle déchira l'épaule gauche de Cotton Malone.

Il s'efforça d'ignorer la douleur et se concentra sur la place. Des gens couraient de tous les côtés. Des voitures klaxonnaient. Des pneus crissaient. Des marins qui montaient la garde devant l'ambassade américaine proche avaient réagi face à la confusion environnante, mais ils étaient trop loin pour pouvoir aider. Des corps étaient éparpillés partout. Combien ? Huit ? Dix ? Non. Plus. Le corps disloqué, un jeune homme et une femme gisaient sur l'asphalte tout près d'une flaque d'huile. Les yeux de l'homme grands ouverts fixaient le vide avec un air de stupéfaction. La femme, visage contre la chaussée, perdait son sang à gros bouillons. Malone avait repéré deux hommes armés et il les tua immédiatement tous les deux, mais il ne voyait pas le troisième qui l'avait atteint d'une balle et qui devait maintenant essayer de fuir, se cachant derrière des piétons paniqués.

Nom d'un chien ! cette blessure lui faisait mal. La peur le saisit. Ses jambes se mirent à vaciller tandis qu'il s'efforçait de lever le bras droit. Le Beretta lui parut peser des tonnes.

La douleur l'anesthésiait. Il inspira profondément l'air chargé de soufre et força son doigt à presser sur la gâchette, qui ne fit que grincer. Le coup ne partit pas.

Étrange.

D'autres grincements se firent entendre quand il essaya à nouveau de tirer.

Puis tout devint noir.

Malone se réveilla, sortit de son rêve – un rêve récurrent ces deux dernières années – et regarda la pendule à côté de son lit.

0 h 43.

Il était couché dans son appartement, la lampe de chevet toujours allumée depuis qu'il s'était effondré deux heures auparavant.

Quelque chose l'avait réveillé. Un son. Un élément du rêve de Mexico. Pas tout à fait pourtant. Il l'entendit à nouveau. Trois grincements successifs.

Son immeuble du XVIIe siècle avait été refait entièrement il y a quelques mois. Entre le premier et le deuxième étage, les marches neuves s'alignaient, en ordre, comme les touches d'un piano.

Ce qui voulait dire qu'il y avait quelqu'un.

Il fouilla sous le lit et trouva le sac à dos qu'il avait toujours à portée de main depuis son passage à l'unité Magellan. Sa main droite saisit le Beretta à l'intérieur, le même qu'à Mexico, une balle déjà logée dans la chambre.

Autre habitude dont il était content de ne pas s'être débarrassé.

Il sortit sans bruit de la chambre à coucher.

Son appartement au troisième étage mesurait moins de cent mètres carrés. Outre la chambre à coucher, il comptait un bureau, une cuisine, une salle de bains et plusieurs placards. Il y avait de la lumière dans le bureau, dont une porte donnait sur l'escalier. Sa librairie occupait le rez-de-chaussée, et les deux étages au-dessus étaient réservés exclusivement au stockage et au travail.

Il gagna la porte et se colla contre le chambranle intérieur.

Il avait marché sans bruit sur la pointe des pieds, restant soigneusement sur le tapis du couloir. Il portait encore ses vêtements de la veille. Il avait travaillé tard après un samedi d'avant Noël très chargé. Il était heureux d'être redevenu libraire. C'était sa profession maintenant, paraît-il. Que faisait-il alors pistolet à la main, au milieu de la nuit, les sens en éveil, devinant un danger tout proche ?

Il risqua un coup d'œil par la porte. Quelques marches menaient à un palier, avant de tourner pour descendre. Il avait éteint les lumières avant de monter pour la nuit, et il n'y avait pas de va-et-vient. Il s'en voulait de ne pas en avoir inclus dans les travaux de rénovation. Une main courante en métal avait été rajoutée sur le côté extérieur de l'escalier.

Il quitta rapidement l'appartement et se laissa glisser le long de la rampe jusqu'au palier suivant. Pas la peine de révéler sa présence en faisant grincer les marches en bois.

Il regarda dans le vide avec précaution.

Tout était noir et tranquille.

Il glissa jusqu'au palier suivant et avança de manière à pouvoir épier le deuxième étage. Une lumière ambrée venant de la place Højbro s'infiltrait par les fenêtres en façade de l'immeuble et éclairait d'un halo orange l'espace au-delà de la porte. Il gardait son inventaire là – des livres achetés à des gens qui, tous les jours, les traînaient par cartons entiers jusque chez lui

« Acheter des centimes et revendre des euros. »

C'était ça le business des livres d'occasion. Répétez l'opération assez souvent, et vous gagnez de l'argent. Mieux encore, on trouvait même, de temps à autre, une véritable pépite au milieu d'une de ces boîtes. Ces livres-là, il les gardait au premier étage, dans une pièce fermée à clé. À moins d'avoir forcé la porte, l'intrus avait dû pénétrer au deuxième étage qui était ouvert.

Il se laissa glisser le long de la dernière rampe et se positionna devant la porte du deuxième étage. La pièce d'environ douze mètres sur six était encombrée de cartons empilés jusqu'à deux ou trois mètres de hauteur.

« Que cherchez-vous ? » demanda-t-il, le dos appuyé contre le mur extérieur.

Il se demanda si c'était seulement le rêve qui l'avait alerté. Douze années passées comme agent du ministère de la Justice lui avaient certainement insufflé une bonne dose de paranoïa, et les deux dernières semaines avaient laissé leurs séquelles. Des séquelles qui l'avaient surpris, mais qu'il avait acceptées comme étant le prix de la vérité.

« Écoutez-moi, lança-t-il. Je remonte. Qui que vous soyez, si vous voulez quelque chose, montez. Sinon, foutez le camp de mon magasin. »

Silence.

Il commença à monter.

« Je suis venu pour vous voir », dit une voix d'homme à l'intérieur de la pièce de stockage.

Il s'arrêta et enregistra les nuances de la voix. Jeune. À peine la trentaine. Américain, avec un léger accent Calme. Sans le moindre état d'âme.

« Et pour ça vous forcez la porte de mon magasin ?

– Il le fallait. »

La voix était maintenant toute proche, juste de l'autre côté de la porte. Il recula du mur et leva son revolver, attendant que l'homme apparaisse.

Une ombre se dessina dans l'embrasure de la porte.

Taille moyenne, mince, avec un blouson lui arrivant à la taille. Cheveux courts. Les mains le long du pantalon, vides toutes les deux. Le visage dissimulé par la nuit.

Il garda le pistolet braqué : « Il me faut un nom, exigea-t-il.

– Sam Collins.

– Que voulez-vous ?

– Henrik Thorvaldsen est dans le pétrin.

– Ça, ce n'est pas nouveau.

– Des gens vont venir pour le tuer

– Quelles gens ?

– Nous devons retrouver Thorvaldsen. »

Son pistolet était toujours braqué, son doigt sur la gâchette. Le moindre frémissement de la part de Sam Collins et il l'abattrait. Mais il eut un pressentiment, de ceux que les agents développent au prix d'une expérience durement acquise, le sentiment que ce jeune homme ne mentait pas.

« Quelles gens ? demanda-t-il à nouveau.

– Nous devons le retrouver. »

Il entendit du verre se briser en bas.

« Autre chose, ajouta Sam Collins. Ces gens, ils me poursuivent également. »

2

Graham Ashby admirait la tranquillité du port du haut de la place du Donjon. Tout autour, des maisonnettes couleur pastel s'entassaient entre les églises, les bâtiments anciens étant dominés par la tour en pierre dépouillée sur laquelle il était perché. Son yacht, *L'Archimède*, était ancré à cinq cents mètres plus loin dans le vieux port. Il admira sa silhouette épurée qui se détachait sur l'eau argentée. La deuxième nuit de l'hiver avait généré un vent du nord frais et sec qui traversait Bastia. Un calme synonyme de vacances régnait dans l'air. Noël n'était qu'à deux jours, mais cela lui importait peu.

La citadelle de Terra-Nova, jadis centre militaire et administratif de Bastia, était devenue un quartier prospère avec de grands appartements et des magasins à la mode bordant un dédale de rues pavées. Quelques années auparavant, il avait failli profiter du boom pour investir, mais avait décidé de ne pas le faire. L'immobilier, particulièrement le long de la côte méditerranéenne, n'était plus aussi rentable qu'avant.

Il regarda en direction du nord-est, vers la jetée du Dragon, un quai artificiel qui n'existait pas quelques décennies auparavant. Pour le construire, les ingénieurs avaient dû détruire le « Leone », un rocher énorme en forme de lion, qui défendait autrefois le port et figurait sur de nombreuses gravures antérieures au XXᵉ siècle. Quand *L'Archimède* était entré dans les eaux abritées deux heures plus tôt, il avait tout de suite repéré le donjon obscur du château construit par les gouverneurs génois sur lequel il se trouvait maintenant. Il se demandait si ce soir serait le bon.

Il l'espérait.

La Corse n'était pas un de ses endroits de prédilection. Ce n'était rien d'autre qu'une montagne émergeant de la mer, quatre-vingt-trois kilomètres de large, quatorze mille kilomètres carrés, près de mille kilomètres de côte. Sa géographie variée allait de pics alpins à des gorges profondes, des forêts de pins, des lacs glacés, des pâturages, des vallées fertiles et même quelques étendues de désert. À diverses époques, elle avait été conquise par les Grecs, les Carthaginois, les Romains, les Aragonais, les Italiens, les Britanniques et les Français, sans qu'aucun n'ait jamais pu dompter son esprit rebelle.

Une autre raison pour laquelle il n'avait pas voulu y investir : il y avait beaucoup trop d'éléments incertains dans ce département français ingouvernable.

Les Génois industrieux avaient fondé Bastia en 1380 et construit des forteresses pour la protéger, la tour sur laquelle il était perché en étant un des derniers vestiges. La ville avait été la capitale de l'île jusqu'en 1791, quand Napoléon lui avait préféré sa ville natale, Ajaccio, qui se trouvait au sud. Il savait que les habitants n'avaient toujours pas pardonné cette trahison au petit empereur

Il boutonna son manteau Armani et se rapprocha d'un parapet médiéval. Sa chemise sur mesure, son pantalon et son pull-over seyaient parfaitement à sa silhouette de cinquante-huit ans, lui procurant un sentiment rassurant. Il achetait tous ses vêtements chez Kingston & Knight, comme l'avaient fait son grand-père et son père avant lui. Hier, un coiffeur londonien avait passé une demi-heure à tailler sa crinière grise, éliminant ces mèches pâles qui le vieillissaient. Il était fier d'avoir gardé l'allure et la vigueur d'un homme plus jeune. Tandis qu'il contemplait la mer Tyrrhénienne au-delà de Bastia plongée dans le noir, il éprouvait la satisfaction d'un homme ayant pleinement réussi.

Il regarda sa montre.

Il était venu pour résoudre un mystère, un mystère qui défiait les chasseurs de trésors depuis plus de soixante ans, et il détestait le manque de ponctualité.

Il entendit des pas venant de l'escalier proche qui montait à vingt mètres plus haut. Pendant la journée, les touristes montaient pour admirer le paysage et prendre des photos. À cette heure-ci, personne ne l'empruntait.

Un homme apparut dans la pénombre.

Il était petit, avec une chevelure abondante. Deux rides profondes se creusaient depuis le haut de ses narines jusqu'à sa bouche. Sa peau était aussi marron qu'une coquille de noix, sa pigmentation sombre contrastant avec une moustache blanche.

Et il était vêtu comme un ecclésiastique.

Le bas de sa soutane bruissait tandis qu'il approchait.

« Lord Ashby, je vous demande pardon pour mon retard, mais c'était inévitable.

– Un prêtre ? demanda-t-il, en désignant la robe.

– J'ai pensé qu'un déguisement était préférable pour ce soir. Les gens ne leur posent généralement pas de questions. »

L'homme inspira une ou deux fois pour reprendre son souffle après la montée.

Ashby avait très soigneusement fixé cette heure et programmé son arrivée avec une précision anglaise. Mais tout était maintenant décalé de presque une demi-heure.

« Je n'aime pas les choses désagréables, dit-il, mais parfois une discussion franche en face à face est nécessaire. »

Il pointa un doigt.

« Vous monsieur, vous êtes un menteur.

– C'est exact, je l'admets volontiers.

– Je déteste gaspiller mon temps et mon argent.

– Malheureusement, Lord Ashby, je me trouve à court des deux. »

L'homme marqua un temps d'arrêt.

« Et je savais que vous aviez besoin de mon aide. »

La dernière fois, il avait permis à cet homme d'en savoir trop.

Une erreur.

Quelque chose s'était passé en Corse le 15 septembre 1943. Six caisses étaient arrivées à l'ouest par bateau en provenance d'Italie. Certains prétendaient qu'elles avaient été jetées à la mer, près de Bastia, d'autres pensaient qu'elles avaient été remorquées jusqu'à terre. Tous les récits concordent sur le fait que cinq Allemands avaient participé à l'opération. Quatre d'entre eux avaient été traduits en cour martiale pour avoir laissé le trésor dans un endroit qui tomberait bientôt aux mains des Alliés, et tous furent passés par les armes. Le cinquième avait été disculpé. Malheureusement ce dernier ne savait pas où se trouvait la cachette finale, et il avait passé le reste de son existence à la chercher. En vain.

Comme beaucoup d'autres.

« Les mensonges sont les seules armes en ma possession, déclara le Corse. C'est ce qui me protège de puissants comme vous.

– Mon vieux...

– Je ne suis pas beaucoup plus âgé que vous, bien que je ne sois pas aussi tristement célèbre. Votre réputation n'est plus à faire, Lord Ashby. »

L'Anglais approuva la remarque d'un signe de tête. Il savait en quoi avoir une image pouvait être utile à quelqu'un. Sa famille possédait depuis trois siècles un des établissements de crédit les plus anciens d'Angleterre. Il en était aujourd'hui l'unique propriétaire. La presse britannique avait décrit ses yeux gris lumineux, son nez romain et son sourire facile comme les composantes du parfait *visage d'un aristocrate*. Un journaliste l'avait qualifié, il y a quelques années, d'*imposant*, tandis qu'un autre l'avait décrit comme *basané et saturnien*. L'allusion à sa peau mate ne le gênait pas – c'était un héritage de sa mère à moitié turque –, mais il n'aimait pas passer pour quelqu'un de renfrogné et de morose.

« Je vous assure, mon bon monsieur, dit-il, que je ne suis pas un homme à craindre. »

Le Corse se mit à rire. « Je l'espère bien. La violence ne servirait à rien. Après tout, c'est l'or de Rommel que vous recherchez. Un trésor de taille. Et il se pourrait bien que je sache où il se trouve. »

L'homme était aussi importun qu'observateur. Mais c'était aussi un menteur, ce qu'il avait lui-même reconnu.

« Vous m'avez mis sur une fausse piste. »

L'homme dans l'ombre se mit de nouveau à rire.

« Vous étiez très insistant. Je ne peux pas me permettre d'apparaître au vu et au su de tout le monde. D'autres pourraient savoir. Cette île est petite, et si nous trouvons le trésor, je veux être sûr de pouvoir garder ma part. »

L'homme travaillait pour l'assemblée de Corse, près d'Ajaccio. Un fonctionnaire de moindre importance dans les instances régionales de la Corse, mais qui avait accès à de nombreux renseignements.

« Et qui voudrait nous prendre ce que nous pourrions trouver ? demanda Ashby.

– Des gens ici à Bastia qui continuent à chercher. D'autres qui vivent en France et en Italie. Des hommes sont morts pour ce trésor. »

Cet imbécile préférait apparemment que les conversations avancent lentement, ne lâchant par bribes que quelques indices et suggestions, en venant au fait par petites touches.

Mais Ashby n'avait pas le temps.

Il fit un signe, et un autre homme surgit de l'escalier. Il portait un pardessus couleur charbon qui se mariait très bien avec ses cheveux gris et raides. Son regard était pénétrant, et son visage mince s'achevait sur un menton pointu. Il se dirigea droit vers le Corse, puis s'arrêta.

« Voici M. Guildhall, déclara Ashby. Peut-être vous en souvenez-vous depuis notre dernière visite ? »

Le Corse tendit la main, mais Guildhall garda les siennes dans ses poches.

« En effet, répondit le Corse. Il ne sourit jamais ? »

Ashby secoua la tête.

« C'est une chose terrible. Il y a quelques années, M. Guildhall a été mêlé à une méchante altercation, au cours de laquelle il a reçu des coups de couteau au visage et au cou. Il a guéri, comme vous le voyez, mais certains de ses nerfs ont été définitivement endommagés, et cela paralyse en partie les muscles de son visage. Donc, pas de sourire.

– Et celui qui l'a blessé ?

– Ah, excellente question ! Bel et bien mort. Le cou brisé. »

Il vit qu'il s'était parfaitement fait comprendre et se retourna donc vers Guildhall.

« Qu'avez-vous trouvé ? »

Son employé sortit de sa poche un petit livre et le lui remit. Dans la pénombre, il remarqua le titre dont l'encre avait pâli. *Napoléon. Des Tuileries à Sainte-Hélène.* Un des innombrables livres de souvenirs qui avaient été publiés après la mort de Napoléon en 1821.

« Comment... vous êtes-vous procuré cela ? » demanda le Corse.

Il sourit.

« Pendant que vous me faisiez attendre ici en haut de la tour, M. Guildhall a fouillé votre maison. Je ne suis pas complètement idiot. »

Le Corse haussa les épaules.

« Ce n'est qu'un livre de souvenirs ennuyeux. J'ai beaucoup lu sur Napoléon.

– C'est ce qu'a dit aussi votre ami conspirateur. »

Il vit que son interlocuteur lui prêtait maintenant une attention totale.

« Lui, M. Guildhall et moi avons eu une bonne conversation.

– Comment étiez-vous au courant pour Gustave ? »

Lord Ashby haussa les épaules.

« Cela n'a pas été difficile à trouver. Lui et vous cherchez depuis longtemps l'or de Rommel. Vous êtes peut-être les deux personnes les mieux renseignées sur le sujet.

– Vous lui avez fait du mal ? »

Il saisit l'inquiétude dans la question.

« Ciel ! non, mon brave monsieur. Me prenez-vous pour un voyou ? J'appartiens à une famille aristocratique. Un lord du royaume. Un financier respectable. Pas un truand. Évidemment, votre Gustave m'a également menti. »

D'un léger mouvement de poignet, Guildhall saisit l'homme par l'épaule et par une jambe qui dépassait de la soutane. Le petit Corse fut projeté contre le parapet. Guildhall l'attrapa par les deux chevilles, le souleva et le maintint tête en bas à l'extérieur du mur, à vingt mètres au-dessus des pavés.

La soutane flottait dans la brise nocturne.

Ashby se pencha par-dessus le parapet.

« Malheureusement, M. Guildhall n'a pas la même aversion pour la violence que moi. Sachez, je vous prie, que si vous lancez le moindre appel au secours, il vous laissera tomber. Vous comprenez ? »

Il vit une tête s'agiter en signe de consentement.

« Il est temps d'avoir une conversation sérieuse. »

3

Malone scrutait le visage imperturbable de Sam Collins pendant qu'en dessous on continuait à entendre des bris de verre.

« Je crois qu'ils veulent me tuer, dit Collins.

– Au cas où vous ne vous en étiez pas aperçu, j'ai aussi une arme pointée sur vous.

– Monsieur Malone, Henrik m'a envoyé ici. »

Malone devait choisir. Le danger devant lui ou celui deux étages en dessous.

Il baissa son arme.

« Vous avez conduit ces gens en bas jusqu'ici ?

– J'avais besoin de votre aide. Henrik m'a suggéré de venir chez vous. »

Il entendit trois bruits secs. Des tirs de silencieux. Puis la porte d'entrée s'ouvrit violemment. Des pas lourds résonnèrent sur le parquet.

Il fit un signe avec son arme.

« Entrez là. »

Ils se réfugièrent dans la réserve au deuxième étage, s'abritant derrière une pile de cartons. Les intrus se dirigeraient immédiatement vers le dernier étage, attirés par la lumière. Puis, ne trouvant personne, ils se mettraient à fouiller. Le problème était qu'il ne savait pas combien de visiteurs il y avait.

Il prit le risque de jeter un coup d'œil et vit un homme monter du palier du deuxième vers l'étage au-dessus. Il fit signe à Sam de le suivre en silence. Puis il se précipita vers la porte et glissa sur la rambarde en cuivre jusqu'au palier en dessous. Collins l'imita. Ils recommencèrent jusqu'au dernier escalier qui menait au rez-de-chaussée et au magasin.

Collins avança vers la dernière rambarde, mais Malone l'attrapa par le bras et secoua la tête. Le fait que ce jeune homme veuille faire quelque chose d'aussi stupide trahissait soit son ignorance, soit un vernis trompeur. En tout cas, ils ne pouvaient pas rester longtemps ici étant donné la présence d'un homme armé à l'étage au-dessus.

Il fit un geste à Collins pour qu'il enlève son blouson.

L'homme sembla hésiter, ne comprenant pas la demande, puis il obtempéra et l'enleva sans faire de bruit. Malone saisit le baluchon de laine, s'assit sur la rambarde et glissa lentement jusqu'à mi-chemin. Tenant fermement son arme de la main droite, il jeta le vêtement dans le vide.

Des bruits secs explosèrent, et le blouson fut criblé de balles.

Il se laissa glisser le reste du chemin, sauta de la rambarde et se baissa derrière le comptoir pendant que des balles se fichaient dans le bois autour de lui.

Il essaya de déterminer la position du tireur.

Il était sur sa droite, près des fenêtres sur rue, là où se trouvaient les étagères consacrées à l'histoire et à la musique.

Il se mit à genoux et tira dans cette direction.

«Allez-y!» cria-t-il à Collins qui, comprenant ce qu'on attendait de lui, sauta de l'escalier pour venir se réfugier derrière le comptoir.

Malone savait que d'autres ne tarderaient pas à les rejoindre, aussi il se glissa vers la gauche. Heureusement ils n'étaient pas cernés. Lors des récents travaux, il avait insisté pour que le comptoir reste ouvert des deux côtés. Il n'avait pas tiré avec un silencieux, et il se demanda si quelqu'un dehors avait entendu le vacarme. Malheureusement, la place Højbro restait pratiquement déserte entre minuit et l'aube.

Il se glissa à l'extrémité, Collins à son côté. Son regard restait fixé sur l'escalier, comme s'il attendait l'inévitable. Il repéra une forme sombre qui grandissait tandis que l'arme de l'intrus apparaissait lentement dans l'angle.

Malone tira et toucha l'homme à l'avant-bras.

Il entendit un grognement. L'arme disparut.

Le premier tireur fit feu à plusieurs reprises pour permettre à son complice de le rejoindre.

Malone se sentait acculé. Lui aussi était armé, mais il avait probablement moins de munitions qu'eux, puisqu'il disposait d'un seul chargeur pour le Beretta. Heureusement, ils l'ignoraient.

« Il faut que nous les poussions à bout, chuchota Collins.

– À votre avis, *ils* sont combien ?

– Deux, apparemment.

– Nous n'en sommes pas certains. »

Il revit son rêve, quand, une fois auparavant, il avait fait l'erreur de ne pas compter jusqu'à trois.

« Nous ne pouvons pas nous contenter de rester ici.

– Je pourrais vous livrer à eux et me rendormir tranquillement.

– Vous pourriez, mais vous ne le ferez pas.

– N'en soyez pas si certain. »

Il se souvenait encore de ce que Collins avait dit. *Henrik Thorvaldsen est dans le pétrin.*

Collins s'avança et saisit l'extincteur derrière le comptoir. Malone le regarda et, avant qu'il puisse l'en empêcher, le vit retirer la goupille de sécurité, répandre un nuage chimique dans la librairie en se protégeant derrière une bibliothèque, et jeter l'engin en direction des tireurs.

Bien joué, sauf que...

Quatre bruits secs retentirent en guise de réponse.

Des balles sortaient du brouillard, s'enfonçant dans le bois et ricochant sur les murs en pierre.

Malone tira de nouveau dans leur direction.

Il entendit du verre éclater de plus en plus fort, puis des pas qui s'éloignaient rapidement.

Il sentit un courant d'air froid. Ils s'étaient échappés par la fenêtre sur rue.

Collins abaissa l'extincteur.

« Ils sont partis. »

Il devait en être sûr, et il préféra rester accroupi, s'éloignant avec précaution du comptoir en se protégeant avec d'autres bibliothèques, et se précipita dans le brouillard qui se dissipait. Arrivé à la dernière rangée, il risqua un coup d'œil rapide. La fumée s'échappait dans la nuit glaciale par la fenêtre brisée.

Il secoua la tête. Encore un autre merdier.

Collins s'approcha derrière lui.

« C'étaient des pros.

– Comment le savez-vous ?

– Je sais qui les a envoyés. »

Collins posa l'extincteur debout sur le sol.

« Qui ? »

Collins secoua la tête.

« Henrik a dit qu'il vous en parlerait. »

Il s'avança vers le comptoir, trouva le téléphone et appela Christiangade, le domaine ancestral de Thorvaldsen à quelque quinze kilomètres au nord de Copenhague. Le téléphone sonna plusieurs fois. Habituellement Jesper, l'intendant de Thorvaldsen, répondait, quelle que soit l'heure.

Le téléphone continuait à sonner.

Cela n'annonçait rien de bon.

Il raccrocha et décida de se tenir prêt.

« Montez, ordonna-t-il à Collins. Il y a un sac à dos sur mon lit. Prenez-le. »

Collins monta quatre à quatre les marches en bois.

Il en profita pour appeler à nouveau Christiangade et entendit le téléphone sonner dans le vide.

Collins dévala l'escalier.

La voiture de Malone était garée à quelques rues, juste à l'extérieur de la vieille ville, près du château de Christianborg. Il prit son téléphone portable sous le comptoir. «Allons-y», dit-il.

4

Eliza Larocque avait l'impression que la réussite était proche, même si son compagnon de voyage ne lui facilitait pas la tâche. Elle espérait vraiment que ce vol transatlantique improvisé ne serait pas une perte de temps.

« Cela s'appelle le Club de Paris », dit-elle en français.

Elle avait choisi de faire sa dernière tentative à quinze mille mètres au-dessus de l'Atlantique Nord, à l'intérieur de la somptueuse cabine de son Gulfstream G650 flambant neuf. Elle était fière de son dernier jouet à la pointe de la technologie, l'un des premiers sortis de la chaîne de fabrication. Sa cabine spacieuse pouvait accueillir dix-huit passagers dans de luxueux fauteuils en cuir. Il y avait une cuisine, de vastes toilettes, un mobilier en acajou et un Internet ultrarapide avec des modules vidéo reliés par satellite au monde entier. Le jet volait très haut, très vite et avec une grande fiabilité. Elle ne regrettait pas les trente-sept millions d'euros qu'il lui avait coûté.

Robert Mastroianni s'exprima en français également : « Je connais cette organisation. C'est un groupe informel d'experts financiers venant des pays les plus riches du monde. Restructuration de dette, allègement de dette, annulation de dette. Ils ouvrent des lignes de crédit et aident des pays en difficulté à honorer leurs obligations. Lorsque j'étais au Fonds monétaire international, nous avons souvent travaillé avec eux. » Cela, elle le savait.

« Ce club, précisa-t-elle, est une conséquence des pour-parlers de crise tenus à Paris en 1956, entre une Argentine en banqueroute et ses créanciers. Il continue à se réunir toutes les six semaines en France, au ministère de l'Économie, des Finances et de l'Industrie, sous la présidence d'un éminent fonctionnaire du Trésor. Mais ce n'est pas de cette organisation dont je parle.

– Un autre de vos mystères ? ironisa-t-il, d'un ton critique.

– Pourquoi devez-vous vous montrer si difficile ?

– Peut-être parce que je sais que cela vous agace. »

Elle avait retrouvé Mastroianni à New York la veille. Il n'était pas très heureux de la voir, mais ils avaient dîné ensemble hier soir. Quand elle lui avait proposé de le raccompa-gner de l'autre côté de l'Atlantique, il avait accepté.

Ce qui l'avait surprise.

Cette conversation allait être soit la dernière, soit la pre-mière de beaucoup d'autres.

« Allez-y, Eliza. Je vous écoute. Évidemment, je ne peux pas faire grand-chose d'autre. Ce que vous aviez prévu sans doute.

– Si vous le pensiez, pourquoi faire ce vol avec moi ?

– Si j'avais refusé, vous m'auriez encore retrouvé. Cela nous permet de régler notre affaire, dans un sens ou dans un autre, et je profite d'un retour confortable en échange de mon temps. Continuez donc, je vous en prie. Faites-moi votre discours. »

Elle ravala sa colère.

« L'histoire engendre des lieux communs, déclara-t-elle. "Si un gouvernement ne peut pas relever le défi d'une guerre, elle s'arrête." L'inviolabilité de la loi, la prospérité du citoyen, la solvabilité – tous ces principes sont volontiers sacrifiés par n'importe quel État quand sa survie est en jeu. »

Son interlocuteur but une gorgée de champagne.

«Voici une autre réalité, continua-t-elle. Les guerres ont toujours été financées par l'endettement. Plus la menace est grande, plus importante sera la dette.»

Il fit un geste de la main pour l'arrêter.

«Je connais la suite, Eliza. Pour qu'une nation s'implique dans la guerre, elle doit avoir un ennemi digne de ce nom.

– Évidemment. Et s'il existe déjà, *magnifico*.»

Il sourit en l'entendant utiliser sa langue natale, la première fêlure dans ce bloc de granit.

«Si l'ennemi existe, dit-elle, mais manque de puissance militaire, l'argent peut toujours être trouvé pour bâtir cette puissance. Si l'ennemi n'existe pas, ajouta-t-elle en souriant, il peut toujours être créé.»

Mastroianni se mit à rire.

«Vous êtes vraiment diabolique.

– Pas vous ?»

Il la regarda avec colère.

«Non, Eliza, pas moi.»

Il avait peut-être cinq ans de plus qu'elle et était tout aussi riche, et, bien que particulièrement agaçant, il pouvait aussi être tout à fait charmant. Ils venaient de dîner d'un filet de bœuf succulent, accompagné de pommes de terre Yukon Gold et de haricots verts *al dente*. Elle savait qu'il appréciait les mets simples. Pas d'épices, ni ail ni piment. Des goûts singuliers pour un Italien, mais tout chez ce milliardaire était singulier. D'ailleurs, de quel droit le juger ? Elle avait aussi ses propres travers.

«Il existe un autre Club de Paris, déclara-t-elle. Bien plus ancien. Datant du temps de Napoléon.

– Vous ne m'en avez jamais parlé.

– Jusqu'à maintenant, vous n'aviez manifesté aucun intérêt à ce sujet.

– Puis-je vous parler franchement ?

– Bien sûr.

– Je ne vous aime pas. Ou plus précisément, je n'aime pas les affaires dans lesquelles vous êtes impliquée, ni vos associés.

Ce sont de vrais requins, et leur parole ne vaut rien. Certaines de vos politiques financières sont au mieux douteuses, et au pire criminelles. Vous me poursuivez depuis un an avec des histoires de bénéfices extraordinaires, sans me donner beaucoup de preuves de leur bien-fondé. Peut-être est-ce votre moitié corse que vous n'arrivez pas à contrôler.»

Sa mère était corse, son père français. Mariés jeunes, ils avaient vécu ensemble pendant plus de cinquante ans. Ils étaient morts tous les deux, et elle était leur seule héritière. Elle avait souvent entendu des réflexions concernant ses origines, mais ce n'était pas pour autant qu'elle les acceptait facilement.

Elle se leva et débarrassa leurs assiettes.

Mastroianni la saisit par le bras.

«Vous n'êtes pas obligée de me servir.»

Elle supportait mal et le ton de sa voix et sa façon de lui prendre le bras, mais elle ne se défendit pas. Elle sourit et lui dit en italien :

«Vous êtes mon invité. C'est la moindre des politesses.»

Il la relâcha.

Elle n'avait engagé que deux pilotes pour le jet, qui se trouvaient naturellement tous les deux enfermés dans le cockpit. Elle avait tenu à s'occuper du repas elle-même. Elle porta les assiettes sales dans la cuisine et trouva leur dessert dans un petit réfrigérateur. Deux tartes succulentes au chocolat achetées dans le restaurant où ils avaient dîné la veille. La gourmandise préférée de Mastroianni, lui avait-on révélé.

Son expression changea lorsqu'il vit le dessert devant lui.

Elle s'assit en face.

«Que vous m'aimiez moi ou mes entreprises n'a rien à voir avec notre discussion, Robert. Il s'agit d'une proposition d'affaires. Une proposition qui, je crois, pouvait vous intéresser. J'ai sélectionné mes partenaires avec beaucoup de soin. Cinq personnes ont été choisies. Je suis la sixième. Vous seriez la septième.»

Il montra la tarte du doigt.

«Je me demandais bien ce dont vous discutiez hier soir avec le garçon.»

Il ignorait la proposition de la jeune femme, se contentant de jouer son propre jeu.

« J'avais vu à quel point vous vous régaliez avec le dessert. »

Il saisit une fourchette en argent massif. Apparemment, le fait qu'il n'aimait pas son hôtesse ne s'étendait pas à sa nourriture, ni à son jet ni à la possibilité de gagner de l'argent.

« Puis-je vous raconter une histoire ? demanda-t-elle. Sur l'Égypte. Quand le général Napoléon Bonaparte l'a envahie en 1798. »

Il acquiesça tout en savourant le chocolat épais.

« Vous n'accepteriez pas que je refuse, n'est-ce pas ? Alors allez-y. »

Napoléon en personne avait pris la tête de la colonne de soldats français au cours de la deuxième journée de marche vers le sud. Ils étaient près d'El-Beydah, à quelques heures seulement du village suivant. La journée était chaude et ensoleillée, tout comme les précédentes. La veille, des Arabes avaient attaqué sauvagement sa garde avancée. Le général Desaix avait failli être capturé, mais un capitaine avait été tué, et un autre officier fait prisonnier. Une rançon avait été exigée, mais les Arabes s'étaient disputé la manne et avaient fini par tuer le captif d'un coup de pistolet en pleine tête. L'Égypte se révélait être un pays traître – facile à conquérir, difficile à garder – et la résistance semblait se renforcer.

Sur la route poussiéreuse, il vit une femme, le visage ensanglanté. Elle portait un bébé dans un bras, mais elle tendait l'autre, comme dans un geste de défense, pour s'assurer de ce qu'il y avait devant elle. Que faisait-elle là, dans ce désert brûlant ?

Il s'approcha d'elle et, avec l'aide d'un interprète, apprit que son mari lui avait crevé les deux yeux. Il en fut mortifié. Pourquoi ? Elle n'osait même pas se plaindre, et suppliait simplement que quelqu'un s'occupe de son enfant qui semblait proche de la mort. Napoléon ordonna qu'on leur apporte à tous les deux de l'eau et du pain.

Dès que cela fut fait, un homme apparut soudain d'une dune proche, furieux, le regard rempli de haine.

Les soldats se mirent sur leurs gardes.

L'homme se précipita sur la femme et lui enleva le pain et l'eau.

« N'en faites rien ! cria-t-il. Elle a trahi son honneur et terni le mien. Cet enfant est une honte pour moi. C'est une conséquence de sa culpabilité. »

Napoléon descendit de son cheval.

« Vous êtes fou, monsieur, dit-il. Complètement dément.

— Je suis son mari, et j'ai le droit de faire ce que je veux. »

Avant que Napoléon ait pu répondre, l'homme sortit une dague de dessous son manteau et asséna un coup mortel à sa femme.

Dans la confusion qui s'ensuivit, l'homme saisit le bébé, le brandit et le jeta violemment sur le sol.

Un coup de fusil claqua, la poitrine de l'homme explosa, et il tomba sur le sol. Le capitaine Mireur, qui chevauchait derrière Napoléon, avait mis fin au spectacle.

Tous les hommes paraissaient choqués par ce qu'ils venaient de voir.

Napoléon lui-même avait du mal à cacher son désarroi. Après quelques instants de tension, il donna l'ordre à la colonne de continuer, mais, avant de remonter à cheval, il remarqua que quelque chose était tombé du manteau du mort.

Un rouleau de papyrus, fermé par une ficelle.

Il le ramassa dans le sable.

Napoléon réquisitionna pour la nuit la maison de plaisir d'un de ses ennemis les plus farouches, un Égyptien qui s'était réfugié dans le désert, plusieurs mois auparavant, avec son armée de mamelouks, abandonnant tous ses biens aux Français. Étendu sur des tapis épais et des coussins en velours, le général était encore sous le choc de la barbarie dont il avait été témoin.

On lui avait dit ensuite que l'homme avait eu tort de poignarder sa femme, mais que si Dieu avait voulu l'absoudre *pour son infidélité, elle aurait déjà dû être hébergée chez quelqu'un par charité. Puisque cela n'avait pas été le cas, la loi arabe ne punirait pas l'homme pour son double meurtre.*

« Dans ce cas, c'est bien que nous l'ayons fait », avait déclaré Napoléon.

La nuit silencieuse lui paraissait sinistre, et il décida donc d'examiner le papyrus qu'il avait trouvé près du corps. Ses savants lui avaient raconté comment les gens du coin pillaient les sites sacrés, volant tout ce qu'ils pouvaient vendre ou utiliser. Quel gâchis. Il était venu découvrir le passé de ce pays, pas le détruire.

Il enleva la ficelle et déroula le document. Quatre parchemins s'y trouvaient, écrits en ce qui semblait être du grec. Il parlait couramment le corse et lisait passablement le français, mais, au-delà de cela, les langues étrangères étaient pour lui un mystère.

Il ordonna donc à un de ses traducteurs de venir.

« C'est du copte, lui dit l'homme.

— Pouvez-vous le lire ?

— Bien sûr, général. »

« Quelle chose horrible, s'exclama Mastroianni. Avoir tué cet enfant. »

Eliza acquiesça.

« C'était la réalité de la campagne d'Égypte. Une conquête sanglante, durement gagnée. Mais je peux vous assurer que ce qui s'est produit là-bas est la raison de notre conversation. »

5

Sam Collins occupait la place du passager. Malone était sorti rapidement de Copenhague, et il avait emprunté l'autoroute côtière en direction du nord.

Cotton Malone correspondait exactement à ce qu'attendait Collins. Endurant, du cran, résolu, acceptant malgré lui la situation, faisant ce qu'il fallait. Il correspondait même à la description physique qu'on lui en avait donnée. Grand, cheveux blonds, un sourire qui ne trahissait aucune émotion. Il était au courant des douze années que Malone avait passées au ministère de la Justice, de sa formation juridique à Georgetown, de sa mémoire eidétique et de son amour des livres. À présent, il pouvait même témoigner du courage de l'homme dans l'action.

« Qui êtes-vous ? » demanda Malone.

Collins se rendit compte qu'il ne pouvait plus rester évasif. Il avait senti les soupçons de Malone et les comprenait tout à fait. Quel pouvait être cet inconnu qui s'introduisait dans son magasin au milieu de la nuit, suivi par des hommes armés ?

« Services secrets américains. Ou tout au moins je l'étais jusqu'à ces derniers jours. Je crois avoir été renvoyé.

– Pourquoi ?

– Parce que là-bas personne ne voulait m'écouter. J'ai essayé de leur dire. Mais personne ne voulait entendre.

– Pourquoi Henrik l'a-t-il fait ?

– Comment est-ce que vous… ? »

Il s'arrêta.

« Il se trouve des gens qui recueillent les animaux errants. Henrik aime secourir les gens. Pourquoi avez-vous eu besoin de son aide ?

– Qui a dit que j'en avais besoin ?

– Ne vous donnez pas tant de mal, d'accord ? J'ai été comme ça à une époque.

– En fait, je dirais que c'est Henrik qui avait besoin d'aide. Il m'a contacté. »

Malone enclencha la cinquième de la Mazda et fonça sur la chaussée noircie de l'autoroute, à quelque cent mètres de la mer sombre d'Øresund.

Sam voulut mettre quelque chose au clair.

« Au sein des services secrets, je n'ai pas travaillé pour la Maison Blanche. Je m'occupais de fraudes financières et de devises. »

Il s'était toujours moqué des stéréotypes hollywoodiens d'agents en costumes sombres et lunettes de soleil, équipés d'oreillettes couleur chair, qui entouraient le Président. La plupart des agents des services secrets, comme lui, travaillaient dans l'ombre pour protéger le système financier américain. C'était en fait leur mission primordiale, depuis leur création après la guerre de Sécession, pour empêcher la contrefaçon par les confédérés. Ce n'est qu'après l'assassinat de William McKinley, trente-cinq ans après, que cette agence était passée sous la responsabilité du Président.

« Pourquoi êtes-vous venu à ma librairie ? demanda Malone.

– Henrik m'avait envoyé m'installer dans un hôtel hier. Je sentais que quelque chose n'allait pas. Il voulait m'éloigner de sa résidence.

– Depuis combien de temps étiez-vous au Danemark ?

– Une semaine. Vous étiez parti et n'êtes revenu qu'il y a quelques jours.

– Vous en savez beaucoup sur moi.

– Pas vraiment. Je sais que vous êtes Cotton Malone. Ancien officier de marine. Vous avez travaillé dans l'unité Magellan. Maintenant à la retraite. »

Malone lui jeta un regard impatient, signifiant qu'il n'avait toujours pas obtenu de réponse à sa première question.

« Accessoirement, je m'occupe d'un site Web, dit Sam. Nous ne sommes pas supposés faire ce genre de choses, mais je l'ai fait quand même. "L'Effondrement de l'économie mondiale, complot capitaliste." C'est comme ça que je l'ai appelé. C'est sur Moneywash.net.

– Je comprends que vos supérieurs puissent avoir un problème avec votre jouet.

– Pas moi. J'habite les États-Unis. J'ai le droit d'exprimer mon opinion.

– Mais vous n'avez pas le droit de porter en même temps un insigne fédéral.

– C'est aussi ce qu'ils ont déclaré, reconnut-il à contrecœur.

– Qu'avez-vous raconté sur votre site ? demanda Malone.

– J'ai dit la vérité. Sur des financiers, comme Mayer Amschel Rothschild.

– Sous le couvert du premier amendement ?

– Quelle importance ? L'homme n'était même pas américain. Juste un champion en matière d'argent. Ses cinq fils ont fait encore mieux. Ils ont appris à transformer des dettes en fortune. Ils prêtaient de l'argent aux couronnes d'Europe. Ils étaient partout, donnant de l'argent d'une main, en reprenant davantage de l'autre.

– N'est-ce pas le système américain ?

– Ce n'étaient pas des banquiers. Les banques travaillent avec l'argent des dépositaires, ou celui généré par le gouvernement. Eux ont travaillé avec leurs fortunes personnelles, les prêtant à des taux d'intérêt indécents.

– Encore une fois, quel mal y a-t-il à cela ? »

Il changea de position sur son siège.

« C'est précisément cette attitude qui leur a permis d'agir impunément. Les gens disent : "Et alors ? Ils ont bien le droit de gagner de l'argent." Eh bien, je ne suis pas d'accord ! »

La colère lui montait au nez.

« Les Rothschild ont gagné une fortune en finançant la guerre. Vous le saviez ? »

Malone ne répondit pas.

« Ils ont financé les deux côtés, la plupart du temps. Et ils se fichaient de l'argent qu'ils avaient prêté. En retour, ils voulaient des privilèges qu'ils pouvaient convertir en bénéfices. Comme des concessions minières, des monopoles, un accès réservé à des importations. Parfois, ils obtenaient le droit à certaines taxes comme garantie.

– Ça s'est passé il y a des lustres. Quelle importance ?

– Ça recommence. »

Malone ralentit pour négocier un virage serré.

« Comment le savez-vous ?

– Tous ceux qui s'enrichissent comme Bill Gates ne sont pas aussi généreux.

– Vous avez des noms ? Des preuves ? »

Il se tut.

Malone semblait comprendre son dilemme.

« Non, vous n'avez rien. Juste quelques rumeurs à propos d'un complot que vous avez postées sur Internet et qui ont causé votre renvoi.

– Ce n'est pas si invraisemblable, répondit Collins. Ces hommes sont venus pour me tuer.

– Vous en paraissez presque content.

– Ça prouve que j'ai raison.

– Vous allez vite en besogne. Que s'est-il passé ?

– Je me sentais enfermé dans ma chambre d'hôtel, et je suis sorti pour me promener. Deux types ont commencé à me suivre. Je me suis mis à courir, mais ils ont continué. C'est alors que j'ai trouvé votre boutique. Henrik m'avait demandé d'attendre dans mon hôtel jusqu'à ce que j'aie de ses nouvelles, et ensuite de prendre contact avec vous. Mais quand j'ai repéré ces deux types, j'ai appelé Christiangade. Jesper m'a suggéré d'aller vous trouver *illico presto*, et je me suis précipité chez vous.

– Comment êtes-vous entré ?

– J'ai forcé la porte arrière. C'était facile. Vous devriez installer une alarme.

– J'ai toujours pensé que si quelqu'un voulait voler des vieux livres, il n'avait qu'à se servir.

– Et les gens qui voulaient vous tuer ?

– En fait, c'est vous qu'ils voulaient tuer. À propos, c'est stupide d'être entré comme ça. J'aurais pu tirer sur vous.

– Je savais que vous ne le feriez pas.

– Je suis ravi de savoir que vous le saviez, parce que, moi, je l'ignorais. »

Ils continuèrent en silence pendant plusieurs kilomètres, se rapprochant de Christiangade. Sam avait fait ce trajet plusieurs fois au cours de cette dernière année.

« Thorvaldsen s'est mis dans un sacré pétrin, dit-il enfin. Mais l'homme qu'il poursuit a agi d'abord.

– Henrik n'est pas fou.

– Peut-être pas, mais tout homme finit par rencontrer son égal.

– Quel âge avez-vous ? »

Sam se demanda la raison de ce changement de sujet.

« Trente-deux.

– Vous travaillez pour les services secrets depuis combien de temps ?

– Quatre ans. »

Malone posait des questions légitimes. Quel besoin Henrik avait-il eu de se mettre en rapport avec un jeune des services secrets, sans grande expérience, et qui manageait un site Web pas très politiquement correct ?

« C'est une longue histoire.

– J'ai le temps, dit Malone.

– Détrompez-vous, Thorvaldsen aggrave depuis un moment une situation qui va bientôt exploser. Il a besoin d'aide.

– C'est le théoricien du complot qui parle, ou bien l'agent ? »

Malone appuya sur l'accélérateur et fonça sur une ligne droite. L'océan noir bordait toujours leur route à droite, avec, au loin à l'horizon, les lumières de la Suède.

« C'est son ami qui parle.

– De toute évidence, vous vous trompez complètement sur Henrik, dit Malone. Il n'a peur de rien.

– Tout le monde a peur de quelque chose.

– Et vous, de quoi avez-vous peur ? »

Sam Collins s'était posé souvent cette question ces derniers mois.

« De l'homme que poursuit Thorvaldsen, avoua-t-il

– Vous allez me donner un nom ?

– Lord Graham Ashby. »

6

Ashby regagna *L'Archimède* à bord du canot et sauta sur la plateforme arrière. Il avait ramené avec lui le Corse, après s'être assuré en haut de la tour de sa collaboration entière et absolue. Ils s'étaient débarrassés de la soutane ridicule et l'homme ne leur avait posé aucun problème au cours du voyage.

« Emmenez-le dans le grand salon », ordonna Ashby.

Guildhall conduisit leur invité.

« Installez-le bien. »

Il monta les marches en teck jusqu'à la piscine éclairée. Il tenait encore à la main le livre qui avait été récupéré dans la maison du Corse.

Le capitaine du navire apparut.

« Continuez au nord le long de la côte, à grande vitesse », ordonna Ashby.

Le capitaine acquiesça et disparut.

La coque noire profilée de *L'Archimède* mesurait soixante-dix mètres. Deux moteurs Diesel pouvaient le propulser jusqu'à vingt-cinq nœuds, et il était capable de traverser l'Atlantique à une vitesse respectable de vingt-deux nœuds. Répartis sur ses six ponts, il y avait trois suites, l'appartement du propriétaire, un bureau, une cuisine de chef, un sauna, une salle de gymnastique et tous les autres équipements auxquels on pouvait s'attendre sur un navire de luxe.

Les moteurs démarrèrent.

Il repensait à cette nuit de septembre 1943...

Tous les récits concordaient pour dire que la mer était calme et le ciel dégagé. La flottille de pêcheurs de Bastia mouillait en sécurité, ancrée à l'intérieur du port. Une seule vedette solitaire naviguait au large. Certains avaient dit qu'elle se dirigeait vers le cap Sud et le Golo, au pied du cap Corse, la partie la plus septentrionale de l'île, formant une avancée montagneuse tel un doigt pointé vers le nord et l'Italie. D'autres au contraire situaient le bateau le long de la côte nord-est. Quatre soldats allemands se trouvaient sur la vedette lorsque deux P-39 américains avaient mitraillé le pont. Une bombe était tombée à côté et, heureusement, les avions avaient mis un terme à leur attaque sans avoir fait couler le vaisseau. Finalement, six caisses en bois avaient été cachées quelque part, sur le territoire corse ou bien à proximité, pendant qu'un cinquième Allemand, resté à terre, aidait les quatre autres à fuir.

L'*Archimède* continuait sa route.

Ils devraient atteindre leur but en moins de trente minutes.

Il monta sur le pont où se trouvait le grand salon, avec des meubles en cuir blanc et des tapis berbères pour le confort des invités. Son domaine anglais du XVIe siècle était rempli d'antiquités. Ici, il préférait le moderne.

Le Corse était assis sur un des canapés, sirotant une boisson.

«Vous voulez goûter mon rhum?» demanda Ashby.

L'autre acquiesça, encore assez ébranlé.

«C'est mon préféré. Fabriqué à partir d'un jus de première pression.»

Le bateau s'élança en avant, prenant de la vitesse, la proue fendant l'eau.

Il jeta le livre de Napoléon sur le canapé, à côté de son invité.

«Depuis la dernière fois que nous nous sommes parlé, j'ai été très occupé. Je ne vais pas vous ennuyer avec des détails. Mais je sais que quatre hommes ont apporté l'or de Rommel depuis l'Italie. Un cinquième les attendait ici. Les quatre ont caché le trésor, et n'ont pas révélé l'endroit avant que la Gestapo les fusille pour abandon de poste. Malheureusement, le cinquième ne connaissait pas l'endroit de la cachette. Depuis, des Corses comme vous ont cherché et répandu de fausses informations sur ce qui était arrivé. Des dizaines de versions des événements n'ont fait qu'engendrer la confusion. C'est pour cela que vous m'avez menti la dernière fois.»

Il marqua une pause.

«Et Gustave aussi.»

Il se versa un petit verre de rhum puis s'assit en face du Corse. Une table basse en bois et verre les séparait. Il reprit le livre et le posa sur la table.

«J'ai besoin de vous pour résoudre le puzzle.

— Si j'en étais capable, je l'aurais fait depuis longtemps.»

Lord Ashby sourit.

«J'ai lu récemment que, lorsque Napoléon est devenu empereur, il a fait exclure tous les Corses de l'administration de leur île. Pas suffisamment fiables, prétendait-il.

— Napoléon était corse, lui aussi.

— Très juste, mais vous, monsieur, vous êtes un menteur. Vous savez parfaitement comment résoudre le puzzle, alors faites-le, s'il vous plaît.»

Le Corse but le reste de son rhum.

«Je n'aurais jamais dû traiter avec vous.

— Vous aimez mon argent, répliqua Lord Ashby en haussant les épaules. Moi non plus, je n'aurais jamais dû traiter avec vous.

— Vous avez essayé de me tuer sur la tour.»

Son interlocuteur se mit à rire.

«Je voulais simplement que vous m'accordiez toute votre attention.»

Le Corse ne paraissait pas impressionné.

« Vous êtes venu me trouver parce que vous saviez que je pouvais vous fournir des réponses.

— Eh bien, ce moment est arrivé. »

Tous les principaux protagonistes étant morts depuis long-temps, il avait passé les deux dernières années à interroger les rares témoins secondaires encore vivants et à examiner chaque indice. Il avait appris que personne n'était vraiment sûr de l'existence de l'or de Rommel. Aucune des histoires concernant son origine et son voyage de l'Afrique à l'Allemagne ne paraissait crédible. La version la plus fiable disait que le magot était venu de Gabès, en Tunisie, à quelque cent soixante kilomètres de la frontière libyenne. Après que l'Afrika Korps eut réquisitionné la ville pour y installer son quartier général, les trois mille juifs qui y habitaient avaient appris que leur vie serait épargnée en échange de trois mille kilos d'or. Ils avaient eu quarante-huit heures pour réunir la rançon, après quoi elle avait été répartie dans six caisses en bois, transportées jusqu'à la côte orientale, et par bateau en Italie. Là, la Gestapo en avait pris possession et les avait confiées à quatre soldats avec pour mission de les emporter vers l'ouest en Corse. On ne sait pas ce que contenaient ces caisses, mais les juifs de Gabès étaient riches, tout comme les communautés aux alentours. La synagogue locale, lieu de pèlerinage renommé, avait reçu au cours des siècles de nombreux objets incrustés de pierres précieuses.

Le trésor était-il constitué d'or ?

Difficile à dire.

En tout cas, on le connaissait sous le nom de *l'or de Rommel* – et il était supposé être un des derniers trésors cachés de la Seconde Guerre mondiale.

Le Corse tendit son verre et Ashby se leva pour le remplir. Pensant qu'il était préférable de le soigner, il revint avec un petit verre rempli de rhum aux trois quarts.

Le Corse en prit une longue gorgée.

« Je suis au courant du code, dit Ashby. Il est vraiment ingé-nieux. Une façon astucieuse pour cacher un message. Je crois qu'on l'appelle "le nœud du Maure". »

Pascal Paoli, un patriote indépendantiste corse du XVIIIe siècle devenu un héros national, lui avait donné son nom. Paoli avait besoin d'une méthode efficace pour communiquer avec ses alliés, une méthode susceptible de lui assurer un secret total : il avait donc adapté une méthode empruntée aux Maures qui, en tant que pirates, avaient pillé la côte pendant des siècles.

« Vous vous procurez deux livres identiques, expliqua Ashby. Vous en gardez un et vous donnez l'autre à la personne avec qui vous souhaitez communiquer. À l'intérieur du livre, vous choisissez les mots pour votre message, puis vous transmettez la page, la ligne et la place du mot au récipiendaire par une série de chiffres. Les chiffres eux-mêmes n'ont aucune signification, sauf si vous avez le bon livre. »

Il posa son verre sur la table, sortit de sa poche une feuille repliée et l'ouvrit sur la tablette de verre.

« Voici les nombres que je vous ai fournis la dernière fois que nous nous sommes parlé. »

Le Corse examina la feuille.

XCV	CCXXXVI	CXXVIII	CXCIV	XXXII
IV	XXXI	XXVI	XVIII	IX
	VII XI	X	II XI	

Il secoua la tête d'un air incrédule.

« Ils ne signifient rien pour moi, déclara-t-il.

– Il va falloir que vous arrêtiez ça. Vous savez bien qu'il s'agit de l'emplacement de l'or de Rommel.

– Lord Ashby, ce soir, vous m'avez totalement manqué de respect. Vous m'avez suspendu du haut de la tour. Traité de menteur. Vous avez prétendu que Gustave vous avait menti aussi. Oui, j'avais ce livre en ma possession. Mais ces nombres n'ont aucun rapport. À présent, nous naviguons vers un endroit que vous n'avez même pas eu la courtoisie de me dévoiler. Votre rhum est délicieux, le bateau magnifique, mais j'insiste pour avoir une explication de votre part. »

Toute sa vie d'adulte, Ashby avait cherché des trésors. Bien que sa famille ait œuvré dans la finance depuis des générations, il préférait chercher des richesses enfouies plutôt que de se contenter de gagner de l'argent. Parfois il découvrait les réponses qu'il cherchait en travaillant assidûment. Parfois des informateurs lui apportaient, moyennant récompense, ce qu'il avait besoin de savoir. Et parfois, comme maintenant, il tombait par hasard sur la solution.

« Je serais ravi de vous l'expliquer. »

7

Henrik Thorvaldsen vérifia le chargeur pour s'assurer que l'arme était prête. Satisfait, il posa doucement le fusil d'assaut sur la table de banquet. Il était assis dans le grand hall du manoir au plafond orné de poutres, entouré par des armures et des tableaux qui conféraient à cet endroit un air de noblesse. Ses ancêtres avaient tous pris place à cette même table depuis presque quatre cents ans.

Noël était à moins de trois jours.

Que s'était-il passé, il y a presque trente ans, quand Cai était monté sur la table ?

« Il faut descendre, ordonna sa femme. Tout de suite, Cai. »

Le garçon parcourut toute la longueur, en passant ses mains sur le dessus des chaises à haut dossier de part et d'autre. Thorvaldsen regarda son fils éviter de justesse un centre de table doré et continuer sa course, jusqu'à sauter dans ses bras tendus.

Sa femme se fâcha : « Vous êtes impossibles tous les deux, complètement impossibles.

- Lisette, c'est Noël. Laisse le garçon jouer. »
Il le serrait sur ses genoux.
« Il n'a que sept ans. Et la table est là depuis longtemps.
- Papa, est-ce que Nisse viendra cette année ? »
Cai adorait le lutin espiègle qui, d'après la légende, portait des vêtements de laine grise, un bonnet, des chaussettes rouges et des sabots blancs. Il vivait dans les greniers des vieilles fermes et s'amusait à faire des blagues.
« Pour que nous en soyons certains, dit le garçon, il nous faudra du porridge. »
Thorvaldsen sourit. Sa propre mère lui avait raconté la même histoire selon laquelle un bol de porridge, laissé en évidence le soir de Noël, permettait que les blagues de Nisse restent dans des limites raisonnables. Évidemment, c'était avant que les nazis aient massacré tous les Thorvaldsen, y compris son père.
« Nous aurons du porridge, répondit Lisette. Ainsi qu'une oie rôtie, du chou rouge, des pommes de terre sautées et un gâteau de riz à la cannelle.
- Avec l'amande magique ? » demanda Cai, la voix émerveillée.
Sa femme caressa les cheveux fins du garçon.
« Oui, mon trésor. Avec l'amande magique. Et si tu la trouves, tu auras une récompense. »

Lisette et lui faisaient toujours en sorte que Cai trouve l'amande magique. Bien que Thorvaldsen fût juif, son père et sa femme avaient été chrétiens, si bien que cette fête faisait partie de sa vie. Chaque année, tous les deux, ils ornaient le sapin odorant avec des décorations en bois et en paille faites maison, et, selon la tradition, ne permettaient jamais à Cai de voir leur création avant le dîner du soir de Noël lorsqu'ils se réunissaient tous pour chanter des chants de Noël.

Il avait tellement aimé les Noëls.

Jusqu'à ce que Lisette meure.

Puis, deux ans auparavant, quand Cai avait été assassiné, la fête avait perdu tout sens. Les trois dernières, y compris celle-ci, avaient été une véritable torture. Chaque année, il se retrouvait assis au bout de cette table, se demandant pourquoi la vie avait été aussi cruelle.

Mais cette année, c'était différent.

Il tendit le bras et caressa le métal noir du fusil. Les fusils d'assaut étaient illégaux au Danemark, mais les lois ne le concernaient pas.

La justice.

C'est ça qu'il voulait.

Il resta assis en silence. Aucune des quarante et une pièces de Christiangade n'était éclairée. Il se délectait même à l'idée d'un monde sans illumination. Dans un tel monde, sa colonne vertébrale déformée passerait inaperçue. Son visage parcheminé demeurerait invisible. Ses cheveux gris en broussaille et ses sourcils touffus n'auraient jamais besoin d'être coupés. Dans le noir, seuls les sens d'une personne comptaient.

Et les siens étaient parfaitement aiguisés.

Son regard parcourait le hall sombre, réveillant constamment des souvenirs.

Il voyait Cai partout. Lisette aussi. C'était un homme d'influence, immensément riche, puissant. Rares étaient les chefs d'État, les têtes couronnées, qui refusaient ses sollicitations. Ses porcelaines et leur réputation demeuraient parmi les meilleures du monde. Il n'avait jamais pratiqué sérieusement le judaïsme, mais il était un ami dévoué d'Israël. L'an dernier, il avait tout risqué pour empêcher un fanatique de détruire cet État béni. À titre personnel, il soutenait des œuvres charitables partout dans le monde grâce aux millions d'euros de sa famille.

Mais il était le dernier des Thorvaldsen.

Il lui restait encore quelques lointains parents, mais très peu nombreux. Cette famille qui avait perduré pendant des siècles était sur le point de disparaître.

Pas avant en tout cas que justice ne soit faite.

Il entendit une porte s'ouvrir, puis des pas résonner dans le hall obscur.

Quelque part, une horloge annonça 2 heures du matin.

Les pas s'arrêtèrent à quelques mètres, et une voix déclara : « Les détecteurs viennent de s'enclencher. »

Depuis longtemps à son service, Jesper avait été le témoin des moments de joie et de peine, et Thorvaldsen savait parfaitement que son ami les avait partagés.

« Où ? demanda-t-il.

– Quadrant sud-est, près de la côte. Deux intrus, venant par ici.

– Vous n'avez pas besoin de faire tout ça, dit-il à Jesper.

– Nous devons nous préparer. »

Il sourit, content que son vieil ami ne puisse pas le voir. Pendant deux ans, il n'avait pas cessé de se battre contre ses émotions, se consacrant à des causes susceptibles de lui faire oublier un moment la douleur, l'angoisse et la tristesse qui ne le quittaient plus.

« Et Sam ? demanda-t-il.

– Plus rien depuis son appel tout à l'heure. Mais Malone a téléphoné deux fois. J'ai laissé sonner le téléphone, selon vos instructions. »

Ce qui voulait dire que Malone avait fait ce qu'il lui avait demandé de faire.

Il avait tendu ce piège avec grand soin. À présent, il entendait bien l'actionner avec autant de précision.

Il saisit le fusil.

« Le moment est venu d'accueillir nos invités. »

8

Eliza s'assit à l'avant de son fauteuil. Il fallait qu'elle capte toute l'attention de Robert Mastroianni.

« Entre 1689 et 1815, l'Angleterre a été en guerre pendant soixante-trois ans. Cela représente une année sur deux au combat – les années intermédiaires servaient à se préparer pour d'autres combats. Pouvez-vous imaginer ce que ça a dû coûter ? Et ce n'était pas atypique. C'était plutôt la norme pour les pays de rester en guerre.

– Ce qui, d'après vous, a profité à beaucoup de personnes ? demanda Mastroianni.

– Absolument. Et il n'était pas important de gagner ces guerres, puisque, chaque fois, les gouvernements s'endettaient encore plus, et les financiers amassaient davantage de privilèges. C'est ce que font les compagnies pharmaceutiques aujourd'hui. Elles traitent les symptômes d'une maladie, ne la guérissent jamais et sont toujours payées en retour. »

Mastroianni finit de manger sa tarte au chocolat.

« J'ai des actions dans trois de ces compagnies pharmaceutiques.

– Alors vous savez que ce que je viens de dire est vrai. »

Elle le regarda avec sévérité. Il ne détourna pas les yeux, préférant visiblement ne pas s'opposer à elle.

« La tarte était délicieuse, dit-il enfin. Je dois avouer avoir un faible pour le sucré.

– Je vous en ai apporté une autre.

– Vous voulez m'acheter.

– Je veux vous associer à ce qui va arriver.

– Pourquoi ?

– Des hommes comme vous sont rares. Vous êtes riche, vous avez du pouvoir, de l'influence. Vous êtes intelligent et novateur. Comme nous tous, vous êtes probablement las de partager vos résultats avec des gouvernements avides et incompétents.

– Alors, Eliza, qu'est-ce qui est sur le point d'arriver ? Expliquez-moi ce mystère. »

Elle ne pouvait pas tout révéler. Pas encore.

« Permettez-moi de répondre en vous parlant encore de Napoléon. En savez-vous beaucoup sur lui ?

– C'était un type de petite taille. Qui portait un drôle de chapeau. Et avait toujours la main dans son manteau.

– Saviez-vous qu'il y a plus de livres écrits sur lui que sur n'importe quel autre personnage historique, à part peut-être Jésus-Christ ?

– Je ne savais pas que vous étiez tellement férue d'histoire.

– Je ne savais pas que vous étiez si têtu. »

Elle fréquentait Mastroianni depuis pas mal d'années, pas en tant qu'ami, plutôt comme associé occasionnel dans des affaires. Il possédait en pleine propriété la plus grande usine d'aluminium du monde. Il était aussi très impliqué dans la construction automobile, la réparation d'avions et, comme il l'avait indiqué, le domaine de la santé.

« J'en ai assez d'être poursuivi, dit-il. Surtout par une femme qui veut quelque chose, et ne peut pas me dire quoi ou pourquoi. »

Elle décida d'ignorer cette remarque.

«J'aime beaucoup ce qu'a écrit Heine : "L'historien est un prophète qui regarde en arrière." »

Il eut un petit rire.

«Ce qui illustre à merveille votre façon de voir si étrange à vous les Français. J'ai toujours trouvé agaçante la façon qu'ont les Français de résoudre tous leurs conflits en se servant des batailles du passé. Comme si un passé glorieux allait pouvoir leur fournir la solution.

– Cela énerve aussi parfois ma moitié corse. Il arrive pourtant que l'étude d'une de ces batailles du passé se révèle instructive.

– Dans ce cas, Eliza, parlez-moi de Napoléon. »

Il fallait vraiment pour qu'elle continue que cet Italien impertinent lui ait semblé un élément parfait pour son club. Elle ne laisserait pas sa fierté entrer en ligne de compte dans ses plans soigneusement préparés.

«Il a créé un empire tel qu'on n'en avait jamais vu depuis les Romains. Il a régné sur plus de soixante-dix millions de personnes ! C'était un homme autant aussi à l'aise avec l'odeur de la poudre à canon qu'avec celle du parchemin. Il s'est proclamé *lui-même* Empereur. Vous vous rendez compte ? À l'âge d'à peine trente-cinq ans, il ne tient aucun compte du pape et se pose lui-même la couronne sur la tête. »

Elle laissa ses paroles faire leur effet, puis ajouta :

«Et pourtant malgré cet ego surdimensionné, il ne construisit que deux monuments uniquement pour lui, deux petits théâtres qui n'existent plus aujourd'hui.

– Et qu'en est-il de tous les édifices et les monuments qu'il a fait construire ?

– Aucun n'a été bâti en son honneur, ou ne porte son nom. La plupart n'ont été achevés que longtemps après sa mort. Il a même refusé que la place de la Concorde soit rebaptisée place Napoléon. »

Mastroianni apprenait visiblement quelque chose. Bien. Il était temps.

«À Rome, il ordonna que le Forum et le Palatin soient nettoyés, et le Panthéon restauré, sans jamais faire apposer une plaque pour le revendiquer. Dans de nombreuses autres villes à travers l'Europe, il multiplia les améliorations, sans jamais rien exiger à sa mémoire. N'est-ce pas étrange ? »

Elle regarda Mastroianni se rincer la bouche après sa tarte au chocolat avec un verre d'eau minérale.

«Et ce n'est pas tout, dit-elle. Napoléon refusait de s'endetter. Il détestait les financiers et leur imputait la responsabilité des déficits de la République française. Certes, il n'hésitait pas à confisquer ou à extorquer de l'argent, ou même à le déposer dans des banques, mais il refusait d'en emprunter. En cela, il différait complètement de tous ceux qui l'avaient précédé, ou qui lui succédèrent.

– Pas une mauvaise politique, murmura-t-il. Des sangsues, tous ces banquiers.

– Aimeriez-vous vous en débarrasser ? »

Elle voyait que cette idée lui plaisait, mais il garda le silence

«Napoléon était de votre avis, dit-elle. Il rejeta catégoriquement l'offre de l'Amérique d'acheter la Nouvelle-Orléans, mais en revanche il leur a vendu tout le territoire de la Louisiane, et a utilisé les millions de la vente pour bâtir son armée. Tout autre monarque aurait gardé le territoire et emprunté de l'argent aux sangsues pour faire la guerre.

– Napoléon est mort depuis longtemps, observa Mastroianni. Et le monde a changé. Le crédit est la base de l'économie d'aujourd'hui.

– Ce n'est pas vrai. Voyez-vous, Robert, ce que Napoléon a retiré des papyrus en question est toujours d'actualité. »

Cette fois, elle avait visiblement piqué son intérêt, tout en se rapprochant de son but.

«Mais évidemment, je ne saurai rien avant d'avoir accepté votre proposition ? »

Elle sentait que la situation était en train de tourner à son avantage.

« Je peux vous faire partager autre chose. Cela pourra même vous aider à prendre votre décision.

– Comment dire non à une femme que je n'aime pas, qui m'a offert un vol de retour si confortable, m'a si bien nourri, servi le meilleur champagne et, bien sûr, une tarte au chocolat ?

– Encore une fois, Robert, pourquoi êtes-vous là si vous ne m'aimez pas ? »

Il la regarda droit dans les yeux.

« Parce que je suis intrigué. Vous le savez bien. Oui, j'aimerais me débarrasser des banquiers et des gouvernements. »

Elle se leva de son fauteuil, fit quelques pas vers l'arrière jusqu'à un canapé en cuir et ouvrit son sac Vuitton. À l'intérieur il y avait un petit livre relié en cuir, qui avait été publié en 1822. *Le Livre du destin, anciennement en possession de Napoléon et utilisé par Napoléon.*

« Ceci m'a été donné par ma grand-mère corse, qui l'a reçu de sa propre grand-mère. »

Elle posa l'ouvrage sur la table.

« Croyez-vous aux oracles ?

– Non, pas vraiment.

– Celui-ci est unique. Il aurait été trouvé dans une tombe royale de la Vallée des Rois, près de Louxor, par un des savants de Napoléon. Écrit en hiéroglyphes, il avait été donné à Napoléon. Celui-ci avait interrogé un prêtre copte qui l'avait traduit oralement pour le secrétaire de Napoléon, lequel, à son tour, l'avait traduit en allemand pour préserver le secret, et donné ensuite à Napoléon. »

Elle marqua une pause.

« Rien que des mensonges, bien sûr. »

Mastroianni gloussa.

« Pourquoi ne suis-je pas surpris ?

– Le manuscrit original avait réellement été trouvé en Égypte. Mais contrairement aux papyrus dont j'ai parlé tout à l'heure...

– Dont vous avez oublié de me parler, dit-il.

– J'attends que vous vous engagiez. »

Il sourit.

« Il y a beaucoup de mystère autour de votre Club de Paris.

– Je dois prendre des précautions. »

Elle désigna le livre de l'oracle sur la table.

« Le texte original a été écrit en grec, et faisait probablement partie de la mythique bibliothèque d'Alexandrie. Des centaines de milliers de rouleaux similaires avaient été entreposés dans cette bibliothèque, tous disparus depuis le Ve siècle après Jésus-Christ. Napoléon l'a effectivement fait transcrire, mais pas en allemand. Il était incapable de lire cette langue. En réalité, il n'était pas très doué pour les langues étrangères. Il a préféré le faire traduire en corse. Il a réellement gardé ce livre d'oracles à tout moment par-devers lui, dans un coffre en bois. Ce coffre a dû être jeté après la désastreuse bataille de Leipzig en 1815, lorsque son empire a commencé à s'effondrer. On raconte qu'il a risqué sa vie pour essayer de le récupérer. Un officier prussien l'a finalement retrouvé, vendu à un général français prisonnier qui l'a reconnu comme étant un bien personnel de l'Empereur. Le général avait prévu de le rendre, mais il est mort avant de pouvoir le faire. Le coffre parvint entre les mains de la seconde épouse de Napoléon, l'impératrice Marie-Louise, qui n'avait pas accompagné son mari dans son exil forcé à Sainte-Hélène. Après la mort de Napoléon en 1821, un certain Kirchenhoffer affirma que l'impératrice lui avait donné le manuscrit pour le faire publier.

Elle ouvrit le livre et feuilleta soigneusement les premières pages.

« Regardez la dédicace. *Son altesse impériale, ex-impératrice de France.* »

Mastroianni ne parut pas impressionné.

« Voulez-vous essayer ? demanda-t-elle.

– À quoi cela va-t-il servir ?

– À prédire votre avenir. »

9

La première impression que Malone avait eue de Sam Collins s'était révélée bonne. La trentaine, un visage inquiet présentant un mélange d'innocence et de détermination. Ses cheveux blond-roux étaient coupés court et s'emmêlaient sur son crâne comme des plumes. Il parlait avec un léger accent que Malone avait aussitôt identifié – Australie ou peut-être Nouvelle-Zélande – mais sa diction et sa syntaxe étaient typiquement américaines. Il était agité et suffisant, comme beaucoup de trentenaires, y compris Malone autrefois, qui voulaient qu'on les traite comme des quinquagénaires.

Un seul problème.

Tous, y compris lui à l'époque, n'avaient pas comptabilisé ces vingt années d'erreurs supplémentaires.

Sam Collins avait apparemment renoncé à sa carrière dans les services secrets, et Malone savait que, après un échec dans un département touchant à la sécurité, on venait rarement vous chercher.

Il négocia un nouveau tournant serré avec la Mazda, tandis que l'autoroute pénétrait à l'intérieur des terres, dans une forêt sombre. L'ensemble du territoire sur les prochains kilomètres, entre la route et la mer, était la propriété d'Henrik Thorvaldsen. Quatre de ces hectares appartenaient à Malone, un cadeau inattendu de son ami danois, quelques mois auparavant.

« Vous n'avez aucunement l'intention de me dire pourquoi vous êtes ici au Danemark, n'est-ce pas ? demanda-t-il à Collins.

– Pouvons-nous d'abord nous occuper de Thorvaldsen ? Je suis sûr qu'il répondra à toutes vos questions.

– Toujours des instructions de la part d'Henrik ? »

Il hésita, puis :

« C'est ce qu'il m a dit de vous dire – si vous le demandiez. »

Il n'aimait pas être manipulé, mais il savait que c'était la méthode de Thorvaldsen. Pour être mis au courant, il savait qu'il fallait en passer par là.

Il ralentit devant un portail ouvert et avança entre deux cottages blancs qui marquaient l'entrée de Christiangade. La propriété avait été construite quatre siècles auparavant par un ancêtre Thorvaldsen du XVIIe siècle qui avait eu la bonne idée de convertir des tonnes de tourbe sans valeur en combustible pour fabriquer de la porcelaine fine. Au XIXe siècle, Adelgate Glasvaerker avait été décrété fournisseur officiel de la cour du Danemark. Il détenait toujours ce titre, sa verrerie étant renommée dans toute l'Europe.

Il suivit un chemin herbeux bordé par des arbres dénudés par l'hiver. Le manoir était un parfait spécimen de baroque danois – trois étages avec des ornements de grès sur fond de briques rouges, couverts par un toit de cuivre cintré. Une aile était orientée vers l'intérieur des terres, l'autre vers la mer. Aucune fenêtre n'était allumée. Ce qui était normal puisqu'on était en pleine nuit.

Mais la porte d'entrée était entrouverte.

Ce qui était inhabituel.

Il se gara, sortit de la voiture et se dirigea vers l'entrée, arme au poing.

Collins suivait.

À l'intérieur, l'air était imprégné d'un parfum de tomates cuites et d'un vague relent de cigare. Des odeurs familières dans une maison où il était venu souvent ces deux dernières années.

« Henrik ? » appela Collins.

Il fusilla le jeune homme du regard et chuchota.

« Vous êtes complètement fou ?

– Il faut qu'ils sachent que nous sommes là.

– C'est qui *eux* ?

– La porte était ouverte.

– Justement. Taisez-vous et restez derrière moi. »

Il traversa silencieusement le dallage de pierre jusqu'au couloir recouvert de plancher. Puis il s'avança dans un vaste hall, passa devant un jardin d'hiver et une salle de billard, jusqu'à un bureau au rez-de-chaussée éclairé par une lune hivernale à trois quarts pleine qui filtrait à travers les fenêtres.

Il devait vérifier quelque chose.

Il se faufila entre les meubles vers une armoire à fusils sculptée, fabriquée dans le même érable aux tons chauds que les boiseries du salon. Dans ce cabinet, se trouvaient toujours une douzaine de fusils de chasse, plusieurs armes de poing, une arbalète et trois fusils d'assaut.

La porte en verre biseauté était ouverte.

Il manquait une des armes automatiques ainsi que deux fusils de chasse. Il saisit un des pistolets. Un revolver de tir Welby – finition bleutée, barillet de quinze centimètres. Il savait combien Thorvaldsen admirait cette arme dont aucune autre n'avait été fabriquée depuis 1945. Une odeur âcre d'huile parvint à ses narines. Il vérifia le cylindre. Six coups. Chargé à plein. Thorvaldsen n'exposait jamais une arme vide.

Il la tendit à Collins en lui demandant à voix basse s'il savait s'en servir.

Collins fit oui de la tête.

Ils quittèrent la pièce par la porte la plus proche.

Connaissant parfaitement la géographie de la maison, il emprunta un autre couloir jusqu'à une intersection. Des portes moulurées s'alignaient des deux côtés du couloir, et l'écart entre elles témoignait de la taille des pièces.

À l'extrémité, se trouvait une porte à fronton. La chambre du maître de maison.

Thorvaldsen détestait monter des marches, et il s'était depuis longtemps installé au rez-de-chaussée.

Malone s'avança vers la porte, tourna doucement la poignée et poussa la lourde pièce de bois sculpté sans faire le moindre bruit.

Il jeta un coup d'œil à l'intérieur et fit l'inventaire des meubles dont il devinait les silhouettes. Les rideaux étaient ouverts sur la nuit argentée. La lisière d'un tapis étendu au milieu de la pièce se trouvait à cinq pas de la porte. Il vit les édredons sur le lit et aperçut un tas : quelqu'un dormait peut-être.

Mais quelque chose clochait.

Il sentit un mouvement sur sa droite.

Une forme apparut dans l'embrasure d'une porte.

La lumière inonda la pièce.

Ébloui, il s'abrita les yeux de la main et aperçut Thorvaldsen, un fusil pointé vers lui.

Jesper sortit de la grande penderie, l'arme au poing.

Puis il vit les corps.

Deux hommes couchés par terre au pied du lit.

« Ils m'ont pris pour un imbécile », dit Thorvaldsen.

Malone n'aimait pas particulièrement être pris au piège. La souris ne s'amusait jamais beaucoup.

« Il y a une raison pour laquelle je suis là ? »

Thorvaldsen baissa son arme.

« Tu étais loin.

– Affaires personnelles.

– J'ai parlé à Stéphanie. Elle m'a raconté. Je suis désolé, Cotton. Ça a dû être l'enfer. »

Il apprécia la sollicitude de son ami.

« C'est terminé. »

Le Danois s'assit sur le lit et retourna la couette, découvrant un amas d'oreillers.

«Malheureusement ce genre de chose n'est jamais fini.»

Malone désigna les corps.

«Ce sont eux qui s'en sont pris à la librairie?»

Thorvaldsen secoua la tête, et il lut la souffrance dans ses yeux las.

«Il m'a fallu deux ans, Cotton. Mais j'ai enfin trouvé les meurtriers de mon fils.»

10

« Napoléon croyait beaucoup aux oracles et aux prophéties, dit Eliza à son compagnon de vol. C'était son côté corse. Son père lui avait répété que le destin était *écrit dans le ciel*. Il avait raison. »

Mastroianni ne paraissait toujours pas impressionné, mais elle n'allait pas se laisser détourner de son but.

« Joséphine, la première femme de Napoléon, était une créole de la Martinique, un pays où régnaient le vaudou et la magie. Avant de quitter l'île pour s'embarquer pour la France, elle se fit dire la bonne aventure. On lui assura qu'elle se marierait jeune, serait malheureuse, deviendrait veuve et, plus tard, reine de France. »

Elle marqua une pause.

« Elle se maria à quinze ans, fut très malheureuse, devint veuve et, plus tard, non pas reine, mais impératrice. »

Il haussa les épaules.

« Encore une façon des Français de regarder en arrière pour trouver des réponses.

– Peut-être. Mais ma mère a vécu toute sa vie avec cet oracle. Avant, j'étais comme vous, une mécréante. Mais maintenant, j'ai une opinion différente.»

Elle ouvrit le petit livre.

«Il y a trente-deux questions parmi lesquelles choisir. Certaines sont générales. *Vivrai-je jusqu'à un âge avancé? Est-ce que le patient guérira? Ai-je ou non des ennemis? Vais-je hériter de biens?* Mais d'autres sont plus précises. Vous passez quelques instants à formuler la question, et vous avez même le droit de substituer un mot ou deux dans la demande.»

Elle glissa le livre vers lui.

«Choisissez-en une. Quelque chose que vous savez peut-être déjà. Testez son pouvoir.»

Il haussa à nouveau les épaules et lui fit un clin d'œil amusé.

«Qu'avez-vous de mieux à faire?» demanda-t-elle.

Il acquiesça, examina la liste des questions et finit par en désigner une.

«Voilà. *Aurai-je un fils ou une fille?*»

Elle savait qu'il s'était remarié l'année précédente. Épouse numéro trois. Environ vingt ans de moins que lui. Marocaine, si sa mémoire ne lui faisait pas défaut.

«Je l'ignorais. Elle est enceinte?

– Voyons ce que déclare l'oracle.»

Elle remarqua le tic qui agita son sourcil et comprit sa méfiance.

Elle lui tendit un bloc-notes.

«Prenez un crayon et dessinez une rangée de traits verticaux en travers de la page, au moins douze. Après douze, arrêtez-vous où vous voulez.»

Il lui jeta un regard interloqué.

«C'est comme ça qu'on procède.»

Il s'exécuta.

«Maintenant, dessinez encore quatre rangées de traits verticaux, l'une sous l'autre, et sous la première. Ne réfléchissez pas, faites-le.

– Au moins douze ? »

Elle secoua la tête.

« Non. Autant que vous voulez. »

Elle le regarda faire.

« Maintenant comptez les cinq rangées. Si le nombre est pair, placez deux points à côté. Si c'est impair, un point. »

Il prit un moment pour compter et termina avec une colonne de cinq rangées de points.

Elle examina le résultat.

« Deux impairs, trois pairs. Ce résultat dû au hasard vous convient-il ? »

Il acquiesça.

Elle ouvrit le livre à un tableau.

« Vous avez choisi la question 32. »

Elle montra le bas du tableau et la rangée marquée 32.

« Ici, en haut de la page, figurent les combinaisons de points. Dans la colonne correspondant à la combinaison que vous avez choisie – deux impairs, trois pairs – pour la question 32, la réponse est R. »

Elle feuilleta le livre et s'arrêta à une page avec un *R* majuscule en haut.

« Sur la page de réponses, se trouvent les mêmes combinaisons de points. La réponse de l'oracle à la combinaison, deux impairs, trois pairs, est la troisième à partir du haut. »

Il prit le livre et lut, visiblement stupéfait.

« C'est vraiment extraordinaire. »

Elle esquissa un sourire.

« "Un fils naîtra bientôt qui, s'il n'est pas soigné à temps, pourra être pour toi une source d'ennuis." Je vais effectivement avoir un fils. En fait, nous ne le savons que depuis quelques jours. Un examen prénatal a révélé un problème auquel les médecins veulent remédier pendant que l'enfant est encore dans le ventre de sa mère. Il y a un risque aussi bien pour la mère que le bébé. Nous n'en avons rien dit à personne, et nous nous interrogeons encore sur le bien-fondé du traitement. »

Son désarroi initial s'effaça.

« Comment est-ce possible ?

– Le sort et la destinée.

– Puis-je recommencer ? » demanda-t-il.

Elle secoua la tête.

« L'oracle prévient qu'un solliciteur ne peut pas poser deux questions le même jour, ou faire une demande sur le même sujet dans le même mois lunaire. Également, les questions posées à la lumière de la lune ont plus de chances d'être précises. Il est quoi ? Presque minuit, et nous nous dirigeons vers l'est, vers le soleil.

– Il y a donc un jour nouveau qui arrive. »

Elle sourit.

« Je dois vous avouer, Eliza, que c'est assez impressionnant. Il y a trente-deux réponses possibles à ma question. Et pourtant j'ai choisi précisément celle qui a satisfait ma demande. »

Elle approcha le bloc-notes et prit une nouvelle page.

« Je n'ai pas consulté l'oracle aujourd'hui. Laissez-moi essayer. »

Elle désigna la question 28.

Aurai-je du succès dans ce que j'entreprends actuellement?

« Cela se rapporte à moi ? »

Mastroianni s'était nettement adouci.

Elle acquiesça.

« Je suis venue à New York uniquement pour vous voir, dit-elle en le regardant droit dans les yeux. Vous serez un excellent atout pour notre équipe. Je choisis soigneusement, et je vous ai choisi.

– Vous êtes une femme redoutable. Et qui plus est, vous êtes une femme redoutable avec un projet. »

Elle haussa les épaules.

« Le monde est compliqué. Les prix du pétrole montent et descendent sans raison ni visibilité. Le globe est sujet soit à une récession importante, soit à une inflation rampante. Les gouvernements n'y peuvent rien. Ou bien ils impriment davantage d'argent, ce qui induit de l'inflation, ou bien ils régulent la situation en générant une autre récession. La stabilité semble être une situation du passé. J'ai une méthode pour résoudre tous ces problèmes.

– Est-ce que ça marchera ?

– Je le crois. »

Le visage basané de Mastroianni se durcit, son regard énergique montrant qu'il avait enfin pris sa décision. Il comprenait. Lui, l'entrepreneur qui souffrait des mêmes dilemmes auxquels elle et d'autres étaient confrontés. Le monde changeait. Il fallait faire quelque chose. Et peut-être avait-elle la solution.

« Il y a un prix d'entrée, dit-elle. Vingt millions d'euros. »

Il haussa les épaules.

« Ce n'est pas un problème. Mais vous devez sûrement avoir d'autres sources de revenu ? »

Elle acquiesça.

« Des milliards. Sans aucune possibilité de traçabilité, et intacts. »

Il montra du doigt l'oracle.

«Allez-y, faites vos marques, et découvrons la réponse à votre question.»

Elle saisit le crayon et traça cinq rangées de traits verticaux, puis compta chaque rangée. Toutes des nombres pairs. Elle consulta le tableau et nota que la réponse était Q. Elle se reporta à la bonne page et trouva le message qui correspondait.

Elle résista à l'envie de sourire, voyant à quel point il était passionné maintenant.

«Voulez-vous que je vous la lise?»

Il acquiesça.

«"Examinez soigneusement l'attitude de votre éventuel partenaire, et, si elle est en accord avec la vôtre, n'ayez crainte car le bonheur sera au rendez-vous pour vous deux."

– On dirait que l'oracle sait ce que je vais faire», ironisa-t-il.

Elle resta assise sans rien dire et laissa le ronronnement des moteurs à réaction envahir la cabine. L'Italien sceptique venait d'apprendre ce qu'elle-même savait depuis qu'elle était adulte, ce que sa mère et sa grand-mère corses lui avaient enseigné: que la transmission directe des sources était la forme de savoir la plus émancipatrice qui soit.

Mastroianni lui tendit la main.

Sa poignée de main était moite et manquait d'énergie.

«Vous pouvez compter sur moi pour vous suivre dans tout ce que vous prévoyez.»

Mais cela ne lui suffisait pas.

«Vous ne m'aimez toujours pas?

– Nous verrons cela plus tard.»

11

Malone se dit qu'une promenade sur la plazza lui éclaircirait les idées. L'audience avait commencé tôt et n'avait été suspendue que bien après midi. Il n'avait pas faim, mais il avait soif et il remarqua un café de l'autre côté de la place. Cette mission était facile. Différente. Observer et s'assurer que la condamnation d'un trafiquant de drogues devenu assassin irait à son terme. La victime, un agent de la brigade antidrogue de l'Arizona, avait été purement et simplement exécutée au nord du Mexique. L'agent était un ami intime de Danny Daniels, le président des États-Unis, et Washington suivait de près l'affaire. Le procès en était à son quatrième jour et prendrait probablement fin le lendemain. Jusqu'à présent, le procureur avait fait du bon travail. Les preuves étaient accablantes. Il avait été mis officieusement au courant d'une guerre pour le contrôle d'un territoire entre l'accusé et ses rivaux mexicains. Le procès était apparemment la méthode préférée des requins des récifs pour éliminer un prédateur en eaux profondes.

Des cloches sonnèrent à toute volée dans une église proche, tout juste perceptibles dans le brouhaha qui régnait quotidiennement à Mexico. Autour de la place verdoyante, des gens étaient assis dans l'ombre dense des arbres, dont les couleurs flamboyantes contrastaient avec les immeubles environnants couverts de suie. Une fontaine en marbre bleu envoyait dans l'air chaud de minces colonnes d'eau mousseuse.

Il entendit un bruit sec. Puis un autre.

À cinquante mètres, une nonne en robe noire s'affaissa.

Encore deux bruits secs.

Une autre personne, une femme, tomba par terre.

Des hurlements déchirèrent l'air.

Des gens s'enfuyaient dans toutes les directions, comme si une alerte aérienne avait été déclenchée.

Il vit des petites filles en uniforme gris. D'autres nonnes. Des femmes en jupes multicolores. Des hommes d'affaires en costume sombre.

Il observa la pagaille pendant que d'autres corps tombaient. Finalement, il remarqua deux hommes avec des armes, à une cinquantaine de mètres – l'un à genoux, l'autre debout, qui tiraient sans arrêt.

Trois personnes s'affaissèrent encore.

Il sortit son Beretta de sa veste. Les Mexicains lui avaient permis de le garder sur lui pendant son séjour dans le pays. Il visa et tira deux volées, abattant les deux tireurs.

Il vit d'autres corps. Personne ne venait en aide à qui que ce soit.

Les gens fuyaient.

Il baissa son arme.

Une nouvelle détonation retentit et il sentit quelque chose dans son épaule gauche. Il n'éprouva d'abord aucune sensation, puis une décharge électrique le traversa et explosa dans son cerveau avec une douleur atroce qu'il avait déjà éprouvée.

Il était touché.

Un homme sortit de derrière une haie. Malone distingua surtout des cheveux noirs sortant d'un vieux chapeau porté avec désinvolture.

La douleur devenait plus intense. Du sang coulait de son épaule, trempant sa chemise. Cette mission de surveillance de la salle d'audience ne s'annonçait pas dangereuse. La colère l'envahit et renforça sa détermination. Son agresseur avait un air effronté, avec un sourire sardonique, se demandant visiblement s'il devait s'enfuir ou rester pour finir le travail.

Le tireur fit demi-tour pour s'en aller.

Malone chancela, mais il rassembla toutes ses forces et tira.

Il ne se souvenait toujours pas d'avoir appuyé sur la gâchette. Plus tard, on lui apprit qu'il avait tiré trois fois, et que deux de ces tirs avaient atteint leur cible, tuant le troisième assaillant.

Au final, on compta sept morts et neuf blessés.

Cai Thorvaldsen, un jeune diplomate affecté à la mission danoise, ainsi qu'une avocate mexicaine, Elena Ramirez Rico, faisaient partie des morts. Ils étaient en train de profiter de leur déjeuner sous un arbre.

Dix semaines plus tard, un homme avec une colonne vertébrale de travers était venu le voir à Atlanta. Ils s'étaient assis dans le bureau de Malone, et celui-ci n'avait même pas pris la peine de demander comment Henrik Thorvaldsen l'avait retrouvé.

« Je suis venu voir l'homme qui a abattu l'assassin de mon fils, dit Thorvaldsen.

– Pourquoi ?

– Pour vous remercier.

– Vous auriez pu téléphoner.

– On m'a raconté que vous avez failli mourir. »

Il haussa les épaules.

« Et vous êtes sur le point de quitter votre emploi au gouvernement. De démissionner. En prenant votre retraite de l'armée.

– *Vous en savez beaucoup.*

– *Le savoir est le plus grand des luxes.* »

Il n'était pas impressionné.

« *Merci pour la visite. J'ai un trou dans l'épaule qui me fait un mal de chien. Maintenant que vous avez dit ce que vous aviez à dire, j'aimerais que vous partiez.* »

Thorvaldsen ne quitta pas son siège. Il contempla autour de lui le bureau, et les pièces alentour, visibles à travers un passage voûté. Tous les murs étaient tapissés de livres. La maison semblait uniquement servir de toile de fond aux étagères.

« Moi aussi, j'aime les livres, avoua son visiteur. J'ai collectionné des livres toute ma vie.

– *Que voulez-vous ?*

– *Avez-vous pensé à votre avenir ?* »

Malone fit un geste en montrant le bureau.

« J'ai pensé ouvrir une librairie consacrée aux livres anciens. J'en ai beaucoup à vendre.

– *Excellente idée. J'en ai une à vendre, si vous en voulez.* »

Il décida de jouer le jeu. Mais quelque chose dans le regard du vieil homme le persuada que ce n'était pas une plaisanterie. Des mains robustes fouillèrent dans une poche de veste, et Thorvaldsen posa une carte de visite sur le canapé.

« *Mon numéro personnel. Appelez-moi si vous êtes intéressé.* »

C'était il y a deux ans. Maintenant, il était face à Henrik Thorvaldsen, et les rôles s'étaient inversés. C'était son ami qui avait des ennuis.

Thorvaldsen restait assis au bord du lit, un fusil d'assaut sur les genoux, le visage défait.

« J'étais en train de rêver de Mexico, dit Malone. C'est chaque fois la même chose. Je ne peux jamais abattre le troisième homme.

– Mais tu l'as fait.

– Pour une raison qui m'échappe, je n'y arrive pas dans mon rêve.

– Tu vas bien ? demanda Thorvaldsen à Sam Collins.

– Je suis allé tout droit chez M. Malone...

– Arrête avec ça, dit-il. Appelle-le Cotton.

– D'accord. Cotton s'en est chargé.

– Et mon magasin est détruit. Encore une fois.

– Il est assuré », précisa Thorvaldsen.

Malone fixa son ami.

« Pourquoi ces hommes poursuivaient-ils Sam ?

– J'espérais qu'ils ne le feraient pas. C'est moi qu'ils devaient poursuivre. C'est pour ça que je l'ai envoyé en ville. Apparemment, ils m'avaient devancé.

– Dans quoi t'es-tu fourré, Henrik ?

– J'ai passé les deux dernières années à chercher. Je savais que cela ne se limitait pas aux événements qui se sont produits ce jour-là à Mexico. Ce massacre n'était pas du terrorisme. C'était un assassinat. »

Il attendait la suite.

Thorvaldsen montra Sam du doigt.

« Ce jeune homme est très intelligent. Ses supérieurs ne se rendent même pas compte à quel point. »

Malone remarqua des larmes dans les yeux de son ami. C'était quelque chose de nouveau.

« Il me manque, Cotton », chuchota Thorvaldsen, sans quitter Sam du regard.

Il posa une main sur l'épaule du vieil homme.

« Pourquoi fallait-il qu'il meure ? chuchota Thorvaldsen.

– C'est à toi de me le dire, Henrik. Pourquoi Cai est-il mort ? »

Papa, comment vas-tu aujourd'hui ?

Thorvaldsen se réjouissait tellement de l'appel hebdomadaire de Cai ; il aimait que son fils l'appelle encore papa, malgré ses trente-cinq ans et son appartenance à l'élite du corps diplomatique danois.

« On se sent seul dans cette grande maison, mais Jesper s'arrange pour qu'on ne s'ennuie pas. Il taille au jardin et nous

nous disputons tous les deux à propos du niveau des tailles. Il est têtu comme une mule.

— Mais Jesper a toujours raison. Nous le savons depuis longtemps. »

Il sourit.

« Et je ne le lui dirai jamais. Comment vont les choses de l'autre côté de l'océan ? »

Cai avait postulé pour ce poste au consulat du Danemark à Mexico et l'avait obtenu. Dès son plus jeune âge, il avait été fasciné par les Aztèques et profitait de la proximité de cette culture depuis longtemps disparue.

« Le Mexique est un endroit incroyable. En proie à l'agitation, au désordre et au chaos, mais en même temps fascinant, provocant et romantique. Je suis ravi d'être là.

— Et qu'en est-il de la jeune femme que tu as rencontrée ?

— Elena est merveilleuse. »

Elena Ramirez Rico travaillait pour le bureau du procureur fédéral à Mexico, assignée à une unité spéciale d'enquête. Cai lui avait un peu parlé de son travail, mais surtout d'elle. Apparemment, son fils était très épris.

« Tu devrais venir ici avec elle.

— Nous en avons parlé. Peut-être à Noël.

— Ce serait formidable. Elle aimerait le sens de la fête des Danois, mais trouverait le temps moins clément.

— Elle m'a emmené sur beaucoup de sites archéologiques. Elle connaît tout sur l'histoire de son pays.

— Tu sembles en être épris.

— Oui, papa. Elle me rappelle maman. Sa chaleur, son sourire.

— Alors elle doit être ravissante. »

« Elena Ramirez Rico, dit Thorvaldsen, engageait des poursuites contre les délits culturels. Principalement les vols d'objets d'art et d'objets de fouille. Un trafic très prospère au Mexique. Elle était sur le point de faire condamner deux hommes Un Espagnol et un Anglais. Les deux lourdement impliqués dans des affaires de vols d'objets d'art. Elle a été assassinée avant de pouvoir le faire.

– En quoi sa mort aurait-elle changé les choses ? lui demanda Malone. Un autre procureur aurait été nommé.

– Un autre l'a bien été, mais il a refusé de poursuivre l'affaire. Toutes les charges ont été abandonnées. »

Thorvaldsen regarda attentivement Malone. Il vit que son ami le comprenait parfaitement.

« Qui étaient les deux hommes qu'elle poursuivait en justice ? demanda Malone.

– L'Espagnol s'appelle Armando Cabral. L'Anglais est Lord Graham Ashby. »

12

Ashby était assis sur le canapé, en train de siroter son rhum, et d'observer le Corse pendant que *L'Archimède* croisait le long de la côte rocheuse de la rive orientale du cap Corse.

« Ces quatre Allemands ont laissé quelque chose au cinquième, dit enfin Ashby. La rumeur a longtemps couru, mais j'ai découvert que c'était une réalité.

– Grâce à des informations que je vous ai fournies il y a des mois.

– C'est vrai, admit Ashby. Vous étiez en possession des pièces manquantes. C'est pour cela que je suis venu, et que je vous ai généreusement livré ce que je savais, en même temps qu'un pourcentage sur ce qu'on trouvera. Et vous avez accepté de partager.

– En effet. Mais nous n'avons rien trouvé. Alors à quoi rime cette conversation ? Pourquoi suis-je retenu prisonnier ?

– Prisonnier ? C'est beaucoup dire. Nous faisons simplement une petite croisière à bord de mon bateau. Deux amis qui se rendent visite.

– Des amis ne s'en prennent pas l'un à l'autre.

– Et ils ne se racontent pas non plus de mensonges. »

Il y a un peu plus d'un an, Ashby avait contacté cet homme après avoir été mis au courant de sa relation avec le cinquième Allemand présent en 1943. La légende disait que l'un des quatre hommes qu'Hitler avait fait exécuter avait encodé le lieu du trésor et tenté de se servir de cette information comme monnaie d'échange. Malheureusement pour lui, les nazis ne marchandaient pas, ou en tout cas jamais de bonne foi. Le Corse assis en face de lui, qui se demandait certainement jusqu'où cette affaire pouvait le mener, était tombé par hasard sur le secret de ce malheureux Allemand – un livre, un volume anodin sur Napoléon, que le soldat avait lu pendant qu'il était en prison en Italie.

« Cet homme, dit Ashby, avait appris le nœud du Maure. »

Il montra la table.

« Il a donc imaginé ces lettres, qui furent découvertes plus tard par le cinquième participant, après la guerre, dans des archives allemandes confisquées. Malheureusement, il n'a jamais su le titre du livre. Et, chose incroyable, vous avez réussi à l'apprendre. J'ai redécouvert ces lettres, et, la dernière fois que nous nous sommes rencontrés, je vous les ai communiquées, ce qui prouve ma bonne foi. Mais vous n'avez jamais mentionné que vous connaissiez le titre du livre.

– Qui vous dit que je le connais ?

– Gustave. »

Il vit la surprise sur le visage de l'homme.

« Lui avez-vous fait du mal ? demanda à nouveau le Corse.

– Je l'ai payé pour cette information. Gustave est un individu bavard, doté d'un optimisme contagieux. Il est riche maintenant. »

Il observa son invité pendant que celui-ci digérait cette trahison.

Guildhall entra dans le salon et inclina la tête. Il savait ce que cela voulait dire. Ils approchaient. Les moteurs se turent et le bateau ralentit. Il fit un geste et son acolyte partit.

« Et si je déchiffre le nœud du Maure ? demanda le Corse, réalisant ce qui se passait.

– Alors vous aussi vous deviendrez riche.

– Riche de combien ?

– Un million d'euros. »

Le Corse se mit à rire.

« Le trésor vaut cent fois plus. »

Ashby se leva du canapé.

« À condition qu'il y en ait un à trouver. Même vous, vous reconnaissez qu'il peut s'agir d'un mythe. »

Il traversa le salon et récupéra un sac noir. Il revint et en renversa le contenu sur le canapé.

Des liasses d'euros.

Le bureaucrate écarquilla les yeux.

« Un million. Pour vous. Plus besoin de continuer la recherche. »

Le Corse se pencha en avant et saisit le livre.

« Vous êtes très persuasif, Lord Ashby.

– Tout le monde a un prix.

– Ces chiffres romains sont clairs. La première rangée correspond aux numéros des pages. La rangée du milieu aux lignes. La dernière à la position du mot. Les angles relient les trois rangées entre elles. »

XCV	CCXXXVI	CXXVIII	CXCIV	XXXII
IV	XXXI	XXVI	XVIII	IX
	VII	XI	X	II	XI

Il regarda le Corse feuilleter le vieux livre, jusqu'à la première page, la page 95, 4e ligne et 7e mot.

« *Tour*. Ce qui ne veut rien dire. Mais si vous ajoutez les deux mots qui suivent cela donne "tour Santa-Maria". »

Cette opération fut répétée quatre fois.

Tour Santa-Maria, couvent, cimetière, jalon, Ménéval.

Ashby regardait toujours, puis il dit :

« Un livre bien choisi. Son texte décrit l'exil de Napoléon à Sainte-Hélène, ainsi que ses jeunes années en Corse. Tous les mots nécessaires y figuraient. L'Allemand était malin. »

Le Corse s'enfonça dans son siège.

« Son secret est resté caché pendant soixante ans. Le voilà dévoilé à présent. »

Il s'autorisa un sourire amical pour détendre l'atmosphère.

Le Corse examina les euros.

« Je suis curieux, Lord Ashby. Vous qui avez, de toute évidence, des moyens importants. Vous n'avez certainement pas besoin de ce trésor.

– Qu'est-ce qui vous fait dire ça ?

– Vous cherchez pour le simple plaisir, n'est-ce pas ? »

Il pensa aux plans soigneusement échafaudés, aux risques calculés.

« Ce sont les choses perdues qui m'intéressent. »

Le bateau ralentit et s'arrêta.

« Moi, avoua le Corse, en prenant une liasse d'euros, je cherche pour l'argent. Je n'ai pas un bateau aussi grand que celui-ci. »

Les soucis d'Ashby pendant la traversée vers le sud depuis la France avaient enfin disparu. Son but était maintenant à sa portée. Il se demandait si la récompense justifierait tous ces efforts. C'était le problème avec les objets perdus – parfois la fin ne justifiait pas les moyens.

Celui-ci en était un bon exemple.

Personne ne savait s'il existait six caisses en bois qui attendaient qu'on les découvre, et si c'était le cas, ce qu'elles contenaient réellement. Il n'y avait peut-être que des couverts en argent et quelques bijoux en or. Les nazis n'étaient pas toujours très regardants.

Les babioles ne l'intéressaient pas. Le Corse se trompait. Il avait besoin de ce trésor.

« Où sommes-nous ? demanda enfin le Corse.

– Au large de la côte, au nord de Macinaggio. Près du site naturel de Capandula. »

Le cap Corse, au-dessus de Bastia, était couvert de tours anciennes, de couvents vides et d'églises romanes. À la pointe extrême au nord, s'étendait une région sauvage protégée avec peu de routes et encore moins de gens. Seuls les mouettes et les cormorans y avaient élu domicile. Ashby avait étudié sa géographie. La tour Santa-Maria était une tour à deux étages, en ruines, qui surgissait de la mer, à quelques mètres seulement du rivage. Elle avait été construite par un Génois au XVIᵉ siècle pour servir de poste d'observation. Non loin, à l'intérieur des terres, se trouvait la chapelle Santa-Maria datant du XIᵉ siècle, un ancien couvent devenu une attraction touristique.

Tour Santa-Maria, couvent, cimetière, jalon, Ménéval.

Il regarda sa montre.

Trop tôt.

Il montra le verre du Corse.

« Ne vous pressez pas. Quand vous aurez terminé, un canot nous ramènera à terre. Le moment est venu de trouver l'or de Rommel. »

13

Sam observait Thorvaldsen avec inquiétude, se souvenant de ce que lui avait enseigné un de ses instructeurs des services secrets. *Énervez quelqu'un, ça le fait réfléchir. Mettez-le en colère, il foutra probablement tout en l'air.*

Thorvaldsen était en colère.

«Tu as tué deux hommes ce soir, constata Malone.

– Nous savions que cela allait arriver, répondit Thorvaldsen.

– C'est qui *nous* ?

– Jesper et moi.»

Sam regarda Jesper qui était resté là, l'air soumis, visiblement d'accord.

«Nous attendions, dit Thorvaldsen. J'ai essayé de te contacter la semaine dernière, mais tu étais parti. Je suis ravi que tu sois rentré. J'avais besoin de toi pour veiller sur Sam.

– Comment as-tu appris pour Cabral et Ashby ? demanda Malone.

– Par des détectives privés qui travaillent sur cette affaire depuis deux ans.

– Tu ne m'en as jamais parlé.

– Cela n'avait rien à voir avec notre relation à tous les deux.

– Tu es mon ami. Pour moi, cela avait quelque chose à voir.

– Tu as peut-être raison, mais j'ai préféré garder ce que je faisais pour moi. Il y a quelques mois, j'ai appris qu'Ashby avait essayé de soudoyer Elena Rico. Comme il n'y est pas arrivé, Cabral a engagé des hommes pour l'abattre, elle, Cai et beaucoup d'autres pour masquer le crime.

– Ça fait beaucoup.

– C'était une façon d'envoyer un message au successeur de Rico. Et ça a marché. Il s'est révélé beaucoup plus docile. »

Sam écouta, étonné du nouveau tour qu'avait pris sa vie. Deux semaines auparavant, il était encore un obscur agent secret sur la trace de transactions financières douteuses au milieu d'un labyrinthe de documents électroniques ennuyeux. Un travail de bureaucrate – méprisé par les agents sur le terrain. Il voulait sincèrement travailler sur le terrain, mais on ne lui en avait jamais donné la chance. Il se croyait à la hauteur – il avait bien réagi dans la librairie de Malone –, mais maintenant, devant les cadavres de l'autre côté de la pièce, il avait des doutes. Thorvaldsen et Jesper avaient tué ces hommes. De quelle trempe fallait-il être pour agir ainsi ? En était-il capable ?

Il regarda Jesper étaler deux housses mortuaires sur le sol. Il n'avait jamais vu de mort par balle. Il sentait l'odeur de sang séché, un peu comme de la rouille. Il fixa les yeux vitreux. Jesper manipulait les corps d'un air désinvolte, les entassant dans les housses comme s'il s'agissait d'un travail familier.

Aurait-il été capable de le faire, lui aussi ?

« C'est quoi cette affaire avec Ashby ? demanda Malone. Sam m'en a aussi parlé. Je suppose que tu avais insisté pour qu'il le fasse. »

Sam voyait bien que Malone était à la fois agacé et inquiet.

« Je peux répondre à cette question, déclara Sam. Ashby est un Britannique richissime. Une fortune très ancienne, mais difficile à évaluer. Beaucoup de capitaux cachés. Il a été mêlé à quelque chose il y a plusieurs années. Des récupérateurs d'antiquités disparues. Un groupe de personnes qui volaient des objets d'art déjà volés et se les échangeaient entre eux.

– Je me souviens de ça, dit Malone. C'est à ce moment-là qu'ils ont retrouvé la chambre d'ambre[1]. »

Sam acquiesça.

« Ainsi qu'une tonne d'autres trésors disparus lorsqu'ils ont perquisitionné les maisons des participants. Ashby était dans le coup, mais rien n'a jamais pu être prouvé. Armando Cabral travaillait pour un des membres. On les appelait les "acquisiteurs". Ce sont eux qui étaient les véritables collectionneurs. »

Il marqua une pause.

« Ou qui les volaient, c'est selon. »

Malone semblait enfin comprendre.

« Donc Ashby a eu des ennuis à Mexico en voulant acquérir des objets de collection ? »

Thorvaldsen acquiesça.

« L'instruction suivait son cours, et Elena Ramirez Rico était sur la bonne piste. Elle allait finir par trouver des liens entre Cabral et Ashby, si bien qu'Ashby décida qu'elle devait être éliminée.

– Ce n'est pas tout », dit Sam.

Malone se tourna vers lui.

« Ashby est également impliqué dans un autre groupe clandestin qui ourdit un complot plus vaste.

– C'est l'agent qui parle ou bien l'internaute ? » demanda Malone.

Collins ignora son ton sceptique.

« C'est bien réel. Ils ont l'intention de provoquer la destruction des systèmes financiers du monde entier.

– Cela risque de se produire de toute façon.

– Je me rends compte que vous me prenez pour un fou, mais les politiques économiques sont une arme puissante. On pourrait même dire que ce sont les armes ultimes de destruction massive.

---

1. Voir, du même auteur, *Le Musée perdu*, le cherche midi éditeur.

– Comment êtes-vous au courant de ce groupe secret ?

– Certains d'entre nous sont sur leurs gardes depuis un moment. Quelqu'un que je connais à Paris est tombé sur celui-ci. Ils viennent juste de commencer à sévir. Ils ont bricolé ici et là sur les marchés monétaires. Rien d'important. Des choses difficiles à voir pour la plupart des gens, même en y regardant de près.

– Ce que vous et vos amis ont apparemment fait. Vous en avez probablement parlé à vos supérieurs, et ils ne vous ont pas cru. Le problème vient visiblement de l'absence de preuves. »

Il acquiesça.

« Ils sont là quelque part. Je le sais, et Ashby en fait partie.

– Cotton, dit Thorvaldsen, j'ai fait la connaissance de Sam il y a environ un an. Je suis tombé sur son site Web et ses théories assez peu conventionnelles, surtout ses opinions concernant Ashby. Il y a beaucoup de vrai dans ce qu'il raconte. »

Le vieil homme sourit à Sam.

« Il est intelligent et ambitieux. Peut-être sauras-tu reconnaître ces qualités. »

Malone sourit à son tour.

« D'accord. J'ai été jeune un jour, moi aussi. Mais apparemment Ashby sait que tu es à sa poursuite. Et il connaît l'existence de Sam. »

Thorvaldsen secoua la tête.

« Je n'en suis pas certain. Les hommes de ce soir sont venus de la part de Cabral. Je l'avais provoqué. Je n'étais pas sûr que Sam devienne une cible. J'avais l'espoir que la colère de Cabral se focaliserait sur moi, mais j'ai suggéré à Sam d'aller te trouver s'il avait besoin d'aide. »

Jesper tira hors de la pièce un des sacs contenant un corps.

« Ils sont venus par bateau, dit Thorvaldsen. Demain on les retrouvera en train de flotter dans le Øresund, loin d'ici.

– Et que vas-tu faire maintenant ? » demanda Malone.

Thorvaldsen inspira rapidement à plusieurs reprises. Sam se demanda si son ami allait bien.

«Ashby aime acquérir des œuvres d'art et des trésors qui sont soit inconnus, soit en souffrance, ou volés, déclara enfin Thorvaldsen. Pas d'avocats, pas de batailles juridiques et pas de journaux dont s'inquiéter. J'ai étudié les récupérateurs d'antiquités en question. Il y a longtemps qu'ils sévissent. Très astucieux, à vrai dire. Voler ce qui est déjà volé. L'acquéreur pour le compte d'Ashby était un certain Guildhall qui travaille toujours pour lui.

«Ashby a confié à Cabral un certain nombre de missions spéciales après l'arrestation des récupérateurs. En particulier la recherche d'objets sur lesquels la police n'avait pas pu mettre la main après l'arrestation des récupérateurs et dont Ashby connaissait l'existence. La liste des objets retrouvés au moment du démantèlement du réseau des récupérateurs est réellement stupéfiante. Mais Ashby est sans doute passé à autre chose, abandonnant la chasse au trésor pour œuvrer sur une plus grande échelle.»

Thorvaldsen se tourna vers Sam. «Tes informations tiennent la route. Jusqu'ici, toutes tes analyses concernant Ashby se sont révélées exactes.

– Mais on n'y voit aucun nouveau complot financier», dit Malone.

Le Danois haussa les épaules: «Ashby a beaucoup d'amis, mais cela ne serait pas étonnant. Il est quand même à la tête d'une des plus grandes banques d'Angleterre. À vrai dire, j'ai limité mon enquête uniquement à sa relation avec Cabral...

– Pourquoi ne pas le tuer tout simplement et en finir? Pourquoi toutes ces complications?» demanda Malone.

La réponse aux deux questions s'imposa immédiatement à Sam: «Parce que tu me crois, Henrik. Parce que tu penses qu'il y a véritablement un complot.»

Le visage de Thorvaldsen irradiait de plaisir; c'était le premier signe de gaieté que Sam voyait chez son ami depuis longtemps.

«Je n'ai jamais dit que je ne le croyais pas, répondit Thorvaldsen.

– Que sais-tu, Henrik ? demanda Malone. Tu n'agis jamais à l'aveuglette. Dis-moi ce que tu caches.

– Sam, quand Jesper reviendra, pourrais-tu lui donner un coup de main pour porter le deuxième sac ? Le bateau est loin. Bien qu'il ne l'avoue jamais, mon vieil ami avance en âge. Il n'est plus aussi agile. »

Sam n'aimait pas beaucoup être congédié, mais il voyait que Thorvaldsen voulait parler à Malone en tête à tête. Il se rendait bien compte de sa position – il était un élément extérieur et ne pouvait pas participer à la discussion. Ce n'était pas tellement différent de l'époque où il était enfant, ou au sein des services secrets, quand il était le dernier arrivé. Il avait fait ce que Thorvaldsen voulait et pris contact avec Malone. Mais il avait aussi aidé à déjouer l'attaque des hommes qui s'étaient introduits dans la librairie de Malone. Il avait prouvé ses capacités. Il fut sur le point de protester, mais préféra ne rien dire. Au cours de l'année écoulée, il n'avait pas mâché ses mots vis-à-vis de ses supérieurs à Washington, assez en tout cas pour se faire renvoyer. Il voulait à tout prix participer à l'action que Thorvaldsen prévoyait d'entreprendre, quelle qu'elle soit.

De toute façon, il le voulait suffisamment pour mettre son orgueil dans sa poche et obtempérer.

Et donc, quand Jesper revint, il se pencha pour lui dire :

« Je veux vous aider. »

Malone le regarda attraper les pieds à l'intérieur du sac en plastique, et transporter un corps pour la première fois de sa vie.

« Ce groupe financier dont vous parlez constamment. Vous en savez beaucoup à son sujet ?

– Mon ami en France en sait davantage.

– Vous connaissez au moins son nom ? »

Il acquiesça.

« Le Club de Paris. »

14

CORSE

Ashby débarqua sur la rive désertique du cap Corse. Le sable sale était parsemé de touffes d'herbe, les rochers couverts d'un maquis épineux. À l'est, au loin sur la mer, on apercevait les lumières de l'île d'Elbe. La tour Santa-Maria en ruines dominait les vagues à vingt mètres, vestige mystérieux et douloureux qui avait l'air d'être constamment en état de siège. La nuit hivernale était douce, avec une température de 18 °C typique pour la Méditerranée, ce qui amenait de nombreux touristes à envahir l'île à cette époque de l'année.

« Nous allons au couvent ? » demanda le Corse.

Ashby fit un geste et le canot s'éloigna. Il avait avec lui une radio et contacterait le bateau plus tard. *L'Archimède* était ancré dans des eaux calmes, non loin de la côte.

« En effet, c'est là que nous allons. J'ai vérifié sur une carte. Ce n'est pas loin. »

Tous les deux s'avancèrent avec précaution sur les rochers de granit et empruntèrent un sentier à travers le maquis. Ashby perçut l'odeur caractéristique de cette broussaille aromatique, un mélange de romarin, de lavande, de sauge, de genièvre, de lentisque et de myrte. Pas aussi prononcée à cette époque qu'au printemps et en été, quand la Corse tout entière explosait en une féerie de fleurs roses et jaunes, mais déjà très agréable. Il se souvint que Napoléon, lors de son premier exil sur l'île d'Elbe toute proche, avait remarqué que certains jours, par vent d'ouest, il pouvait sentir l'odeur de sa terre natale. Il s'imagina être un des nombreux pirates maures qui avaient, pendant des siècles, pillé cette côte, profitant du maquis pour brouiller leur piste et protéger leur retraite. Pour se défendre contre ces attaques, les Génois avaient construit des tours de guet. La tour Santa-Maria en était une, parmi de nombreuses autres – toutes cylindriques, de presque vingt mètres de haut, avec des murs épais d'un mètre, une citerne dans la partie inférieure, une habitation au milieu. En outre, chacune possédait à son sommet un observatoire et une plateforme de défense.

Une véritable prouesse technique.

Il trouvait l'histoire émouvante.

Il aimait marcher dans ses traces.

Par une nuit sombre de 1943, cinq hommes avaient réussi quelque chose d'extraordinaire, quelque chose qu'il n'avait fini par comprendre que trois semaines auparavant. Malheureusement, le petit imbécile qui marchait devant lui, avec son caractère insouciant, l'avait empêché de réussir. Il était temps que cette entreprise aboutisse. Ici. Cette nuit. D'autres entreprises, bien plus critiques, l'attendaient ensuite.

Ils quittèrent la côte rocheuse et franchirent une crête pour s'enfoncer dans une forêt composée de chênes, de châtaigniers et d'oliviers. Tout était silencieux autour d'eux. Plus loin, se dressait la chapelle Santa-Maria. Le couvent était là depuis le XIe siècle, rectangle imposant de pierre vitrifiée couleur gris poudre à canon, avec un toit de planches et un beffroi.

Le Corse s'arrêta.

« Où allons-nous ? Je ne suis jamais venu ici.

– Vous ne connaissez pas cette réserve naturelle ? J'aurais cru que c'était un endroit incontournable pour tous les résidents de cette île.

– J'habite dans le sud. Nous avons nos propres merveilles naturelles.»

Ashby fit un geste vers la gauche, à travers les arbres.

«Il paraît qu'il y a un cimetière derrière le couvent.»

Il marchait maintenant en tête, avec une lune presque pleine qui éclairait le chemin. On ne voyait aucune lumière nulle part. Le village le plus proche se trouvait à des kilomètres de là.

Ils contournèrent l'ancienne bâtisse et trouvèrent une arche métallique qui ouvrait sur un cimetière. Ses recherches lui avaient appris que les maîtres génois du cap Corse avaient accordé aux seigneurs médiévaux certaines facilités. Ces seigneurs corses, installés si loin au nord sur une étroite bande de terre montagneuse et inhospitalière qui s'avançait dans la mer, avaient profité autant des Français que des Italiens. Deux familles locales se partageaient autrefois le contrôle du territoire. Les Gentile et les da Mare. Certains des da Mare étaient enterrés là, derrière le couvent, dans des tombes vieilles de plusieurs siècles.

Trois faisceaux de lumière percèrent soudain l'obscurité. Des torches électriques s'allumèrent à leur approche.

«Qui est là ?» cria le Corse.

Un des faisceaux illumina un visage revêche. Guildhall.

Le Corse se tourna vers Ashby.

«C'est quoi tout ça ?»

Ashby fit un geste vers l'avant.

«Je vais vous montrer.»

Ils avancèrent en direction des lumières, se frayant un chemin entre des pierres écroulées, une cinquantaine environ, enfouies elles aussi sous un maquis odorant. En se rapprochant, les lumières révélèrent un trou rectangulaire creusé dans la terre, d'environ un mètre cinquante de profondeur. Deux hommes plus jeunes étaient debout à côté de Guildhall, tenant des pelles. Ashby sortit sa propre torche et éclaira une pierre tombale sur laquelle était gravé le nom de MÉNÉVAL.

« C'était un da Mare ayant vécu au XVIIe siècle. Ces quatre soldats allemands ont utilisé sa tombe comme cachette. Ils ont enterré six caisses ici, exactement comme le révélait le nœud du Maure dans le livre. *Tour Santa-Maria, couvent, cimetière, balise, Ménéval.* »

Il braqua son faisceau de lumière sur l'intérieur de la tombe fraîchement creusée.

Elle était vide.

« Pas de caisses. Pas de Ménéval. Rien. Comment expliquez-vous cela ? »

Le Corse ne répondit pas.

Ashby ne s'attendait pas à une réponse. Avec sa torche, il éclaira le visage des deux autres hommes.

« Ces messieurs travaillent depuis longtemps pour moi. Comme leur père avant eux, jadis, et leurs oncles aussi. Ils sont d'une loyauté à toute épreuve. Sumner ! » cria-t-il.

De l'ombre, d'autres formes surgirent, et une nouvelle torche révéla deux autres hommes.

« Gustave, dit le Corse en reconnaissant dans l'un d'eux son complice. Que fais-tu là ?

– C'est cet homme, Sumner, qui m'a amené.

– Tu m'as vendu, Gustave. »

L'autre homme haussa les épaules.

« Tu en aurais fait autant. »

Le Corse se mit à rire.

« En effet. Mais nous sommes tous deux devenus riches. »

Ashby remarqua qu'ils parlaient en Corse, et il ajouta, dans leur langue :

« Je suis désolé de tous ces inconvénients. Mais il fallait que nous soyons seuls pour conclure notre affaire. Et il fallait aussi que je sache s'il y avait vraiment quelque chose à trouver. »

Le Corse montra le trou vide.

« Comme vous pouvez le voir, Lord Ashby, il n'y a pas de caisses. Pas de trésor. Comme vous le craigniez.

– Ce qui est tout à fait compréhensible, étant donné que, tous les deux, vous avez récemment retrouvé les caisses et les avez emportées.

– C'est absurde, dit le Corse. Totalement, entièrement faux. »

Il était temps de mettre un terme à cette comédie.

« J'ai passé trois ans à chercher l'or de Rommel, déclara Ashby. Cela m'a coûté beaucoup de temps et d'argent. Il y a six mois, j'ai enfin retrouvé la famille du cinquième Allemand. Il a vécu vieux, et il est mort en Bavière, il y a dix ans. Sa veuve, contre rétribution bien sûr, m'a permis d'entrer chez lui. J'ai trouvé les chiffres romains dans ses affaires.

– Lord Ashby, dit le Corse, nous ne vous avons pas trahi.

– Sumner, soyez gentil de dire à ces messieurs ce que vous avez trouvé. »

La forme dans l'ombre éclaira Gustave avec sa torche.

« Enterrées dans le jardin de ce salaud. Six caisses. Remplies de lingots d'or portant le swastika. »

Ashby était enchanté de cette révélation. Jusqu'à cet instant, il ne savait pas ce qu'ils avaient découvert. Pendant qu'il s'occupait du Corse, Sumner Murray et ses fils avaient retrouvé Gustave, en dehors de Bastia, afin de vérifier ses soupçons. Et tandis qu'ils naviguaient vers le nord, les Murray avaient longé l'autoroute côtière en voiture. Guildhall était alors venu à terre pour creuser la tombe.

« J'ai traité avec vous en toute bonne foi, dit Ashby aux deux menteurs. Je vous ai proposé un pourcentage du butin, et j'aurais honoré cette promesse. Vous avez choisi de me tromper, je ne vous dois donc rien. Je retire le million d'euros que je vous ai proposé à tous les deux. »

Il était au courant des fameuses vendettas corses – des querelles de sang qui se déclaraient entre familles et laissaient de nombreux morts sur le terrain, ce qui dégénérait en guerre civile. Déclenchés souvent pour de banales histoires d'honneur, ces conflits pouvaient durer des décennies. Les Gentile et les da Mare s'étaient affrontés pendant des siècles, et certaines victimes de ces querelles étaient enterrées dans ce cimetière. Officiellement, les vendettas n'existaient plus mais la politique corse en était encore truffée. Assassinats et violences en tout genre étaient monnaie courante. Cette stratégie politique portait même un nom : le règlement de comptes.

L'heure était venue de régler les comptes.

« Normalement, j'aurais demandé à mon avocat de traiter avec vous.

– Un avocat ? Vous allez nous faire un procès ? demanda le Corse.

– Grands dieux, non ! »

Le Corse se mit à rire.

« Peut-être pourrions-nous trouver un arrangement ? Après tout, nous vous avons fourni une partie de la réponse. Ne pourrions-nous pas, en échange, garder l'argent que vous nous avez déjà donné ?

– Pour cela, il faudrait que je vous pardonne votre trahison.

– C'est dans ma nature, avoua le Corse. Je n'y peux rien. Que diriez-vous de la moitié de l'argent pour notre peine ? »

Il regarda Guildhall reculer lentement pour s'éloigner des deux hommes. Sumner et ses deux fils s'étaient déjà écartés, prévoyant ce qui allait arriver.

« La moitié me paraît beaucoup, dit Ashby. Que diriez-vous de... »

Deux bruits secs déchirèrent le silence de la nuit.

Les deux Corses titubèrent quand les balles du pistolet de Guildhall traversèrent leur crâne. Leurs corps s'affaissèrent, puis ils tombèrent en avant dans la tombe ouverte.

Problème résolu.

« Recouvrez-moi ça et assurez-vous qu'on ne voie rien. »

Il savait que les Murray s'occuperaient de tout.

Guildhall s'approcha, et Ashby lui demanda :

« Combien de temps faudra-t-il pour récupérer l'or ?

– Nous l'avons déjà. Il est dans le camion.

– Parfait. Chargez-le sur *L'Archimède*. Nous devons partir. Demain, j'ai à faire ailleurs. »

15

DANEMARK

Malone et Thorvaldsen quittèrent la chambre à coucher et se dirigèrent vers le grand salon de Christiangade. Thorvaldsen monta ensuite l'escalier menant à l'étage au-dessus, puis emprunta un vaste couloir orné d'œuvres d'art danoises et d'antiquités, jusqu'à une porte fermée. Malone savait où ils allaient.

La chambre de Cai.

C'était une pièce intime, haute de plafond, avec des murs badigeonnés couleur pastel et un lit anglais à colonnes.

« Il l'appelait son espace à penser, dit Thorvaldsen, en allumant trois lampes. Cette chambre a été souvent redécorée. Elle est passée de la chambre d'enfant à celle d'un petit garçon, puis elle est devenue le havre d'un jeune homme, et enfin le refuge d'un homme mûr. Lisette adorait faire les changements. »

L'épouse défunte de Thorvaldsen était un sujet tabou. Pendant les deux années que Malone et lui avaient passées ensemble, ils n'en avaient parlé qu'une seule fois, et très brièvement. Son portrait était resté en bas, et des photos d'elle disséminées dans toute la maison. Comme si sa mémoire ne pouvait être célébrée que par des évocations visuelles.

C'était la première fois qu'il entrait dans la chambre de Cai, et il remarqua, ici aussi, d'autres rappels visuels – des étagères pleines de petits objets, cette fois.

« Je viens souvent ici, dit Thorvaldsen.

– Est-ce bien raisonnable ? ne put s'empêcher de lui demander Malone.

– Probablement pas. Mais il faut que je m'accroche à quelque chose, et cette chambre est tout ce qui me reste. »

Il voulait savoir ce qui se passait, aussi il préféra se taire et rester attentif en attendant que son ami se décide à parler. Thorvaldsen s'appuya contre une commode sur laquelle il y avait des photos de famille. Il paraissait en proie à une immense détresse.

« Il a été assassiné, Cotton. Abattu dans la fleur de l'âge, pour rien, simplement pour prouver ce dont ils étaient capables.

– Quelles preuves as-tu ?

– Cabral a engagé quatre tireurs. Trois se sont rendus sur cette place...

– Et je les ai tués », coupa-t-il avec une véhémence qui le surprit.

Thorvaldsen se tourna vers lui.

« Exactement. J'ai retrouvé le quatrième. Il m'a raconté ce qui s'était passé. Il a vu ce que tu avais fait. La façon dont tu as abattu les deux. Il était chargé de couvrir le troisième, celui qui t'a tiré dessus, mais il s'est enfui quand tu as commencé à tirer. Il était terrifié par Cabral et a préféré disparaître.

– Pourquoi ne pas poursuivre Cabral en justice ?

– Pas la peine. Il est mort. »

Il le savait.

« Il est dans un de ces sacs ? »

Thorvaldsen acquiesça.

« Il est venu en personne pour me tuer. »

Il comprit que ce n'était pas tout.

« Raconte-moi le reste.

– Je ne voulais pas parler devant Sam. Il fait preuve d'une telle impatience ! Peut-être trop. Il croit être dans son bon droit, et il a besoin d'une justification ou plus exactement d'une validation pour agir. La seule pensée qu'il aurait pu être blessé me rend malade. »

Thorvaldsen regarda à nouveau la commode, en proie à ses émotions.

« Qu'as-tu découvert ? demanda Malone à voix basse.

– Une chose à laquelle je ne m'attendais pas. »

Sam monta dans le bateau pendant que Jesper arrimait le canot à l'arrière. L'air froid de l'hiver scandinave lui brûlait le visage. Ils avaient sorti les deux corps de leurs sacs dans le petit bateau qu'ils remorquaient maintenant vers le large. Jesper lui avait expliqué que l'embarcation allait être poussée par les courants en direction de la Suède, où elle échouerait après le lever du soleil.

Quelle nuit épuisante.

Il se passait tellement de choses.

Trois jours auparavant, Thorvaldsen avait prédit que la situation allait empirer, ce qui avait été le cas.

« Jesper, vous en faites beaucoup pour Henrik, dit Sam, par-dessus le bruit du moteur.

– M. Thorvaldsen a beaucoup fait pour moi.

– Tuer des gens est un peu exagéré, non ?

– Pas s'ils le méritent. »

La mer était agitée en raison d'un fort vent du nord. Heureusement, Jesper avait fourni à Sam un épais manteau en laine, des gants doublés et une écharpe.

« Il va tuer Cabral et Ashby ? demanda-t-il.

– Señor Cabral est mort.

– Quand est-ce arrivé ? » demanda Sam, incrédule.

Jesper fit un geste en direction du bateau qu'ils tiraient.

« Il a sous-estimé M. Thorvaldsen. »

Il regarda de nouveau la coque sombre qui contenait les deux corps. Il n'avait pas apprécié d'être congédié, et se demandait encore plus maintenant de quoi Thorvaldsen et Malone pouvaient bien discuter. Jesper n'avait pas répondu à la question concernant Ashby, et Sam se rendait compte qu'il ne le ferait pas. Cet homme était d'une loyauté absolue, et répondre reviendrait à trahir Thorvaldsen.

Mais son silence en disait long.

« Ashby est engagé dans une chasse au trésor, dit Thorvaldsen, un trésor qui échappe aux chercheurs depuis longtemps.

– Et alors ?

– C'est important. Je ne sais pas encore exactement en quoi. Mais c'est important. »

Malone attendit.

« Le jeune Sam a raison à propos d'un complot. Je ne lui en ai pas parlé, mais mes enquêteurs m'ont confirmé qu'il s'est récemment tenu à Paris de nombreuses réunions entre cinq personnes.

– Le Club de Paris ? »

Thorvaldsen haussa les épaules.

« Les gens ont le droit de se réunir. »

Malone remarqua une légère trace de transpiration sur le front de Thorvaldsen, bien que la chambre ne fût pas spécialement chaude.

« Pas ces gens-là. J'ai pu déterminer qu'ils mènent des essais. L'année dernière, en Russie, ils ont affecté le système bancaire national. En Argentine, ils ont fait chuter des actions, les ont achetées au plus bas, puis ont fait remonter leur valeur pour les revendre avec d'énormes bénéfices. Même chose en Colombie et en Indonésie. Des manipulations mineures cette fois. Comme s'ils essayaient de prendre la température de l'eau pour voir ce qu'il est possible de faire.

– Quels dommages pourraient-ils causer ? La plupart des nations ont mis en place des protections largement suffisantes autour de leurs systèmes financiers.

– Pas vraiment, Cotton. C'est ce dont se vantent la plupart des gouvernements, mais qu'ils n'ont pas réellement les moyens de mettre en action. Surtout si ceux qui attaquent le système savent exactement ce qu'ils font. Et regarde les pays qu'ils ont choisis. Des endroits avec des régimes despotiques, où la démocratie est limitée, ou inexistante, des nations avec un gouvernement centralisé et un minimum de droits civiques.

— Tu crois que ça a de l'importance ?

— Oui. Ces financiers ont été à bonne école. J'ai vérifié leur parcours. Et ils sont bien dirigés. »

Il crut déceler une nuance de moquerie.

« Elena Rico visait Ashby et Cabral. J'en ai beaucoup appris sur Graham Ashby. Il aurait été plus discret pour l'assassinat de Rico. Mais son associé a été mandaté pour commettre le meurtre, et il l'a fait à sa manière. J'imagine qu'Ashby ne devait pas être ravi du massacre de la plazza, mais il ne pouvait s'en plaindre non plus. Le boulot avait été fait. »

Malone sentit son estomac se serrer. Il craignait le pire.

« Tu vas le tuer ? Comme Cabral ? »

Thorvaldsen ne quittait pas les photos des yeux.

« Ashby ne sait pas que Cabral m'a attaqué ce soir. Cabral n'aurait jamais voulu qu'Ashby sache qu'il était exposé. C'est pourquoi il est venu lui-même. »

Thorvaldsen parlait de façon machinale, comme si tout était décidé d'avance. Mais il y avait encore autre chose. Malone le sentait.

« Que se passe-t-il vraiment ici, Henrik ?

— C'est une histoire compliquée, Cotton. Une histoire qui a commencé le jour de la mort de Napoléon Bonaparte. »

16

Ashby était fou de joie. L'or de Rommel était maintenant entreposé en toute sécurité à bord de *L'Archimède*. Il fit un calcul rapide et estima que, au cours actuel, le magot devait valoir entre soixante et soixante-dix millions d'euros, peut-être même cent millions. La prédiction de ce menteur de Corse s'était révélée exacte. Il débarquerait les lingots en Irlande et les mettrait en sécurité dans une de ses banques, à l'insu des inspecteurs britanniques. Ce n'était pas la peine de convertir le métal en liquide. Pas encore, en tout cas. Le cours mondial continuait de monter, et tous les pronostics disaient que cela ne s'arrêterait pas de sitôt. D'ailleurs, l'or était toujours un bon investissement. Il possédait maintenant suffisamment de garanties pour se procurer tout le financement dont il pourrait avoir besoin dans l'immédiat.

Tout compte fait, c'était une excellente soirée.

Il entra dans le grand salon de *L'Archimède*. Le rhum du Corse était encore sur la table entre les canapés. Il saisit le verre, sortit sur le pont et le jeta à la mer. L'idée de boire dans le même verre que ce menteur le dégoûtait. Le Corse avait eu l'intention de confisquer l'or et de se faire payer un million d'euros. Même confronté à une vérité irréfutable, le rond-de-cuir avait continué à jouer la comédie.

« Monsieur. »

Il se retourna. Guildhall se tenait à l'entrée du salon.

« Elle est au téléphone. »

S'attendant à cet appel, il se rendit dans un petit salon adjacent, une pièce chaleureuse aux murs recouverts de paille japonaise, décorée de meubles en bois ciré et de tissus soyeux. Il s'assit dans un fauteuil club et décrocha le téléphone.

« Bonsoir, Graham, dit Eliza Larocque.

– Êtes-vous toujours dans les airs ? demanda-t-il en français.

– Oui, et le vol a été très agréable. Signor Mastroianni a accepté de signer le pacte. Il effectuera son dépôt très vite. Attendez-vous donc à un transfert.

– Votre instinct ne vous a pas trompée.

– Il sera un excellent atout. Nous avons eu, lui et moi, une excellente conversation. »

Eliza Larocque était très persuasive, c'était le moins qu'on puisse dire. Elle s'était présentée à son domaine en Angleterre, et avait ensuite passé trois jours à lui faire miroiter des possibilités alléchantes. Il avait enquêté et appris qu'elle descendait d'une longue lignée de gens fortunés. Ses ancêtres corses, d'abord rebelles, puis aristocrates, avaient eu l'intelligence de fuir la Révolution française pour revenir ensuite au bon moment. L'économie était sa passion. Diplômée de trois universités européennes, elle dirigeait de main de maître les affaires de sa famille, les faisant prospérer dans des domaines aussi variés que la communication sans fil, la pétrochimie et l'immobilier. Forbes avait estimé sa fortune à près de vingt milliards. Il avait toujours pensé que ce chiffre était un peu exagéré, mais elle ne l'avait jamais contesté. Elle vivait entre Paris et un domaine de famille de la vallée de la Loire. Elle ne s'était jamais mariée, ce qui lui paraissait également étrange.

Ses passions avouées allaient des œuvres d'art classiques à la musique contemporaine. Curieux, toutes ces contradictions.

Quant à son défaut principal, c'était une tendance exagérée à la violence.

C'était pour elle le moyen d'arriver toujours à ses fins.

Personnellement, il n'était pas opposé à la violence – ce soir, il en avait éprouvé la nécessité – mais il en usait avec prudence.

« Comment s'est passé votre week-end ? lui demanda Larocque.

– J'ai profité d'une croisière paisible en Méditerranée. J'adore mon bateau. C'est un plaisir que je savoure si rarement.

– Beaucoup trop lent pour moi, Graham. »

Ils adoraient chacun leurs jouets. Larocque chérissait les avions – il avait entendu parler de son nouveau Gulfstream.

« Serez-vous à la réunion lundi ? demanda-t-elle.

– Nous naviguons en ce moment vers Marseille. Je prendrai l'avion de là.

– Je vous verrai donc. »

Il raccrocha.

Il formait maintenant une sacrée équipe avec Larocque. Il avait rejoint son groupe quatre ans auparavant, avec un dépôt initial de vingt millions. Malheureusement, depuis, son portefeuille financier avait connu un important revers, ce qui l'avait obligé à puiser largement dans les réserves de famille. Son grand-père l'aurait réprimandé pour avoir pris de tels risques inconsidérés. Son père aurait dit : « *Et alors ? Prends-en davantage.* » Cette dichotomie expliquait en grande partie sa précarité financière actuelle. Les deux hommes étaient morts depuis longtemps, mais il continuait toujours à vouloir faire plaisir aux deux.

Quand les récupérateurs d'antiquités avaient été découverts, il avait fallu employer les grands moyens pour tenir Europol à l'écart. Heureusement, les preuves étaient insuffisantes, et ses appuis politiques solides. L'abri où il cachait ses œuvres d'art n'avait pas été découvert, et il était toujours intact. Malheureusement, ce magot ne pourrait jamais venir améliorer son bilan.

Par bonheur, il disposait aujourd'hui d'une provision d'or.

Le problème était résolu.

Tout au moins pour l'avenir immédiat.

Il aperçut sur la chaise à côté de lui le livre du Corse – *Napoléon, des Tuileries à Sainte-Hélène*. Un des stewards l'avait apporté du salon, avec le porte-documents à nouveau rempli d'euros.

Il souleva le livre.

Comment un enfant ordinaire, né de modestes parents corses, avait-il pu atteindre ce niveau de grandeur ? À son apogée, l'Empire français comprenait cent trente départements, déployait plus de six cent mille soldats, gouvernait soixante-dix millions de sujets, et maintenait une présence militaire considérable en Allemagne, Italie, Espagne, Prusse et Autriche. Au cours de ces conquêtes, Napoléon avait amassé le plus grand trésor de tous les temps en prélevant un butin sans précédent dans chaque nation conquise. Métaux précieux, tableaux, sculptures, joyaux, vêtements, tapisseries, monnaies – tout ce qui avait de la valeur était saisi pour la gloire de la France.

Une grande partie avait été restituée après Waterloo.

Mais pas tout.

Et ce qui restait était devenu une légende.

Il ouvrit le livre à un endroit qu'il avait lu quelques jours avant. Gustave avait facilement rendu sa copie, moyennant un acompte sur le million d'euros promis. L'auteur du livre, Louis-Étienne Saint-Denis, avait servi comme valet de chambre de Napoléon, d'abord sur l'île d'Elbe, puis à Sainte-Hélène. Il s'occupait de la bibliothèque de Napoléon et, comme l'écriture de l'Empereur était atroce, il recopiait au propre tout ce qui lui était dicté. À peu près tous les récits en provenance de Sainte-Hélène avaient été écrits de sa main. Ashby avait été passionné par le mémoire de Saint-Denis. Un chapitre surtout avait retenu son attention. Il retrouva la page.

Sa Majesté détestait Sainte-Hélène, un tout petit point britannique sur la carte du monde à l'ouest de l'Afrique, battu par le vent et la pluie, et entouré de falaises abruptes. Napoléon, qui découvrit sa prison insulaire en 1815, ne changea pas d'avis à son propos pendant son séjour.

« Honteux. Ce n'est pas un endroit attrayant. J'aurais mieux fait de rester en Égypte. »

Mais en dépit des vicissitudes que Napoléon dut endurer, il se berçait toujours du souvenir de sa puissance.

« J'ai mis toute ma gloire, disait-il, à faire que les Français soient le plus grand peuple de l'Univers. Tous mes désirs, toute mon ambition étaient qu'ils surpassent les Perses, les Grecs et les Romains, aussi bien sur le plan militaire que dans les sciences et les arts. La France était déjà le pays le plus beau et le plus fertile. En un mot, elle était déjà digne de diriger le monde comme l'avait fait l'ancienne Rome. J'aurais pu arriver à mes fins si comploteurs, conspirateurs, hommes d'argent et hommes sans moralité n'avaient pas dressé obstacle après obstacle et entravé ma marche. Ce n'était pas une mince affaire que d'avoir réussi à gouverner la majeure partie de l'Europe et de lui avoir imposé un même système de lois. Des nations dirigées par un gouvernement juste, sage et éclairé auraient fini par attirer d'autres nations, et toutes auraient constitué une seule famille. Quand tout aurait été réglé, j'aurais instauré un gouvernement dont le peuple n'aurait pas eu à craindre une autorité arbitraire. Chaque homme aurait été un homme, assujetti simplement à une loi commune. Il n'y aurait eu aucun privilège, seulement le mérite. Mais certains n'auraient pas aimé qu'il en soit ainsi. Les magnats de la dette qui profitent de la cupidité et de la bêtise des autres. Mon but a toujours été de débarrasser la France de ses dettes. Leur désir était de plonger la France encore davantage dans l'abîme. Les emprunts n'ont jamais été destinés à faire face aux dépenses courantes, qu'elles soient civiles ou militaires. Il suffit de réfléchir à quoi les emprunts peuvent conduire pour se rendre compte de leur danger. Je me suis acharné contre eux. La finance n'aurait jamais eu le pouvoir de mettre le gouvernement dans l'embarras, car, si cela avait été le cas, ce seraient les banquiers et non les chefs de gouvernement qui auraient eu le contrôle. La main qui donne est au-dessus de la main qui prend. L'argent n'a pas de patrie. Les financiers n'ont aucun patriotisme et pas la moindre décence. Leur seul but est le gain.»

Il ne s'était jamais rendu compte à quel point Napoléon avait des convictions concernant le prêt d'argent. Les monarques français qui l'avaient précédé et ceux qui l'avaient suivi avaient cédé facilement à l'attrait de la dette, ce qui avait contribué à accélérer leur chute. Napoléon avait résisté. Cela, ironiquement, avait aussi peut-être précipité sa chute.

Un autre passage du livre avait également attiré son attention.

Il feuilleta les pages fragiles et jaunies, et trouva la référence en question dans l'introduction, écrite en 1922, par un professeur de la Sorbonne.

Saint-Denis mourut en 1856. Il légua à la ville de Sens quelques-uns des documents qu'il avait gardés en souvenir de son empereur: deux volumes de Fleury de Chaboulon avec des notes de la main de Napoléon; deux atlas dans lesquels Napoléon avait fait quelques annotations au crayon; le volume in-folio des campagnes d'Italie; un exemplaire intitulé *Les Royaumes mérovingiens 450-751 apr. J.-C.*; des reliques personnelles; un manteau avec des épaulettes; la cocarde d'un chapeau; un morceau du cercueil de Sainte-Hélène; et une branche d'un des saules qui poussait au-dessus de la tombe de l'Empereur. Ses derniers mots étaient précis:

«Mes filles doivent toujours se rappeler que l'Empereur était mon bienfaiteur et, par conséquence, le leur. La majeure partie de ce que je possède, je le dois à sa bonté.»

Ashby avait eu connaissance des objets que Saint-Denis avait donnés à la ville de Sens. Les deux volumes de Fleury de Chaboulon. Les atlas. L'in-folio des campagnes d'Italie. Quant à l'exemplaire des *Royaumes mérovingiens 450-751 apr. J.-C.*, il n'en avait jamais entendu parler.

Peut-être la réponse qu'il cherchait s'y trouvait-elle ?

17

DANEMARK

Thorvaldsen était venu dans la chambre de Cai puiser de la force. Il était temps de prendre une décision. Il avait soigneusement conçu son projet, prévu chaque détail, anticipé toutes les alternatives possibles. Il s'estimait prêt. Il ne lui restait plus qu'à s'assurer de l'aide de Cotton Malone. Il avait failli appeler son amie Cassiopée Vitt, mais avait préféré s'abstenir. Elle essaierait de l'en détourner, en lui disant qu'il y avait certainement un autre moyen, tandis que Malone, lui, comprendrait, surtout au vu des événements de ces deux dernières semaines.

« Napoléon est mort paisiblement le 5 mai 1821, peu après 18 heures, expliqua-t-il à Malone. Une des personnes présentes avait dit : *"Il s'est éteint comme la lumière d'une lampe."* Il a été enterré à Sainte-Hélène, mais fut exhumé en 1840, et ramené à Paris où il repose maintenant à l'hôtel des Invalides. Certains disent qu'il a été assassiné, empoisonné à petites doses. D'autres affirment qu'il est mort de mort naturelle. Personne ne sait au juste. Et cela n'a d'ailleurs aucune importance. »

Son regard fut attiré par une queue de cerf-volant nouée, déployée sur une étagère. Cai et lui avaient fait voler le cerf-volant un après-midi d'été, il y a longtemps. Un frisson de plaisir le traversa – une sensation rare, à la fois merveilleuse et déconcertante.

Il se força à se concentrer : « Napoléon a tellement volé que cela dépasse l'imagination, déclara-t-il. En route vers l'Égypte, il a conquis Malte et pris aux chevaliers de Malte pièces de monnaie, objets d'art, argenterie, bijoux et cinq millions de francs en or. L'histoire dit que tout a disparu en mer au cours de la bataille d'Aboukir. Curieux, d'ailleurs, la façon dont on évoque les batailles, comme s'il s'agissait d'un grand drame épique. Quand les Anglais ont détruit la flotte française en août 1798, mille sept cents marins ont perdu la vie. Et pourtant nous lui donnons un titre, comme à un roman. »

Il s'arrêta un moment.

« On suppose que le trésor de Malte se trouvait sur un des bateaux qui ont coulé, mais personne ne sait si c'est réellement le cas. Il y a de nombreuses histoires de ce genre. Des maisons, des châteaux ont été pillés, ainsi que les finances de certains États. Même le Vatican. Napoléon est la seule personne qui a réussi à piller la fortune de l'Église. Une partie du butin est revenue officiellement en France, mais pas tout. Il n'y a jamais eu d'inventaire digne de ce nom. À ce jour, le Vatican prétend encore qu'il y a des objets qui manquent. »

Tout en parlant, Thorvaldsen se battait contre les fantômes qui hantaient ce sanctuaire, comme une série d'occasions ratées. Il aurait tellement souhaité que Cai prenne la succession de sa famille, mais son fils avait d'abord voulu se consacrer au service public. Il avait accepté puisque, lui aussi, étant jeune, avait satisfait sa curiosité en faisant le tour du monde. À cette époque, la planète était bien différente. On ne se faisait pas tuer pendant qu'on déjeunait.

« Lorsque Napoléon est mort, il a laissé un testament détaillé. Il est long, avec de nombreux paragraphes concernant ses dernières volontés en matière d'argent. De l'ordre de trois millions de francs. La plupart n'ont jamais été honorées, faute de fonds pour le faire. Napoléon était en exil. Il avait été détrôné. Il n'avait pas grand-chose, en dehors de ce qu'il avait apporté à Sainte-Hélène. Mais à lire son testament, on pourrait penser qu'il était riche. Souviens-toi qu'il n'avait jamais été prévu qu'il quitte l'île de son vivant.

– Je n'ai jamais compris pourquoi les Britanniques ne se sont pas contentés de le tuer, dit Malone. Il représentait un danger évident. Il s'était échappé de son précédent exil à l'île d'Elbe et avait semé la panique en Europe.

– C'est vrai, et, quand il s'est finalement rendu aux Britanniques, il a surpris beaucoup de monde. Il voulait aller en Amérique, et ils ont failli le laisser partir, avant de changer d'avis. Tu as raison, il constituait un vrai danger. Et plus personne ne voulait la guerre. Mais le tuer aurait causé d'autres problèmes. Faire de lui un martyr, par exemple. Même vaincu, Napoléon était adulé par de nombreux Français et Anglais. Évidemment, il y a aussi une autre explication.»

Dans le miroir au-dessus de la commode, il aperçut le reflet de son visage, avec, pour une fois, des yeux brillant d'énergie.

«On raconte qu'il avait un secret, un secret que les Britanniques voulaient connaître. Une fortune immense et tout ce butin manquant convoité par les Anglais. Les guerres avaient coûté une fortune. C'est pour cela qu'ils l'ont gardé en vie.

– Pour négocier avec lui?»

Il haussa les épaules.

«Plutôt en attendant que Napoléon commette une erreur, et qu'ils puissent découvrir où était caché le trésor.

– J'ai lu des choses sur son séjour à Sainte-Hélène, dit Malone. C'était une bataille permanente entre lui et Hudson Lowe, le commandant britannique. Chacun voulait imposer sa volonté. Jusqu'à la façon dont on devait s'adresser à lui. Lowe lui disait *général*. Toutes les autres personnes l'appelaient *Votre Majesté*. Même après sa mort, Lowe n'a pas permis aux Français d'inscrire *Napoléon* sur la pierre tombale. Il voulait que ce soit *Napoléon Bonaparte,* une mention politiquement neutre. Il fut donc enterré dans une tombe sans inscription.

— Napoléon était de toute évidence un personnage fascinant, dit Thorvaldsen. Et son testament, rédigé trois semaines avant sa mort, est éminemment instructif. Il a laissé à son valet de chambre, Saint-Denis, une provision de cent mille francs, en lui demandant de prendre son exemplaire des *Royaumes mérovingiens* ainsi que quatre cents autres volumes de sa bibliothèque personnelle, et d'y veiller jusqu'à ce que son fils atteigne ses seize ans. Le fils de Napoléon vécut jusqu'à vingt et un ans, mais mourut virtuellement prisonnier en Autriche. Il ne vit jamais ces livres. »

Sa voix s'enfla de colère. Malgré tous ses défauts, tout ce qui avait été écrit sur lui attestait de l'amour de Napoléon pour son fils. Il avait divorcé de sa bien-aimée Joséphine et épousé Marie-Louise d'Autriche, simplement parce qu'il avait besoin d'un héritier mâle, ce que Joséphine ne pouvait pas lui donner. Le garçon avait quatre ans seulement lorsque Napoléon avait été exilé à Sainte-Hélène.

« On raconte que la clé menant à la fortune cachée de Napoléon se trouve dans ces livres – ce que l'Empereur avait prélevé pour son propre compte. Il aurait caché ces richesses dans un endroit que lui seul connaissait. Le montant était énorme. »

Il s'arrêta à nouveau.

« Napoléon avait un plan, Cotton. Quelque chose sur lequel il comptait. Tu as raison, il a bien essayé d'imposer sa volonté à Lowe à Sainte-Hélène, mais cela n'a jamais rien donné. Saint-Denis était son serviteur le plus loyal et je parie que c'est à lui que Napoléon a confié la plus importante de ses volontés.

— Qu'est-ce que ça a à voir avec Ashby ?

— Il est à la recherche de ce trésor.

— Comment le sais-tu ?

— Je le sais. En fait, Ashby en a terriblement besoin. Ou, plus précisément, c'est le Club de Paris qui en a besoin. Son fondateur est une femme du nom d'Eliza Larocque, et elle possède des informations qui pourraient mener à sa découverte. »

Son regard alla de la commode vers le lit où Cai avait dormi toute sa vie.

« Est-ce que tout ça est bien nécessaire ? demanda Malone. Tu ne peux pas laisser tomber ?

— Est-ce que trouver ton père était nécessaire ?

— Je ne l'ai pas fait pour tuer quelqu'un.

— Mais il fallait que tu le trouves.

— C'était il y a longtemps, Henrik. Les choses doivent avoir une fin, dit Malone d'une voix triste.

— Le jour où j'ai enterré Cai, j'ai juré que je ferais la vérité sur ce qui s'est produit ce jour-là. »

« Je vais au Mexique, lui avait dit Cai. Je suis nommé là-bas comme premier attaché au consulat. »

Malgré l'excitation qu'il lisait dans les yeux du jeune homme, il avait fallu qu'il lui demande : « Et quand est-ce que tout ça va se terminer ? J'ai besoin de toi pour reprendre en main les intérêts de la famille.

— Comme si tu allais me laisser prendre la moindre décision. »

Il admirait son fils, dont les épaules larges étaient droites comme celles d'un soldat, le corps souple comme celui d'un athlète. Les yeux étaient pareils aux siens quand il était jeune, d'un bleu fragile, un peu enfantins à première vue, mais incroyablement mûrs quand on le connaissait mieux. Il ressemblait en beaucoup de points à Lisette. Souvent, il avait l'impression d'être de nouveau en train de parler à sa femme.

« Je te laisserai prendre les décisions, assura-t-il. Je suis prêt à prendre ma retraite. »

Cai secoua la tête.

« Papa, tu ne prendras jamais ta retraite. »

Il avait appris à son fils ce que son propre père lui avait appris. On peut facilement comprendre les gens en voyant ce qu'ils attendent de la vie. Et son fils le connaissait bien.

« Que dirais-tu de passer encore un an dans le service public, dit-il. Puis retour ici. Ce serait acceptable ? »

Le remords l'envahit.

Encore un an.

Il se tourna vers Malone.

« Cotton, Armando Cabral a tué mon unique enfant. Il est mort maintenant. Graham Ashby lui aussi devra rendre des comptes.

– Alors tue-le et finis-en.

– C'est trop simple. D'abord, je veux lui prendre tout ce qu'il a de précieux. Je veux le voir humilié et honteux. Je veux qu'il éprouve la douleur que je ressens tous les jours. »

Il s'arrêta.

« Mais j'ai besoin de ton aide.

– Tu peux compter dessus. »

Il tendit le bras et saisit son ami par l'épaule.

« Et où en est Sam avec son Club de Paris ? demanda Malone.

– Nous allons nous en occuper aussi. On ne peut pas l'ignorer. Nous devons voir ce qui s'y trame. Sam a obtenu une grande partie de ses renseignements d'un ami à Paris. J'aimerais que vous alliez tous les deux lui rendre visite. Pour en apprendre un maximum.

– Et quand ce sera fait, tu vas tous les tuer, eux aussi ?

– Non, je vais me joindre à eux. »

DEUXIÈME PARTIE

18

Malone adorait Paris. Pour lui, cette ville symbolisait l'alliance parfaite entre l'ancien et le moderne. Elle était animée, vivante et chaque coin de rue dégageait une atmosphère différente. Quand il travaillait pour la division Magellan, il y était souvent venu et connaissait par cœur ses quartiers anciens. Mais cette mission-là ne lui plaisait pas beaucoup.

« Comment as-tu fait la connaissance de ce type ? » demanda-t-il à Sam.

Ils étaient arrivés de Copenhague à l'aéroport Charles-de-Gaulle par un vol direct en milieu de matinée, et avaient pris un taxi pour se rendre au Quartier latin, un endroit de Paris particulièrement animé ainsi nommé autrefois en raison de la seule langue alors en vigueur dans ce quartier universitaire. Napoléon, entre autres choses, avait aboli l'usage du latin, mais le nom était resté. Connu officiellement comme le 5e arrondissement, le quartier était resté un havre pour les artistes et les intellectuels. Les étudiants de la Sorbonne toute proche y avaient élu domicile, et les touristes adoraient l'ambiance qui y régnait ainsi que les innombrables boutiques, cafés, galeries d'art, bouquinistes et boîtes de nuit qui s'offraient à eux.

« Nous nous sommes rencontrés sur Internet », dit Sam.

Et Sam lui décrivit Jimmy Foddrell, un expatrié américain, venu à Paris pour faire des études d'économie, qui avait décidé de rester. Foddrell avait créé un site Web trois ans plus tôt – GreedWatch.net – pour dénoncer les excès de la finance mondiale. Ce site était devenu très populaire auprès des groupes New Age persuadés de l'existence d'un complot mondial. Le Club de Paris était l'une de ses plus récentes obsessions.

« On ne sait jamais, avait dit Thorvaldsen. Foddrell trouve ses renseignements quelque part, et il pourrait y avoir des informations pour nous. »

Incapable de résister à cette logique imparable, Malone avait accepté de venir.

« Foddrell a obtenu un mastère en économie mondiale à la Sorbonne, lui dit Sam.

– Et qu'est-ce qu'il en a fait ? »

Ils se trouvaient devant une église basse nommée Saint-Julien-le-Pauvre, supposée être la plus ancienne de Paris. En descendant la rue Galande, Malone reconnut, sur leur droite, une enfilade de vieilles maisons et de clochers que de très nombreux peintres avaient immortalisés. Sur leur gauche, de l'autre côté d'une artère encombrée et de la Seine paisible, se trouvait Notre-Dame, assaillie par les visiteurs de Noël.

« Rien que je sache, répondit Sam. Il semble s'occuper de son site Web – spécialisé dans les complots économiques mondiaux.

- Cela ne doit pas l'aider à trouver un vrai job. »

Ils s'éloignèrent de l'église et se dirigèrent vers la Seine, en suivant une allée bien entretenue et éclairée par le soleil d'hiver. Un vent froid balayait les feuilles le long du trottoir. Sam avait envoyé un courriel à Foddrell en lui demandant de le rencontrer, ce qui avait conduit à un autre échange de courriels, d'où il ressortait qu'ils devaient se rendre au 37, rue de la Bûcherie. Une librairie, comme par hasard.

Shakespeare & Company.

Il connaissait l'endroit. Tous les guides de Paris mention-
naient cette librairie de livres d'occasion comme un des hauts
lieux culturels de la ville. Créée, il y a plus de cinquante ans, par
un Américain qui s'était inspiré, jusqu'à lui en donner le nom,
de la célèbre boutique parisienne de Sylvia Beach qui datait du
début du XXᵉ siècle. La générosité de Beach et sa politique de
prêts gratuits en avaient fait le point de ralliement de nombreux
écrivains connus – Hemingway, Pound, Fitzgerald, Stein et
Joyce. La nouvelle librairie ressemblait peu à l'ancienne, mais
elle avait quand même réussi à se faire une réputation auprès
d'une clientèle bohème.

« Ton ami aime les livres ? demanda Malone.

– Il a mentionné une fois cet endroit. En fait, il y a vécu un
moment en arrivant à Paris. Le propriétaire le permet. Il y a des
lits de camp entre les étagères à l'intérieur. En échange, il faut
travailler dans le magasin et lire un livre par jour. Ça m'a paru
un peu dingue. »

Il sourit.

Il avait lu des articles sur ces pensionnaires qui se compa-
raient entre eux à des boules d'épine roulées par le vent du
désert, certains restant là des mois d'affilée. Il était venu à
plusieurs reprises dans ce magasin au cours des années passées,
mais il préférait un autre bouquiniste situé quelques rues plus
loin, The Abbey Bookshop, qui lui avait procuré d'excellentes
premières éditions.

La façade en bois rehaussée de couleurs paraissait instable
sur ses fondations en pierre. Des bancs de bois inoccupés
étaient alignés devant le magasin sous des fenêtres à battant.
Dans deux jours, ce serait Noël. Aussi, un flot de gens entrait et
sortait de la boutique sans discontinuer.

« Il veut que nous montions jusqu'au miroir d'amour, dit
Sam. Je me demande ce que ça peut être. »

Ils entrèrent.

Avec ses poutres en chêne incurvées au plafond et des
tuiles fêlées sur le sol, l'intérieur de la librairie sentait le vieux.

Des livres étaient entassés au hasard sur des étagères affaissées qui couvraient tous les murs. D'autres livres étaient empilés par terre. Des ampoules vissées dans des plafonniers en cuivre d'un goût douteux dispensaient la lumière. Des gens emmitouflés dans leurs manteaux, avec des gants et des écharpes, passaient en revue les étagères.

Sam et lui montèrent un escalier rouge jusqu'à l'étage suivant. En haut, parmi des livres pour enfants, il vit un grand miroir recouvert de notes manuscrites et de photos. La plupart étaient des remerciements de gens qui avaient vécu dans le magasin au cours des années. Chaque note pleine d'amour et de sincérité exprimait une admiration sans bornes pour cette expérience unique qu'ils avaient vécue. Une carte rose vif, collée presque au milieu, attira son attention :

Sam, rappelle-toi notre conversation de l'année dernière.
Celui dont j'ai parlé avait raison.
Regarde son livre dans la section affaires.

« Tu n'es pas sérieux, murmura Malone. Est-ce que ce type se drogue ?

– Je sais. Il est complètement parano. Il l'a toujours été. Il n'a accepté de traiter avec moi qu'après s'être assuré que je travaillais bien pour les services secrets. Et toujours avec un mot de passe, qui changeait tout le temps. »

Malone se demandait sérieusement si tout cela valait la peine. Mais il tenait à vérifier son intuition. Il traversa l'étage supérieur, baissa la tête pour passer sous l'encadrement d'une porte basse avec un panneau à petits carreaux qui portait cette curieuse mise en garde : *Ne vous méfiez pas des étrangers car ce sont peut-être des anges déguisés.*

Après avoir quitté l'église et en se dirigeant vers la librairie, il avait remarqué l'homme. Grand, filiforme, avec un pantalon kaki large, un caban et des chaussures noires. Il était resté à une trentaine de mètres derrière eux, et quand ils s'étaient attardés un peu devant le magasin, l'homme s'était arrêté également, près d'un café.

La grande perche était maintenant entrée dans la boutique.

Malone devait en avoir le cœur net, et il se tourna vers Sam.

« Foddrell sait à quoi tu ressembles ? »

Sam acquiesça.

« Je lui ai envoyé ma photo.

– Je suppose qu'il ne t'a jamais envoyé la sienne ?

– Je ne la lui ai jamais demandée. »

Il repensa au miroir d'amour.

« Alors dis-moi, qui était la personne dont Foddrell prétendait qu'elle avait raison ? »

19

LONDRES
13 H 25

Ashby entra dans Westminster sans se presser, au milieu d'une foule qui venait de sortir de plusieurs cars de touristes.

Il avait des frissons chaque fois qu'il entrait dans ce sanctuaire.

C'était l'endroit où s'était jouée l'histoire de l'Angleterre depuis plus d'un millénaire. Un ancien monastère bénédictin, devenu aujourd'hui le siège du gouvernement et le cœur de l'Église anglicane. Tous les monarques anglais depuis Guillaume le Conquérant avaient été couronnés ici, à deux exceptions près. Seules ses influences françaises le gênaient, même si elles étaient compréhensibles, puisque l'architecture de Westminster avait été inspirée par les grandes cathédrales françaises de Reims et d'Amiens, et par la Sainte-Chapelle. Mais il avait toujours été d'accord avec la description de Westminster faite par un observateur britannique.

« Une grande idée française exprimée dans un anglais parfait. »

Il s'arrêta à l'entrée pour payer son billet, puis suivit le flot jusqu'au Coin des poètes, où les visiteurs se rassemblaient auprès des bas-reliefs et des statues représentant Shakespeare, Wordsworth, Milton et Longfellow. Beaucoup d'autres grands hommes reposaient autour de lui parmi lesquels Tennyson, Dickens, Kipling, Hardy, Browning. Son regard parcourut la foule et s'arrêta finalement sur un homme debout devant la tombe de Chaucer, vêtu d'un costume prince-de-galles avec une cravate cachemire, des gants caramel et des mocassins Gucci.

Ashby s'approcha et, tout en admirant le monument de pierre vieux de cinq cents ans, il demanda :

« Connaissez-vous le peintre Godfrey Kneller ? »

L'homme l'examina attentivement avec des yeux larmoyants dont la couleur ambre était à la fois singulière et dérangeante.

« Je crois que oui. C'était un grand peintre du XVIIIe siècle attaché à la cour. Il est enterré à Twickenham, me semble-t-il. »

La référence à Twickenham complétait la réponse exacte, l'accent irlandais un peu forcé ajoutait une note intéressante.

« Il paraît que Kneller avait horreur de cet endroit, dit-il, bien qu'il y ait une plaque à son nom près de la porte est du cloître. »

L'homme acquiesça.

« Ses paroles exactes étaient, je crois : "Par Dieu, je ne serai pas enterré à Westminster. On y enterre des imbéciles." »

La citation lui confirma que cet homme était bien celui avec qui il avait parlé au téléphone. La voix était différente alors, plus rauque, moins nasale, sans accent.

« Mes respects du matin, Lord Ashby, dit l'homme avec un petit sourire.

– Et comment dois-je vous appeler ?

– Que diriez-vous de Godfrey ? En l'honneur du grand peintre. Il ne se trompait pas dans son jugement sur les âmes qui reposent ici. Il y a beaucoup d'imbéciles enterrés ici. »

Il étudia les traits grossiers de l'homme, son nez aquilin, sa grande bouche, et sa barbe poivre et sel broussailleuse. Mais c'étaient surtout ses yeux de reptile encadrés par des sourcils touffus qui retenaient l'attention.

« Soyez persuadé, Lord Ashby, que ce que vous voyez n'est pas mon véritable visage. Ne perdez donc pas votre temps à le mémoriser. »

Il se demandait pourquoi quelqu'un qui se donnait tant de mal pour se déguiser laissait son trait le plus marquant – les yeux – autant en évidence.

« J'aime connaître les gens avec qui je travaille, se contenta-t-il de dire.

– Et moi, je préfère ne rien savoir sur mes clients. Mais vous, Lord Ashby, êtes une exception. Je sais beaucoup de choses sur vous. »

Il se serait bien passé de ces petits jeux.

« Vous êtes l'unique actionnaire d'une grande institution bancaire britannique, un homme riche qui apprécie la vie. La reine elle-même vous compte parmi ses conseillers.

– Vous avez certainement une existence tout aussi passionnante. »

L'homme se mit à rire, révélant un écart entre ses dents de devant.

« Je n'ai pas d'autre intérêt que celui de vous faire plaisir, monseigneur. »

Ashby n'apprécia pas le sarcasme, mais ne le releva pas.

« Êtes-vous prêt à faire ce dont nous avons discuté ? »

L'homme s'avança vers une rangée de monuments, les regardant comme le faisaient les autres visiteurs alentour.

« Tout dépend si vous êtes prêt à vous acquitter de ce que j'ai demandé. »

Lord Ashby chercha dans sa poche et en sortit un jeu de clés.

« Elles ouvrent le hangar. L'avion attend, avec le plein d'essence. Il est immatriculé en Belgique, et son propriétaire est fictif. »

Godfrey prit les clés.

« Et le reste ? » demanda-t-il.

Le regard ambre mit Ashby à nouveau mal à l'aise. Il tendit un morceau de papier.

« Le numéro et le code pour le compte suisse, comme vous me l'avez demandé. La moitié du paiement est là. L'autre moitié viendra après.

– La date que vous avez demandée est dans deux jours. Le jour de Noël. Cela tient toujours ? »

Ashby acquiesça.

Godfrey mit les clés et le papier dans sa poche.

« Les choses vont bien changer à ce moment-là, déclara-t-il.

– C'est le but de l'opération. »

L'homme émit un petit rire, et ils s'enfoncèrent tranquillement dans la cathédrale, s'arrêtant devant une plaque portant 1699 comme date de mort. Godfrey montra le mur.

« Sir Robert Stapylton, dit-il. Vous le connaissez ? »

Ashby inclina la tête

« Un poète dramatique, fait chevalier par Charles II.

– Si je me souviens bien, c'était un moine bénédictin qui se convertit au protestantisme et devint un serviteur de la couronne. Chambellan des appartements privés de Charles, je crois.

– Vous connaissez votre histoire d'Angleterre.

– C'était un opportuniste. Un homme ambitieux. Quelqu'un qui ne s'embarrassait pas de principes. Comme vous, Lord Ashby.

– Comme vous également. »

L'homme eut un nouveau petit rire.

« Pas du tout. Ainsi que je vous l'ai dit, je ne suis qu'un employé.

– Un employé coûteux.

– Les bons employés le sont toujours. Dans deux jours. J'y serai. Veillez à ne pas oublier de remplir vos obligations. »

Il regarda le Godfrey en question disparaître dans le déambulatoire sud. Il avait traité avec beaucoup d'hommes dans sa vie, mais l'être amoral qui venait de partir l'avait vraiment mis mal à l'aise. Il ne savait pas depuis combien de temps il était en Angleterre. Le premier appel avait eu lieu une semaine plus tôt et les détails de leur accord mis au point au cours d'autres appels fortuits. Ashby avait facilement organisé sa partie de l'accord, et il avait attendu patiemment que Godfrey lui confirme en avoir fait autant.

À présent, il savait.

Deux jours.

20

VALLÉE DE LA LOIRE

14 H 45

Thorvaldsen avait été conduit en voiture de Paris vers le sud, jusqu'à une vallée tranquille, abritée par des collines couvertes de vignes. Le château semblait être ancré comme un bateau au milieu des méandres du Cher, à quelque quinze kilomètres de l'endroit où la rivière boueuse se jette dans la Loire majestueuse. Enjambant le cours d'eau, sa magnifique façade de brique et de pierre, avec des tourelles, des flèches, et un toit d'ardoises conique, semblait féerique. Ni triste ni sévère, telle une forteresse parfaitement entretenue, l'édifice avait un air à la fois guilleret et majestueux.

Il prit place dans le grand salon du château sous des poutres en chêne séculaires, chef-d'œuvre des compagnons. Deux candélabres en fer forgé électrifiés projetaient une lumière crue. Les murs lambrissés étaient ornés de tableaux superbes peints par Le Sueur, d'une œuvre de Van Dyck et de quelques remarquables portraits à l'huile qui devaient représenter des ancêtres vénérés. La propriétaire du château était assise en face de lui dans un élégant fauteuil Henri II recouvert de cuir.

Elle avait une voix charmante, des manières douces et des traits inoubliables. D'après ce qu'il savait d'Eliza Larocque, elle était lucide et déterminée, mais en même temps bornée et obsessionnelle.

Il espérait seulement que son côté lucide et déterminé prévaudrait.

« Je suis quelque peu surprise par votre visite », lui dit-elle.

Bien que son sourire lui parût sincère, il le trouva un peu trop convenu.

« Je connais votre famille depuis de nombreuses années, répondit-il.

– Et moi je connais votre porcelaine. Nous en avons une belle collection dans la salle à manger. Deux cercles avec un trait en dessous – ce symbole représente le summum de la qualité. »

Il inclina la tête pour la remercier de son compliment.

« Ma famille a travaillé pendant des siècles pour se forger cette réputation. »

Les yeux noirs de la jeune femme affichaient un singulier mélange de curiosité et de prudence. Elle était visiblement mal à l'aise et elle s'efforçait de le cacher. Les détectives de Thorvaldsen l'avaient informé de l'arrivée d'Eliza en avion. Ils l'avaient ensuite suivie depuis Orly jusqu'à ce qu'ils soient certains de sa destination. Ainsi, pendant que Malone et Sam allaient à la pêche aux renseignements à Paris, il avait pris la direction du sud pour mener sa propre enquête.

« Je dois vous dire, monsieur Thorvaldsen, déclara-t-elle en anglais, que j'ai accepté de vous voir par curiosité. Je suis arrivée hier soir de New York, et je suis donc un peu fatiguée et peu encline à recevoir des visiteurs. »

Il observa son visage, composition plaisante de courbes gracieuses, notant au passage la commissure de ses lèvres tandis qu'elles esquissaient un nouveau sourire de manipulatrice accomplie.

« Est-ce la résidence de campagne de votre famille ? » demanda-t-il dans le but de la distraire. Cela eut pour effet de provoquer chez elle un instant d'agacement.

Elle acquiesça.

« Construite au XVIe siècle, sur le modèle de Chenonceau, qui se trouve non loin d'ici. Une autre merveille. »

Il admira la cheminée en chêne foncé de l'autre côté de la pièce. Contrairement à d'autres demeures françaises qu'il connaissait et qui, par leur dépouillement, ressemblaient souvent à des tombeaux, celle-ci était de toute évidence habitée.

« Vous vous rendez compte, madame Larocque, que mes ressources financières dépassent largement les vôtres. De dix milliards d'euros peut-être. »

Il étudia ses pommettes saillantes, ses yeux sérieux et sa bouche bien dessinée. Il pensa que le contraste entre sa peau crémeuse et ses cheveux d'ébène était intentionnel. Compte tenu de son âge, la couleur de ses cheveux n'était sans doute pas naturelle. En tout cas, c'était une femme séduisante. Pleine d'assurance et intelligente aussi. Habituée à obtenir ce qu'elle voulait, mais peu habituée à la franchise.

« Et en quoi votre richesse manifeste pourrait-elle m'intéresser ? »

Il se tut un moment pour casser le rythme de la conversation, puis il reprit.

« Vous m'avez insulté. »

Elle parut perplexe.

« Comment est-ce possible ? Nous venons de faire connaissance.

– Je suis à la tête d'une des entreprises les plus importantes et les plus prospères d'Europe. Mes autres affaires, qui englobent le pétrole et le gaz, les télécommunications et l'industrie de transformation, s'étendent dans le monde entier. J'emploie plus de quatre-vingt mille personnes. Mes revenus annuels excèdent de loin toutes vos entités réunies. Et pourtant vous m'insultez.

– Monsieur Thorvaldsen, vous me devez une explication. »

Elle était désarçonnée. C'était là la beauté d'une attaque *a priori*. L'avantage était toujours du côté de l'attaquant. C'était vrai à Mexico deux ans auparavant, ça l'était également ici aujourd'hui.

« Je veux faire partie de votre projet, déclara-t-il.

– Et de quoi s'agit-il exactement ?

– Bien que je ne me sois pas trouvé dans votre avion hier soir, je peux au moins supposer que Robert Mastroianni – un ami à moi, entre parenthèses – a, lui, reçu une invitation. Alors que, moi, je suis écarté. »

Son visage était toujours aussi froid qu'une pierre tombale.

« Une invitation à quoi ?

– Au Club de Paris. »

Il décida de ne pas lui laisser le loisir de répondre.

« Vous venez d'une famille fascinante. Descendante directe de Carlo Andrea Pozzo di Borgo, né près d'Ajaccio, en Corse, le 8 mars 1764. Il était devenu l'ennemi juré de Napoléon Bonaparte. Avec une habileté merveilleuse, il a manipulé la politique internationale pour finalement mettre en échec son ennemi de toujours. Une vendetta corse classique. Ses armes n'étaient ni les fusils ni les bombes, mais les intrigues de la diplomatie. Son coup de grâce, le destin des nations. »

Il s'arrêta un moment pour la laisser digérer les faits qu'il venait d'énoncer.

« N'ayez pas peur, dit-il, je ne suis pas un ennemi. Bien au contraire. J'admire ce que vous faites, et je veux y participer.

– En supposant que ce que vous dites est en partie vrai, pourquoi prendrais-je une telle demande au sérieux ? »

Sa voix était chaude et lascive, sans le moindre signe d'inquiétude. Il pouvait donc continuer à jouer la comédie.

Elle était tout ouïe.

« Vous avez une fuite dans votre système de sécurité. »

21

Malone suivit Sam en bas, où ils trouvèrent une rangée d'étagères encombrées marquée « business ».

« Foddrell et moi échangeons souvent des e-mails, dit Sam. Il est très opposé au système de la Réserve fédérale. Selon lui, c'est un immense complot qui causera la ruine des États-Unis. Certaines choses qu'il raconte me semblent tenir debout, mais la plupart de ses raisonnements sont vraiment farfelus. »

Malone sourit.

« C'est bon de savoir qu'on a des limites.

– Contrairement à ce que tu peux croire, je ne suis pas un fanatique. Je crois seulement qu'il y a des gens quelque part capables de manipuler nos systèmes financiers. Pas pour dominer le monde ou le détruire. Simplement par cupidité. Un moyen facile de devenir riche, ou tout au moins de le rester. Ce qu'ils font peut affecter les économies nationales de nombreuses manières, aussi mauvaises les unes que les autres. »

Malone n'était pas complètement en désaccord, mais il lui fallait encore des preuves. Avant de quitter Christiangade, il avait parcouru attentivement les sites Internet de Sam et de Jimmy Foddrell. Ils n'étaient pas tellement différents, sauf que, comme l'avait indiqué Sam, les prédictions apocalyptiques de Foddrell avaient un ton plus radical.

Il saisit Sam par l'épaule.

« Que cherchons-nous au juste ?

– Cette note en haut parle d'un livre écrit par un expert financier qui s'occupe du même genre de chose dont nous discutons, Foddrell et moi. Il y a quelques mois, j'en ai trouvé un exemplaire, et je l'ai lu. »

Il laissa tomber sa main et observa Sam pendant qu'il examinait les étagères encombrées.

L'œil expert de Malone en profitait pour passer les livres en revue. C'était un fatras de titres dont il n'aurait jamais acheté la plupart, comme ceux que les gens apportaient à son magasin par caisses entières. Mais une fois en vente à Paris, sur la rive gauche, à quelques centaines de mètres de la Seine et de Notre-Dame, ils devaient valoir plus.

« Le voilà. »

Sam sortit un gros livre broché à couverture dorée intitulé *La Créature de Jekyll Island : un nouveau regard sur la Réserve fédérale.*

« Foddrell a dû le laisser ici, dit Sam. Ce n'est pas par hasard que ce livre se trouve là. C'est plutôt du genre abscons. »

Des gens continuaient à fouiller. D'autres entraient pour se réchauffer. Malone guettait Maigrichon, mais il ne le voyait pas. Il était à peu près sûr de ce qui se tramait, mais avait décidé de rester patient aujourd'hui.

Il prit le livre des mains de Sam et le feuilleta jusqu'à ce qu'il trouve un morceau de papier plié à l'intérieur.

Retour au miroir

Il secoua la tête.

Ils remontèrent à l'étage et trouvèrent une note écrite sur le même papier rose que celle qui les avait conduits en bas.

Café d'Argent, 34, rue Dante
Trente minutes

Malone recula vers la fenêtre à petits carreaux. Les platanes en dessous paraissaient sans vie avec leurs branches dénudées. Leurs ombres grêles s'allongeaient déjà dans le soleil de ce milieu d'après-midi. Trois ans avant, Gary et lui étaient allés au musée de l'Espionnage à Washington. Gary voulait en savoir plus sur ce que son père faisait pour gagner sa vie. Le musée s'était révélé fascinant. Ils avaient apprécié tout ce qui y était exposé, et il avait acheté un livre pour Gary, *Le Manuel d'espionnage pratique*, qui jetait un regard humoristique sur le métier d'espion. Un des chapitres intitulé « Comment rester à couvert » expliquait comment s'approcher de ses contacts en toute sécurité.

Il attendit donc, sachant ce qui allait arriver.

Sam s'approcha.

Il entendit la porte en bas s'ouvrir, puis se refermer, et il vit Maigrichon sortir du magasin en tenant ce qui semblait être, d'après la couleur et la forme, le livre sur l'île de Jekyll qu'ils avaient vu à l'étage au-dessous.

« C'est un vieux truc que plus personne n'utilise, dit-il. Une façon de vérifier qui veut vous rencontrer. Ton ami a vu trop de films d'espionnage.

– Il était là ? »

Il acquiesça.

« Il semblait s'intéresser à nous quand nous étions dehors, puis il est entré, et je suppose qu'il s'est caché derrière les étagères en bas pendant que nous cherchions le livre. Comme tu lui avais envoyé ta photo, il savait qui chercher. Une fois rassuré après m'avoir vu, il est monté ici avant nous, et il est redescendu il y a un instant.

– Tu crois que c'est Foddrell ? demanda Sam.

– Qui d'autre veux-tu que ce soit ? »

Eliza commençait à s'inquiéter. Non seulement Henrik Thorvaldsen était au courant de ses affaires, mais, en plus, il semblait savoir quelque chose qu'elle ignorait.

« Une fuite dans mon système de sécurité ?

– Une des personnes faisant partie de votre Club de Paris n'est pas ce qu'elle paraît être.

– Je n'ai jamais dit qu'un tel club existait.

– Alors dans ce cas nous n'avons plus rien à nous dire, vous et moi. »

Thorvaldsen se leva.

« J'ai beaucoup apprécié ma visite à votre domaine. Si jamais vous venez au Danemark, je serais heureux de vous recevoir dans ma maison, Christiangade. Je vous quitte à présent, pour vous laisser vous reposer de votre voyage. »

Elle laissa échapper un petit rire prudent.

« Êtes-vous toujours aussi cérémonieux ? »

Il haussa les épaules.

« Aujourd'hui, deux jours avant Noël, j'ai pris le temps de venir jusqu'ici afin de m'entretenir avec vous. Si vous continuez à prétendre que nous n'avons rien à nous dire, dans ce cas, je m'en vais. Votre problème de sécurité deviendra évident avec le temps. J'espère seulement que les dégâts seront minimes. »

Elle avait agi avec tellement de précaution, choisissant ses membres avec un soin tout particulier, limitant le total à sept, elle incluse. Chaque recrue avait scellé son accord en apportant vingt millions d'euros. Chacun avait également fait le serment de garder le secret. Les premières actions en Amérique du Sud et en Afrique avaient généré des profits sans précédent, et conforté l'adhésion de chacun, puisque rien ne pouvait souder davantage un complot qu'un succès. Et pourtant ce Danois doté d'une fortune et d'une influence considérables, un étranger, semblait tout savoir.

« Dites-moi, monsieur Thorvaldsen, êtes-vous sérieusement intéressé ? »

Les yeux de son interlocuteur brillèrent un instant. Elle avait touché une corde sensible.

C'était un homme trapu, rendu encore plus petit par une colonne vertébrale tordue et des genoux pliés en permanence. Il portait un pull ample, un pantalon de velours trop grand et des chaussures de tennis noires, une façon peut-être de dissimuler sa difformité. Ses épais cheveux argent étaient longs et mal coiffés, ses sourcils hirsutes. Les rides de son visage s'étaient creusées. On aurait facilement pu le prendre pour un SDF, mais c'était peut-être là son objectif.

« Pouvons-nous arrêter de faire semblant ? demanda-t-il. Je suis venu pour une raison bien précise. Une raison dont j'espérais qu'elle nous serait mutuellement profitable.

– Dans ce cas, parlons. »

Son impatience se calma en la sentant devenir un peu plus réceptive.

Il s'assit.

« J'ai eu connaissance de votre Club de Paris grâce à une enquête minutieuse.

– Et qu'est-ce qui a piqué votre intérêt ?

– Je me suis rendu compte qu'il y avait eu des manipulations expertes dans certains échanges de devises étrangères. De toute évidence, pas des événements courants. Il y a, bien sûr, des sites Internet qui prétendent en savoir beaucoup plus que moi sur vous et vos activités.

– J'en ai vu quelques-uns. Vous savez sûrement que ces messages mis en ligne sont absurdes.

– Je suis bien d'accord. »

Il marqua une pause.

« Mais un en particulier a retenu mon attention. Je crois qu'il s'appelle GreedWatch. Ce site s'est sûrement approché un peu trop de la vérité. J'aime la citation de Sherlock Holmes sur sa page d'accueil. *Il n'y a rien de plus trompeur qu'une évidence.* »

Elle connaissait le site ainsi que son responsable, et Thorvaldsen avait raison. C'était très proche de la vérité. Raison pour laquelle, trois semaines auparavant, elle avait ordonné des mesures de rétorsion. Elle se demandait si cet homme était également au courant de cela. Sinon, pourquoi avoir mentionné particulièrement ce site ?

Thorvaldsen sortit de sa poche de pantalon une feuille de papier repliée et la lui tendit

« J'ai imprimé ceci sur GreedWatch hier. »
Elle la déplia et lut.

ASSISTONS-NOUS À L'AVÈNEMENT
D'UN ANTÉCHRIST ?

Si on analyse la conquête systématique actuelle des pays
indépendants du monde, on peut facilement constater que,
derrière toutes ces agressions, se dessine un schéma unique
de pouvoir qui inclut l'économie, le militaire, les médias et
les politiques. Je vais essayer de démontrer que ce pouvoir est
exercé par les grands financiers de la planète monde. Je pense
qu'un Antéchrist est à la tête de ces tyrans. Elle s'appelle
Eliza Larocque. Elle veut gouverner le monde, de façon totalement occulte, en mettant à profit le pouvoir économique
secret que sa famille a construit tout au long des siècles.

Aucune affaire n'est plus profitable ni plus sûre que de
prêter de l'argent aux nations. Des financiers qui s'unissent,
refusant d'entrer en concurrence les uns avec les autres,
et manipulant les marchés et les devises pour leur intérêt
collectif, cela constitue une menace dangereuse. Larocque
et ses associés profitent d'une structure organisée hiérar-
chiquement qui achète et vend tout ce qui a de la valeur
sur le marché mondial. Ils peuvent, par exemple, posséder
Coca-Cola et PepsiCo et, du haut de leur Olympe, regarder
ces entreprises rivaliser sur le marché. Mais grâce au
système capitaliste et à sa politique secrète de régulation,
personne, en dehors d'eux, ne peut le savoir. En contrôlant
les gouvernements des pays occidentaux, ils contrôlent
tout l'Occident. Si vous suivez la politique mondiale, il est
facile de voir que les chefs des pays démocratiquement élus
changent, mais que la politique suit les intérêts des riches
et reste donc la même. De nombreux indices montrent qu'il
existe une organisation invisible qui gouverne le monde.
Les faits que j'ai réunis concernant Eliza Larocque me font
croire qu'elle est à la tête de cette organisation. Je parle là
d'un complot qui concerne pratiquement le monde entier.

Elle sourit.

« Un Antéchrist ?

– Je vous l'accorde, les termes ne sont pas très orthodoxes, et la conclusion osée, mais elle n'est pas totalement fausse.

– Je vous assure, monsieur Thorvaldsen, que la dernière chose dont j'ai envie est de régner sur le monde. Beaucoup trop de problèmes.

– Je suis d'accord. Vous voulez seulement le manipuler au profit de vos collègues et de vous-même. Si le hasard fait que ces manipulations ont... des conséquences politiques... quelle importance ? Seul le profit importe. »

Thorvaldsen s'arrêta.

« C'est pourquoi je suis là. Je voudrais bénéficier de ces profits.

– Je ne peux pas croire que vous ayez besoin d'argent.

– Vous non plus. Mais là n'est pas la question, n'est-ce pas ?

– Et qu'avez-vous à offrir en retour pour cette participation ? demanda-t-elle.

– Un de vos membres a des problèmes financiers. Son portefeuille a atteint la cote d'alerte. Il est lourdement endetté. Son style de vie exige des moyens considérables, de l'argent qu'il n'a tout simplement pas. Une série d'investissements qui ont mal tourné, et des dépassements de crédits, aggravés par la négligence, l'ont amené au bord du gouffre.

– Pourquoi est-ce que cet homme vous intéresse ?

– Il ne m'intéresse pas. Mais pour attirer votre attention, je savais que je devais vous fournir des informations que vous n'aviez pas. Et celle-ci m'a paru faire l'affaire.

– Et pourquoi m'inquiéterais-je pour cet homme ?

– Parce que c'est lui la fuite dans votre système de sécurité. »

Eliza Larocque sentit un frisson lui parcourir la colonne vertébrale. Tout ce qu'elle avait construit pouvait être mis en danger si l'un de ceux qu'elle avait choisis trahissait les autres.

Il fallait qu'elle sache.

« Qui est cet homme ?

– Lord Graham Ashby. »

22

ANGLETERRE

Un déjeuner tardif attendait le retour de Lord Ashby à Salen Hall. Le berceau de sa famille paternelle était un manoir classique à créneaux, perché au milieu de vingt-quatre hectares de forêt appartenant aux Ashby depuis 1660, date à laquelle ils avaient acquis leur titre de noblesse.

Il entra dans la grande salle à manger et prit sa place habituelle à l'extrémité nord de la table. Derrière lui, était accroché le portrait de son arrière-grand-père, le sixième duc d'Ashby, un proche confident de la reine Victoria Ire. Dehors, des flocons blancs voletaient dans l'air glacial de décembre – en prélude, se disait-il, à la neige de Noël, juste dans deux jours.

« J'ai appris que tu étais de retour », dit une voix féminine.

Il leva les yeux vers Caroline. Elle portait une longue robe de soie, dont la fente devant dévoilait largement ses jambes nues. Une veste kimono couvrait ses épaules minces, ouverte devant, laissant entrevoir la couleur dorée de la robe, assortie à celle de ses cheveux bouclés.

« Je vois que tu t'es habillée comme une maîtresse digne de ce nom. »

Elle sourit.

« N'est-ce pas mon devoir ? Plaire au maître ? »

Il aimait leurs échanges. Les manières pudibondes de sa femme étaient devenues lassantes. Elle habitait à Londres, dans un appartement rempli de pyramides sous lesquelles elle s'allongeait chaque jour pendant des heures, espérant que leur pouvoir magique purifierait son âme. Il souhaitait que l'appartement prenne feu avec elle à l'intérieur, mais il n'avait pas encore eu cette chance. Heureusement, n'ayant pas eu d'enfants, ils étaient séparés depuis des années, ce qui expliquait ses nombreuses maîtresses, Caroline étant la dernière en date et la plus durable.

Trois choses distinguaient Caroline des autres.

D'abord, elle était extraordinairement belle – un ensemble d'attributs physiques qu'il n'avait jamais vus réunis chez la même femme. Deuxièmement, elle était très intelligente, bardée de diplômes, l'un de l'université d'Édimbourg, l'autre de l'université de Londres, en littérature médiévale et en histoire ancienne appliquée. Sa thèse de mastère avait porté sur l'ère napoléonienne et ses effets sur la pensée politique moderne, et particulièrement son influence sur l'unification européenne. Et pour finir, il aimait sincèrement cette femme dont la sensualité le stimulait à un point inimaginable.

« Tu m'as manqué cette nuit, dit-elle en s'asseyant à table.

– J'étais sur le bateau.

– Affaires ou plaisir ? »

Elle savait tenir sa place, il lui reconnaissait cela. Pas de jalousie. Pas d'exigences. Curieusement, il ne lui avait jamais été infidèle. Et il se demandait souvent si elle lui était également aussi loyale. Mais il se rendait compte que la vie privée était à double sens. Chacun était libre de faire ce qui lui plaisait.

« Affaires, répondit-il, avant d'ajouter, comme toujours. »

Un valet de pied fit son apparition et posa une assiette devant lui. Il se réjouit de voir un cœur de céleri enveloppé dans du jambon, recouvert par la sauce au fromage qu'il aimait tant.

Il posa sa serviette sur ses genoux et leva sa fourchette.

« Non merci, lui dit Caroline. Je n'ai pas faim. Rien pour moi. »

Il perçut la moquerie dans sa voix, mais continua à manger.

« Tu es une grande fille. Je présume que si tu avais voulu quelque chose, tu l'aurais demandé. »

Elle avait toute liberté dans le domaine et disposait de domestiques entièrement à son service. Sa femme ne venait plus jamais. Dieu merci ! Contrairement à elle, Caroline était gentille avec les employés. D'ailleurs, elle veillait parfaitement à tout, ce qu'il appréciait.

« J'ai mangé quelque chose il y a deux heures. »

Il termina son céleri et découvrit avec plaisir le plat suivant que son valet de pied lui apporta. Un perdreau rôti avec une sauce douce. Il fit un signe de tête pour exprimer sa satisfaction et demanda d'un geste un supplément de beurre pour son petit pain.

« As-tu enfin trouvé ce maudit or ? » demanda-t-elle enfin.

Il était resté intentionnellement muet sur son succès en Corse, attendant qu'elle l'interroge. Cela faisait partie de leurs petits jeux.

Des petits jeux qu'elle aimait aussi, il le savait.

Il prit une autre fourchette.

« Tu avais deviné juste. Il était exactement à l'endroit prévu. »

C'était elle qui avait découvert le rapport entre les livres de Gustave et du Corse et les chiffres romains. Elle avait également découvert le nœud du Maure, au terme de recherches menées à Barcelone plusieurs semaines auparavant. Il était heureux de l'avoir comme alliée, et savait ce qu'on attendait maintenant de lui.

« Je mettrai quelques lingots de côté pour toi. »

Elle acquiesça en signe d'appréciation.

« Et je veillerai à ce que tu passes une merveilleuse soirée. »

– J'aurais bien besoin d'un peu de détente. »

Le tissu de sa robe scintilla lorsqu'elle s'approcha de la table.

« Cela résout tes problèmes d'argent.

– Pour l'instant. J'ai estimé qu'il y avait environ quatre millions d'euros en or.

– Et mes lingots ?

– Un million. Peut-être davantage. Cela dépend de ma nuit. »

Elle rit.

« Que dirais-tu d'un déguisement ? L'écolière qu'on envoie au bureau du directeur ? C'est toujours amusant. »

Il était de bonne humeur. Après deux années désastreuses, les choses commençaient enfin à s'arranger. Elles avaient commencé à mal tourner quand Armando Cabral était devenu négligent au Mexique et avait failli précipiter leur chute à tous les deux. Heureusement, Cabral avait trouvé la solution au problème. Une combinaison de mauvais investissements, avec l'effondrement des marchés, et un manque de vigilance de sa part lui avaient coûté des millions. Avec un timing presque parfait, Eliza Larocque avait surgi chez lui et lui avait offert une planche de salut. Il avait fait tout ce qu'il pouvait pour réunir les vingt millions d'euros nécessaires à son admission, mais il y avait finalement réussi.

À présent, il pouvait enfin respirer.

Il termina son plat.

« J'ai une surprise pour toi », dit Caroline.

Cette femme incarnait un mélange rare. Mi-pute, mi-universitaire, et excellente en tout.

« J'attends, répondit-il.

– Je pense avoir découvert un nouveau lien. »

Il vit son expression amusée.

« Tu penses ?

– À vrai dire, j'en suis sûre. »

23

PARIS

Sam emboîta le pas à Malone tandis qu'il sortait précipitamment de la librairie et retrouvait l'air frais de l'après-midi. Foddrell avait tourné le dos à la Seine et s'était enfoncé dans les petites rues tortueuses du Quartier latin, encombrées de joyeux vacanciers excités.

« Dans cette foule, il n'y a pas moyen de savoir si on est suivi ou non, dit Malone. Comme il connaît nos visages, restons bien en arrière.

– Il n'a pas l'air de s'inquiéter d'être suivi. Il ne s'est pas retourné une seule fois.

– Il se croit plus malin que les autres.

– Il va au Café d'Argent ?

– Où pourrait-il aller, sinon ? »

Ils adoptèrent une allure normale, sidérés par le nombre de commerces devant lesquels ils passaient. Fromages, fruits, chocolats et autres délicatesses, exposés dans des casiers en bois au vu des passants. Sam remarqua des poissons étalés sur des lits de glace brillants, ainsi que des viandes désossées et enroulées, mises au frais dans des vitrines réfrigérées. Un peu plus loin, un magasin vendait des glaces italiennes.

Foddrell se trouvait à cent mètres devant.

« Que sais-tu réellement de ce type ? demanda Malone.

– Pas grand-chose. Il est entré en contact avec moi il y a environ un an.

– Autre raison d'ailleurs pour laquelle les services secrets ne veulent pas que tu fasses ce que tu fais. Trop de fous, trop de risques.

– Dans ce cas, pourquoi sommes-nous là ? demanda-t-il.

– Henrik voulait qu'on prenne contact. Dis-moi, toi, pourquoi ?

– Tu es toujours aussi méfiant ?

– C'est une maladie salutaire. Une maladie qui te prolongera la vie. »

Ils passèrent devant d'autres cafés, des galeries d'art, des boutiques et des magasins de souvenirs. Sam était tout remonté. Il était enfin sur le terrain, en train de faire ce que font les agents.

« Séparons-nous, dit Malone. Il y aura moins de chances qu'il nous reconnaisse. S'il prend la peine de regarder derrière lui, bien entendu. »

Sam passa tranquillement de l'autre côté de la rue. À l'université, il avait fait des études de comptabilité et failli devenir expert-comptable. Mais, au cours de sa dernière année, un recruteur du gouvernement était venu sur le campus et l'avait persuadé d'entrer dans les services secrets. Après avoir obtenu son diplôme, il avait réussi l'examen du ministère des Finances, ainsi qu'un test au détecteur de mensonge, un examen physique complet, y compris la vue, ainsi qu'un examen destiné à déceler d'éventuelles traces de drogue.

Mais il n'avait pas été admis.

Cinq ans plus tard, il s'était présenté à nouveau et avait réussi, après avoir travaillé comme comptable dans plusieurs entreprises nationales, dont l'une s'était retrouvée impliquée dans un scandale de fraude fiscale. Au centre de formation des services secrets, il avait reçu un enseignement en matière d'armes à feu, d'utilisation de la force, de techniques médicales d'urgence, de protection de preuves, de dépistage de crimes et même de survie en mer. Ensuite il avait été placé au bureau de Philadelphie pour s'occuper de falsification de cartes de crédit, contrefaçon, usurpation d'identité et fraude bancaire.

Il connaissait le topo.

Au début de leur carrière, les agents spéciaux passaient six à huit ans dans un bureau. En fonction de leurs performances, ils étaient ensuite assignés à des missions de protection, ce qui durait encore de trois à cinq ans. Après quoi, la plupart étaient envoyés sur le terrain ou bien transférés au quartier général, dans un bureau de formation ou chargés de mission à Washington. Il aurait pu être envoyé à l'étranger dans un des bureaux à l'international puisqu'il parlait assez couramment le français et l'espagnol.

C'était par ennui qu'il s'était tourné vers l'Internet. Son site Web lui avait permis d'explorer tous les domaines dans lesquels il aurait voulu travailler en tant qu'agent. Enquêter sur des fraudes électroniques n'avait pas grand-chose à voir avec la sauvegarde des systèmes financiers du monde. Son site lui permettait d'avoir une tribune où s'exprimer. Mais ses activités annexes lui avaient valu d'attirer l'attention sur lui, la seule chose qu'un agent ne devait jamais faire. Il avait été réprimandé deux fois. Par deux fois, il avait ignoré ses supérieurs. La troisième fois, il avait subi un interrogatoire officiel, juste deux semaines auparavant, ce qui l'avait poussé à fuir, à prendre un vol pour Copenhague et à retrouver Thorvaldsen. Et voilà qu'il se retrouvait à présent dans le quartier le plus animé et le plus pittoresque de Paris, en train de filer un suspect par une froide journée de décembre.

Devant lui, Foddrell s'approchait d'un des innombrables bistrots du quartier, à l'enseigne du Café d'Argent. Sam ralentit, chercha Malone des yeux dans la foule et l'aperçut à une quinzaine de mètres. Foddrell disparut par la porte d'entrée, puis réapparut, assis à une table à l'intérieur, près de la devanture.

Malone s'approcha.

«Après toute cette parano, le voilà en vitrine, au vu du monde entier.»

Sam portait encore le manteau, les gants et l'écharpe que Jesper lui avait donnés la veille. Il avait toujours en mémoire la vision des deux corps inanimés. Jesper s'en était débarrassé sans la moindre cérémonie, comme si tuer était une habitude. Peut-être l'était-ce pour Henrik Thorvaldsen. En réalité, il connaissait mal le Danois, sinon qu'il paraissait s'intéresser aux idées de Sam.

Il ne pouvait en dire autant pour d'autres.

«Entrons», dit Malone.

Le bistrot était bien éclairé et décoré dans le style des années 1950 avec du chrome, du vinyle et du néon. L'atmosphère était bruyante et enfumée. Foddrell les regarda fixement. Visiblement il avait reconnu leurs visages et se délectait de son anonymat.

Malone se dirigea droit vers Foddrell et tira une des chaises en vinyle.

«Vous vous êtes suffisamment amusé ?

– Comment savez-vous qui je suis ?» demanda Foddrell.

Malone désigna le livre sur les genoux de Foddrell.

«Vous auriez dû le cacher. Pouvons-nous nous dispenser du préambule et en venir aux faits ?»

Thorvaldsen écouta sonner la pendule sur la tablette de cheminée. Il était 15 h 30, ce qui lui fut confirmé par d'autres pendules dans le château. Il progressait, entraînant progressivement Eliza Larocque là où il le souhaitait. Alors, elle n'aurait pas d'autre choix que de collaborer avec lui.

«Lord Ashby est fauché, dit-il en détachant les mots.

– Vous avez des preuves ?

– Je ne m'avance jamais à la légère.

– Parlez-moi de la faille de mon système de sécurité.

– Comment croyez-vous que j'ai appris ce que je sais ?»

Elle lui jeta un regard incisif.

« Ashby ? »

Il secoua la tête.

« Pas directement. Nous ne nous sommes jamais rencontrés ni parlé. Mais il y a d'autres personnes à qui il a parlé, des gens qu'il a contactés pour obtenir un appui financier. Ils voulaient des assurances garantissant le remboursement de leurs prêts, il leur a donc donné une garantie unique en leur dévoilant sa participation à votre projet. Il s'est expliqué très clairement sur les bénéfices prévus.

— Et vous n'avez pas l'intention de me donner des noms ? »

Il se redressa.

« Pourquoi ferais-je une telle chose ? Que vaudrais-je ensuite ? »

Il savait qu'elle n'avait pas d'autre choix que d'accepter son offre.

« Vous me posez un sérieux problème, monsieur Thorvaldsen. »

Il sourit.

« Aucun doute là-dessus.

— Mais vous commencez à me plaire.

— J'avais l'espoir que nous trouverions un terrain d'entente. »

Il la désigna du doigt.

« Comme je vous l'ai dit, je vous ai étudiée en détail. Surtout votre ancêtre, Pozzo di Borgo. J'ai trouvé fascinant la façon dont les Britanniques *et* les Russes ont profité de sa vendetta contre Napoléon. J'ai beaucoup aimé ce qu'il a déclaré en 1811, en apprenant la naissance de l'héritier de l'Empereur. "Napoléon est un géant qui fait plier les puissants chênes de la forêt ancienne. Mais, un jour, les esprits des bois se délivreront de leur servitude honteuse, et alors les chênes se redresseront brusquement et jetteront le géant à terre." Une étonnante prophétie, d'autant qu'elle s'est intégralement réalisée. »

Il savait que cette femme trouvait sa force dans son héritage. Elle en parlait souvent et avec fierté. En cela, ils se ressemblaient beaucoup.

« Contrairement à Napoléon, dit-elle, di Borgo est toujours resté un vrai patriote corse. Il aimait sa patrie et privilégiait toujours ses intérêts. Quand Napoléon occupa la Corse au nom de la France, le nom de di Borgo fut expressément rayé de la liste de ceux qui obtinrent une amnistie politique. Il s'enfuit donc. Napoléon le chercha dans toute l'Europe. Di Borgo réussit pourtant à s'échapper.

– Et en même temps il réussit à faire chuter l'Empereur. Une belle réussite. »

Thorvaldsen avait été briefé sur la façon dont Pozzo di Borgo avait fait pression sur la cour française et les ministres, exacerbant la jalousie des nombreux frères et sœurs de Napoléon, finissant par devenir le porte-parole de toute l'opposition en France. Il avait servi auprès des Anglais dans leur ambassade à Vienne, devenant *persona grata* dans les cercles politiques autrichiens. Puis son grand moment était arrivé quand il était entré au service diplomatique de la Russie, en tant que commissaire de l'armée prussienne. Il devint finalement le bras droit du tsar pour tout ce qui concernait la France, et persuada Alexandre de ne pas faire la paix avec Napoléon. Pendant douze ans, il réussit habilement à maintenir la France dans la controverse, sachant que Napoléon ne pouvait pas se battre et gagner sur trop de fronts. En fin de compte, ses efforts portèrent leurs fruits, mais sa vie n'avait été qu'une série de succès jamais reconnus. L'histoire mentionne à peine son nom. Il est mort en 1842, dérangé mentalement, mais incroyablement riche. Ses avoirs furent légués à ses neveux, parmi lesquels l'ancêtre d'Eliza Larocque, dont les descendants devaient multiplier ces richesses par cent, créant ainsi une des grandes fortunes européennes.

« Di Borgo a mené la vendetta jusqu'à son terme, dit-il, mais je me demande, madame, si votre ancêtre corse n'avait pas, dans sa haine de Napoléon, un objectif ultérieur ? »

Le regard froid qu'elle lui jeta n'était pas dépourvu d'une certaine admiration.

« Pourquoi ne pas me dire ce que vous savez déjà ?

– Vous cherchez le trésor caché de Napoléon. C'est pour cette raison que Lord Ashby fait partie de votre groupe. C'est – pour parler poliment – un "collectionneur". »

Le mot la fit sourire.

« Je vois que j'ai commis une erreur sérieuse en n'étant pas entrée plus tôt en contact avec vous. »

Thorvaldsen haussa les épaules.

« Heureusement, je ne suis pas rancunier. »

24

Malone commençait à perdre patience face à Jimmy Foddrell.

« Toutes ces conneries de cape et d'épée ne riment à rien. Qui est à vos trousses, nom de nom ?

– Vous n'avez aucune idée du nombre de personnes que j'agace. »

Malone balaya de la main l'inquiétude du jeune homme.

« Aux dernières nouvelles, tout le monde s'en fout. J'ai consulté votre site. C'est un ramassis d'ordures. Au fait, il existe des médicaments contre la parano. »

Foddrell se tourna vers Sam.

« Vous m'avez dit que vous aviez quelqu'un qui voulait apprendre. Qui avait l'esprit ouvert. Ce n'est pas ce type-là, n'est-ce pas ?

– Apprenez-moi ce que vous savez ! » demanda Malone.

La bouche aux lèvres minces de Foddrell s'entrouvrit légèrement, découvrant une dent en or.

« Pour l'instant, j'ai faim. »

Foddrell appela un serveur. Malone écouta le jeune homme commander des rognons de veau grillés à la sauce moutarde. Rien que d'y penser, cela lui donnait mal au cœur. Avec un peu de chance, ils auraient fini de parler avant que la nourriture arrive. Lui-même ne voulait rien.

« Je prendrai une côte de bœuf, dit Sam.

– En quel honneur ? demanda Malone.

– Moi aussi, j'ai faim. »

Il secoua la tête.

Le serveur s'éloigna, et il reposa la question à Foddrell.

« De quoi avez-vous tellement peur ?

– Il y a des gens puissants dans cette ville qui savent tout de moi. »

Il fallait laisser parler l'imbécile, pensa Malone. Peut-être, à un moment, ils pourraient tomber sur une information précieuse.

« Ils nous obligent à les suivre, dit Foddrell. Même si nous ne le savons pas. Ils édictent des règles, et nous n'en savons rien. Ils nous créent des besoins qu'ils ont les moyens de satisfaire, et nous n'en savons rien. Nous travaillons pour eux, et nous n'en savons rien. Nous achetons leurs produits, et...

– C'est qui *eux* ? l'interrompit-il.

– Des gens comme ceux de la Réserve fédérale américaine. Un des groupes les plus puissants au monde. »

Il ne put s'empêcher de poser la question :

« Qu'est-ce qui vous fait dire ça ?

– Vous m'aviez parlé d'un type cool, dit Foddrell à Sam. Il n'y comprend que dalle.

– Écoutez, répondit Malone, ces dernières années, je me suis surtout occupé de toute cette affaire de zombies, de la Zone 51. Ces histoires de finance sont nouvelles pour moi. »

Foddrell le désigna d'un doigt nerveux.

« OK, vous êtes un plaisantin. Vous prenez tout ça pour une vaste blague.

– Pourquoi ne pas vous expliquer simplement ?

– La Réserve fédérale crée de l'argent à partir de rien. Puis elle le prête à l'Amérique et se fait rembourser par les contribuables moyennant un intérêt. L'Amérique doit des milliards et des milliards. Les seuls intérêts annuels sur cette dette, laquelle est d'ailleurs contrôlée en majorité par des investisseurs privés, représentent environ huit fois la fortune de l'homme le plus riche de la planète. Cette dette ne sera jamais remboursée. De nombreuses personnes en profitent pour s'enrichir honteusement. Et ce n'est qu'une vaste supercherie. Si vous ou moi imprimions de l'argent pour le prêter, nous finirions en prison.»

Malone se souvenait d'avoir lu quelque chose sur le site de Foddrell. John Kennedy avait voulu en finir avec la Réserve fédérale et avait signé le décret-loi n° 11110, ordonnant au gouvernement américain de reprendre le contrôle de la réserve d'argent de la nation. Trois semaines plus tard, Kennedy était mort. À peine devenu président, Lyndon Johnson avait immédiatement annulé cet ordre. Malone n'en avait jamais entendu parler et il avait voulu vérifier. Le décret-loi n° 11110 était une directive anodine dont le résultat, s'il avait été mis en application, n'aurait fait que renforcer le système de la Réserve fédérale, au lieu de l'affaiblir. Tout rapport entre la signature de ce décret et l'assassinat de Kennedy n'était qu'une pure coïncidence. D'ailleurs, Johnson ne l'annula jamais. Ce décret fut abandonné des décennies plus tard en même temps qu'une foule d'autres règlements vétustes.

Encore ces conneries de complot.

Il décida d'en venir à l'essentiel.

«Que savez-vous sur le Club de Paris?

– Assez pour savoir que nous avons beaucoup à craindre.»

Eliza regarda fixement Thorvaldsen.

«Vous êtes-vous jamais interrogé sur le réel pouvoir de l'argent?» demanda-t-elle.

Son invité haussa les épaules.

«Ma famille en a tellement amassé, et pendant si longtemps, que je n'y pense jamais. Mais il peut certainement procurer du pouvoir, de l'influence et une vie confortable.»

Elle prit un air détaché.

«Il peut aussi faire bien plus. La Yougoslavie en est un excellent exemple.»

Elle vit qu'elle avait piqué sa curiosité.

«Dans les années 1980, la Yougoslavie vivait sous un régime dictatorial et fasciste qui commettait des crimes contre l'humanité. Lors d'élections libres en 1990, les Serbes choisirent le parti socialiste, alors que les autres républiques yougoslaves optèrent pour des gouvernements plus pro-occidentaux. Par la suite, les États-Unis se lancèrent dans une guerre contre la Serbie. Avant cela, toutefois, j'avais observé comment la politique mondiale avait petit à petit affaibli la Yougoslavie, qui, à cette époque, affichait une des meilleures économies de l'Europe de l'Est. La guerre entre les États-Unis et la Serbie, et le démantèlement de la Yougoslavie qui a suivi, a détruit l'idée qu'une économie socialiste puisse être une bonne chose.

— La Serbie était visiblement un régime oppressif et dangereux, dit Thorvaldsen.

— Qui prétend cela ? Les médias ? Est-ce qu'elle était plus oppressive que, disons, la Corée du Nord, la Chine, l'Iran ? Évidemment, personne ne suggère d'entrer en guerre avec elles. *Prenez une allumette et mettez le feu à la forêt.* C'est ce que m'avait raconté un diplomate à l'époque. Cette agression a duré pendant plus de dix ans. Ce qui, soit dit en passant, a grandement facilité et à moindre coût le rachat de toute l'économie de l'ex-Yougoslavie.

— C'est ce qui s'est passé ?

— Je connais de nombreux investisseurs qui ont largement profité de cette catastrophe.

— À vous entendre, tout ce qui s'est passé en Serbie a été manigancé ?

— En quelque sorte. Pas activement, mais en tout cas tacitement. Cette situation a prouvé qu'il était parfaitement possible de profiter de situations destructrices. Il y a des bénéfices à tirer de dissensions politiques et nationales. À condition, bien entendu, que ces dissensions en finissent à un certain moment.

Ce n'est qu'à ce moment-là qu'on peut obtenir un retour sur investissement. »

Elle prenait plaisir à développer ces théories. D'autant qu'elle en avait rarement l'occasion. Elle ne disait rien qui soit susceptible de la mettre en cause, mais répétait simplement des constatations que de nombreux historiens et économistes faisaient depuis longtemps.

« Aux XVIIIᵉ et XIXᵉ siècles, continua-t-elle, les Rothschild avaient parfaitement maîtrisé cette technique. Ils ont réussi à jouer sur tous les tableaux, et à générer des bénéfices énormes à un moment où les Européens se battaient entre eux comme des gamins dans la cour de récréation. Les Rothschild étaient riches, indépendants, et faisaient des affaires dans le monde entier. Trois qualités dangereuses. Les royautés étaient incapables de les contrôler. Les mouvements populaires les haïssaient parce qu'ils ne devaient pas en répondre au peuple. Les constitutionnalistes ne les supportaient pas parce qu'ils travaillaient en secret.

– Tout comme vous essayez de le faire ?

– Le secret est essentiel au succès de tout complot. Je suis sûre, monsieur Thorvaldsen, que vous comprenez très bien comment on peut agir sur les événements simplement en injectant ou en retenant des fonds, ou en plaçant des personnes à des postes clés, ou en se contentant de garder un contact journalier avec des décideurs. Rester dans la coulisse permet d'éviter de faire les frais de la colère publique, qui est dirigée, comme cela se doit, contre les hommes politiques connus.

– Qui eux sont bien contrôlés.

– Comme si vous-même n'en aviez pas quelques-uns dans votre manche. »

Il fallait qu'elle remette la conversation sur les rails.

« Je suppose que vous pouvez me fournir des preuves de la traîtrise de Lord Ashby ?

– Au moment idoine.

– Jusque-là, je dois vous croire sur parole quant aux déclarations que Lord Ashby aurait faites à ces financiers inconnus ?

– Que diriez-vous de ceci : permettez-moi de m'associer à votre groupe, et nous découvrirons ensemble si je dis la vérité ou si je mens. Si je suis un menteur, vous pourrez garder mes vingt millions de frais d'admission.

– Mais notre secret aura été compromis.

– Il l'est déjà. »

L'apparition soudaine de Thorvaldsen était déconcertante, mais elle pouvait aussi être un cadeau des dieux. Elle était sincère lorsqu'elle avait dit à Mastroianni qu'elle croyait au destin.

Peut-être était-il écrit qu'Henrik Thorvaldsen fasse partie de son destin ?

« Puis-je vous montrer quelque chose ? » demanda-t-elle.

Malone regarda le serveur revenir avec l'eau minérale, le vin et la corbeille de pain. Il n'avait jamais été impressionné par les bistrots français. Tous ceux qu'il avait fréquentés étaient soit trop chers, soit surestimés, soit les deux à la fois.

« Vous aimez vraiment les rognons sautés ? demanda-t-il à Foddrell.

– Qu'est-ce que vous leur trouvez de mauvais ? »

Il n'était pas prêt à exposer les nombreuses raisons pour lesquelles l'ingestion d'un organe qui éliminait l'urine du corps était malsaine.

« Racontez-moi tout ce que vous savez sur le Club de Paris, préféra-t-il demander.

– Savez-vous d'où vient l'idée ? »

Visiblement, Foddrell adorait se trouver en position dominante.

« Sur votre site, vous étiez assez vague à ce sujet.

– Napoléon... Après avoir conquis l'Europe, ce qu'il voulait vraiment faire, c'était se poser et profiter de ses conquêtes. Il a donc réuni un groupe de personnes et créé le Club de Paris, dans le but de lui faciliter son règne. Malheureusement, il n'a jamais pu mettre son idée à exécution, occupé comme il l'était à conquérir l'Europe.

– J'ai cru que vous aviez dit qu'il voulait s'arrêter de se battre.

– Lui le voulait, mais d'autres avaient des idées différentes. Pousser Napoléon à la guerre était la meilleure façon de le déséquilibrer. Il y avait des gens qui veillaient à ce qu'il ait à tout moment des ennemis à sa porte. Il voulait faire la paix avec la Russie, mais le tsar lui a dit qu'il aille se faire mettre. Donc, il a envahi la Russie en 1812, une expédition qui a bien failli lui coûter son armée tout entière. Ensuite, ça s'est aggravé. Trois ans plus tard, bye-bye. Détrôné.

– Cela ne m'apprend pas grand-chose. »

Foddrell regarda soudain par la fenêtre, comme si quelque chose avait attiré son attention.

« Un problème ? demanda Malone.

– Je contrôle.

– Pourquoi vous asseoir près de la fenêtre au vu de tout le monde ?

– Vous ne comprenez donc pas ? »

La question trahissait un agacement croissant à être pris si peu au sérieux, mais Malone s'en fichait complètement.

« J'essaie de comprendre.

– Puisque vous avez consulté le site Web, vous savez qu'Eliza Larocque a démarré un nouveau Club de Paris. Avec la même idée. Autres temps, autres personnes. Ils se réunissent dans un immeuble situé rue de l'Araignée. C'est un fait. Je les y ai vus. Je connais un type qui travaille pour un des membres. Il m'a contacté par mon site et m'a tout dévoilé. Ces gens complotent. Ils vont faire ce que les Rothschild ont fait il y a deux cents ans. Ce que Napoléon voulait faire. Ce n'est qu'un énorme complot. Le Nouvel Ordre mondial, qui arrive à maturité. L'économie est leur arme. »

Sam était resté silencieux pendant tout l'échange. Malone comprenait qu'il se rendait compte que Foddrell était à des années-lumière de la réalité. Mais il ne put résister.

« Pour quelqu'un de paranoïaque, vous ne m'avez jamais demandé mon nom.

– Cotton Malone. Sam me l'a dit dans son mail.

– Vous ne savez rien sur moi. Et si j'étais là pour vous tuer ? Comme vous l'avez si bien dit, ils sont partout, aux aguets. Ils savent ce que vous regardez sur Internet, quels livres vous empruntez à la bibliothèque, ils connaissent votre groupe sanguin, vos antécédents médicaux, vos amis. »

Foddrell se mit à regarder attentivement le bistrot et les tables occupées par des clients, comme s'il se trouvait dans une cage.

« Je dois partir.

– Et vos rognons sautés ?

– Je vous les laisse. »

Foddrell quitta brusquement la table et courut vers la porte.

« Il le méritait », dit Sam.

Malone regarda le cinglé s'enfuir du restaurant ; puis il scruta le trottoir encombré et s'élança. Lui aussi était prêt à partir, surtout avant l'arrivée du repas.

Puis quelque chose attira son attention.

De l'autre côté de la rue piétonne pleine de monde, devant une des boutiques d'art.

Deux hommes en manteau de laine sombre.

La sortie de Foddrell avait instantanément attiré leur attention. D'un pas rapide, les mains dans les poches, ils se mirent à suivre Jimmy Foddrell.

« Ce ne sont pas des touristes, observa Sam.

– Tu as tapé dans le mille. »

25

SALEN HALL

Ashby conduisit Caroline à travers le dédale des corridors du rez-de-chaussée jusqu'à l'aile du manoir située le plus au nord. Là, ils entrèrent dans un des nombreux salons, celui-ci converti en bureau pour Caroline. À l'intérieur, livres et manuscrits étaient éparpillés sur plusieurs tables en chêne. La plupart des livres avaient plus de deux cents ans, achetés à prix d'or dans des collections privées jusqu'en Australie. Certains avaient tout simplement été volés par Guildhall. Et tous traitaient du même sujet.

Napoléon.

« J'ai trouvé la référence hier, dit Caroline en cherchant dans ses piles. Dans un des livres que nous avons achetés à Orléans. »

Contrairement à lui, Caroline connaissait l'ancien français, et le moderne, qu'elle parlait couramment.

« C'est un traité de la fin du XIXe siècle, écrit par un soldat anglais qui a servi à Sainte-Hélène. Ce qui m'amuse, c'est de voir à quel point tous ces gens admiraient Napoléon. Cela va bien au-delà du simple culte du héros. C'est comme s'il ne pouvait rien faire de mal. Et ceci est écrit par un Anglais, qui plus est. »

Elle lui tendit le livre. Des bouts de papier dépassaient de ses bords élimés, marquant certaines pages.

« Il y a tellement de récits élogieux qu'il est difficile de les prendre au sérieux. Mais celui-ci me semble assez intéressant.

– Dans le livre de Corse qui m'a conduit jusqu'à l'or, il est question de Sens », déclara-t-il.

Il voulait qu'elle sache que lui aussi avait trouvé quelque chose.

Son visage s'illumina.

« Vraiment ?

– Contrairement à ce que tu pourrais penser, moi aussi je suis capable de découvrir des choses. »

Elle sourit.

« Et comment sais-tu ce que je pense ?

– Ce n'est pas difficile à comprendre. »

Il lui parla de l'introduction du livre et de ce que Saint-Denis avait légué à la ville de Sens, en insistant sur un volume en particulier, *Les Royaumes mérovingiens 450-751 apr. J.-C.*

Il vit aussitôt que ce titre éveillait son attention. Elle alla immédiatement vers une autre table et fouilla dans les piles. Cela l'excitait de la voir ainsi plongée dans ses réflexions, mais habillée de façon provocante.

« Le voilà ! s'exclama-t-elle. Je savais que ce livre avait de l'importance. Dans le testament de Napoléon. Paragraphe VI. "Quatre cents volumes, choisis dans ma bibliothèque et parmi ceux que j'ai le plus fréquemment consultés, y compris mon exemplaire des *Royaumes mérovingiens 450-751 apr. J.-C.* que je confie à Saint-Denis pour en prendre soin et les transmettre à mon fils lorsqu'il aura atteint ses seize ans." »

Ils étaient en train de reconstituer par petits morceaux un puzzle qui n'avait pas été conçu pour être déchiffré de façon si archaïque.

« Saint-Denis était loyal, observa-t-elle. Nous savons qu'il a gardé fidèlement ces quatre cents livres. Évidemment, il n'a jamais pu les remettre à qui de droit. Il vécut en France après la mort de Napoléon, et le fils resta prisonnier des Autrichiens jusqu'à sa mort en 1832.

– Saint-Denis est mort en 1856, dit-il, se souvenant de ce qu'il avait lu. Il a gardé ces livres pendant trente-cinq ans. Puis il les a légués à la ville de Sens. »

Elle lui lança un coup d'œil coquin.

« Tout ça t'excite, non ?

– C'est toi qui m'excites. »

Elle désigna le livre qu'il tenait entre ses mains.

« Avant de remplir avec joie mon devoir de maîtresse, je voudrais que tu lises ce qui se trouve au premier marque-page. Je crois que ça augmentera encore ton plaisir. »

Il ouvrit le livre. Des pétales de cuir desséché provenant de la reliure fragile atterrirent sur le sol.

L'abbé Buonavita, l'aîné des deux prêtres de Sainte-Hélène, souffrait, depuis quelques mois, d'une telle infirmité qu'il ne pouvait même plus sortir de sa chambre. Un jour, Napoléon l'envoya chercher et lui expliqua qu'il serait mieux et plus prudent pour lui de retourner en Europe, plutôt que de rester à Sainte-Hélène, dont le climat ne convenait pas à sa santé, alors que celui qui régnait en Italie lui permettrait de prolonger ses jours. L'Empereur avait fait écrire une lettre à la famille impériale demandant qu'une pension de trois mille francs soit versée au prêtre. Lorsque l'abbé remercia l'Empereur pour sa bonté, il exprima son regret de ne pas pouvoir finir ses jours avec celui à qui il avait voulu consacrer sa vie. Avant de quitter l'île, Buonavita rendit une dernière visite à l'Empereur qui lui donna quelques instructions, ainsi que des lettres à transmettre à la famille de l'Empereur et au pape.

« Napoléon était déjà malade lorsque Buonavita quitta Sainte-Hélène, dit Caroline. Et il mourut quelques mois plus tard. J'ai pu voir les lettres que Napoléon voulait qu'on livre à sa famille. Elles sont dans un musée en Corse. Les Anglais lisaient tout ce qui arrivait à Sainte-Hélène et en partait. Ces lettres furent considérées comme anodines, et ils donnèrent à l'abbé la permission de les emporter.

— Et maintenant, qu'est-ce qu'elles ont de spécial ?

— Tu veux les voir ?

— Tu les as ?

— Des photos.

— Il aurait été ridicule d'aller jusqu'en Corse et de ne pas prendre de photos. J'en ai fait quelques-unes l'année dernière en faisant des recherches. »

Il détailla son nez spirituel et son menton. Ses sourcils bien dessinés, le gonflement de sa poitrine. Il la désirait.

Mais d'abord les affaires.

« Tu m'as apporté des lingots d'or, dit-elle. Maintenant j'ai quelque chose pour toi. »

Elle lui montra la photocopie d'une lettre d'une page, écrite en français.

« Tu ne remarques rien ? » lui demanda-t-elle.

Il étudia l'écriture irrégulière.

« Rappelle-toi que l'écriture de Napoléon était atroce, précisa-t-elle. Saint-Denis récrivait tout. Tout le monde le savait à Sainte-Hélène. Mais cette lettre est loin d'être soignée. Je l'ai comparée avec certaines écrites par Saint-Denis. »

Il vit la lueur taquine dans ses yeux.

« Celle-ci a été écrite par Napoléon lui-même.

— Cela a une signification quelconque ?

— Sans aucun doute. Il a écrit ces mots sans l'intervention de Saint-Denis. Ce qui les rend encore plus importants, bien que je n'aie réalisé leur importance que récemment. »

Il continua à regarder la photocopie.

« Que raconte-t-elle ? Mon français est loin d'être aussi bon que le tien.

— C'est simplement une note personnelle qui parle de son amour et de son dévouement, et qui dit combien son fils lui manque. Pas de quoi susciter la méfiance d'un Anglais, même curieux.»

Il esquissa un sourire, puis émit un petit rire.

«Explique-toi, pour que nous puissions passer à autre chose.»

Elle lui reprit la photo et la posa sur la table. Puis elle saisit une règle et la positionna sous une des lignes du texte.

dESIR PROFONd dE SAVOIR QUE VOUS

«Tu vois? demanda-t-elle. Ça devient plus clair en plaçant une règle en dessous.»

Il se rendit compte alors. Quelques lettres étaient plus hautes que d'autres. Subtil! «C'est un code utilisé par Napoléon, dit-elle. Les Anglais de Sainte-Hélène ne s'en sont jamais aperçus. Mais quand j'ai lu ce récit décrivant la façon dont Napoléon avait fait transmettre ces lettres écrites de sa main par l'intermédiaire de l'abbé, je me suis mise à les regarder de plus près. Seule celle-ci a des lettres plus hautes.

– Qu'est-ce que ça signifie?
– *Psaume XXXI.*»

Il ne comprit pas la signification.

«C'est une référence précise, dit-elle. Je l'ai ici.»

Elle prit une bible ouverte qui se trouvait sur la table.

«"Incline vers moi ton oreille, hâte-toi de me délivrer! Sois pour moi un rocher, une forteresse où je trouve mon salut. Car tu es mon rocher et ma forteresse, et à cause de ton nom tu me conduiras et me dirigeras. Tu me tireras du filet qu'ils m'ont tendu."»

Elle leva les yeux.

«Cela correspond parfaitement à l'exil de Napoléon. Écoute ce passage. "Ma vie se consume dans la douleur, et mes années dans les gémissements; ma force est épuisée à cause de ma détresse, et mes os dépérissent. Tous mes adversaires ont fait de moi un objet d'opprobre, un fardeau pour mes voisins, un objet d'effroi pour mes amis – ceux qui me voient dehors s'enfuient loin de moi. Tous m'ignorent comme on ignore les morts."

– C'est la complainte d'un homme vaincu, déclara-t-il.

– Au moment d'écrire cette lettre, il savait que la fin était proche. »

Lord Ashby se tourna alors vers la copie du testament de Napoléon qui était sur la table.

«Il a donc donné ses livres à Saint-Denis en lui demandant de les remettre à son fils quand il aurait seize ans. Puis il a mentionné tout particulièrement un livre et a envoyé une lettre codée pour se lamenter sur son sort.

– Le livre sur les Mérovingiens pourrait bien être la clé », dit-elle.

Il était d'accord.

« Nous devons le trouver. »

Elle se rapprocha de lui, passa ses bras autour de son cou et l'embrassa.

« Il est temps que tu t'occupes de ta maîtresse. »

Il voulut parler, mais elle le fit taire en lui posant un doigt sur les lèvres.

« Ensuite, je te dirai où se trouve le livre. »

26

Sam avait du mal à croire que deux hommes suivaient vraiment Jimmy Foddrell. Malone avait eu raison dans le bistrot de s'en prendre à cet imbécile pédant. Il se demandait si ses supérieurs au sein des services secrets étaient aussi perplexes à son sujet. Il n'avait jamais été à ce point excessif ni aussi paranoïaque, même s'il s'était opposé à l'autorité et avait prôné des points de vue similaires. Quelque chose en lui faisait qu'il ne pouvait pas se plier aux règles.

Malone et lui pressèrent le pas à travers le dédale des rues bondées de gens engoncés dans des manteaux épais et des pulls. Des restaurateurs bravaient le froid en vantant leurs menus pour essayer d'attirer les passants. Il se délectait des bruits, des odeurs et de l'agitation, tout en essayant de résister à leur effet hypnotique.

« À ton avis, qui sont ces deux types ? demanda-t-il finalement.

– C'est justement là le problème du terrain, Sam. On ne sait jamais. Il faut improviser.

– Il pourrait y en avoir d'autres dans les environs ?

– Malheureusement, il est impossible de le savoir avec toute cette cohue. »

Il se rappelait avoir vu dans des films ou à la télévision des héros qui paraissaient toujours sentir le danger, quelles que soient la foule ou la distance. Mais dans ce contexte, il se rendait bien compte qu'il n'y avait aucun moyen de percevoir la menace avant qu'elle vous tombe dessus.

Foddrell continuait à marcher.

Devant eux, la voie piétonne s'arrêtait au boulevard Saint-Germain, une artère encombrée de taxis, de voitures et de bus. Foddrell attendit au feu rouge que la circulation s'immobilise, puis il traversa en courant le boulevard plein de monde.

Les deux hommes suivirent.

« Viens », dit Malone.

Ils se précipitèrent et arrivèrent au bord du trottoir au moment où le feu passait au vert. Sans s'arrêter, ils traversèrent à leur tour, atteignant l'autre côté juste au moment où les véhicules redémarraient en trombe.

« C'était tout juste ! s'exclama Sam.

– Il ne faut pas les perdre. »

À présent, le trottoir était bordé du côté intérieur par un mur en pierre à la hauteur de la taille, surmonté par une grille en fer forgé. Des gens se hâtaient dans les deux sens, débordant d'énergie.

Sans famille proche, Sam avait toujours ressenti ces fêtes de fin d'année comme une période de solitude. Les cinq derniers Noëls, il les avait passés seul sur une plage de Floride. Il n'avait jamais connu ses parents. Il avait été élevé dans un endroit appelé institut Cook – un nom bien ronflant pour un simple orphelinat. Il y était arrivé bébé pour en repartir une semaine après ses dix-huit ans.

« Ai-je le choix ? demanda-t-il.

– Tu l'as, dit Norstrum.

– Depuis quand ? Ici, il n'y a que des règles.

– Elles sont faites pour les enfants. Tu es un homme maintenant, libre de vivre ta vie comme bon te semble.

– C'est tout ? Alors je peux m'en aller ? Bye-bye. À bientôt.

– Tu ne nous dois rien, Sam. »

Il était content de l'entendre car il n'avait rien à donner.

« Ton choix est simple, dit Norstrum. Tu peux rester et t'intégrer dans cet endroit. Ou tu peux partir. »

Ce n'était pas un choix.

« Je veux partir.

– Je pensais bien qu'il en serait ainsi.

– Ce n'est pas que je ne sois pas reconnaissant. C'est simplement que je veux partir. J'ai eu assez de... règles.

– C'est ça. Assez de règles. »

Il savait que beaucoup des enseignants et des surveillants avaient été élevés ici eux aussi, comme orphelins. Mais une autre règle leur interdisait d'en parler. Comme il allait partir, il voulut demander : « Et vous, avez-vous eu le choix ?

– J'ai choisi autrement. »

Cette information lui causa un choc. Il ne savait pas que l'homme plus âgé avait été aussi un orphelin.

« Pourrais-tu me rendre un service ? » demanda Norstrum.

Ils étaient sur la pelouse du campus, entourés d'immeubles vieux de deux siècles. Il connaissait chaque centimètre carré de chaque bâtiment, dans le moindre détail, étant donné que tout le monde devait participer à leur entretien.

Encore une règle qu'il avait fini par détester.

« Fais attention, Sam. Réfléchis avant d'agir. Le monde n'est pas aussi accommodant que nous le sommes ici.

– C'est ainsi que vous le voyez, cet endroit ? Accommodant ?

– Nous nous sommes occupés de toi avec tout notre cœur. »

Norstrum s'arrêta un instant.

« Je me suis occupé de toi avec tout mon cœur. »

Pas une seule fois en dix-huit ans, il n'avait entendu cet homme exprimer un tel sentiment.

« Tu es un esprit libre, Sam. Ce n'est pas forcément une mauvaise chose. Mais sois prudent. »

Il vit que Norstrum, qu'il avait connu toute sa vie, était sincère.

« Peut-être trouveras-tu les règles dehors plus faciles à suivre. Dieu sait que, pour toi, vivre ici a été une véritable épreuve.

– C'est peut-être dans mes gènes. »

Il aurait voulu prendre les choses à la légère, mais cette conversation ne faisait que lui rappeler qu'il n'avait pas de parents, pas d'héritage. Tout ce qu'il avait jamais connu était ici, autour de lui. Le seul homme qui s'était jamais soucié de lui était à côté. Par respect, il tendit une main que Norstrum serra poliment.

« J'avais espéré que tu resterais ici », dit Norstrum doucement.

Il le regardait avec des yeux pleins de tristesse.

« Porte-toi bien, Sam. Essaie toujours de faire le bien. »

Et c'est ce qu'il avait fait.

Il avait terminé ses études universitaires avec mention, pour arriver finalement au sein des services secrets. Il se demandait parfois si Norstrum était encore vivant. Quatorze années s'étaient écoulées depuis la dernière fois qu'ils s'étaient parlé. Il ne l'avait jamais contacté, simplement parce qu'il ne voulait pas le décevoir davantage.

J'avais espéré que tu resterais.

C'était impossible.

Malone et lui tournèrent dans une rue étroite. Devant eux, le trottoir menait vers un nouveau carrefour et un autre mur avec une grille en fer continuait sur leur droite. Ils suivirent la foule jusqu'au coin et tournèrent une nouvelle fois. Là, le mur était plus élevé, avec un rempart à la place de la grille. Une bannière multicolore pendait sur les pierres rugueuses annonçant : MUSÉE NATIONAL DU MOYEN ÂGE, THERMES DE CLUNY.

L'édifice qui se dressait derrière le mur était une construction gothique crénelée couverte par un toit pentu en ardoises avec des lucarnes. Foddrell disparut par une entrée et les deux hommes le suivirent.

Malone accéléra l'allure.

« Qu'est-ce qu'on fait ? demanda Sam.

– On improvise. »

Malone savait où ils allaient. Le musée de Cluny se trouvait sur le site d'anciens thermes gallo-romains dont les ruines étaient toujours visibles à l'intérieur. Le bâtiment actuel avait été érigé au XVe siècle par un abbé bénédictin. C'est seulement au XIXe siècle que l'endroit était devenu propriété de l'État, avec, à l'intérieur, une collection impressionnante d'objets médiévaux. Cela restait une des étapes incontournables de tout circuit parisien. Il l'avait visité deux fois, et se souvenait des lieux. Deux étages, chaque salle d'exposition donnant sur l'autre, un itinéraire à sens unique. Un endroit plutôt confiné. Loin d'être idéal si l'on voulait passer inaperçu.

Il entra le premier dans la cour et vit les deux poursuivants emprunter la porte principale. Une trentaine de visiteurs armés d'appareils photo se promenaient.

Sam le suivit.

La salle au-delà était un vestibule avec des murs en pierre converti en centre d'accueil des visiteurs, avec un vestiaire et un escalier qui descendait vers les toilettes. Les deux hommes achetèrent leurs billets, puis ils se retournèrent et empruntèrent les marches en pierre menant au musée. Quand ils eurent disparu par un couloir étroit, Sam et lui achetèrent leurs propres billets. Ils montèrent par les mêmes marches et entrèrent dans un magasin de souvenirs rempli de visiteurs. Aucun signe de Foddrell, mais les deux hommes étaient déjà en train de franchir une autre porte basse sur leur gauche. Malone aperçut les brochures gratuites décrivant le musée, et il en prit une pour en étudier rapidement les lieux.

Sam le vit faire.

« Henrik dit que tu as une mémoire photographique. C'est vrai ?

– Une mémoire eidétique, corrigea-t-il. Juste assez bonne pour enregistrer les détails.

– Tu es toujours aussi précis ? »

Il fourra la brochure dans sa poche arrière.

« Presque jamais. »

La salle d'exposition où ils pénétrèrent était éclairée par une fenêtre à meneaux et par quelques spots stratégiquement placés qui donnaient un relief particulier aux porcelaines, aux verreries et aux albâtres médiévaux.

Ni Foddrell ni ceux qui le suivaient ne s'y trouvaient.

Ils passèrent en hâte dans la salle suivante qui contenait encore des céramiques et aperçurent les deux hommes qui sortaient de l'autre côté. Les deux salles avaient été jusque-là remplies de visiteurs bavards qui déclenchaient leurs appareils photo. Malone savait d'après la brochure que les bains romains étaient situés un peu plus loin.

À la sortie, il vit les deux acolytes emprunter un couloir étroit peint en bleu et orné de plaques d'albâtre, qui débouchait sur un large couloir en pierre. En bas de quelques marches, se trouvait le frigidarium. Mais un panneau annonçait qu'il était fermé pour rénovation, et une chaîne en plastique en condamnait l'accès. Sur leur droite, on accédait, par un arc gothique abondamment décoré, à une salle vivement éclairée où se trouvaient exposés des restes de statues. Des chaises métalliques pliantes étaient disposées devant une plateforme et un podium. Une sorte d'espace pour des présentations dans un endroit qui, de toute évidence, avait été jadis une cour extérieure.

Par la gauche, on pénétrait encore plus loin dans le musée.

Les deux hommes prirent cette direction.

Sam et lui s'approchèrent et regardèrent prudemment dans la salle suivante, haute de deux étages, qui bénéficiait d'un éclairage naturel grâce à des ouvertures dans son toit. Les murs en pierres grossières s'élevaient à presque treize mètres. Il s'agissait sans doute autrefois d'une autre cour, entre deux bâtiments, et refermée aujourd'hui, où l'on exposait des ivoires, des fragments de chefs-d'œuvre et d'autres statues.

Foddrell n'était nulle part en vue. Mais les deux hommes se dirigeaient vers la salle d'exposition suivante qui se trouvait en haut d'autres marches en pierre.

« Ces deux-là me poursuivent ! » cria quelqu'un, brisant le silence ambiant digne d'une bibliothèque.

Malone leva la tête.

Debout sur une balustrade qui était probablement à l'étage supérieur du bâtiment suivant, une femme désignait en bas les deux hommes que Malone et Sam suivaient. La trentaine, cheveux bruns coupés court, elle portait une de ces blouses bleues que Malone avait vues sur d'autres employés du musée.

« Ils me poursuivent ! cria la femme. Ils veulent me tuer. »

27

Vallée de la Loire

Thorvaldsen suivit Larocque depuis le salon et ils s'avancèrent dans le château, passant au-dessus du Cher qui coulait sous les fondations de l'édifice. Avant de venir, il avait étudié l'histoire de la propriété et savait que son architecture avait été conçue au début du XVIe siècle, comme un élément de la cour galante et hautement civilisée de François Ier. C'était une femme qui en avait à l'origine imaginé le plan, et cette influence féminine était encore nettement perceptible. Aucun désir de pouvoir n'était attesté par des murs énormes renforcés par des contreforts. Bien au contraire, l'élégance inimitable de l'endroit n'évoquait qu'un intense plaisir de vivre.

« Ma famille possède ce domaine depuis trois siècles, dit-elle. Un des propriétaires a construit la partie centrale sur la rive nord, là où nous étions assis, ainsi qu'un pont pour rejoindre la rive sud. Un autre a érigé la galerie au-dessus du pont. »

Elle désigna l'espace devant eux.

La grande salle rectangulaire devait faire plus de soixante mètres de long, avec un sol carrelé noir et blanc, et de lourdes poutres en chêne au plafond. Le soleil brillait à travers des fenêtres inclinées vers l'intérieur et placées de façon symétrique des deux côtés et d'un bout à l'autre.

« Pendant la guerre, les Allemands ont occupé le domaine, dit-elle. La porte sud à l'extrémité était en zone libre, et celle-ci, en zone occupée. Vous imaginez les problèmes que cela a engendrés.

– Je déteste les Allemands », déclara-t-il en détachant les mots.

Elle lui jeta un regard circonspect.

« Ils ont détruit ma famille et mon pays, et voulu détruire ma religion. Je ne pourrai jamais leur pardonner. »

Il la laissa prendre en compte le fait qu'il était juif. Les recherches qu'il avait menées sur elle avaient mis en évidence son préjugé de longue date contre les juifs. Il ne semblait y avoir aucune raison particulière, simplement une aversion innée, sentiment assez répandu chez les gens. Son enquête avait également révélé une autre de ses nombreuses obsessions. Il avait espéré qu'elle lui ferait faire une visite du château, mais juste en face de lui, accroché près de l'entrée à fronton qui conduisait vers d'autres pièces, et éclairé par deux petits halogènes, il vit le portrait.

Exactement là où on lui avait dit.

Il regarda fixement le tableau. Un long nez affreux. Des yeux obliques, enfoncés, jetant un regard rusé de côté. Des mâchoires puissantes. Un menton en galoche. Un chapeau conique sur un crâne pratiquement chauve le faisait ressembler à un pape ou bien un cardinal. Mais il avait été bien plus que cela.

« Louis XI », déclara-t-il, en désignant le portrait.

Larocque s'arrêta.

« Vous êtes de ses admirateurs ? lui demanda-t-elle. Que disait-on de lui ? "Adoré par le peuple, haï par les grands, redouté par ses ennemis et respecté par l'Europe tout entière. C'était un roi." Personne ne sait s'il s'agit d'un portrait authentique. Mais il s'en dégage une impression étrange, vous ne trouvez pas ? »

Il se rappelait les rumeurs nauséabondes entourant la mémoire de Louis XI qu'on lui avait racontées. Il avait régné de 1461 à 1483 et avait réussi malgré tout à se forger une légende de grandeur. Alors qu'il était, en réalité, sans scrupule, en rébellion contre son père, abominable avec sa femme, se méfiait de pratiquement tout le monde et n'avait aucune pitié pour quiconque. Sa passion avait été la reconstruction de la France après la désastreuse guerre de Cent Ans. Inlassablement, il avait comploté, planifié, soudoyé, dans le seul but de réunir au sein d'une seule couronne les terres perdues.

Et il y parvint.

Ce qui devait lui assurer une place de choix dans l'histoire de France.

« Ce fut un des premiers à comprendre le pouvoir de l'argent, dit-il. Il aimait acheter les hommes, au lieu de les combattre.

– Quelle science ! s'exclama-t-elle, visiblement impressionnée. Il avait saisi l'importance du commerce comme outil politique et créé les bases d'un État-nation moderne. Un État dans lequel l'économie compterait plus que l'armée. »

Elle lui fit un signe, et ils entrèrent dans une autre pièce aux murs recouverts de cuir d'une teinte chaude avec des fenêtres occultées par des rideaux couleur porto. L'impressionnante cheminée Renaissance était éteinte. Il y avait peu de mobilier, en dehors de quelques chaises tapissées et des tables en bois. Et au milieu une vitrine en verre et acier qui jurait dans ce cadre ancien.

« L'invasion de l'Égypte en 1798 par Napoléon a été un fiasco militaire et politique, lui dit-elle. La République française avait envoyé son plus brillant général pour la conquérir, ce qu'il fit. Mais gouverner l'Égypte était une autre affaire. Napoléon n'y réussit pas. Pourtant on ne peut pas nier que son occupation de l'Égypte ait changé le monde. Pour la première fois, on eut la révélation de la splendeur de cette mystérieuse civilisation oubliée. L'égyptologie était née. Les savants de Napoléon ont littéralement découvert l'Égypte pharaonique sous les sables millénaires. Typique de Napoléon : un échec total transformé par un succès partiel.

– Un discours digne d'une authentique descendante de Pozzo di Borgo. »

Elle haussa les épaules.

« Alors qu'il repose en gloire aux Invalides, mon ancêtre, lui qui a probablement sauvé l'Europe, est oublié. »

Sachant que ce point d'histoire lui était pénible, il préféra changer de sujet, au moins pour le moment.

« Pendant qu'il était en Égypte, Napoléon a quand même réussi à découvrir des choses d'une immense valeur. »

Elle désigna la vitrine :

« Ces quatre papyrus. Trouvés par hasard un jour, après que les troupes de Napoléon eurent abattu un meurtrier au bord de la route. Sans Pozzo di Borgo, Napoléon aurait pu les utiliser pour renforcer son pouvoir et régner effectivement sur la plus grande partie de l'Europe. Heureusement, il n'en a jamais eu l'occasion. »

Les enquêteurs n'avaient rien révélé de cette particularité à Thorvaldsen. Pour Ashby, il avait dépensé sans compter pour tout savoir jusqu'au moindre détail. Mais pour Eliza Larocque, il avait ciblé son enquête. Peut-être avait-il eu tort ?

« Que disent ces papyrus ? demanda-t-il l'air de rien.

– Ils sont le fondement du Club de Paris. Ils expliquent notre but, et guideront nos pas.

– Qui les a écrits ? »

Elle haussa les épaules.

« Nul ne sait. Napoléon croyait qu'ils venaient d'Alexandrie, et qu'ils avaient été égarés lors de la disparition de la bibliothèque. »

Thorvaldsen avait de l'expérience en la matière. Ils n'étaient pas aussi égarés qu'on le croyait.

« Vous accordez beaucoup de foi à des documents inconnus, écrits par un scribe inconnu.

– Comme la Bible, je crois. Nous ne savons rien de ses origines, et pourtant des milliards de gens calquent leur vie sur ses enseignements.

– Très vrai. »

Les yeux de la jeune femme brillèrent avec candeur.

« Je vous ai montré quelque chose qui me tient beaucoup à cœur. Maintenant, je veux vos preuves en ce qui concerne Ashby. »

28

Malone vit deux hommes en blazer bleu et cravate, portant des badges d'identification du musée autour du cou, se précipiter dans la salle d'exposition. Un des hommes qui avaient suivi Foddrell, un costaud avec une tignasse hirsute, réagit aussitôt et frappa le premier gardien dans la figure. Son acolyte, qui ressemblait à un gnome avec un visage aplati, fit tomber le deuxième en lui donnant un coup de pied.

Visage plat et Costaud sortirent des armes.

La femme à l'étage au-dessus à l'origine de la mêlée s'enfuit.

Des visiteurs remarquèrent les armes et se mirent à crier. D'autres passèrent en courant devant Malone et Sam, pour regagner l'entrée.

Deux autres gardiens apparurent de l'autre côté.

On entendit des coups de feu.

Les murs en pierre, le carrelage au sol et le plafond en verre ne pouvant en rien amortir le bruit, les détonations explosèrent dans les oreilles de Malone.

Un des gardiens s'écroula.

D'autres personnes passèrent à côté de lui en courant.

L'autre gardien disparut.

Visage plat et Costaud disparurent également.

Malone se remémora avec exactitude le plan du musée. « Je vais les prendre à revers. L'édifice n'a qu'une seule autre issue. Je les intercepterai là-bas. Reste ici.

– Pour faire quoi ?

– Essaie de ne pas te faire tirer dessus. »

Il supposait que le service de sécurité fermerait toutes les issues et que la police ne tarderait pas à arriver. Tout ce qu'il lui restait à faire était d'occuper les deux tireurs suffisamment longtemps.

Il retourna en courant vers l'entrée principale.

Sam n'avait pas tellement le temps de réfléchir. Les événements se succédaient à toute vitesse. Il prit immédiatement la décision de ne pas attendre sans rien faire. Tant pis pour l'ordre de Malone. Il courut à travers la salle d'exposition, là où les tirs s'étaient produits, jusqu'à l'homme en blazer bleu, allongé face au sol dans une mare de sang, le corps semblable à une chiffe molle.

Il s'agenouilla.

Ses yeux regardaient au loin, les paupières pratiquement immobiles. Il n'avait encore jamais vu quelqu'un qui avait essuyé un coup de feu. Un mort ? Oui. Hier soir. Mais l'homme couché devant lui était encore en vie.

Il regarda autour de lui, notant au passage encore des chapiteaux, des statues et des sculptures. Ainsi que deux sorties – l'une avec une porte fermée par un loquet en fer, l'autre donnant sur un couloir voûté qui menait vers un espace sans fenêtres. Il aperçut une tapisserie accrochée sur le mur du fond de cette pièce ainsi qu'un escalier qui montait.

Tous les visiteurs avaient fui, laissant le musée plongé dans un silence inhabituel. Il se demanda où pouvaient bien être le personnel de sécurité, les employés, la police. Les autorités avaient sûrement été averties.

Il entendit quelqu'un courir. Dans sa direction. En provenance de l'endroit par lequel Malone et lui étaient entrés – là où Malone était allé.

Il ne voulait pas être empêché par qui que ce soit. Il voulait participer à l'action.

« Les secours arrivent », dit-il à l'homme qui gisait par terre.

Puis il courut vers la salle suivante et monta quatre à quatre les marches menant à l'étage supérieur.

Malone revint à la boutique de souvenirs, et joua des coudes à travers la foule qui se bousculait pour sortir par l'entrée du musée.

Des voix excitées s'exprimaient en plusieurs langues.

Il continua à forcer son passage à travers la foule et sortit de la boutique pour entrer dans une pièce adjacente que la brochure du musée désignait comme étant un emplacement pour des casiers à bagages ainsi qu'un escalier que les visiteurs empruntaient pour descendre de l'étage supérieur. D'en haut, il devrait pouvoir revenir en arrière et intercepter Visage plat et Costaud pendant qu'ils traversaient le musée.

Il monta l'escalier en bois à toute allure et entra dans une salle vide où étaient exposées des armures, des dagues et des épées. Une tapisserie de chasse ornait un des murs. Les vitrines étaient toutes sous clé. Mais il avait besoin d'une arme et espérait que le musée comprendrait.

Il saisit une chaise et en envoya un grand coup dans la vitrine.

Des morceaux de verre s'éparpillèrent sur le sol.

Il jeta la chaise de côté, chercha à l'intérieur et en sortit une épée courte. Elle avait été aiguisée, probablement pour l'embellir en vue de l'exposition. Un petit carton à l'intérieur de la vitrine informait les visiteurs que c'était une arme du XVIe siècle. Il prit également un bouclier, datant des années 1500.

L'épée et le bouclier étaient en excellent état.

Ainsi équipé, il devait ressembler à un gladiateur prêt à entrer dans l'arène.

Mieux que rien, se dit-il.

Sam monta l'escalier en courant, en s'aidant de la main courante en cuivre. Sur le palier il tendit l'oreille, puis monta vers le dernier étage du musée.

Pas un bruit. Pas même venant d'en bas.

Il progressait discrètement, la main droite toujours cramponnée à la rampe. Il se demanda ce qu'il allait faire. Il n'était pas armé et mourait de peur, mais Malone pouvait avoir besoin d'aide, comme dans la librairie la nuit dernière.

Et les agents sur le terrain devaient s'entraider.

Il arriva en haut.

Un passage voûté ouvrait sur sa gauche, menant à une pièce haute de plafond avec des murs rouge sang. Juste en face de lui se trouvait l'entrée d'une exposition intitulée « La Dame à la licorne ».

Il s'arrêta et regarda prudemment à l'intérieur de la pièce rouge.

Trois coups de feu retentirent.

Des balles ricochèrent sur la pierre, à quelques centimètres de son visage, en soulevant la poussière. Il recula.

Mauvaise idée.

Un autre coup de feu fut tiré dans sa direction. Des fenêtres sur sa droite, près du palier, volèrent en éclats.

« Hé », chuchota quelqu'un.

Il regarda vers la droite et aperçut la femme de tout à l'heure, celle qui avait tout déclenché en poussant un hurlement. Elle se tenait dans l'entrée menant à l'exposition de « La Dame à la licorne ». Ses cheveux courts étaient tirés en arrière, dégageant son visage. Elle avait un regard vif. Ses paumes ouvertes laissaient apparaître un pistolet.

Elle lui lança l'arme, qu'il attrapa.

Sa main gauche saisit la crosse, son doigt sur la gâchette. Il n'avait pas tiré avec une arme depuis sa dernière séance au stand de tir des services secrets. Quand était-ce, il y avait quatre mois ? Mais il était heureux de l'avoir en main.

Le regard intense, elle lui fit signe de tirer.

Il inspira profondément, visa l'extrémité du passage voûté et appuya sur la gâchette.

Du verre éclata quelque part dans la salle rouge.

Il tira de nouveau.

« Vous pourriez au moins essayer d'en toucher un, dit la femme depuis sa cachette.

– Si vous êtes tellement forte, faites-le vous-même.

– Jetez-moi le pistolet, je m'en charge. »

29

Vallée de la Loire

Eliza était assise dans le salon, inquiète des complications inattendues qui avaient surgi au cours des dernières heures. Thorvaldsen était reparti pour Paris. Ils se parleraient à nouveau demain.

Pour l'instant, elle avait besoin d'être conseillée.

Elle avait demandé qu'on lui fasse un feu dans la cheminée, lequel brûlait maintenant avec éclat, éclairant la devise gravée sur le manteau par un de ses ancêtres.

S'IL VIENT A POINT, ME SOUVIENDRA.

Si ce château est terminé, on se souviendra de moi.

Elle était assise dans un des grands fauteuils rembourrés, avec, sur sa droite, la vitrine contenant les quatre papyrus. Seul le craquement des braises perçait le silence. On lui avait dit qu'il neigerait peut-être ce soir. Elle adorait l'hiver, particulièrement ici à la campagne, au milieu de tout ce qu'elle aimait.

Deux jours.

Ashby était en Angleterre, en pleine préparation. Plusieurs mois auparavant, elle lui avait délégué un ensemble de tâches, comptant sur sa prétendue expertise. Maintenant elle se demandait si cette confiance n'avait pas été une erreur. Il y avait beaucoup en jeu dans ce qu'il était en train de faire.

Tout, en fait.

Elle s'était abstenue de répondre aux questions de Thorvaldsen, et ne l'avait pas laissé lire les papyrus. Ce droit lui était refusé, ainsi qu'aux autres membres du club, d'ailleurs. Ce savoir était sacré aux yeux de sa famille, obtenu par Pozzo di Borgo lui-même quand ses agents avaient volé les documents parmi les effets personnels de Napoléon en partance en exil pour Sainte-Hélène. Napoléon avait remarqué cette disparition et protesté officiellement, mais la responsabilité en avait été imputée à ses geôliers britanniques.

Qui plus est, personne ne s'en souciait.

À ce moment-là, Napoléon avait perdu tout son pouvoir. Tout ce que voulaient les dirigeants européens, c'était que l'Empereur, autrefois puissant, meure rapidement de façon naturelle. Il ne fallait pas lui permettre de devenir un martyr, et l'emprisonner sur une île perdue dans l'Atlantique Sud leur avait paru être le meilleur moyen de parvenir à leurs fins.

Et cela avait marché.

Napoléon avait dépéri peu à peu.

Il était mort en cinq ans.

Eliza Larocque se leva, s'approcha de la vitrine et examina les quatre documents anciens, bien en sécurité dans leur cocon. Ils avaient été traduits il y a longtemps, et elle en avait mémorisé chaque mot. Pozzo di Borgo avait vite compris leur potentiel, mais il vivait dans un monde postnapoléonien, à une époque où la France était en constante effervescence, méfiante à l'égard de la monarchie et incapable de se transformer en démocratie.

Ils ne lui avaient donc été d'aucune utilité.

Elle était sincère avec Thorvaldsen lorsqu'elle lui disait qu'il était impossible de savoir par qui ils avaient été écrits. Tout ce qu'elle savait, c'était que ces mots avaient un sens.

Elle ouvrit un tiroir sous la vitrine. À l'intérieur se trouvaient les traductions en français du copte original. Dans deux jours, elle les ferait partager au Club de Paris. En attendant, elle parcourut les pages dactylographiées, se familiarisant à nouveau avec leur sagesse, s'émerveillant de leur simplicité.

La guerre est une force de progrès, générant naturellement ce qui n'aurait pas eu lieu autrement. La pensée libre et l'innovation ne sont que deux des aspects positifs de la guerre. La guerre est une force dynamique pour la société, un outil fiable et stabilisant. L'éventualité d'une guerre constitue la base la plus solide pour l'autorité de n'importe quel souverain, son étendue augmentant en relation directe avec la menace grandissante que pose la guerre. Les sujets obéiront volontiers dès lors qu'il existe au moins la promesse d'obtenir une protection contre leurs envahisseurs. Que la guerre ne menace plus, ou que vous manquiez à la promesse de protection, et toute autorité est bafouée. La guerre peut mobiliser l'allégeance d'un peuple comme nulle autre institution. L'autorité centrale n'existerait pas sans guerre, et la mesure du pouvoir d'un souverain à gouverner dépend de son pouvoir à faire la guerre. L'agression collective est une force positive qui, en même temps, règle les désaccords et renforce la cohésion sociale. La guerre est la meilleure méthode pour canaliser l'agression collective. La paix durable n'est pas souhaitable pour le maintien de l'autorité centrale, pas plus que ne l'est d'ailleurs une guerre sans fin. Le mieux, c'est une simple possibilité de guerre, puisque la menace apparente génère un sentiment de besoin, sans lequel aucune autorité centrale ne peut exister. Une stabilité durable peut provenir simplement de la préparation d'une société à la guerre.

Il était incroyable qu'un esprit des temps anciens ait pu avoir une pensée aussi moderne.

La persistance d'une menace extérieure est essentielle pour qu'une autorité centrale survive. Une telle menace

doit être crédible et d'une importance suffisante pour insuf-
fler une peur absolue, et elle doit toucher la société entière.
Sans une telle crainte, l'autorité centrale risque de s'effondrer. La transition sociétale de la guerre à la paix échouera
si un souverain ne comble pas le vide sociologique et politique créé par l'absence de guerre. Des substituts doivent
être trouvés pour canaliser l'agressivité collective, mais ils
doivent être à la fois réalistes et contraignants.

Elle posa la traduction sur la vitrine.

Du temps de Pozzo di Borgo, au milieu du XIXe siècle, il n'y
avait pas de substituts adéquats, et donc la guerre prévalait.
Des conflits régionaux éclatèrent, puis deux déflagrations
mondiales. Aujourd'hui les choses étaient différentes. Il existait de nombreux substituts. Trop, en réalité. Avait-elle choisi
le bon ?

Difficile à dire.

Elle se rassit.

Il y avait encore quelque chose qu'elle devait savoir.

Après le départ de Thorvaldsen, elle avait sorti l'oracle de
son sac. À présent, elle ouvrit respectueusement le livre et se
prépara en inspirant plusieurs fois profondément. Dans la liste
des questions, elle choisit celle-ci : *Est-ce que l'ami sur lequel
je compte le plus se montrera fidèle ou traître ?* Au mot « ami »,
elle substitua « Thorvaldsen » et posa ensuite la question à haute
voix, en se tournant vers le feu.

Elle ferma les yeux et se concentra.

Puis elle saisit un stylo et traça des lignes verticales sur
cinq rangées, comptant chaque ensemble afin de déterminer la
succession correcte des points.

Elle consulta rapidement le schéma et vit que la réponse à sa question se trouvait à la page H. Là, l'oracle proclamait : « L'ami sera pour toi un bouclier contre le danger. »

Elle ferma les yeux.

Elle avait fait confiance à Graham Ashby, ne sachant pas grand-chose de lui, sinon que sa fortune était ancienne et qu'il était un chercheur de trésors expérimenté. Elle lui avait offert une opportunité unique, et lui avait fourni des informations que personne d'autre au monde ne connaissait, des indices transmis dans sa famille depuis Pozzo di Borgo.

Tout cela pouvant mener au trésor perdu de Napoléon.

Di Borgo avait passé les deux dernières décades de sa vie à le chercher, mais sans résultat. Son échec l'avait rendu fou à la longue. Mais il avait laissé des notes qu'elle avait toutes remises à Graham Ashby.

Une idiotie ?

Elle se souvint de ce que l'oracle venait de prédire concernant Thorvaldsen.

« L'ami sera pour toi un bouclier contre le danger. »

Peut-être pas.

30

Malone entendit des coups de feu. Cinq ? Six ? Puis du verre s'écrasa sur quelque chose de dur.

Il traversa trois salles qui rassemblaient mille ans d'histoire de France, à travers des objets d'art à la décoration chargée d'objets religieux, de ferronneries compliquées et de tapisseries. Il tourna à droite vers un autre couloir. Environ sept mètres de long. Sol en parquet. Plafond à caissons. Des outils d'écriture et des instruments en laiton étaient exposés dans deux vitrines éclairées, encastrées dans le mur de droite, entre lesquelles il y avait une porte menant vers une autre pièce éclairée. Dans le mur de gauche, il remarqua une arcade en pierre et la balustrade d'où la femme avait crié.

Un homme apparut au bout du couloir.

Costaud.

Il ne regardait pas Malone, mais quand il se retourna, et vit quelqu'un portant une épée et un bouclier, il braqua son pistolet dans sa direction et tira.

Malone plongea, maintenant le bouclier devant lui.

La balle résonna sur le métal juste au moment où Malone relâchait le bouclier et se plaquait contre le sol dur. Le bouclier tomba bruyamment. Malone roula jusqu'à la pièce voisine et se releva rapidement.

Des pas sonores venaient dans sa direction. La salle dans laquelle il était abritait d'autres vitrines éclairées et des objets de culte.

Il n'avait pas le choix.

Ne pouvant pas retourner d'où il venait, il s'enfuit vers la salle suivante.

Sam vit la femme attraper le pistolet dans ses mains, petites mais habiles, et s'avancer lentement. L'encadrement de porte qu'elle occupait était perpendiculaire à l'entrée de la chambre rouge où les tireurs avaient pris position, ce qui lui procurait un abri. Elle écarta les jambes, visa et tira deux fois.

Encore du verre cassé. Encore une vitrine de détruite.

Il risqua un œil et vit un des hommes foncer de l'autre côté de la pièce. La femme aussi l'aperçut et tira à nouveau en direction de l'individu qui se précipitait derrière une vitrine.

Il se sentait en plein brouillard.

Que faisait la sécurité ?

Et la police ?

Malone se rendit compte tout à coup qu'il avait commis une grave erreur. D'après la brochure du musée, il savait qu'il se dirigeait vers la chapelle supérieure, un petit espace restreint avec une seule issue.

Il se précipita dans la chapelle de style gothique flamboyant. Son pilier central s'élevait jusqu'à une voûte à ogives croisées qui se déployait comme des branches de palmier. Peut-être huit à dix mètres de longueur, dépourvue de meubles, et sans aucun endroit pour se cacher.

Il tenait toujours l'épée à la main, mais elle n'était pas d'une grande utilité contre un homme avec un pistolet.

Réfléchis.

Sam se demandait ce que cherchait cette femme. Elle était de toute évidence à l'origine de la bagarre et semblait maintenant vouloir l'arrêter.

Deux autres coups de feu retentirent à travers le musée, mais ils ne venaient pas de son arme, et ils n'étaient pas dirigés contre eux.

Bien conscient des balles, il risqua un regard furtif et vit un des attaquants se réfugier derrière une vitrine encore intacte et tirer dans une autre direction.

La femme le vit aussi.

Quelqu'un d'autre tirait sur leurs attaquants.

Trois autres coups pénétrèrent dans la chambre rouge, le tireur était pris entre deux feux, surtout préoccupé par le danger qui se présentait derrière lui. La femme semblait attendre le bon moment. Quand il arriva, elle tira à nouveau.

Le tireur plongea pour s'abriter, mais un autre tir le toucha en pleine poitrine. Il trébucha maladroitement. Sam entendit un cri de douleur, puis vit l'homme s'écrouler au sol en se tordant.

Malone se raidit, tétanisé par la peur. Son seul espoir était que son attaquant s'approche de la chapelle avec précaution, ne sachant pas ce qu'il allait trouver au-delà de la porte. Avec un peu de chance, l'épée lui donnerait un avantage de quelques secondes, mais toute cette affaire était en train de tourner au cauchemar – ce qui était normal puisque Thorvaldsen y était mêlé.

« Halte ! » cria une voix d'homme.

Un moment s'écoula.

« J'ai dit halte. »

Un coup de feu retentit.

Un corps s'effondra lourdement sur une surface dure. La police était-elle enfin passée à l'action, ou bien la sécurité du musée ?

« Monsieur Malone, vous pouvez sortir. Il est à terre. »

Le prenait-on pour un idiot ? Il s'avança lentement vers le bord de l'encadrement de la porte et jeta un œil. Costaud gisait sur le sol, face contre terre, du sang coulant à flots sous lui. À quelques mètres de là, se tenait un homme en costume sombre, les pieds écartés, les mains crispées sur un Sig Sauer 357 semi-automatique braqué sur le corps. Malone remarqua sa coupe en brosse, son regard sévère et sa silhouette élancée. Il nota également son anglais parfait, avec une pointe d'accent du sud.

Mais son arme acheva de l'identifier.

P 229. Modèle standard.

Services secrets.

Le canon du pistolet remonta jusqu'à la poitrine de Malone. « Lâchez l'épée. »

Sam était soulagé de voir que la menace avait été écartée.

« Malone ! » cria-t-il, espérant que c'était lui qui avait abattu l'homme.

Malone entendit Sam l'appeler. Il garda l'épée à la main mais le Sig restait braqué dans sa direction.

« Taisez-vous, dit l'homme doucement, et laissez tomber cette sacrée épée. »

Sam n'obtint aucune réponse.

Il se retourna vers la femme et vit que son arme était maintenant braquée vers lui.

« Il est temps que nous partions, vous et moi », dit-elle.

31

Malone traversa le musée sous la menace du revolver. Tous les visiteurs étaient partis, et apparemment l'intérieur avait été fermé. De nombreux coups de feu avaient été échangés, et il s'étonnait de l'absence de la police ou du service de sécurité du musée.

« Que font les services secrets ici ? »

Comme si c'était la peine de le demander.

« Vous n'auriez pas vu un des vôtres par hasard ? Un type jeune. Bel homme. Très enthousiaste. Du nom de Sam Collins ? »

Mais il n'obtint pas plus de réponse.

Ils traversèrent une salle d'exposition avec des murs rouge sombre, et contenant des objets de culte ainsi que trois vitrines en miettes. Les responsables de l'endroit avaient de quoi se mettre en rogne.

Un autre corps perdant son sang était étendu sur le sol.

Visage plat.

À la sortie de la salle, un escalier descendait sur sa droite, avec, sur sa gauche dans le mur, une grande porte à double battant. Une affiche plastifiée annonçait qu'au-delà se trouvait la dame à la licorne.

Malone la montra du doigt.

« Là-dedans ? »

L'homme acquiesça, puis baissa son arme et avança à reculons dans la salle rouge. Les manières hésitantes de l'agent l'amusaient.

Il entra dans un espace sombre dans lequel étaient exposées six tapisseries multicolores, chacune profitant d'un éclairage indirect. En temps normal il aurait été impressionné, sachant qu'il s'agissait des pièces les plus précieuses du musée, des œuvres originales du xve siècle, mais c'est le personnage solitaire assis sur un des trois bancs au milieu de la pièce qui acheva de rassembler les pièces du puzzle.

Stéphanie Nelle.

Son ancienne patronne.

« Tu as encore réussi à détruire un trésor national, dit-elle en se levant et se tournant vers lui.

– Ce n'est pas moi, cette fois.

– Qui a pris une chaise pour casser une vitrine et s'emparer d'une épée et d'un bouclier ?

– Alors tu regardais.

– Les Français te veulent, annonça-t-elle.

– Ce qui veut dire que je te suis redevable... »

Il se reprit.

« Non. Je suis probablement redevable au président Daniels. Exact ?

– Il est intervenu personnellement quand je lui ai dit que ça bardait.

– Comment va le gardien de musée qui a pris une balle ?

– En route vers l'hôpital. Il s'en tirera.

– Et le type dehors. Services secrets ? »

Elle acquiesça.

« Un prêt. »

Il connaissait Stéphanie depuis longtemps, ayant travaillé pour elle pendant douze ans au ministère de la Justice au sein de l'unité Magellan. Ils avaient traversé pas mal d'épreuves ensemble, surtout pendant ces deux dernières années, depuis sa prétendue retraite.

« Je suis désolé pour ton père », lui dit-elle.

Ces dernières heures, il n'avait plus pensé aux deux semaines passées.

« Merci pour ce que tu as fait de ton côté.

– Il fallait que ce soit fait.

– Pourquoi es-tu là ?

– Sam Collins. Je sais que tu as fait sa connaissance. »

Il s'assit sur un banc et contempla les tapisseries. Chacune comprenait au centre une sorte d'île bleu foncé parsemée de plantes fleuries dans des couleurs éclatantes qui allaient du rouge profond au rose vif. Une femme noble avec une licorne et un lion figurait sur les six ouvrages. On la voyait dans des scènes différentes. Cette allégorie lui était familière – la représentation des cinq sens, l'enchantement mythique. Des messages subtils venus des temps anciens, dont il avait soupé récemment.

« Sam a des ennuis ? demanda-t-il.

– Ses ennuis ont commencé dès l'instant où il a pris contact avec Thorvaldsen. »

La veille, elle avait eu une réunion avec Danny Daniels dans le Bureau ovale, au cours de laquelle le président des États-Unis lui avait dit qu'il se passait quelque chose d'important à Copenhague.

« Daniels était au courant pour Sam. Il avait été briefé par les services secrets.

– Cela me paraît être un sujet bien mineur pour que le Président s'en mêle.

– Personne ne lui a fait savoir que Thorvaldsen était impliqué. »

Bonne chose.

« Cotton, ce Club de Paris est bien réel. Nos gens l'ont à l'œil depuis plus d'un an. Rien d'alarmant jusqu'à présent. Mais je dois savoir ce que fabrique Thorvaldsen.

– Alors tout ça, c'est à propos de Sam ou d'Henrik ?

– Les deux.

– Comment sommes-nous passés du Club de Paris à Henrik ?

– Tu me prends pour une idiote. Tu es assis là avec l'aspirateur en marche, prêt à me soutirer la moindre information que je veux bien te donner. Ce n'est pas pour ça que je suis ici. Je dois savoir ce que fabrique ce cinglé de Danois. »

Il savait qu'Henrik et Stéphanie nourrissaient une méfiance mutuelle, bien qu'ils aient été forcés plus d'une fois de compter l'un sur l'autre. N'ayant aucun intérêt personnel dans ce conflit, sinon celui d'aider son meilleur ami, il décida qu'il pouvait, pour une fois, lui dire la vérité.

« Il poursuit l'assassin de Cai. »

Stéphanie secoua la tête.

« Je me doutais qu'il s'agissait de quelque chose comme ça. Il risque de foutre en l'air une opération importante et de compromettre une source capitale. »

Il commençait à comprendre certaines choses.

« Graham Ashby travaille avec nous ? »

Elle acquiesça.

« Il nous a déjà fourni beaucoup de renseignements. »

Un malaise l'envahit.

« Henrik va le tuer.

– Tu dois l'en empêcher.

– C'est impossible.

– Cotton, ce n'est pas tout. Le Club de Paris projette quelque chose de spectaculaire. Quoi exactement ? Nous n'en savons rien. En tout cas, pas pour l'instant. Une certaine Eliza Larocque est à la tête du groupe. C'est elle le cerveau. Ashby est une sorte d'administrateur. Il fait ce qu'elle dit, mais il nous a tenus au courant. Ce club rassemble sept des personnes les plus riches du monde. Bien entendu, nous ne sommes pas certains que tous les membres sachent ce que mijote Larocque.

– Pourquoi ne pas leur dire ?

– Parce qu'il a été décidé de les prendre tous en même temps. Ils sont accusés de corruption, de chantage, d'extorsion de fonds, de fraudes financières et boursières considérables.

Ils ont perturbé des échanges de devises et sont peut-être responsables de l'affaiblissement international du dollar. Nous voulons envoyer un message fort en les prenant tous d'un seul coup. »

Il savait comment ça se passerait.

« Ils tombent tous, et Ashby s'en tire.

– C'est le prix à payer. Sans lui, nous n'en aurions rien su. »

Il se concentra à nouveau sur une des tapisseries. Une jeune femme, entourée par un lion et une licorne, se servant de douceurs dans un plat, pendant qu'une perruche en tenait une autre dans ses griffes.

« As-tu la moindre idée du pétrin dans lequel nous sommes ? demanda-t-il.

– Maintenant, oui. Nos gens ont appris récemment que Thorvaldsen faisait surveiller Ashby. Il a même fait poser des micros dans son domaine. Ce qui n'a été possible que parce qu'Ashby a baissé sa garde. Il pense être à l'abri avec nous *et* avec Eliza Larocque. Il ne se doute pas du tout de la surveillance que Thorvaldsen exerce sur lui. Mais le Président veut que Thorvaldsen sorte du tableau.

– Henrik a tué deux hommes hier soir. L'un d'eux était impliqué dans la mort de Cai.

– Je ne peux pas lui en vouloir pour ça. Et je ne vais pas non plus m'interposer, sauf dans la mesure où ça compromet Ashby.

– Qu'est-ce que le Club de Paris prépare ? voulut-il savoir.

– Ashby ne nous l'a pas encore dit, voilà le problème. Nous savons seulement que quelque chose va se passer, et bientôt. D'ici quelques jours. Je pense que c'est sa façon de se valoriser à nos yeux.

– Alors qui sont les deux morts là-bas dans le musée ?

– Ils travaillent pour Eliza Larocque. L'autre femme, celle avec la blouse bleue, leur a fait peur et ils se sont affolés.

– À quel point les Français sont-ils fâchés ?

– Ça chauffe.

– Ce n'est pas ma faute.

– Les services secrets surveillent ce musée depuis plus d'un mois. »

Elle hésita.

« Sans le moindre problème.

– C'est la fille en blouse bleue qui est responsable de tout.

– Dans l'avion, j'ai appris qu'Eliza Larocque enquêtait sur le site Web GreedWatch. C'est ce que devaient faire ces deux types en suivant votre Foddrell.

– Où est Sam ?

– Il a été enlevé. Je l'ai vu sur les caméras de sécurité.

– La police ? »

Elle secoua la tête.

« La fille en blouse bleue.

– Tu penses que tu aurais dû l'aider ?

– Ce n'était pas utile. »

Il connaissait très bien Stéphanie. Ils avaient travaillé longtemps ensemble. Il avait été un des douze agents avocats à l'origine de l'unité Magellan engagé personnellement par elle. Sa question suivante coulait donc de source.

« Tu sais tout sur elle, n'est-ce pas ?

– Pas exactement. Je n'avais pas la moindre idée de ce qu'elle allait faire, mais je suis sacrément contente qu'elle l'ait fait. »

32

Sam avait été conduit du dernier étage du musée jusqu'au rez-de-chaussée, par le même escalier qu'il avait emprunté précédemment. Là, la femme et lui prirent un autre escalier qui débouchait dans le frigidarium, où Jimmy Foddrell attendait. Ils passèrent ensemble sous une voûte en pierre, fermée par une grille en fer que la femme ouvrit avec une clé.

Il était un peu troublé par le revolver. Il n'en avait jamais eu un braqué directement sur lui, et de si près. Curieusement, il ne se sentait pas vraiment en danger. Il pensait plutôt être sur la bonne piste.

Il décida de la suivre. Il voulait être un agent de terrain. *Donc*, se dit-il, *comporte-toi comme tel. Improvise. C'est ce que Malone aurait fait.*

Foddrell referma la grille derrière eux.

Des murs de brique et de pierre s'élevaient à plus de quinze mètres autour de lui. Un filet de lumière pénétrait par des fenêtres en hauteur, proches du plafond voûté. Il faisait froid, et l'endroit ressemblait plutôt à un donjon. Des réparations devaient être en cours, au vu des échafaudages érigés contre un des murs en pierre de taille.

« Vous pouvez rester ou partir, lui dit la femme. Mais je préférerais que vous restiez.

– Qui êtes-vous ?

– Meagan Morrison. GreedWatch est mon site.

– Pas le sien ? » demanda-t-il, en désignant Foddrell.

Elle secoua la tête.

« Pas du tout.

– Alors que fait-il ici ? »

Elle donnait l'impression de réfléchir pour décider ce qu'elle allait répondre, et quelle quantité d'information elle allait lui livrer.

« Je voulais que vous vous rendiez compte que je ne suis pas folle. Qu'il y a des gens qui me poursuivent. Ils me surveillent depuis des semaines. Michael travaille avec moi pour le site. J'ai inventé le nom de Foddrell et l'ai utilisé comme appât.

– C'est donc vous qui nous avez attirés jusqu'ici, Malone et moi ? demanda-t-il à l'homme qu'elle appelait Michael.

– En fait, ça n'a pas été très difficile. »

Effectivement.

« Je travaille ici, au musée, dit-elle. Quand vous m'avez contactée par mail pour me proposer un rendez-vous, j'étais contente. Les deux types qui ont été descendus suivaient Michael depuis deux semaines. Si je vous avais mis au courant, vous ne m'auriez pas crue. Je vous ai donc montré ce qui se passait. D'autres hommes viennent presque tous les jours vérifier mes faits et gestes, mais ils croient que je ne m'en suis pas aperçue.

– J'ai des gens qui peuvent vous aider. »

Elle le regarda avec colère.

« Je ne veux pas des *gens*. En fait, c'est probablement quelques-uns de *vos* gens qui me surveillent. FBI. Services secrets. Comment savoir ? Je veux traiter avec *vous*. »

Elle s'arrêta un moment. Sa colère était retombée.

« Vous et moi, nous voyons les choses du même œil. »

Sa sincérité lui allait droit au cœur, en même temps qu'il était fasciné par l'expression à la fois blessée, mais attirante de son visage.

Ce qui ne l'empêcha pas de lui faire remarquer : « Des gens ont été abattus là-dedans. Un des gardiens est gravement blessé.

– Ça me fait horreur. Mais ce n'est pas moi qui ai commencé.

– Si, en fait. En criant après ces deux types. »

Elle était menue et appétissante, avec une belle poitrine, et une taille fine. Ses yeux bleus brillaient avec un plaisir presque démoniaque – un regard à la fois dominateur et confiant. C'était lui, en réalité, qui était tendu, avec les mains moites, essayant désespérément de cacher son anxiété. Il adopta donc une pose détendue et s'interrogea sur ce qu'il convenait de faire.

« Sam, dit-elle d'une voix douce. Il faut que je vous parle. En privé. Ces types étaient sur la trace de Michael. Pas la mienne. Les autres, les Américains qui me surveillent, nous venons de leur échapper en sortant d'ici.

– Ce sont eux qui ont abattu ces deux hommes ? »

Elle haussa les épaules.

« Qui d'autre ?

– Je veux savoir qui a envoyé les deux que nous avons suivis jusqu'ici. Pour qui travaillent-ils ? »

Elle le regarda avec une expression ouvertement effrontée. Il sentait qu'elle était en train de l'évaluer. D'un côté, cela le rebutait, d'un autre, il espérait qu'elle serait un peu impressionnée.

« Venez avec moi, je vais vous montrer quelque chose. »

Malone écoutait Stéphanie lui expliquer tout sur GreedWatch.

« Le site est dirigé par la femme à l'origine de la mêlée. Meagan Morrison. Une Américaine, qui a étudié l'économie ici à la Sorbonne. Elle vous a piégés en envoyant l'autre jeune homme – Foddrell. C'est un pseudonyme que Morrison utilise pour le site Web. »

Il secoua la tête.

« Se faire doubler par un crétin qui mange des rognons au déjeuner. Le drame de ma vie. »

Elle gloussa.

« Je suis ravie que vous soyez tombés dans le piège. Ça nous a permis d'entrer plus facilement en contact avec toi. Daniels m'a dit que Sam était en relation avec GreedWatch depuis plus d'un an. On lui a demandé d'arrêter, mais il n'a pas écouté. Les services secrets, par le biais de leur bureau à Paris, surveillent le site depuis plusieurs mois, ainsi que Morrison elle-même. C'est une rusée. Le type qui vous a conduits jusqu'ici est considéré comme le responsable officiel du site. Depuis deux semaines, il est également sous surveillance, et les services secrets ont remonté la piste jusqu'à Eliza Larocque.

– Tout ça ne me dit pas pourquoi vous êtes ici et comment vous savez tout ça.

– Nous croyons que ce site Web a accès à des informations confidentielles, et apparemment Larocque le pense aussi.

– Tu n'es pas venue ici simplement pour me parler d'un site Web. Que se passe-t-il réellement ?

– Peter Lyon. »

Il connaissait évidemment l'existence du Sud-Africain. Un des hommes les plus recherchés au monde. Mêlé à des trafics d'armes, des assassinats politiques, du terrorisme, le tout à la demande du client. Il s'affichait comme spécialiste en cataclysme. Quand Malone avait pris sa retraite deux ans auparavant, Lyon avait déjà à son palmarès une bonne douzaine d'attentats à la bombe et des centaines de morts.

« Il travaille encore ?

– Plus que jamais. Ashby a eu plusieurs entretiens avec lui. Larocque prépare quelque chose qui implique Lyon. Des hommes comme lui ne remontent pas souvent à la surface. Nous n'aurons peut-être jamais d'autre occasion de le coincer.

– Le fait qu'Ashby détienne des informations sur cette affaire ne pose pas de problème ?

– Je sais. Je n'étais pas chargée de cette opération. Je n'aurais jamais autorisé ce genre de décision.

– Il est évident qu'il joue sur les deux tableaux. Ils ne peuvent plus se permettre de le laisser faire de la rétention.

– Il ne le fera pas. Plus maintenant. Il s'agit désormais d'une opération Magenta. Depuis douze heures, c'est moi qui commande. Et je veux coincer ce fils de pute.

– Avant ou après qu'Henrik l'aura tué ?

– De préférence avant ! Ashby a vu Lyon à Westminster il y a quelques heures. Nous avions placé des micros paraboliques pour intercepter leur conversation.

– Je vois qu'il y a quelqu'un qui réfléchit. Et Lyon ?

– Ils l'ont laissé tranquille. Personne ne le file. J'étais d'accord. S'il a la trouille, il se planquera. Pour l'instant, il se sent suffisamment à l'aise pour venir voir Ashby. »

Le culot de Lyon le fit sourire.

« Je suis ravi de voir que je ne suis pas le seul à faire des conneries.

– Ashby a transmis des clés à Lyon, et ils ont parlé d'un délai de deux jours. Rien de plus. J'ai un enregistrement de la conversation. »

Elle s'arrêta un instant.

« À présent, où est notre joyeux Danois ? Il faut que je lui parle.

– Il est allé voir Eliza Larocque. »

Il savait que cette révélation allait focaliser l'attention de Nelle.

« Ne me dis quand même pas que Thorvaldsen va aussi lui foutre la trouille ? »

Elle lui jeta un regard furieux. Stéphanie aimait que les opérations soient conduites à sa manière, et pas autrement.

« Il va chercher à se venger, expliqua-t-il.

– Pas tant que je suis là. Pour l'instant, Ashby est tout ce que nous avons pour nous renseigner sur les agissements de Lyon.

– Pas nécessairement. À l'heure qu'il est, Henrik a réussi à avoir ses entrées au Club de Paris. En fait, il pourrait s'avérer très utile. »

Ils restèrent assis en silence pendant que Stéphanie réfléchissait à la situation.

« Meagan Morrison a enlevé Sam sous la menace d'un revolver, dit-elle. Je l'ai vu sur le circuit de télévision intérieur du musée. J'ai décidé de laisser faire pour une seule raison.

– Ce garçon n'a pas l'habitude du terrain.

– Il a été formé par les services secrets. J'attends de lui qu'il agisse en conséquence.

– C'est quoi son histoire ? »

Elle secoua la tête.

« Tu es pire que Thorvaldsen. Sam est un grand garçon. Il sait se comporter.

– Ça ne répond pas à ma question.

– Encore une histoire triste. Abandonné tout bébé et élevé dans un orphelinat.

– Jamais adopté ? »

Elle haussa les épaules.

« Je ne sais pas pourquoi il ne l'a pas été.

– Où ?

– En Nouvelle-Zélande, rien que ça. Il est arrivé aux États-Unis à dix-huit ans avec un visa d'étudiant et est devenu par la suite citoyen américain. Études à l'université de Columbia, diplômé dans le premier tiers de sa promotion. Il a travaillé dur comme comptable pendant quelques années, puis a réussi à entrer dans les services secrets. Un brave gosse, dans l'ensemble.

– Sauf qu'il n'obéit pas à ses supérieurs.

– Diable, toi et moi, nous sommes de la même trempe ! »

Il sourit.

« Je suppose que Meagan Morrison est inoffensive.

– Plus ou moins. C'est Thorvaldsen le problème. Sam Collins est parti de Washington il y a deux semaines, juste après avoir été interrogé une nouvelle fois à propos de son site Web. Les services secrets l'ont suivi à la trace jusqu'à Copenhague. Ils avaient décidé de le laisser tranquille, mais, quand ils ont appris que Thorvaldsen surveillait de près Ashby, ils sont allés voir le Président. C'est alors que Daniels m'a fait venir. Il pensait que quelque chose d'important se tramait et il avait raison. Il a décidé, compte tenu de ma relation personnelle avec

Thorvaldsen, que j'étais la personne la mieux placée pour m'en occuper.»

Son air sarcastique le fit sourire.

«Eliza Larocque sait que Meagan Morrison est inoffensive?»

La tension générée par son silence était palpable.

«Je ne sais pas, dit-elle au bout d'un moment.

– Elle n'a pas envoyé ces hommes pour le plaisir. Il vaudrait mieux le savoir. Au vu de ce qui s'est passé ici, cela pourrait poser un problème pour Morrison et pour Sam.

– Je m'occupe de Sam. J'ai besoin que tu te concentres sur Graham Ashby.

– Comment ai-je pu me fourrer dans un tel merdier?

– À ton avis?»

Ils connaissaient tous deux la réponse. Il se contenta donc de lui demander:

«Que veux-tu que je fasse?»

33

17 h 15

La voiture déposa Thorvaldsen à l'hôtel Ritz. Sur le trajet depuis la vallée de la Loire, il avait passé des coups de fil pour préparer l'étape suivante.

Il faisait froid en cette fin d'après-midi. Il entra dans le célèbre hall de l'hôtel décoré d'antiquités dignes d'un musée. Il aimait particulièrement l'histoire de la libération du Ritz en 1944 par Hemingway. Armés de mitraillettes, l'écrivain et un groupe de soldats alliés avaient envahi l'hôtel et fouillé le moindre recoin. S'étant aperçus que tous les nazis avaient fui, ils s'étaient retirés au bar et avaient commandé une tournée de martinis dry. Pour commémorer cet événement, la direction avait baptisé l'endroit bar Hemingway. L'atmosphère y était chaleureuse et légèrement surannée, avec ses boiseries et ses fauteuils en cuir. Des photos prises par Hemingway lui-même ornaient les murs lambrissés, et une musique douce de piano donnait un sentiment d'intimité.

Il aperçut son homme à une table, se dirigea vers lui et s'assit.

Le docteur Joseph Murad enseignait à la Sorbonne. C'était un expert renommé de l'Europe napoléonienne. Thorvaldsen s'était assuré la collaboration de Murad depuis un an, dès qu'il avait eu connaissance de l'intérêt passionné d'Ashby pour le trésor.

« Un pur malt ? demanda-t-il en voyant le verre de Murad.

– Je voulais savoir quel goût avait une boisson à vingt-deux euros. »

Il sourit.

« De toute façon, c'est vous qui invitez.

– C'est exact. »

Ses enquêteurs en Angleterre lui avaient téléphoné dans la voiture pour lui faire part des résultats des écoutes placées dans le bureau de Caroline Dodd. Comme cela ne lui disait rien, il avait tout de suite transmis les informations par téléphone à Murad. Le professeur l'avait rappelé une demi-heure plus tard pour lui proposer ce rendez-vous.

« Il est vrai que le dernier testament de Napoléon fait état de ce livre, dit Murad. Cela m'a toujours paru étrange. Napoléon avait quelque mille six cents livres à Sainte-Hélène. Et pourtant il a pris la peine d'en sélectionner quatre cents pour les léguer à Saint-Denis, en mentionnant tout particulièrement *Les Royaumes mérovingiens 450-751 apr. J.-C.* C'est la vérification de la maxime de "ce qui est différent fait preuve". »

Thorvaldsen attendit l'explication de l'universitaire.

« Il y a une théorie en archéologie. "Ce qui est différent indique ce qui est important." Par exemple, si trois statues ont des socles carrés et la quatrième un socle rond, c'est la quatrième qui est généralement la plus importante. Il a été prouvé maintes fois que cette maxime est vraie, particulièrement quand on étudie des objets de nature cérémonielle ou religieuse. Cette référence dans le testament à un livre en particulier pourrait être tout à fait significative. »

Il écouta Murad lui parler des Mérovingiens.

Leurs chefs, en commençant par Mérovée, dont ils prirent le nom, unifièrent d'abord les Francs, puis, en allant vers l'est, conquirent leurs cousins, les Germains. Clovis, au Ve siècle, élimina ensuite les Romains, prit l'Aquitaine et chassa les Wisigoths jusqu'en Espagne. Il se convertit au christianisme et décréta qu'une petite ville sur la Seine appelée Paris deviendrait sa capitale. Paris se trouvait à un endroit stratégique et la région tout autour était relativement facile à défendre et fertile. Elle prit par la suite le nom de Francia. Les Mérovingiens eux-mêmes étaient des gens étranges. Ils pratiquaient des coutumes anciennes, se laissaient pousser les cheveux et la barbe, et enterraient leurs morts avec des abeilles en or. La famille régnante se transforma en dynastie puis déclina avec une rapidité étonnante. Au VIIe siècle, le pouvoir réel dans le monde mérovingien était entre les mains d'administrateurs de la cour, les « maires du palais ». Les Carolingiens prirent finalement le pouvoir et éradiquèrent les Mérovingiens.

« Riche en légendes, pauvre en histoire, ironisa Murad. Tel fut le règne des Mérovingiens. Pourtant, Napoléon était fasciné par eux. Les abeilles dorées sur sa cape de couronnement avaient été inspirées par eux. Les Mérovingiens avaient également pris l'habitude d'amasser du butin. Ils dépouillaient les pays conquis, et leur roi avait la responsabilité de distribuer la richesse entre ses fidèles. En tant que chef, il était supposé vivre entièrement du fruit de ses conquêtes. Cette pratique resta en vigueur du Ve au XVe siècle. Napoléon la ressuscita au XIXe siècle.

– Étant donné le trésor qu'Ashby recherche, pensez-vous que ce livre mérovingien puisse constituer une indication ?

– Nous ne le saurons pas avant de l'avoir vu.

– Existe-t-il encore ? »

Caroline Dodd n'avait pas révélé l'endroit à Ashby pendant qu'ils étaient dans son bureau. Au lieu de cela, elle n'avait pas cessé de le taquiner avec cette information, le faisant attendre jusqu'à ce qu'ils aient fait l'amour. Malheureusement, les enquêteurs de Thorvaldsen n'avaient pas réussi à installer d'écoutes dans la chambre à coucher d'Ashby.

Murad sourit.

« Le livre existe. J'ai vérifié juste avant de venir ici. Il est exposé à l'hôtel des Invalides, là où repose Napoléon. Il fait partie de ce que Saint-Denis a légué à la ville de Sens en 1856. Ces livres furent donnés ensuite par Sens au gouvernement français. La plupart des livres brûlèrent dans l'incendie du palais des Tuileries en 1871. Ce qui en réchappa fut rapporté aux Invalides après la Seconde Guerre mondiale. Par chance, ce livre en faisait partie.

– Pouvons-nous aller y jeter un coup d'œil ?

– Il faudrait d'abord répondre à une foule de questions auxquelles je ne crois pas que vous voudriez répondre. Les Français protègent leurs trésors nationaux de façon obsessionnelle. Un de mes collègues m'a confirmé que le livre était exposé dans la partie musée des Invalides. Mais cette aile est actuellement fermée pour rénovation. »

Il connaissait les obstacles – caméras, grilles, responsables de la sécurité. Mais il savait aussi que Graham Ashby voulait le livre.

« J'aurai besoin de vous », dit-il à Murad.

Le professeur but une gorgée de whisky.

« Cette affaire devient vraiment extraordinaire. Napoléon voulait absolument que son fils puisse profiter de son trésor caché. Il avait amassé soigneusement cette fortune. Mais, à la différence d'un Mérovingien et plutôt comme un de nos despotes actuels, il l'avait caché dans un endroit connu de lui seul. »

Thorvaldsen comprenait aisément comment un tel trésor pouvait attirer des gens.

« Une fois Napoléon bien en sécurité à Sainte-Hélène, les journaux anglais ont prétendu qu'il avait mis de côté une énorme fortune. »

Murad sourit.

« Napoléon étant ce qu'il était, il a répondu à ces accusations depuis son exil en fournissant une liste de ce qu'il appelait le "véritable trésor" de son règne. Le Louvre, les greniers publics, la Banque de France, l'approvisionnement en eau de Paris, les égouts de la ville et toutes les nombreuses améliorations qu'on lui devait. Il faut reconnaître qu'il était culotté. »

Effectivement.

« Pouvez-vous imaginer ce qui pourrait se trouver dans cet endroit ? demanda Murad. Il y a des milliers d'objets d'art que Napoléon a pillés qui n'ont jamais ressurgi depuis. Sans parler des trésors des États et des fortunes privées. Les quantités d'or et d'argent pourraient être considérables. Il a emporté dans sa tombe le secret de l'emplacement de sa cachette, mais a légué quatre cents livres, dont un en particulier, à son serviteur le plus fidèle, Louis-Étienne Saint-Denis, bien qu'il soit peu probable que Saint-Denis ait eu connaissance de leur signification. Il respectait seulement la volonté de son empereur. Après la mort de Napoléon en 1832, les livres ont perdu toute signification.

– Pas pour Pozzo di Borgo », déclara Thorvaldsen.

Murad lui avait tout raconté sur l'honorable ancêtre d'Eliza Larocque, et sur sa vendetta contre Napoléon.

« Il n'a jamais pu résoudre l'énigme », dit Murad.

En effet. Mais une lointaine descendante travaillait assidûment pour remédier à cet échec.

Et Ashby était en route vers Paris.

Thorvaldsen savait donc ce qu'il avait à faire.

« Je vais me procurer le livre. »

Sam accompagna Meagan jusqu'à l'entrée latérale qui débouchait sur une allée de gravier bordée de grands arbres. Une ouverture dans la clôture en fer forgé et le mur qui entourait le musée permettaient d'accéder au trottoir, à l'endroit où Malone et lui étaient arrivés. Ils traversèrent la rue, trouvèrent une station de métro et se rendirent jusqu'à la place de la République.

« Ici, c'est déjà le Marais », lui dit Meagan en sortant dans le froid.

Elle s'était débarrassée de sa blouse bleue, et portait un manteau en toile de bâche, un jean et des bottes. « Avant, c'était un marécage, puis, entre le XVe et le XVIIIe siècle, un quartier très recherché, pour ensuite tomber en désuétude. Il redevient à la mode.»

Il la suivit le long d'une artère animée bordée par des hôtels élégants bien plus profonds que larges, avec une dominante de brique rose, de pierre blanche, d'ardoise grise et de balustrades en fer forgé noir. Les boutiques branchées, les parfumeries, les salons de thé et les galeries d'art chic vibraient au rythme de cette période de fête.

«Beaucoup de ces demeures sont en cours de rénovation, dit-elle. C'est l'endroit où il est de bon ton de venir habiter.»

Il essayait de jauger cette femme. D'un côté, elle semblait prête à tout pour prouver quelque chose, et, d'un autre, elle avait gardé tout son calme dans le musée.

Bien plus que lui.

Ce qui l'ennuyait.

«Dans le temps, le quartier général des Templiers de Paris était ici. Rousseau lui-même avait trouvé refuge dans certaines de ces maisons. Victor Hugo a vécu non loin. Et c'est ici que Louis XVI et Marie-Antoinette ont été emprisonnés.»

Il s'arrêta.

«Et *nous*, pourquoi sommes-nous ici?»

Elle s'arrêta, le haut de sa tête au niveau de sa pomme d'Adam.

«Vous êtes un type intelligent, Sam. Je l'ai vu tout de suite d'après votre site Web et vos mails. Je communique avec des tas de gens qui pensent comme nous, mais la plupart sont des barjos. Pas vous.

– Et vous?»

Elle sourit.

«Ça, c'est à vous de décider.»

Il savait que le revolver était encore niché au bas de ses reins, sous sa veste, là où elle l'avait mis avant de sortir du musée. Il se demandait ce qui se passerait s'il s'en allait tout de suite. Au musée, elle avait tiré sur ces deux hommes comme une pro.

« Continuez », dit-il.

Ils tournèrent encore à un coin de rue et passèrent devant d'autres immeubles ouvrant sur le trottoir. Les passants étaient moins nombreux maintenant, et la rue nettement moins bruyante. La circulation s'était déplacée loin de cette enclave composée d'immeubles serrés les uns contre les autres.

« Nous disons "vieux comme les montagnes", remarqua-t-elle. Les Parisiens disent "vieux comme les rues". »

Il avait déjà remarqué qu'ici les noms des rues étaient indiqués sur des plaques émaillées bleues apposées sur les immeubles au coin.

« Les noms ont tous une raison d'être, dit-elle. Ils rendent hommage à quelqu'un en particulier, ou bien à un événement, ils indiquent où mène la rue, rappellent son habitant le plus célèbre ou ce qui s'y passe. Cela correspond toujours à quelque chose. »

Ils s'arrêtèrent à un coin de rue. Une plaque en émail bleu stipulait RUE DE L'ARAIGNÉE.

Il traduisit.

« Alors vous parlez français.

– Je me défends. »

Elle prit un air triomphant.

« J'en suis sûre. Mais en ce moment vous vous battez contre quelque chose d'à peu près inconnu. »

Elle montra du doigt la rue étroite.

« Regardez la quatrième maison. »

Une façade en brique rouge avec des fenêtres à meneaux de pierre passées au noir, des balustrades en fer. Une grande entrée, couronnée par un fronton sculpté, était protégée par une grille dorée.

« Construite en 1395, dit-elle. Reconstruite en 1660. En 1777, elle hébergea une ribambelle d'avocats. Ils servaient de façade pour blanchir de l'argent espagnol et français à destination des révolutionnaires américains. Ces mêmes avocats vendaient des armes à l'Armée continentale en échange de promesses de livraison de tabac et de marchandises coloniales. Pourtant les Américains victorieux n'ont pas tenu leurs promesses. Ne sommes-nous pas un peuple formidable ? »

Il ne répondit pas, sentant qu'elle allait en venir au fait.

« Ces avocats ont fait un procès à la nouvelle nation et ont finalement été payés en 1835. Des salopards bien décidés, non ? »

Il resta silencieux.

« Au XIIIᵉ siècle, les prêteurs lombardiens se sont installés quelque part par ici. Une bande de rapaces qui prêtaient de l'argent à des taux extravagants. »

Elle désigna à nouveau la quatrième maison et le regarda.

« C'est là que se réunit le Club de Paris. »

34

Malone frappa doucement sur la porte lambrissée. Il avait quitté le musée et pris un taxi jusqu'au Ritz. Il espérait que Thorvaldsen était bien revenu de la vallée de la Loire et il fut soulagé quand son ami ouvrit la porte.

«Tu étais mêlé à ce qui est arrivé au musée de Cluny? lui demanda Thorvaldsen lorsqu'il entra dans la suite. C'est passé à la télévision.

– J'étais bien dans le coup. J'ai réussi à filer sans me faire prendre.

– Où est Sam?»

Il récapitula tout ce qui s'était passé, y compris l'enlèvement de Sam, en reliant les faits, et en expliquant que Jimmy Foddrell était en fait Meagan Morrison, mais il ne fit aucune allusion à l'arrivée de Stéphanie. Il avait décidé de garder ça pour lui. S'il avait la moindre chance d'empêcher Thorvaldsen d'agir, ou tout au moins de le retarder, il ne fallait surtout pas lui dire que Washington était impliqué.

C'était intéressant de voir comment les choses avaient tourné. D'habitude, c'était Thorvaldsen qui retenait les informations.

« Sam n'a rien ? » demanda Thorvaldsen.

Malone décida de mentir.

« Je n'en sais rien. Mais pour l'instant, je ne peux pas y faire grand-chose. »

Il écouta Thorvaldsen lui raconter sa visite chez Eliza Larocque.

« C'est une horrible salope, conclut-il. J'ai été obligé de rester assis là, poliment, alors que je n'arrêtais pas de penser à Cai.

– Ce n'est pas elle qui l'a tué.

– Je ne vais pas la dédouaner aussi facilement. Ashby travaille avec elle en relation étroite, ça me suffit. »

Son ami était fatigué, on le voyait à ses yeux.

« Cotton, Ashby recherche un livre. »

Il écouta Thorvaldsen lui donner d'autres informations sur le testament de Napoléon et *Les Royaumes mérovingiens*, un livre que l'on disait exposé aux Invalides.

« Il faut que j'aie ce livre avant lui », dit Thorvaldsen.

Les idées se bousculaient dans sa tête. Stéphanie voulait freiner Thorvaldsen. Pour cela, Malone serait obligé de prendre la situation en main, ce qui n'allait pas être une mince affaire compte tenu de qui menait la barque pour l'instant.

« Tu veux que je le vole ? demanda-t-il.

– Ce ne sera pas facile. Les Invalides ont été jadis un arsenal national, une forteresse.

– Ce n'est pas une réponse.

– Oui, je veux bien.

– Je vais aller chercher le livre. Et ensuite, que vas-tu faire ? Trouver le trésor ? Humilier Ashby ? Le tuer ? Tu te sentiras mieux ?

– Tout ça à la fois. Quand mon fils m'a été enlevé l'an dernier, tu as été à mon côté. J'avais besoin de toi et tu t'es montré à la hauteur.

– Je suis ici, aujourd'hui aussi. Seulement il faut réfléchir. On ne peut pas simplement tuer un homme. »

Le vieil homme afficha un air de profonde sympathie.

« Je l'ai pourtant fait hier soir.

– Ça ne te dérange pas ?

– Pas du tout. Cabral a tué mon fils. Il méritait de mourir. Ashby est autant responsable que Cabral. Et non pas que cela ait de l'importance, mais je n'aurai peut-être pas besoin de le tuer. Larocque peut le faire pour moi.

– Et ça rend les choses plus faciles ? »

Stéphanie lui avait déjà dit qu'Ashby venait à Paris et qu'il avait assuré son contact américain qu'il lui fournirait demain tous les détails concernant la suite des événements. Malone détestait Ashby pour ce qu'il avait fait au fils de Thorvaldsen – mais il comprenait l'importance des informations qu'Ashby pouvait fournir et ce que signifiait de mettre la main sur un homme comme Peter Lyon.

« Henrik, il faut que tu me laisses m'occuper de tout ça. Je peux le faire. Mais seulement à ma façon.

– Je peux aller chercher le livre moi-même.

– Alors qu'est-ce que je fais ici ? »

Thorvaldsen esquissa un sourire obstiné.

« J'espère que tu es bien là pour m'aider. »

Il fixa Thorvaldsen du regard.

« À ma façon.

– Cotton, je veux Ashby. Tu comprends ?

– Oui. Mais essayons de savoir ce qui se trame avant de le tuer. C'est comme ça que tu parlais hier. Pouvons-nous en rester là ?

– Je commence à me ficher de ce qui arrive, Cotton.

– Alors pourquoi cette comédie avec Larocque et le Club de Paris ? Tu n'as qu'à tuer Ashby et en finir. »

Son ami se tut.

« Et Sam ? demanda enfin Thorvaldsen. Je m'inquiète.

– Je m'en occupe aussi. »

Il se souvint de ce que Stéphanie lui avait dit.

« Mais c'est un grand garçon, il faudrait qu'il se prenne en charge. En tout cas pour le moment. »

Sam entra dans un appartement situé à Montparnasse, pas très loin du musée de Cluny et du palais du Luxembourg. L'immeuble avait un charme désuet. La nuit était tombée depuis que Meagan Morrison et lui étaient sortis du métro.

« Lénine a habité à quelques pâtés de maisons d'ici, dit-elle. C'est un musée maintenant, mais je me demande qui peut avoir envie d'y aller.

— Vous n'êtes pas fan du communisme ? demanda-t-il.

— Pas vraiment. En gros, c'est pire que le capitalisme. »

L'appartement était en fait un grand studio au sixième étage avec une petite cuisine, une salle de bains, le genre de location idéale pour un étudiant. Les murs étaient égayés par des reproductions et des posters de voyage punaisés à même la cloison. Des étagères improvisées avec des planches posées sur des parpaings s'affaissaient sous le poids des manuels. Il remarqua une paire de bottes d'homme à côté d'une chaise, et un jean en boule par terre, bien trop grand pour Morrison.

« Ce n'est pas chez moi ici, dit-elle en le voyant regarder autour de lui. C'est chez un ami. »

Elle enleva son manteau, sortit son revolver et le posa avec désinvolture sur la table.

Il remarqua trois ordinateurs et, dans un coin, un serveur sans boîtier.

Elle montra l'ensemble du doigt.

« Voilà GreedWatch. J'opère depuis ici, mais je fais croire à tout le monde que c'est Jimmy Foddrell qui s'en occupe.

— Des gens ont été blessés au musée, lui dit-il une nouvelle fois. Ce n'est pas un jeu.

— Bien sûr que si, Sam. Un formidable jeu. Impitoyable. Mais ce n'est pas le mien. C'est le leur, et si des gens sont blessés, je n'y suis pour rien.

— Vous avez commencé en criant après ces deux hommes.

– Il fallait que vous vous rendiez compte de la réalité. »

Plutôt que de continuer à arguer, il décida de faire ce qu'on lui avait enseigné aux services secrets – continuer à la faire parler.

« Parlez-moi du Club de Paris.

– Curieux ?

– Vous le savez.

– Je pensais bien que vous voudriez savoir. Comme je vous l'ai dit, nous sommes tous les deux sur la même longueur d'onde. »

Il n'en était pas absolument certain, mais il préféra se taire.

« Pour autant que je sache, le club est composé de six personnes. Tous tellement riches que c'en est dégoûtant. Des salauds cupides typiques. Posséder cinq milliards ne leur suffit pas. Ils en veulent six ou sept. Je connais quelqu'un qui travaille pour un des membres... »

Il montra du doigt les bottes.

« Le type qui les porte ? »

Son sourire s'épanouit.

« Non. Un autre type.

– Vous êtes une fille très occupée.

– Il faut l'être pour survivre dans ce monde.

– Mais qui êtes-vous donc ?

– Je suis la femme qui vous a sauvé, Sam Collins.

– Je n'ai pas besoin d'être sauvé.

– Je crois que si. D'ailleurs, que faites-vous ici ? Vous m'avez dit un peu plus tôt que vos chefs vous avaient interdit de garder votre site Web et aussi de me parler. Et pourtant il est toujours là, et vous ici, sur mes traces. C'est une visite officielle ? »

Il ne pouvait pas lui dire la vérité.

« Vous ne m'avez pas parlé du Club de Paris. »

Elle s'assit en travers d'un des fauteuils en vinyle, les jambes par-dessus un bras, le dos contre l'autre.

« Sam, Sam, Sam. Vous ne comprenez vraiment rien à rien ? Ces gens sont en train de préparer des choses. Ce sont des experts en manipulations financières, et ils ont l'intention de mettre en pratique tout ce dont nous avons parlé. Ils vont faire joujou avec les économies nationales. Arnaquer les marchés. Faire dévaluer les monnaies. Vous vous souvenez comment les prix du pétrole ont été affectés l'année dernière. Ce sont des spéculateurs qui avaient déréglé artificiellement le marché par simple cupidité. Ces gens-là sont pareils.

– Je n'en sais pas plus pour autant. »

Un coup à la porte les fit sursauter. C'était la première fois qu'il percevait une fissure dans sa carapace. Elle regarda le revolver sur la table.

« Pourquoi ne répondez-vous pas ? » demanda-t-il.

Un autre coup retentit. Plus léger. Amical.

« Vous croyez que les méchants frappent à la porte ? demanda-t-il, en s'efforçant de rester calme. Et, en plus, vous n'êtes même pas chez vous, non ? »

Elle lui jeta un regard entendu.

« Vous apprenez vite.

– Je suis diplômé de l'Université. »

Elle se leva pour aller à la porte.

Une petite femme vêtue d'un manteau beige était sur le seuil. À peine la soixantaine, des cheveux foncés striés d'argent, avec des yeux marron intenses, et une écharpe Burberry autour du cou. D'une main, elle montrait une pochette en cuir contenant un badge et une photo d'identité.

De l'autre, elle tenait un Beretta.

« Miss Morrison, dit la femme, je suis Stéphanie Nelle. Du ministère de la Justice des États-Unis. »

35

Eliza faisait les cent pas dans la longue galerie tandis qu'un vent d'hiver cinglait les fenêtres du château. Elle essayait de se remémorer tout ce qu'elle avait dit à Ashby depuis un an, troublée à l'idée d'avoir peut-être commis une énorme erreur.

L'histoire avait relevé la façon dont Napoléon Bonaparte avait pillé l'Europe, volant d'invraisemblables quantités de métaux précieux, de bijoux, d'antiquités, de tableaux, de livres et de sculptures – n'importe quoi à condition que cela ait de la valeur. Il existait des inventaires de ce butin, mais personne ne pouvait confirmer leur exactitude. Pozzo di Borgo avait appris que Napoléon en avait caché une partie dans un endroit connu de lui seul. Sous le règne de Napoléon, des rumeurs avaient fait état d'une fortune cachée fabuleuse, sans que jamais rien n'ait indiqué la manière d'y accéder.

Son ancêtre avait cherché pendant vingt ans.

Elle s'arrêta devant une fenêtre et scruta l'obscurité. Sous elle, les eaux du Cher coulaient en abondance. Il faisait chaud dans la pièce, et l'atmosphère en était agréablement parfumée.

Elle appréciait le confort de son épaisse robe de chambre noire au-dessus de sa chemise de nuit. Trouver la cachette serait une façon pour elle de réhabiliter Pozzo di Borgo. De prouver qu'elle méritait son héritage. De redonner à sa famille ses lettres de noblesse.

De mener à son terme la vendetta.

Le clan di Borgo jouissait depuis longtemps d'une certaine position en Corse. Tout gosse, Pozzo avait été un ami proche de Napoléon. Mais le révolutionnaire légendaire, Pascal Paoli, les avait fait se brouiller en favorisant les di Borgo plutôt que les Bonaparte, trop ambitieux à son goût.

Une rivalité officielle s'était déclarée lorsque le jeune Napoléon avait cherché à se faire désigner comme lieutenant-colonel dans les volontaires corses, contre un frère de Pozzo di Borgo. Les méthodes autoritaires que Napoléon et ses partisans avaient mises en œuvre pour arriver à leurs fins avaient attisé l'hostilité de di Borgo. La rupture avait été consommée après 1792, quand les di Borgo avaient pris parti pour l'indépendance de la Corse, et les Bonaparte s'étaient ralliés à la France. Pozzo di Borgo avait fini par être nommé chef du gouvernement civil corse. Quand la France, sous Napoléon, avait occupé la Corse, di Borgo s'était enfui et, pendant vingt-trois ans, avait mis tout en œuvre pour abattre son ennemi juré.

« Malgré toutes les tentatives pour me contenir, me supprimer et me faire taire, il sera difficile de m'effacer complètement de la mémoire populaire. Les historiens français devront traiter de l'Empire et me rendre justice. »

L'arrogance typique de Napoléon. Elle était gravée dans sa mémoire. Le tyran avait bien sûr oublié les centaines de villages qu'il avait fait brûler de fond en comble, de la Russie à la Pologne, la Prusse, l'Italie, et à travers les plaines et les montagnes de l'Ibérie. Des milliers de prisonniers passés par les armes, des centaines de milliers de réfugiés privés de foyer, et d'innombrables femmes violées par sa Grande Armée. Et que dire des quelque trois millions de cadavres de soldats abandonnés sur les champs de bataille à travers l'Europe. Des millions d'autres blessés ou handicapés à vie. Et les institutions politiques d'une centaine d'États et de principautés réduites à néant. Des économies en miettes. La peur et l'effroi partout. Y compris en France. Elle était d'accord avec ce qu'avait observé Émile Zola à la fin du XIXᵉ siècle : « Quelle folie totale de croire que l'on peut empêcher la vérité de l'histoire d'être écrite un jour. »

Et la vérité sur Napoléon ?

Sa destruction des États germaniques et leur réunification avec la Prusse, la Bavière et la Saxe avaient attisé le nationalisme allemand et conduit à leur consolidation cent ans plus tard, ce qui avait accéléré l'ascension de Bismarck, d'Hitler, et provoqué deux guerres mondiales.

« Donnez-moi ma juste récompense. »

Oh oui !

Elle n'y manquerait pas.

Un bruit de semelles de cuir résonna sur la galerie. Elle se retourna et vit son intendant approcher. Elle attendait l'appel et savait qui était à l'autre bout du fil.

Son domestique lui tendit le téléphone puis se retira.

« Bonsoir, Graham, fit-elle dans le combiné.

– J'ai d'excellentes nouvelles, répondit Ashby. Les recherches ont été fructueuses. Je crois avoir trouvé un lien qui pourrait nous mener tout droit à la cachette. »

Il avait éveillé sa curiosité.

« Mais il va me falloir de l'aide », dit-il.

Elle écoutait, à la fois prudente et méfiante, mais excitée par les possibilités que lui laissait entrevoir l'enthousiasme d'Ashby.

« Il me faudrait des informations sur les Invalides. Pouvez-vous en obtenir ? »

Elle envisagea rapidement différentes possibilités.

« Je peux.

– Je m'en doutais. J'arrive demain matin. »

Elle l'écouta lui livrer d'autres détails.

« Bien joué, Graham.

– Nous y sommes peut-être. »

– Et qu'en est-il de notre présentation de Noël ? demanda-t-elle.

– Tout est réglé comme vous l'avez demandé. »

C'était précisément ce qu'elle voulait entendre.

« Je vous verrai donc lundi.

– Je ne voudrais pas manquer cette occasion. »

Ils se dirent au revoir.

Thorvaldsen l'avait taquinée en évoquant la possibilité qu'Ashby soit un traître. Mais l'Anglais faisait tout ce pour quoi elle l'avait recruté, et le faisait plutôt bien.

Pourtant, il restait une ombre au tableau.

Deux jours.

Elle allait devoir jongler avec ces éléments instables, au moins jusque-là.

Sam se leva lorsque Stéphanie Nelle entra dans l'appartement. Meagan referma la porte. Une sueur glaciale lui envahit le front.

« Nous ne sommes pas aux États-Unis, dit Meagan d'un ton passionné. Vous n'avez pas le droit d'intervenir ici.

– C'est vrai. Mais à l'heure qu'il est, la seule chose qui empêche la police française de vous arrêter, c'est moi. Préférez-vous que je m'en aille et que je les laisse venir vous chercher ? Nous pourrions alors parler pendant votre détention ! Que me reproche-t-on ? Port d'arme, tir dans l'enceinte d'un bâtiment d'État, incitation à la bagarre, destruction de biens publics, kidnapping, agression. J'ai oublié quelque chose ? »

Meagan secoua la tête.

« Vous êtes tous pareils. »

Stéphanie sourit.

« Je prends ça pour un compliment. »

Elle se tourna vers Sam.

« Inutile de vous dire que vous êtes mal parti. Mais je commence à comprendre le problème. Je connais Henrik Thorvaldsen. Je suppose qu'il est partiellement responsable de votre présence ici. »

Il ne connaissait pas cette femme, et il n'était donc pas prêt à trahir la seule personne qui l'avait traité avec un minimum de respect.

« Que voulez-vous ?

– J'ai besoin de votre coopération à tous les deux. Si vous êtes d'accord, Miss Morrison, vous n'irez pas en prison. Et vous, monsieur Collins, vous aurez peut-être encore une possibilité de carrière. »

Il n'aimait pas son attitude condescendante.

« Et si je ne veux pas de cette carrière ? »

Elle lui jeta un regard qu'il connaissait bien, pour l'avoir souvent subi de la part de ses supérieurs – des gens qui faisaient respecter des règles insignifiantes et imposaient des limites, sans doute justifiées par l'usage, mais qui rendaient à peu près impossible pour quiconque d'avancer.

« Je croyais que vous vouliez être un agent de terrain. C'est ce que m'ont dit les services secrets. Je ne fais rien d'autre que de vous offrir cette chance.

– Que voulez-vous que je fasse ? demanda-t-il.

– Tout dépend de Miss Morrison ici présente. »

Stéphanie Nelle regarda Meagan fixement.

« Croyez-le ou non, je suis ici pour vous aider. Alors dites-moi : à part débiter sur votre site des théories fumeuses à propos de complots mondiaux dont l'existence reste à prouver, quelle preuve tangible avez-vous qui pourrait m'intéresser ?

– Vous êtes une vraie garce ! Vous n'en avez même pas idée. »

Meagan sourit.

« Vous me rappelez ma mère. Elle aussi était coriace.

– Ça veut seulement dire que je suis vieille. Vous ne cherchez pas spécialement à m'être agréable.

– C'est toujours vous qui tenez l'arme. »

Stéphanie les contourna et s'approcha de la table de cuisine sur laquelle était posée l'arme de Meagan. Elle la prit.

« Deux hommes sont morts au musée de Cluny. Un troisième est à l'hôpital.

– Le gardien ? » demanda Sam.

Stéphanie acquiesça.

« Il s'en tirera », ajouta-t-elle.

Il était content de l'apprendre.

« Et vous, mademoiselle Morrison ? Vous aussi, vous êtes contente de l'apprendre ?

– Ce n'est pas mon problème, dit Meagan.

– C'est vous qui avez tout déclenché.

– Non. J'ai fait éclater l'affaire au grand jour.

– Savez-vous pour qui travaillaient les deux morts ? »

Meagan acquiesça.

« Le Club de Paris.

– Ce n'est pas tout à fait exact. En fait, Eliza Larocque les avait engagés pour filer votre acolyte.

– Vous avez un temps de retard.

– Alors dites-moi ce que j'ignore.

– Très bien, madame la maligne. Que diriez-vous de ça. Je sais ce qui va se produire dans deux jours. »

Thorvaldsen était assis, seul, dans sa suite au Ritz, la tête appuyée contre le dos d'une chaise. Malone était reparti, après lui avoir promis qu'il récupérerait le livre aux Invalides le lendemain. Il avait confiance en son ami, bien plus qu'en lui-même pour l'instant.

Il réchauffait un cognac dans un verre en cristal, le buvant par petites gorgées, essayant de calmer ses nerfs. Heureusement, tous les esprits moqueurs qui vociféraient en lui s'étaient retirés pour la nuit. Il avait pris part à de nombreux conflits, mais celui-ci était différent – même plus personnel –, mais complètement obsessionnel à présent. Et cela l'effrayait. Il risquait de se trouver face à face avec Graham Ashby pas plus tard que demain, et il savait que le moment serait difficile. Il devait paraître cordial, serrer la main de l'homme qui avait assassiné son fils, se montrer courtois. Ne surtout pas éveiller chez lui le moindre soupçon.

Il but une nouvelle gorgée d'alcool.

L'enterrement de Cai lui revenait en mémoire.

Le cercueil avait été fermé en raison des ravages faits par les balles, mais il avait vu ce qui restait du visage de son fils. Il avait insisté pour le voir. Il fallait que cette image horrible reste gravée dans sa mémoire pour qu'il ne trouve plus jamais le repos avant que les causes de cette mort soient entièrement élucidées.

À présent, deux ans après, il connaissait la vérité.

Et, dans deux heures, il tiendrait sa vengeance.

Il avait menti à Malone. Même s'il avait pu inciter Eliza Larocque à éliminer Ashby, il aurait quand même tué le salaud lui-même.

Personne d'autre ne devait le faire.

Lui seul.

Comme la veille, quand il avait empêché Jesper de tuer Cabral et son compagnon pour s'en charger lui-même. Qu'était-il en train de devenir ? Un assassin ? Non. Quelqu'un qui se vengeait. Mais y avait-il vraiment une différence ?

Il leva son verre à la lumière et admira la couleur prononcée de l'alcool. Il dégusta une autre gorgée de cognac, plus longue cette fois, plus satisfaisante.

Il ferma les yeux.

Des souvenirs épars lui passaient par la tête, s'effaçaient, puis revenaient en silence, comme les images d'un projecteur.

Ses lèvres tremblaient.

Des souvenirs presque oubliés d'une vie depuis longtemps disparue lui revenaient confusément avant de s'effacer.

Il avait enterré Cai dans le domaine, dans le cimetière familial, à côté de Lisette, parmi d'autres Thorvaldsen qui reposaient là depuis des siècles. Son fils portait un costume gris tout simple et une rose jaune. Cai adorait les roses jaunes, tout comme Lisette.

Il se rappelait l'odeur particulière venant du cercueil – un peu acide, un peu humide : l'odeur de la mort.

La solitude l'envahit à nouveau.
Il vida son verre.
Un violent accès de tristesse s'empara de lui.
Il n'avait plus aucun doute.
C'était décidé, il tuerait lui-même Ashby.

36

Malone entra dans l'église du Dôme. Situé au sud de l'imposant hôtel des Invalides et dans sa proximité immédiate, l'édifice baroque, avec sa façade de colonnes doriques et un fronton triangulaire, est surmonté par un imposant dôme doré couronné par un lanterneau et une flèche qui en fait le deuxième plus haut bâtiment parisien. Cet oratoire royal, érigé par Louis XIV pour exalter la gloire de la monarchie française, avait été reconverti par Napoléon en un lieu de sépulture destiné aux soldats tombés à la guerre. Trois des plus grands noms de l'histoire militaire française – Turenne, Vauban, Foch – y sont enterrés. En 1861, Napoléon lui-même fut inhumé sous le dôme, avant d'y être rejoint par ses deux frères et son fils.

Le fait que ce soit la veille de Noël n'avait pas découragé les visiteurs. L'église, ouverte depuis une heure à peine, était bondée. Même si on n'y célébrait plus d'offices, une pancarte rappelait à chacun qu'il convenait de se découvrir et de parler à voix basse.

Malone avait passé la nuit précédente dans une chambre au Ritz réservée par Thorvaldsen, mais il avait mal dormi. Il s'inquiétait pour Sam, même s'il savait que Stéphanie maîtrisait parfaitement la situation. Mais il était encore plus préoccupé par Thorvaldsen. Les vendettas peuvent coûter cher. Dans tous les sens du mot, c'était quelque chose qu'il avait appris par expérience personnelle. Il n'avait pas encore décidé comment il mettrait Thorvaldsen au pas, mais il savait que c'était indispensable.

Et urgent.

Il se dirigea vers une balustrade en marbre à hauteur de taille et leva les yeux vers le dôme imposant, découvrant des effigies des évangélistes, des rois de France et des apôtres. Il regarda ensuite vers le bas ; derrière la balustrade, se trouvait le sarcophage de Napoléon.

Il en connaissait par cœur les caractéristiques. Sept cercueils, emboîtés les uns dans les autres, contenaient les restes de l'Empereur : deux de plomb, les autres en acajou, en fer, en ébène et en chêne, et le dernier, celui qu'on voyait, en porphyre rouge, la pierre utilisée pour les tombeaux romains. Long de près de cinq mètres et haut de deux mètres, en forme d'arche ornée de guirlandes de lauriers, il reposait sur un socle de granit vert. Douze statues symbolisant les grandes victoires de Napoléon entouraient la tombe, ainsi que, gravé dans le sol, le nom de ses principales batailles.

Graham Ashby était de l'autre côté de l'église bondée, près de la rambarde circulaire.

L'Anglais correspondait parfaitement à la description qu'en avait faite Stéphanie.

Thorvaldsen lui avait dit, une heure plus tôt, que ses hommes suivaient Ashby depuis Londres. Une jolie femme aux cheveux longs l'accompagnait. Elle lui rappela une autre blonde qui avait monopolisé son attention les deux semaines précédentes. Une de ces erreurs de jugement qui avait failli lui coûter la vie.

La blonde était appuyée contre la rambarde, le dos cambré, et elle montrait du doigt l'impressionnante entablure qui cernait l'église, tout en expliquant sans doute quelque chose qui semblait captiver Ashby. C'était probablement Caroline Dodd. Thorvaldsen l'avait briefé sur elle. La maîtresse d'Ashby était également diplômée d'histoire médiévale et de littérature. Sa présence ici signifiait qu'Ashby pensait y trouver quelque chose d'intéressant.

Le bruit autour de lui atteignant son paroxysme, il se retourna. Une marée humaine s'engouffrait par les grandes portes. Il observa les nouveaux entrants pendant qu'ils prenaient leurs tickets.

Décidément, cette mosaïque de marbre autour de lui était admirable, comme ce dôme soutenu par des colonnes corinthiennes majestueuses. Omniprésents dans ce décor sculpté, des symboles de la monarchie rappelaient au visiteur que c'était autrefois une église réservée aux rois, et à présent le domaine d'un empereur.

« Napoléon est mort en 1821 à Sainte-Hélène, expliquait en allemand un guide. Les Anglais l'y enterrèrent sans le moindre faste, dans une vallée tranquille. Mais dans son dernier testament, Napoléon avait demandé que ses cendres reposent près des rives de la Seine au milieu du peuple français qu'il avait tant aimé. Aussi en 1840, le roi Louis-Philippe décida d'exaucer ce souhait et ramena l'Empereur chez lui. C'était un geste destiné à la fois à satisfaire la population et à réconcilier les Français avec leur histoire. Entretemps, Napoléon était devenu une légende. Le 15 décembre 1840, au cours d'une cérémonie grandiose, le roi accueillit les restes de l'Empereur aux Invalides. Mais il fallut encore vingt ans pour aménager cette église et creuser la crypte que vous voyez en dessous. »

Il s'éloigna de la balustrade en marbre tandis que les Allemands s'approchaient pour regarder de près l'imposant sarcophage. D'autres groupes déambulaient en phalanges serrées. Il remarqua qu'un autre homme avait rejoint Ashby. Taille moyenne, visage inexpressif, cheveux gris clairsemés. Une silhouette frêle sous un pardessus.

Guildhall.

Thorvaldsen l'avait également briefé sur cet homme.

Les trois firent demi-tour pour s'éloigner de la balustrade.

Improvise.

C'est ce que font les agents, avait-il dit à Sam.

Il secoua la tête.

D'accord.

Ashby sortit de l'église et contourna le bâtiment par l'extérieur, en empruntant une longue arcade menant aux Invalides où étaient alignés des canons. L'imposant édifice comprenait deux églises, une cour d'honneur, un musée militaire, un jardin et une vaste esplanade qui allait de la façade nord jusqu'à la Seine, sur près d'un kilomètre. Construits en 1670 à l'initiative de Louis XIV pour loger et soigner les soldats invalides, les bâtiments à plusieurs étages reliés entre eux étaient de purs chefs-d'œuvre de l'architecture classique française.

Comme à Westminster, ces lieux étaient imprégnés d'histoire. Il imagina le 14 juillet 1789, quand la populace avait débordé les sentinelles et envahi l'armurerie en sous-sol, s'emparant des armes qui devaient servir un peu plus tard dans la journée à prendre la Bastille et donner le coup d'envoi de la Révolution française. Sept mille anciens combattants avaient jadis vécu là, et, maintenant, c'était un repaire à touristes.

« Avons-nous un moyen pour pénétrer dans le musée ? » demanda Caroline.

Il s'était à nouveau entretenu à trois reprises avec Eliza Larocque depuis la veille au soir. Heureusement, elle avait réussi à obtenir quantité d'informations précieuses.

« Ça ne devrait pas être un problème. »

Ils entrèrent dans la cour d'honneur, un espace pavé entouré sur les quatre côtés par un double étage d'arcades. De cent mètres sur soixante peut-être. Une statue en bronze de Napoléon montait la garde, érigée au-dessus de l'entrée à fronton menant à l'église des soldats. Il savait que c'était là que de Gaulle avait embrassé Churchill pour le remercier après la Seconde Guerre mondiale.

Il désigna une des sévères façades classiques sur la gauche, plus imposante que belle.

« Ce sont les anciens réfectoires. Là où les soldats à la retraite prenaient leurs repas. Le musée de l'armée commence ici. » Il montra à droite un autre réfectoire. « Et se termine là. C'est là où nous allons. »

Des échafaudages recouvraient le bâtiment à main gauche. Larocque l'avait prévenu que la moitié du musée était en cours de modernisation. Surtout la partie consacrée aux expositions historiques, dont deux étages entiers étaient fermés jusqu'au printemps prochain. Le chantier incluait aussi des rénovations extérieures et une réfection complète de l'entrée principale.

Mais le chantier était fermé aujourd'hui, veille de Noël.

Un jour férié.

Malone emprunta une des longues arcades des Invalides ; tous les quarante mètres, une porte en bois fermée était flanquée par des canons au garde-à-vous. Puis il prit vers l'est, passa devant l'église des soldats, tourna au coin et se hâta en direction de l'entrée temporaire menant au bâtiment est. Ashby et ses acolytes se trouvaient de l'autre côté de la cour d'honneur, face à la partie fermée du musée est, qui abritait des témoignages historiques des XVIIe et XVIIIe siècles, ainsi que des objets remontant à Louis XIV et à Napoléon.

Un gardien en veste grise déambulait d'un pas lent et surveillait l'entrée provisoire d'un œil inquisiteur. De là, un escalier menait au deuxième étage où se trouvaient une librairie ainsi que le musée des cartes en relief resté ouvert.

Il grimpa l'escalier en s'agrippant à la large main courante en bois.

Au premier étage, les portes de l'ascenseur étaient condamnées par deux planches clouées en X. Des éléments d'échafaudage étaient entassés sur des palettes. Sur les portes métalliques blanches, une pancarte stipulait : ACCÈS INTERDIT AU PUBLIC. Une autre pancarte fixée au mur indiquait que derrière les portes fermées se trouvaient les SALLES NAPOLÉON Ier.

Il s'approcha et tira d'un coup sec la poignée des portes métalliques.

Elles s'ouvrirent.

On ne prenait pas la peine de les fermer à clé, lui avait-on dit, étant donné que le bâtiment lui-même était sécurisé chaque soir, et que les galeries au-delà abritaient peu d'objets de valeur.

Il pénétra dans l'espace sombre, à l'écart du bruit, laissa les portes se refermer derrière lui en espérant qu'il n'allait pas le regretter dans les prochaines minutes.

37

Napoléon était couché sur le ventre dans le lit, le regard perdu dans le feu qui brûlait dans la cheminée. La lumière des bougies diffusait une lueur rouge sur son visage, et il se laissait gagner par le sommeil dans la chaleur et le silence.

« Vieux prophète. Viendras-tu enfin me chercher ? » demanda-t-il à haute voix d'un ton ému.

La joie envahit le visage de Napoléon, suivie presque immédiatement d'un accès de colère. « Non, hurla-t-il, tu te trompes. Ma chance ne tourne pas au gré des saisons. Je ne suis pas encore en automne. L'hiver est loin. Quoi ? Tu dis que ma famille va m'abandonner et me trahir ? C'est impossible. Je les ai couverts de bienfaits. » Il s'arrêta et prit un air attentif. « Ah ! mais c'est exagéré. Impossible. L'Europe tout entière ne réussira pas à me destituer. Mon nom est plus fort que le destin. »

Réveillé par sa propre voix, Napoléon ouvrit les yeux et regarda tout autour de la pièce. Il porta une main tremblante à son front moite.

« Quel rêve affreux », dit-il à part lui.

Saint-Denis s'approcha. Cet homme bon et fidèle était toujours à son chevet, dormant par terre à côté du lit de camp. En permanence à l'écoute.

« *Je suis là, sire.* »

Napoléon prit la main de Saint-Denis.

« *Il y a bien longtemps, pendant que j'étais en Égypte, un sorcier m'a parlé dans la pyramide, raconta Napoléon. Il a prédit ma chute, m'a mis en garde contre ma famille et l'ingratitude de mes généraux.* »

Plongé dans ses réflexions, la voix ensommeillée, il semblait avoir besoin de parler.

« *Il m'a dit que j'aurais deux femmes. La première serait impératrice et non la mort, mais une femme la jetterait en bas de son trône. La seconde épouse me donnerait un fils, mais tous mes malheurs commenceraient pourtant avec elle. Je cesserais d'être riche et puissant. Tous mes espoirs s'évanouiraient. Je serais expulsé par la force et abandonné sur une terre étrangère, cerné par les montagnes et la mer.* »

Napoléon leva les yeux de son lit avec une expression de peur non dissimulée.

« *J'ai fait fusiller ce sorcier, ajouta-t-il. Je le prenais pour un fou, et je n'écoute jamais les fous.* »

Thorvaldsen écoutait Eliza Larocque lui expliquer ce que sa famille savait depuis longtemps à propos de Napoléon.

« Pozzo di Borgo a longuement enquêté sur tout ce qui était arrivé à Sainte-Hélène, dit-elle. Ce que je viens de vous raconter s'est produit environ deux mois avant la mort de Napoléon. »

Il s'efforçait de paraître attentif.

« Napoléon était un homme superstitieux, poursuivit-elle. À la fois persuadé de la prééminence de la destinée, mais peu enclin à se soumettre à son inéluctabilité. Il aimait bien qu'on lui dise ce qu'il voulait entendre. »

Ils étaient assis dans un salon privé du Grand Véfour surplombant les jardins du Palais-Royal. Le menu annonçait fièrement que le restaurant datait de 1784, et que les convives présents prenaient leur repas comme autrefois dans le décor XVIIIe plein de dorures, et les lambris délicatement peints à la main. Pas le genre de lieu que Thorvaldsen fréquentait habituellement, mais Larocque avait appelé un peu plus tôt pour lui proposer de déjeuner, et c'est elle qui avait choisi l'endroit.

« La réalité ne fait pourtant aucun doute, déclara la jeune femme. Tout ce que ce sorcier égyptien a prédit s'est réalisé. Joséphine est bien devenue impératrice et Napoléon a divorcé parce qu'elle ne pouvait pas lui donner d'héritier.

– Je croyais que c'était en raison de ses infidélités.

– C'est vrai qu'elle était infidèle, mais lui aussi. Marie-Louise, l'archiduchesse d'Autriche âgée de dix-huit ans, ayant fini par occuper ses pensées, il l'épousa. Elle lui donna le fils qu'il voulait.

– La continuation de la royauté, dit-il d'un air songeur.

– Napoléon se serait certainement senti offensé d'être comparé à un roi. »

Cette fois, il se mit à rire.

« Ce en quoi il se trompait. Il n'était rien d'autre qu'une sorte de roi.

– Comme on le lui avait prédit, ce fut après son second mariage en 1809 que sa chance tourna. Ce fut d'abord l'échec de la campagne de Russie en 1812, où son armée fut décimée alors qu'elle battait en retraite. Puis la coalition de 1813 qui vit se liguer contre lui l'Angleterre, la Prusse, la Russie et l'Autriche. Et puis encore ses défaites en Espagne et à Leipzig suivies de l'effondrement allemand et la perte de la Hollande. Paris est tombé en 1814, et il a abdiqué. Ils l'ont expédié à l'île d'Elbe, mais il s'en est évadé et a voulu reprendre Paris à Louis XVIII. Mais tout se termina à Waterloo le 18 juin 1815. On l'exila à Sainte-Hélène où il allait mourir

– Vous le détestez vraiment, n'est-ce pas ?

– Ce qui m'exaspère, c'est que nous ne saurons jamais quel homme il était vraiment. Il a employé ses cinq années d'exil à Sainte-Hélène à redorer son blason, à écrire une autobiographie qui est, en fin de compte, davantage une fiction que des faits, et où il revisite l'histoire à son avantage. En réalité, c'était un mari qui adorait sa femme, mais n'a pas hésité à divorcer en voyant qu'elle ne lui donnerait pas d'héritier. Un général qui professait un grand amour pour ses soldats, mais les a sacrifiés par centaines de milliers. Il se prétendait insensible à la peur, or il a abandonné ses hommes à de nombreuses reprises au moment crucial. Un dirigeant qui désirait par-dessus tout renforcer la France, mais qui a maintenu la nation dans un état de guerre permanent. Cela devrait suffire pour que je le déteste. »

Il jugea que, à ce point, il pouvait être opportun d'en rajouter.

« Saviez-vous que Napoléon et Joséphine ont dîné ici ? Il paraît que cette pièce est restée presque entièrement dans son jus depuis le début du XIXe siècle. »

Elle sourit.

« Je le savais. Je m'étonne pourtant que vous en ayez eu connaissance.

— Napoléon a vraiment fait exécuter ce sorcier en Égypte ?

— Il a ordonné à Monge, l'un de ses savants, de le faire.

— Croyez-vous à la théorie selon laquelle Napoléon aurait été empoisonné ? »

On prétendait que de l'arsenic avait été progressivement introduit dans sa nourriture et ses boissons, en quantité suffisante pour le tuer. Des tests effectués sur des mèches de cheveux avaient confirmé des niveaux élevés d'arsenic.

Elle se mit à rire.

« Les Anglais n'avaient aucune raison de le tuer. En fait, c'était exactement le contraire. Ils le voulaient en vie. »

On leur apporta leur premier plat. Lui avait choisi un rouget poêlé à l'huile d'olive et aux tomates, elle un poulet gratiné. Ils dégustèrent ensemble leur verre de merlot.

« Savez-vous ce qui s'est passé lorsqu'ils ont exhumé les restes de Napoléon en 1840 pour les ramener en France ? » demanda-t-elle.

Il secoua la tête.

« Cela prouve bien que les Britanniques ne l'auraient jamais empoisonné.»

Malone emprunta la galerie déserte. Toutes les lumières étaient éteintes, et les rayons du soleil passaient à travers des feuilles en plastique qui protégeaient les fenêtres. L'air était chaud, avec une vague odeur de peinture fraîche. La plupart des étagères et des vitrines étaient recouvertes de bâches de protection maculées de peinture. Des échelles jalonnaient les murs. Et l'on apercevait d'autres échafaudages à l'extrémité de la galerie. Une partie du parquet avait été enlevée, et des réparations sommaires étaient en cours sur le sous-sol en pierre.

Il ne vit aucune caméra ni aucun détecteur. Des vitrines tapissées de soie présentaient successivement des uniformes, des armures, puis des sabres, des dagues, des harnais, des pistolets et des fusils. Une progression voulue destinée à montrer comment, grâce à la technologie, chaque génération apprenait à tuer plus efficacement la suivante. Rien n'évoquait les horreurs de la guerre. Au contraire, seul son côté glorieux semblait être mis en valeur.

Il contourna une autre brèche dans le sol et continua le long de l'interminable galerie. Ses semelles en crêpe ne faisaient aucun bruit.

Derrière lui, quelqu'un essaya d'ouvrir les portes métalliques.

Sur le palier du premier étage, Ashby regardait Guildhall en train d'essayer d'ouvrir les portes conduisant aux galeries Napoléon.

Elles étaient bloquées.

« Je croyais qu'elles étaient restées ouvertes », chuchota Caroline.

C'était en tout cas ce que Larocque leur avait signalé. Tous les objets de valeur avaient été enlevés des semaines auparavant. Ne restaient plus que des objets d'importance historique mineure qu'on n'aurait pas eu la place de stocker à l'extérieur. L'entrepreneur chargé de la rénovation avait accepté de travailler dans ces conditions, exigeant qu'une assurance à responsabilité civile soit contractée pour garantir la sécurité des objets restés en exposition.

Ces portes étaient pourtant bel et bien bloquées.

Il ne voulait pas attirer l'attention de la femme en bas, ou des employés à l'étage au-dessus dans le musée des cartes en relief.

« Forcez-les, dit-il. Mais sans faire de bruit. »

La frégate française La Belle Poule *accosta à Sainte-Hélène en octobre 1840 avec un contingent placé sous les ordres du prince de Joinville, le troisième fils du roi Louis-Philippe. Le gouverneur britannique, Middlemore, dépêcha son propre fils pour accueillir le navire, et les batteries de canons de la Royal Navy tirèrent vingt et un coups en leur honneur depuis le rivage. Le 15 octobre, vingt-cinq ans exactement après l'arrivée de Napoléon à Sainte-Hélène, on entreprit d'exhumer le corps de l'Empereur. Les Français voulaient que l'opération soit effectuée par leurs marins, mais les Britanniques insistèrent pour que le travail soit accompli par leurs gens. Des ouvriers locaux et des soldats britanniques peinèrent toute la nuit sous une pluie diluvienne. Dix-neuf années s'étaient écoulées depuis que le cercueil de Napoléon avait été mis en terre, scellé avec des briques et du ciment, et l'opération inverse s'avérait difficile. Desceller les pierres une par une, percer des couches de maçonnerie renforcées par des lames métalliques, forcer les quatre couvercles pour parvenir jusqu'au défunt empereur, tout cela avait demandé un effort majeur.*

Beaucoup de ceux qui avaient vécu avec Napoléon à Sainte-Hélène étaient revenus pour assister à l'exhumation. Le général Gourgaud, le général Bertrand, Pierron le pâtissier. Archambault, le valet de chambre. Noverraz, le troisième valet. Marchand et Saint-Denis, qui n'avaient jamais quitté le chevet de l'Empereur.

Le corps de Napoléon était entouré de morceaux de satin blanc provenant du couvercle du cercueil. Ses bottes cavalières noires s'étaient fendues et laissaient apparaître des orteils d'un blanc terreux. Ses jambes étaient toujours couvertes de sa culotte de cheval blanche, le chapeau posé à côté de lui comme il l'avait été des années auparavant. Le plat d'argent contenant son cœur reposait entre ses cuisses. Ses mains – blanches, rigides, impeccables – avaient des ongles longs. Sa lèvre retroussée laissait apparaître trois dents, et son visage était gris en raison d'une barbe de plusieurs jours, les paupières hermétiquement closes. Le corps était dans un état de conservation remarquable, comme s'il était en train de dormir plutôt que de se décomposer.

Tous les objets qui avaient été ajoutés pour lui tenir compagnie étaient encore là, entassés autour du lit de satin. Une collection de pièces françaises et italiennes côtoyait son visage impassible, ainsi qu'une saucière en argent, un plat, des couteaux, des fourchettes et des cuillères aux armes impériales, une flasque en argent contenant de l'eau de la vallée du Géranium, un manteau, un sabre, une miche de pain, et une bouteille d'eau.

Tous se découvrirent, et un prêtre français aspergea de l'eau bénite, en reprenant les paroles du psaume CXXX : « Du fond de l'abîme, je t'invoque, ô Éternel ! »

Le médecin britannique voulut examiner le corps au nom de la science, mais le général Gourgaud, silhouette massive et visage rubicond avec une barbe grise, s'y opposa. « Vous n'en ferez rien. Notre empereur a suffisamment enduré d'outrages. »

Toute l'assistance savait que, pour Londres et Paris, cette exhumation devait servir à aplanir les différends entre les deux nations. L'ambassadeur de France en Angleterre l'avait d'ailleurs souligné : « Je ne vois là aucun motif de refus honorable : l'Angleterre ne peut pas prétendre aux yeux du monde vouloir garder prisonnier un cadavre. »

Le gouverneur britannique, Middlemore, s'avança.

« Nous avons le droit d'examiner le corps.

– Pour quelle raison ? demanda Marchand. Dans quel but ? Les Britanniques étaient présents quand le cercueil a été scellé, *le corps ayant été soumis à une autopsie préalable par vos médecins, malgré les instructions laissées par l'Empereur pour qu'on n'en fasse rien.* »

Marchand lui-même était présent ce jour-là et, à son expression amère, on voyait qu'il n'avait pas oublié cette violation.

Middlemore leva les mains en signe de reddition.

« *Très bien. Verriez-vous un inconvénient à ce que nous procédions à un examen externe ? Le corps est vraiment dans un état de conservation remarquable pour être resté enseveli pendant si longtemps. Cela suscite l'intérêt.* »

Gourgaud finit par consentir, et les autres acceptèrent également.

Le docteur palpa donc les jambes, le ventre, les mains, toucha une paupière, puis le torse.

« Le corps de Napoléon fut alors placé dans quatre cercueils de bois et de métal, on referma le sarcophage à clé, et tout fut mis en œuvre pour le ramener à Paris, dit Eliza.

– Que voulait réellement le médecin ? demanda Thorvaldsen.

– Quelque chose que les Britanniques avaient cherché en vain à savoir pendant que Napoléon était leur prisonnier. L'emplacement du trésor.

– Ils croyaient qu'il était dans la tombe ?

– Ils n'en savaient rien. Des tas d'objets bizarres avaient été mis dans ce cercueil. Quelqu'un devait penser que la réponse s'y trouvait peut-être. On estime que c'est une des raisons pour lesquelles les Britanniques ont consenti à l'exhumation – pour chercher une dernière fois.

– Ils ont trouvé quelque chose ? »

Elle but une gorgée de vin.

« Rien. »

Elle attendait sa réaction.

« Ils n'ont pas regardé au bon endroit, c'est ça ? » demanda-t-il.

Ce Danois commençait à lui plaire.

« Ils en étaient loin.

– Et vous, madame Larocque, avez-vous découvert le bon endroit ?

– Ceci, monsieur Thorvaldsen, est une question qui pourrait trouver sa réponse avant la fin de cette journée. »

38

Malone arriva devant les vitrines d'exposition consacrées à Napoléon, qui rassemblaient des objets symbolisant à la fois le triomphe de l'Empereur et sa chute. Il vit le boulet qui avait blessé le général à Ratisbonne, son télescope, des cartes, des pistolets, une canne, une robe de chambre et même son masque mortuaire. Dans une vitrine, on avait reconstitué la chambre où Napoléon était mort à Sainte-Hélène, avec son lit pliant et son baldaquin.

Un grincement résonna dans la salle.

Les portes métalliques à une trentaine de mètres derrière lui étaient en train d'être forcées.

Il avait coincé les portes avec une palette de chantier, sachant parfaitement qu'il n'allait pas tarder à avoir de la compagnie. Il avait observé Ashby pendant qu'il quittait l'église et entrait tranquillement dans les Invalides. Pendant qu'Ashby et son groupe étaient occupés à admirer la cour d'honneur, il s'était dépêché d'entrer à l'intérieur. Ashby devait disposer du même genre de renseignements que ceux que Stéphanie lui avait fournis. Il l'avait appelée la veille au soir, après avoir quitté Thorvaldsen, et avait mis sur pied un plan susceptible de la satisfaire, sans compromettre son ami.

Un tour de force. Mais pas impossible.

La palette coinçant les portes métalliques frotta plus bruyamment sur le sol.

Il se retourna. La lumière du jour filtrait dans le hall obscur.

Trois ombres se dessinèrent.

Devant lui, à l'intérieur d'une vitrine en partie ouverte, se trouvaient quelques couverts en argent, une tasse dont Napoléon s'était servi à Waterloo, une boîte à thé de Sainte-Hélène et deux livres. Une petite pancarte informait le public que les deux livres provenaient de la bibliothèque personnelle de Napoléon à Sainte-Hélène, qui en comprenait mille six cents. L'un était *Mémoires et Correspondance de Joséphine*, ouvrage que, d'après le cartouche, Napoléon avait lu en 1821, peu avant sa mort. Contrarié par son contenu, il en avait, paraît-il, mis en doute la véracité. L'autre était un petit volume relié en cuir, ouvert au milieu, qu'un autre cartouche identifiait comme étant *Les Royaumes mérovingiens 450-751 apr. J.-C.* et venant de la même bibliothèque personnelle, bien que ce livre ait eu le privilège d'être spécialement mentionné dans les dernières volontés de l'Empereur.

Quelqu'un marchait sur le parquet d'un pas pressé, et ses pas résonnaient dans toute la salle.

Ashby adorait la chasse. Il s'amusait toujours de voir les chasseurs de trésors décrits comme des aventuriers dans les livres et les films. En réalité, la majeure partie du temps était consacrée à se plonger dans des documents anciens, que ce soit des livres, des testaments, des correspondances, des notes personnelles, des journaux intimes ou des archives publiques. Des éléments épars glanés ici ou là, mais jamais le document unique contenant la preuve susceptible de résoudre l'énigme d'un coup d'un seul. Les indices étaient généralement quasi inexistants ou indéchiffrables, et la déception était plus souvent au rendez-vous que la réussite.

Cette quête en était un exemple parfait.

Sauf que, cette fois, ils étaient peut-être sur une piste.

Ce serait difficile à dire avant d'avoir examiné *Les Royaumes mérovingiens 450-751 apr. J.-C.* qui devait les attendre à quelques mètres.

Eliza Larocque l'avait prévenu que ce jour-là serait l'occasion parfaite pour se glisser dans cette partie du musée. Les ouvriers ne travailleraient pas. Quant aux employés des Invalides, ils auraient hâte d'avoir fini leur journée pour rentrer chez eux passer Noël. Demain était un des rares jours de fermeture du musée.

Guildhall ouvrait la voie dans la galerie encombrée.

L'air tiède sentait la peinture et l'essence de térébenthine, preuve s'il en était des travaux en cours.

Il fallait qu'il quitte Paris dès que cette mission serait terminée. Les Américains devaient l'attendre à Londres, impatients d'avoir son rapport. Qu'il fournirait enfin. Il n'y avait plus aucune raison pour le retarder encore. Demain serait une journée éminemment intéressante – un Noël qu'il n'oublierait pas.

Guildhall s'arrêta, et Ashby put découvrir à son tour ce que son sbire venait de voir.

Il n'y avait plus qu'un seul volume dans la vitrine supposée présenter différents souvenirs napoléoniens ainsi que les livres. Le second avait disparu. Restait une petite carte, posée contre le chevalet en bois.

Le silence qui s'en suivit lui parut durer un siècle.

Il s'efforça de cacher sa consternation, s'approcha et lut ce qui était écrit sur la carte.

Lord Ashby, si vous vous montrez bon garçon, nous vous donnerons le livre.

« Qu'est-ce que ça veut dire ? demanda Caroline.

– Je suppose que c'est le moyen qu'a trouvé Eliza Larocque pour me faire marcher droit.»

Il sourit de son mensonge, sans pouvoir tout à fait renoncer à y croire.

« Il est écrit *nous.*

– Elle doit vouloir dire "le club".

– Elle t'a donné toutes les informations qu'elle avait. Elle a fourni tous les renseignements nécessaires sur cet endroit, dit-elle, interloquée.

– Elle se méfie. Peut-être ne veut-elle pas que nous ayons tout. Pas tout de suite, en tout cas.

– Tu n'aurais pas dû lui téléphoner.

– Nous rentrons en Angleterre », décida-t-il alors, en réponse à l'interrogation qu'il avait lue dans ses yeux.

Pendant qu'ils quittaient la galerie, il envisagea toutes les possibilités. Caroline ignorait tout de sa collaboration secrète avec Washington, raison pour laquelle il avait attribué la disparition du livre à Larocque et au Club de Paris.

Mais la vérité l'effrayait encore plus.

Les Américains étaient au courant de ses affaires.

Depuis l'extrémité du hall, Malone vit Ashby et ses acolytes déserter la galerie. L'agitation à laquelle Ashby était en proie le fit sourire, compte tenu surtout de la déception de Caroline Dodd. Il emprunta alors un escalier situé à l'arrière et sortit des Invalides par la façade nord. Il héla un taxi, traversa la Seine et arriva au Grand Véfour.

Il pénétra dans le restaurant et découvrit une salle agréable, entièrement décorée à la française, avec des miroirs dorés sur les murs. Il passa en revue les tables dressées et aperçut Thorvaldsen assis avec une jolie femme vêtue d'un tailleur gris strict, qui lui tournait le dos.

Il se contenta de montrer le livre et sourit.

Thorvaldsen savait maintenant que l'équilibre des forces avait changé. Il contrôlait totalement la situation et ni Ashby ni Eliza Larocque n'en étaient conscients.

En tout cas, pas encore.

Il croisa les jambes, s'enfonça dans sa chaise et reporta son attention sur son hôtesse, certain que toutes ses dettes seraient bientôt remboursées.

TROISIÈME PARTIE

39

Sam suivit Meagan Morrison et Stéphanie Nelle pendant qu'elles prenaient leurs billets d'entrée à la tour Eiffel. La queue aux deux autres entrées pour les ascenseurs montant aux premier et deuxième étages était interminable, avec au moins deux heures d'attente. Mais celle-ci, située au pylône sud, était beaucoup moins longue, le seul moyen d'accéder à la première plateforme étant de grimper les trois cent quarante-sept marches.

« Nous n'avons pas le temps de faire la queue », avait dit Stéphanie Nelle.

Sam avait passé la nuit dans une chambre d'hôtel sur la rive gauche, Meagan Morrison dans une autre, avec deux agents des services secrets devant leurs portes. Stéphanie avait écouté les informations que Meagan avait à lui donner, puis elle avait passé quelques coups de téléphone. Après avoir obtenu, semble-t-il, la confirmation au moins partielle de ce qu'elle avait appris, elle avait insisté sur la nécessité d'une protection.

« Les agents en mission portent-ils les mêmes vêtements tout le temps ? » demanda-t-il à Stéphanie pendant qu'ils montaient l'escalier. Il avait passé trois jours avec le même costume.

« Quelques smokings et des fringues de créateurs, répliqua-t-elle. Tu fais avec et tu t'arranges pour exécuter le boulot.»

Ils franchirent une contremarche portant le chiffre 134. Quatre immenses poutrelles en treillis, avec un espace entre elles plus grand qu'un terrain de foot, soutenaient la première plateforme de la tour – haute de cinquante-sept mètres, comme l'indiquait une pancarte au pied de l'escalier. Les pylônes se rapprochaient en montant vers une deuxième plateforme, à cent quinze mètres de hauteur, puis continuaient leur ascension vers l'étage supérieur consacré à l'observation, à deux cent soixante-seize mètres celui-là. La structure la plus haute de Paris – une armature complexe de pièces métalliques mainte-nues par des rivets, et peinte d'un gris-marron, dont l'image avait fait le tour du monde.

Meagan grimpait les marches d'un pas leste, alors que Sam avait mal aux mollets. Elle parlait peu depuis son arrivée à l'hôtel, la veille au soir. Mais il se persuadait qu'il avait fait le bon choix en quittant le musée avec elle. À présent, il travaillait avec le chef de l'unité Magellan.

Encore dix minutes d'ascension, et ils attaquaient la der-nière volée de marches.

Sur la plateforme du premier étage, les visiteurs se bous-culaient autour de la boutique de souvenirs, de la poste, d'un hall d'exposition, d'un snack-bar et d'un restaurant. Des ascen-seurs à l'extrémité menaient au rez-de-chaussée. Et quelque trois cent trente marches montaient à angle droit jusqu'au deuxième niveau, tandis que, par le vide ménagé au centre de la plateforme du premier étage, on apercevait la place en bas.

Stéphanie se reposait, appuyée contre la rambarde métal-lique. Il la rejoignit avec Meagan. De l'autre côté, on voyait une cloison et des portes en verre, avec, écrit au-dessus : SALLE GUSTAVE-EIFFEL.

« Le Club de Paris se réunit dans cette salle demain, chu-chota Meagan à Stéphanie.

– Et comment pouvez-vous en être certaine ? »

Ils avaient eu la même conversation la veille. Stéphanie était, de toute évidence, une adepte du vieil adage : « Posez la même question suffisamment souvent et voyez si vous obtenez la même réponse. »

« Attendez, madame le ministre de la Justice, dit Meagan. Je n'ai pas protesté devant votre démonstration d'autorité. J'ai même essayé de me rendre utile. Mais si vous ne me croyez toujours pas, je me demande bien ce que nous faisons ici. »

Stéphanie ne réagit pas. Ils restèrent appuyés contre la rambarde, sans quitter des yeux l'extrémité de la plateforme.

« Je sais qu'ils seront là demain, poursuivit Meagan. C'est un événement. Le club tout entier qui se réunit le jour de Noël.

– Drôle de date pour une réunion, remarqua Sam.

– Ici, Noël est une drôle de fête. J'ai compris cela, il y a bien longtemps. Les Français ne sont pas très portés sur les réjouissances de Noël. La plupart quittent la ville pour l'occasion, et les autres vont au restaurant. Ils adorent tous ce gâteau appelé bûche de Noël. Ça ressemble à une bûche et ça a le goût du bois avec une couverture de crème au beurre dessus. Je ne suis donc pas étonnée que le club se réunisse le jour de Noël.

– La tour Eiffel est ouverte ? » demanda Sam.

Meagan hocha la tête.

« À 13 heures.

– Répétez-moi ce que vous savez », dit Stéphanie.

Meagan manifesta un instant d'énervement mais elle s'exécuta.

« Larocque a loué la salle Gustave-Eiffel qui se trouve juste là. La fiesta démarre à 11 heures pour se terminer à 16 heures. Elle a même prévu un déjeuner. Elle doit estimer que le fait de se retrouver à soixante mètres en l'air leur donne à elle et ses complices un peu d'intimité.

– Des mesures de sécurité sont prévues ? demanda Stéphanie.

– Comment voulez-vous que je le sache ? Mais je parie que, vous, vous le savez. »

Stéphanie parut apprécier la pique de Meagan.

« La ville est propriétaire de la tour, mais c'est la Société nouvelle d'exploitation de la tour Eiffel qui gère le site. Une société privée en assure la sécurité, parallèlement à la police et à l'armée. »

Sam avait remarqué un poste de police sous l'entrée sud de la tour, ainsi que plusieurs hommes à la mine sévère vêtus de pantalons de camouflage et armés de fusils automatiques.

« J'ai vérifié, poursuivit Stéphanie. Un groupe est prévu dans cette salle demain, pour ce laps de temps, et ils ont prévu une sécurité supplémentaire. Le hall central lui-même sera fermé au public. La tour ouvre à 13 heures. Après, il devrait y avoir foule, comme aujourd'hui.

– C'est ce que j'ai dit, insista Meagan. C'est la première fois que le club s'aventure loin de son siège dans le Marais. L'endroit que j'ai montré hier à Sam.

– Et vous trouvez cela particulièrement significatif ? demanda Stéphanie à Meagan.

– Forcément. Ce club est un nid à problèmes. »

Malone sauta dans un taxi devant le Grand Véfour et il arriva au Louvre au terme d'une brève course. Il paya le chauffeur et emprunta l'imposant passage voûté jusqu'à la cour Napoléon. Il remarqua aussitôt la célèbre pyramide de verre qui éclairait l'entrée du musée en dessous. La façade classique du Louvre encadrait l'impressionnante esplanade sur trois côtés, tandis que l'arc de triomphe du Carrousel, reproduction d'un arc romain avec des colonnes en marbre rose, montait la garde à l'extrémité est. Sept bassins triangulaires en granit entouraient la pyramide de verre. Au bord de l'un d'eux, était assis un homme mince, avec des traits fins et une épaisse chevelure sable grisonnante aux tempes. Il portait un manteau de laine sombre et des gants noirs. L'atmosphère de l'après-midi avait beau s'être réchauffée après la matinée glaciale, Malone estima qu'il ne devait pas faire plus de 5 °C. Thorvaldsen lui avait dit que l'homme attendrait là après avoir obtenu le livre. Il s'approcha et s'assit sur le rebord froid.

« Vous devez être Cotton Malone », dit le professeur Murad en anglais.

Adoptant l'attitude de Jimmy Foddrell, il n'avait même pas cherché à cacher le livre. Il le lui tendit.

« En direct des Invalides.

— Il a été facile à voler ?

— Il fallait seulement rester assis à attendre, comme on me l'avait suggéré. »

Il regarda Murad tourner les pages cassantes. Il les avait déjà étudiées pendant ses deux trajets en taxi et savait où l'autre allait regarder. À la moitié d'abord, là où le manuscrit se divisait en deux parties. Sur une page blanche qui servait de séparation, était écrit :

CXXXV   II   CXLII   LII   LXIII   XVII

II   VIII   IV   VIII   IX   II

Il vit le professeur plisser le front et froncer les sourcils en signe d'étonnement.

« Je ne m'attendais pas à ça. »

Malone souffla sur sa main nue pour la réchauffer et observa l'agitation frénétique qui régnait dans la cour avec les centaines de touristes qui entraient et sortaient du Louvre.

« Vous pouvez m'expliquer ?

— C'est un nœud du Maure. Un code que Napoléon utilisait. Ces chiffres romains font référence à un texte bien spécifique. Page et ligne, puisqu'il n'y en a que deux groupes. Il faudrait que nous connaissions le texte dont il s'est servi pour pouvoir décrypter les mots précis qui forment un message. Mais il n'y a pas de troisième ligne de chiffres. Ceux qui permettraient de repérer le bon mot sur la bonne ligne.

— J'aurais parié que ça n'allait pas être simple. »

Murad sourit.

« Rien ne l'a jamais été avec Napoléon. Il adorait la mise en scène. Ce musée en est un parfait exemple. Il exigeait des tributs de tous les endroits qu'il a conquis et les a apportés ici, en en faisant, à l'époque, la plus riche collection du monde.

– Malheureusement, les Alliés ont tout repris après 1815, ce qu'il y avait là au moins.

– Vous connaissez votre histoire, monsieur Malone.

– J'essaie. Mais appelez-moi Cotton. Je vous en prie.

– Ce n'est pas un nom courant. Comment en avez-vous hérité ?

– Comme pour Napoléon, ce serait un peu trop compliqué à expliquer. Et le nœud du Maure ? Il y a un moyen de le résoudre ?

– À condition de savoir quel texte a servi pour définir les nombres. L'idée était que l'expéditeur et le récipiendaire aient le même manuscrit pour comparer. Et ce troisième groupe de chiffres manquants pourrait poser un sérieux problème. »

Thorvaldsen l'avait abondamment briefé sur le testament de Napoléon et l'intérêt du livre qu'avait en main Murad par rapport à ce dernier testament. Il se contenta donc d'attendre que le professeur termine son examen.

« Oh, seigneur ! » dit Murad en arrivant au dernier rabat. L'homme leva les yeux vers Malone. « Fascinant », souffla-t-il.

Il avait déjà étudié l'écriture vaguement tordue, dont l'encre noire passée était identique à celle ayant servi à tracer les chiffres romains.

« Vous savez de quoi il s'agit ? » demanda-t-il.

Murad secoua la tête.

« Je n'en ai pas la moindre idée. »

Sam prit la défense de Meagan.

« Apparemment, elle n'a pas besoin de grandes preuves. Le fait que vous soyez là suffit largement.

– Bien, bien, répondit Stéphanie. M. Collins commence enfin à penser comme un agent secret. »

Il n'appréciait pas du tout son attitude condescendante, mais il n'était pas en position de protester. Elle avait raison – il était grand temps qu'il commence à utiliser son cerveau.

« Vous surveillez son site depuis un moment, dit-il. Le mien aussi. Et Dieu sait combien d'autres. Il doit donc se passer quelque chose ici. Quelque chose qui a attiré l'attention de tout le monde.

– C'est simple, répliqua Stéphanie, nous voulons que les membres du Club de Paris se retrouvent sous les verrous. »

Il ne la croyait pas.

« Ce n'est pas tout, et vous le savez parfaitement. »

Stéphanie Nelle ne lui répondit pas, ce qui acheva de le persuader. Mais il ne pouvait pas le lui reprocher. Il n'était pas question de leur en révéler plus que nécessaire.

Il regarda les gens s'emmitoufler pour se protéger du froid venant de l'escalier. D'autres entraient et sortaient en file indienne des ascenseurs qui montaient entre les structures métalliques jusqu'à la deuxième plateforme. Une foule de convives tapageurs s'engouffra dans le restaurant proche. Une brise glaciale traversait l'ossature en fer marron-gris qui se déployait autour d'eux en direction du haut de la tour.

« Au cas où vous auriez voulu être dans le secret de cette réunion demain, dit Meagan, je doute que vous puissiez faire installer le moindre système d'écoute. Ma source m'a informée que le club passait ses salles au peigne fin avant, pendant et après les réunions.

– Ce ne sera pas la peine », assura Stéphanie.

Sam la dévisagea, et elle le regarda à son tour avec un sourire qui ne lui plut pas.

« Vous deux avez déjà servi à table ? »

40

Eliza appréciait beaucoup sa conversation avec Henrik Thorvaldsen pendant leur déjeuner. C'était un homme intelligent, à l'esprit vif, qui n'aimait pas perdre son temps en banalités. Il paraissait être un interlocuteur attentif, quelqu'un qui prenait les faits en compte, les ordonnait et en tirait rapidement des conclusions.

Exactement comme elle.

« Napoléon avait compris, dit-elle, que la guerre était bonne pour la société. Et surtout elle obligeait ses meilleurs penseurs à mieux réfléchir. Il avait découvert que les scientifiques étaient plus créatifs quand la menace était réelle. L'industrie devenait plus innovatrice et productive, le peuple plus obéissant. Il avait découvert que si les citoyens se sentaient menacés, ils autoriseraient à peu près n'importe quelle violation de la part du gouvernement, à condition qu'ils soient protégés. Mais trop de guerre finit par être nocif. Les gens ne peuvent en tolérer qu'une certaine dose, et ses ennemis ont fait en sorte qu'il y en ait beaucoup plus que ce qu'il avait prévu, et il a fini par perdre sa capacité à gouverner.

– Je ne comprends pas comment on peut trouver que la guerre soit une bénédiction, dit Thorvaldsen. Cela s'accompagne de tellement de mauvaises choses.

– Il y a la mort, la destruction, la dévastation, le gâchis général. Mais la guerre a toujours existé. Comment un phénomène aussi néfaste a-t-il pu continuer à prospérer ? La réponse est simple. La guerre est productive. Les plus grands progrès technologiques accomplis par l'homme ont toujours résulté de la guerre. Regardez le dernier conflit mondial. Nous avons appris à fissurer l'atome et à voler dans l'espace, sans parler des innombrables avancées en matière électronique, de science, de médecine, de techniques. Tout cela pendant que les massacres atteignaient leur paroxysme. »

Il acquiesça.

« Il y a une certaine vérité dans vos propos.

– C'est même encore plus dramatique, monsieur Thorvaldsen. Regardez l'histoire américaine. Son économie est rythmée comme un pendule – expansion, récession, dépression. Mais on ne peut pas nier ce fait : toutes les dépressions cycliques survenues en Amérique se sont produites pendant une période de dépenses militaires inadéquates. On a vu des dépressions après la guerre de 1812, la guerre de Sécession des années 1860 et la guerre hispano-américaine au tournant du XXe siècle. La grande dépression des années 1930 s'est produite à une époque, après la Première Guerre mondiale, où l'Amérique s'était enfermée dans l'isolationnisme et avait littéralement démantelé ses forces militaires. Il a fallu une autre guerre pour la remettre sur pied.

– On dirait que vous avez étudié le sujet.

– C'est vrai, et la preuve en est évidente. La guerre permet une gouvernance stable de la société. Elle met la société devant un problème extérieur évident qui la pousse à accepter d'être régie par la politique. Mettez un terme à la guerre et la souveraineté nationale finira par trouver son terme également. C'était un concept que Napoléon avait parfaitement intégré. C'est peut-être d'ailleurs le premier dirigeant moderne à en avoir compris le sens. »

La salle à manger du Grand Véfour commençait à se vider. L'heure du déjeuner était bientôt passée, et elle regarda les clients se saluer et se disperser lentement.

«Napoléon avait prévu de faire passer non seulement la France, mais aussi tous les territoires qu'il avait conquis d'un état de guerre à une société tournée vers la paix, dit-elle. Pour cela, il lui fallait trouver un substitut à la guerre. Malheureusement pour lui, il n'y en avait pas à son époque.

– Par quoi pourrait-on remplacer la guerre ?»

Elle haussa les épaules.

«C'est difficile, mais pas impossible. L'idée serait de créer un ennemi de remplacement. Une menace, qu'elle soit réelle ou apparente, contre laquelle la société s'unisse pour se défendre. Une destruction de masse au moyen d'armes nucléaires par exemple. C'était tout le propos de la guerre froide. Aucun camp n'a tenté quoi que ce soit contre le camp adverse, mais les deux ont dépensé des milliards et des milliards en préparatifs. Les gouvernements ont prospéré pendant la guerre froide. Le système fédéral américain s'est développé comme jamais. La civilisation occidentale a atteint des sommets entre 1950 et 1990. L'homme est allé sur la Lune grâce à la guerre froide. Voilà bien un exemple de substitut à la guerre.

– Je vois ce que vous voulez dire.

– Il y a d'autres exemples, bien que moins irréfutables. Le réchauffement climatique, la raréfaction notable des denrées alimentaires, le contrôle de l'eau potable. On a bien tenté de les mettre en avant ces dernières années. Mais ces problèmes n'ont pas, ou pas encore, pris un caractère d'urgence. En tout cas, ils n'ont pas été perçus comme une menace suffisante. Des programmes massifs visant à généraliser la sécurité sociale, l'éducation, le logement social et les transports pourraient marcher. Mais ils devraient être généralisés à tout le monde, englober la population tout entière, faisant croître les dépenses de manière indécente. On peut douter que cela arrive un jour. Rien qu'une petite guerre mobilise des ressources considérables. Les dépenses militaires et la mise en alerte préventive sont une source de gâchis sans commune mesure, et aucun programme d'aide sociale ne sera jamais comparable, bien que les différents programmes d'aide sociale et de sécurité sociale dans le monde soient aussi la source d'extraordinaires gaspillages d'argent. Mais au bout du compte, ces systèmes ne peuvent pas dilapider assez de fonds pour pouvoir concurrencer valablement la guerre.»

Thorvaldsen émit un petit rire.

«Vous rendez-vous compte de l'absurdité de vos propos ?

– Parfaitement. Mais passer à une paix mondiale est une tâche difficile. Si l'on met de côté le simple défi de gouverner, il faut également canaliser l'agression collective.

– Comme l'ont fait les Romains ? Au Colisée ? Avec des gladiateurs, des jeux et des sacrifices ?

– Les Romains n'étaient pas fous. Ils avaient parfaitement conscience de ce que je viens de vous expliquer. Dans une société basée sur la paix, il convient, pour éviter la désintégration sociale, de créer des alternatives à la guerre. Telle était la fonction des jeux du cirque et cela a permis à leur société de prospérer pendant des siècles.»

Visiblement, il s'intéressait à ce qu'elle disait.

«Monsieur Thorvaldsen, on sait depuis bien longtemps, et même les monarques des temps anciens en étaient conscients, que les sujets n'accepteraient pas en temps de paix ce qu'ils ne seraient pas disposés à accepter en temps de guerre. Cette idée est particulièrement vraie aujourd'hui, dans les démocraties modernes. Encore une fois, regardez l'Amérique. Dans les années 1950, elle a laissé bafouer son premier amendement quand la crainte de la montée du communisme est devenue réelle. La liberté d'expression est devenue moins cruciale par rapport au danger supposé de l'Union soviétique. Plus récemment encore, après les attentats du 11 septembre 2001, des lois ont été votées que, en d'autres temps, les Américains auraient jugées indignes. Le Patriot Act a supprimé des libertés et empiété sur la sphère intime comme jamais auparavant. Des lois visant à la surveillance ont réduit les libertés civiles et restreint des libertés effectives. Des lois sur l'identification ont pris effet, que, jusque-là, les Américains trouvaient abjectes. Mais ils ont autorisé ces violations pour pouvoir vivre en sécurité.

– Ou au moins avoir l'impression de vivre en sécurité. » Elle sourit.

« Exactement. C'est précisément ce dont je parle. Une menace externe crédible engendre un surcroît de pouvoir politique... tant que la menace demeure crédible en tout cas. »

Elle marqua une pause.

« Et dans cette configuration, il existe un potentiel immense de profit. »

Malone désigna le livre que tenait le professeur Murad, et les étranges lignes d'écriture.

« Henrik ne va pas apprécier que nous ne sachions pas ce dont il s'agit. »

Murad continuait à examiner les formules sibyllines.

« J'ai une idée. Allons au Louvre. J'ai besoin de vérifier quelque chose. »

Thorvaldsen digérait tout ce qu'Eliza Larocque était en train de lui expliquer. Apparemment, elle avait beaucoup réfléchi à son projet. Il décida de la réorienter vers Ashby.

« Vous ne m'avez pas posé une seule question en ce qui concerne votre problème de sécurité, dit-il d'une voix bienveillante.

– Je supposais que vous m'en parleriez le moment venu. »

Il but une gorgée de vin et réfléchit à ce qu'il allait dire.

« Ashby a déjà près de trente millions d'euros de dettes. Dont la plupart sont des prêts à titre personnel risqués et avec des intérêts élevés.

– J'ai trouvé Lord Ashby direct et particulièrement convaincu. Il a fait tout ce que je lui ai demandé.

– Lord Ashby est un voleur. Comme vous le savez parfaitement, il était impliqué voici quelques années avec un groupe de voyous collectionneurs d'art. Beaucoup d'entre eux ont fini devant les tribunaux.

– Rien n'a jamais été prouvé en ce qui concerne Lord Ashby.

– Ce qui ne le dédouane pas pour autant. Je sais qu'il était impliqué. Vous savez qu'il était impliqué. C'est pour cette raison qu'il fait partie de votre club.

– Et il progresse de façon très satisfaisante en respectant ce que je lui ai demandé. En ce moment précis, il se trouve d'ailleurs à Paris, en train de suivre une piste prometteuse. Une piste qui pourrait bien nous mener droit au but. Et pour cela, monsieur Thorvaldsen, je serais disposée à faire preuve de la plus grande indulgence. »

Un escalator conduisit Malone et le professeur Murad à l'intérieur de la pyramide de verre. Un brouhaha filtrait en provenance de la foule qui attendait pour pénétrer dans le musée. Il se demanda vers quoi ils se dirigeaient, et fut soulagé de voir le professeur dépasser les longues queues aux guichets pour entrer dans la librairie.

La boutique qui couvrait deux étages débordait de sources d'information, en l'occurrence les milliers de livres en vente, classés par pays et par époques. Murad se dirigea vers l'énorme secteur français et plusieurs tables chargées de volumes relatifs à l'époque napoléonienne.

« Je viens ici tout le temps, dit l'universitaire. C'est un magasin formidable. Ils ont une quantité de textes obscurs en rayons que les librairies normales n'auraient jamais en stock. »

Malone comprenait parfaitement cette obsession. Tous les bibliophiles se ressemblaient.

Murad passa rapidement les titres en revue.

« Je peux vous aider ? demanda Malone.

– Je cherche un livre particulier. »

Il continuait à chercher.

« C'est sur Sainte-Hélène. J'ai failli l'acheter il y a quelques semaines, mais... »

Il se pencha et saisit un livre à couverture cartonnée. « Le voilà. Trop cher. Je m'étais résolu à l'admirer de loin. »

Malone sourit. Il aimait beaucoup cet homme totalement dépourvu de prétention.

Murad reposa le volume et le feuilleta. Ayant apparemment trouvé ce qu'il cherchait, il demanda à Malone d'ouvrir le livre en provenance des Invalides à la page comportant les lignes écrites dans des caractères étranges.

« Exactement ce que je pensais, dit Murad, en désignant le livre qu'ils étaient venus chercher. Voici la reproduction de notes en provenance de Sainte-Hélène, écrites pendant l'exil de Napoléon. Nous savons que son valet de chambre, Saint-Denis, a récrit beaucoup des brouillons de Napoléon, étant donné que l'écriture de l'Empereur était épouvantable. » Murad montra du doigt les deux livres. « Vous voyez. Les deux échantillons que nous avons ici sont presque identiques. »

Malone compara les livres et constata que l'écriture était effectivement similaire. Le même m arrondi et le f appliqué. Le f évasé à la base. Le d à la forme étrange qui ressemblait à un d penché.

« Ainsi donc, c'est Saint-Denis qui a écrit ce qui se trouve dans ce livre sur les Mérovingiens ? demanda-t-il.

– Non, ce n'est pas lui. »

Malone était interloqué.

Murad désigna quelque chose dans le livre du Louvre.

« Lisez la légende sous la photo. »

Malone s'exécuta – et comprit alors.

« C'est l'écriture de Napoléon ? »

Murad acquiesça et désigna le texte mérovingien.

« C'est lui personnellement qui a écrit ce qu'il y a dans ce livre, puis l'a spécifiquement confié à Saint-Denis. Cela rend ces écrits d'autant plus significatifs. »

Il se rappela ce qu'Henrik lui avait raconté au sujet de la conversation entre Ashby et Caroline Dodd. Une lettre qu'elle avait localisée, également écrite de la main de Napoléon.

Il était rare de voir l'écriture de l'Empereur, avait-elle dit à Ashby.

Il en fit part à Murad.

« Je pensais à la même chose, observa le professeur. Henrik m'en avait également fait part. Vraiment très curieux. »

Il examina les quatorze lignes composées de lettres étranges et d'autres marques aléatoires tracées par Napoléon Bonaparte en personne.

« Il y a un message là-dedans, dit Malone. Il y en a forcément un. »

Thorvaldsen décida d'enfoncer le couteau un peu plus profondément dans la plaie.

« Et que se passera-t-il si Lord Ashby ne peut pas produire ce que vous voulez ? » demanda-t-il.

Elle haussa les épaules.

« Rares sont les gens, à part mon ancêtre, à s'être lancés à la recherche du trésor de Napoléon. Il est généralement considéré comme étant un mythe. J'espère qu'ils se trompent. Je ne pense pas que ce sera la faute d'Ashby s'il échoue. Il a au moins le mérite d'essayer.

– Tout en vous trompant sur l'état de ses finances. »

Elle tournait son verre de vin entre ses doigts.

« Je le reconnais, c'est un problème. Je n'en suis pas particulièrement ravie. »

Elle s'arrêta.

« Mais j'attends toujours d'en avoir la moindre pieuve.

– Et que se passera-t-il si Ashby trouve la cachette et ne vous en parle pas ?

– Comment le saurais-je ?

– Vous ne le saurez pas.

– Avez-vous une raison pour insister à ce point ? »

Il vit qu'elle avait perçu dans son discours l'ébauche d'une promesse tacite.

« Quel que soit l'objet de sa recherche, ici, aujourd'hui à Paris, cela semble important. Vous-même avez dit que cela pourrait recéler la clé. Si je ne me trompe pas à son sujet, il va vous dire qu'il n'a pas été capable de se procurer l'objet en question – qu'il n'était pas là, ou tout autre prétexte du même genre. Ce sera à vous de déterminer si c'est la vérité ou un mensonge. »

41

Malone quitta le docteur Murad au Louvre après avoir photocopié les deux pages du livre comportant l'écriture de Napoléon et laissé ces copies au professeur. Il fallait qu'il garde le livre.

Il attrapa un taxi au vol, traversa la Seine et se dirigea vers la tour Eiffel. Entre les armatures métalliques, et au milieu de la foule des visiteurs faisant la queue pour emprunter les ascenseurs, il aperçut Stéphanie et Sam, en compagnie d'une autre femme – Meagan Morrison.

« Je suis ravi de voir que tu vas bien, dit-il à Sam. Bien entendu, tu n'as rien écouté de ce que je t'avais dit au musée.

– Je ne pouvais pas rester là à ne rien faire.

– Tu aurais parfaitement pu, et tu aurais même dû. »

Malone se retourna vers Morrison. Elle correspondait exactement à la description de Stéphanie – petite, inquiète, séduisante et intéressante.

Meagan montra Stéphanie du doigt.

« Elle insiste toujours autant ?

– En fait, elle s'est plutôt calmée avec les années.

– Pouvez-vous nous excuser un instant », dit Stéphanie.

Elle attrapa Malone par le bras et le conduisit un peu à l'écart.

« Qu'as-tu trouvé aux Invalides ? » demanda-t-elle.

Il chercha sous sa veste et lui montra le livre.

« Lord Ashby n'était pas heureux qu'il ait disparu. Je l'ai observé pendant qu'il lisait mon mot. Mais j'ai également remarqué qu'il a éludé les questions de Caroline, et a tout mis sur le dos de Larocque.

– Ce qui explique que Thorvaldsen ne sache pas qu'Ashby travaille pour nous. Il a relâché son niveau de surveillance. J'étais sûre qu'Henrik ne pourrait pas obtenir que l'homme soit suivi vingt-quatre heures sur vingt-quatre, ou qu'on puisse écouter toutes ses communications. »

Malone savait parfaitement que toute surveillance intensive, aussi professionnelle qu'elle soit, finissait toujours par être détectée. Mieux valait être sélectif et précautionneux.

« Nos gars n'ont pas été très performants dans leur surveillance d'Ashby, dit-elle. Il a eu toute liberté pour prendre tous les contacts qu'il voulait. »

Il observa Sam et Meagan qui se trouvaient à une trentaine de mètres.

« Il fait du bon boulot ?

– Il veut devenir agent de terrain, et j'ai bien l'intention de lui donner sa chance.

– Il est prêt ?

– C'est le seul que j'aie sous la main pour l'instant, aussi il va devoir faire l'affaire.

– Et elle ?

– Une tête brûlée. Un culot monstre. De vraies couilles.

– Je vous imagine très bien en train de vous affronter toutes les deux. »

Elle sourit.

« J'ai l'espionnage français avec moi. Ils sont au courant pour Peter Lyon. Ils le veulent à tout prix. Il est impliqué dans trois attentats à la bombe commis ici, il y a une dizaine d'années, qui ont coûté la vie à quatre policiers.

– Ils sont toujours furieux à propos du musée de Cluny ? »

Elle émit un petit rire.

« Le directeur général de la sécurité extérieure n'ignore plus rien de toi. Il m'a parlé de l'abbaye à Belém, et de la cathédrale d'Aix. Mais on peut discuter avec lui. C'est pourquoi Ashby et toi n'avez eu aucun problème pour entrer et sortir des Invalides. Crois-moi, leur système de sécurité est nettement meilleur.

– J'ai encore besoin de quelque chose. »

Il agita le livre.

« Un article dans la presse mentionnant sa disparition. Rien d'important – juste quelques lignes à paraître dans le journal de demain. Ce serait utile.

– Vis-à-vis d'Henrik ? »

Il acquiesça.

« J'ai besoin de le tenir à distance. Il a l'intention de mettre ce vol sur le dos d'Ashby et de le dénoncer à Larocque. Je n'y vois pas d'inconvénient, nous pouvons le laisser faire.

– Où est-il ?

– Occupé à semer la zizanie entre Eliza Larocque et Ashby. Tu te rends compte que, moi aussi, je joue les deux extrémités contre le milieu.

– Si c'est bien joué, nous arriverons peut-être tous à nos fins. »

Il était fatigué avec le contrecoup de la tension des deux dernières semaines. Il se passa la main dans les cheveux. Il devait aussi appeler Gary. Demain, c'était Noël, un jour où les pères étaient censés parler à leurs fils.

« Et maintenant ? demanda-t-il.

– Nous partons pour Londres, toi et moi. »

Sam enfonça ses mains nues dans les poches de son manteau et se mêla à la foule en compagnie de Meagan. Le soleil brillait dans un ciel d'hiver dégagé.

« Pourquoi faites-vous ça ? lui demanda-t-il.

— Votre amie là-bas a dit que je serais arrêtée si je ne le faisais pas.

— Ce n'est pas la raison. »

Le visage chaleureux de la jeune femme ne trahissait aucune appréhension, un trait qu'il avait souvent remarqué depuis la veille. Il ne voyait aucun aspect négatif dans cette personnalité, en tout cas rien qui lui ait sauté aux yeux.

« Nous sommes enfin en train d'agir, dit-elle. Finies les parlottes. Nous sommes ici, Sam, en train d'agir. »

Il avait ressenti la même excitation.

« Nous pouvons les arrêter. Je savais que c'était vrai. Vous aussi. Nous ne sommes pas fous, Sam.

— Vous vous rendez bien compte que ce que Stéphanie veut que nous fassions est dangereux. »

Elle haussa les épaules.

« Pensez-vous que cela puisse mal tourner ? Pire qu'au musée hier ? Qu'y a-t-il de mal à être un peu cavalier ? »

« Que signifie ce mot ? avait-il demandé à Norstrum.

— Libre. Incontrôlable. Plutôt insouciant. »

Il laissa à son cerveau de quinze ans le temps d'absorber la définition. Il avait enfreint une autre règle et tenté l'escalade à mains nues de la façade rocheuse. Norstrum lui avait dit d'utiliser une corde, mais il n'avait pas obéi.

« Sam, nous prenons tous des risques. C'est comme ça qu'on réussit. Mais jamais de risques stupides. La réussite vient du fait qu'on minimise le risque, pas qu'on l'accentue.

— Mais la corde n'était pas nécessaire. Tout s'est bien passé.

— Que serait-il arrivé si tu avais lâché prise ? Ou si ton pied avait glissé ? Ou si tu avais eu une crampe ? »

Les questions laconiques de Norstrum montraient claire-ment que, s'il n'était pas vraiment mécontent, il n'était pas non plus heureux de la situation.

« Tu serais tombé. Tu aurais été estropié à vie, peut-être tué, et qu'aurais-tu gagné alors à prendre un tel risque ? »

Il essaya de remettre les choses dans leur contexte, de digérer la réprimande, pendant qu'il cherchait la réponse adéquate. Il aurait préféré ne pas avoir énervé Norstrum. Plus jeune, cela lui était égal, mais, en vieillissant, il en était arrivé à ne pas vouloir décevoir cet homme.

« Je suis désolé. C'était stupide. »

L'homme lui agrippa l'épaule.

« Garde bien ça en mémoire, Sam, c'est par stupidité que tu te feras tuer. »

L'avertissement de Norstrum résonnait encore clairement dans sa tête pendant qu'il réfléchissait aux trois questions de Meagan. Dix-sept ans auparavant, quand il avait escaladé la façade rocheuse sans corde de sécurité, il avait compris que Norstrum avait raison.

« C'est par stupidité que tu te feras tuer. »

Hier dans le musée, il avait oublié cette leçon.

Il ne l'oublierait pas aujourd'hui.

Stéphanie Nelle l'avait recruté pour un boulot. Y avait-il des risques à la clé ? Beaucoup. Mais ils seraient mesurés et calculés.

Rien de cavalier.

« Je veux faire attention, Meagan. Vous devriez en faire autant. »

42

Ashby jeta un coup d'œil à sa montre et constata qu'il avait fallu un peu plus d'une heure à la Bentley pour aller de l'aéroport d'Heathrow à Salen Hall. Il remarqua également que les employés de son domaine étaient occupés à l'entretien du parc, même si la fontaine à l'hippocampe, le bassin du canal et la cascade étaient réduits au silence pour l'hiver. Excepté l'extension des écuries ainsi qu'une aile pour la cuisine et les domestiques, la résidence principale était restée intacte depuis le XVIIIe siècle. Les massifs boisés et les pâturages avaient été préservés également. Le territoire alentour était autrefois constitué par de la lande, que les ancêtres d'Ashby avaient fait reculer, domestiquant la vallée avec des pâturages et des clôtures. Il s'enorgueillissait à la fois de sa beauté et de son indépendance, son domaine étant un des derniers manoirs privés britanniques qui ne dépendaient pas du tourisme pour vivre.

Et ce ne serait jamais le cas.

La Bentley s'arrêta au bout d'une allée gravillonnée. La brique orange et les fenêtres en losange resplendissaient dans le soleil. Des gargouilles lorgnaient vers le bas depuis le toit, haches brandies, comme pour prévenir les envahisseurs.

«Je vais faire un peu de recherche», lui dit Caroline en entrant dans la maison.

Bien. Il avait besoin de réfléchir. Guildhall et lui se dirigèrent vers son bureau, où Ashby s'installa. Cette journée avait tourné au désastre.

Il était resté silencieux pendant le bref vol depuis Paris et avait retardé l'inévitable. Il prit le téléphone et composa le numéro de portable d'Eliza Larocque.

«J'espère que vous avez d'autres bonnes nouvelles, dit-elle.

— Non, en fait. Le livre n'y était pas. Peut-être a-t-il été déplacé pendant les travaux ? J'ai trouvé la vitrine et les autres objets, mais pas le volume sur les Mérovingiens.

— L'information qu'on m'avait fournie était sûre.

— Le livre n'y était pas. Pouvez-vous vérifier une nouvelle fois ?

— Bien sûr.

— Demain matin, quand je serai de retour à Paris pour notre réunion, peut-être pourrions-nous discuter avant en tête à tête ?

— Je serai à la tour vers 10 h 30.

— À demain donc.»

Il raccrocha et vérifia l'heure.

Encore quatre heures. C'était le moment prévu pour sa rencontre avec son contact américain. Il avait espéré que ce serait sa dernière conversation car il était fatigué de son numéro de jongleur. Il voulait le trésor de Napoléon et avait espéré que le livre des Invalides en livrerait la clé. À présent, ces satanés Américains en avaient le contrôle.

Il serait obligé de marchander ce soir.

Demain, il serait beaucoup trop tard.

Eliza éteignit son téléphone et repensa à ce qu'Henrik Thorvaldsen avait prédit. «Si je ne me trompe pas à son sujet, il va vous dire qu'il n'a pas été capable de se procurer l'objet en question, qu'il n'était pas là, ou tout autre prétexte du même genre. »

Et à ce qu'il lui avait dit une nouvelle fois, juste avant qu'ils ne se séparent après leur déjeuner. « Ce sera à vous de déterminer si c'est la vérité ou un mensonge. »

Elle était bien en sécurité dans sa maison du Marais, non loin de l'endroit où le Club de Paris se réunissait. Sa famille en était propriétaire depuis le milieu du XIXᵉ siècle. Elle avait grandi à l'intérieur de ces murs élégants et y passait maintenant le plus clair de son temps. Ses sources au sein du gouvernement français lui avaient assuré que le livre qu'elle recherchait se trouvait là, dans le musée. Une relique d'importance mineure, et sans grande signification historique, sinon que de provenir de la bibliothèque personnelle de Napoléon et d'être mentionnée dans son testament. Ses sources avaient posé peu de questions, et n'en poseraient sans doute pas plus quand elles sauraient que le livre avait disparu, sachant depuis longtemps que, pour que sa générosité s'exerce, il était préférable de se taire.

Elle réfléchissait à l'attitude à adopter envers Thorvaldsen depuis qu'ils avaient quitté le Grand Véfour. Le milliardaire danois avait surgi de nulle part avec des informations qu'elle ne pouvait pas négliger. Il était visiblement au courant de ses affaires, et l'oracle avait confirmé ses intentions. À présent, Ashby lui-même venait de corroborer les prédictions de Thorvaldsen. Elle n'avait pas l'intention de continuer à ignorer les avertissements.

Elle trouva le numéro de téléphone que Thorvaldsen lui avait donné la veille et le composa.

« J'ai décidé de vous inviter à rejoindre notre groupe, lui dit-elle quand il répondit.

– Très généreux de votre part. Je suppose donc que Lord Ashby vous a déçue.

– Disons qu'il a piqué ma curiosité. Êtes-vous libre demain ? Le club se réunit pour une session importante.

– Je suis juif. Noël n'est pas un jour de fête pour moi.

– Pour moi non plus. Nous nous réunissons le matin à 11 heures, dans la salle Gustave-Eiffel, au premier étage de la tour. Ils ont une salle de banquet très agréable, et nous avons prévu de déjeuner après les discussions.

– Cela me semble très bien.

– Je vous y verrai donc. »

Elle raccrocha.

Demain.

Une journée qu'elle attendait depuis longtemps. Elle avait prévu d'expliquer en détail à ses partenaires ce que les parchemins avaient enseigné à sa famille. Ce qu'elle avait évoqué en partie avec Thorvaldsen au cours du déjeuner, mais elle avait fait exprès de n'émettre aucune réserve. Dans une société fondée sur la paix, sans guerre, exciter la peur des masses au moyen de menaces politiques, sociologiques, écologiques, scientifiques ou culturelles pouvait s'avérer à peu près impossible. Aucune tentative, à ce jour, n'avait été suffisamment crédible ou significative pour faire effet longtemps. Seul un événement comme la peste noire, dont la menace s'était étendue à une échelle globale, s'en était rapproché, mais une telle menace, née de facteurs inconnus, quasi impossible à contrôler, était difficilement applicable.

Et toute menace devrait pouvoir être contenue.

Après tout, c'est bien là l'idée générale. Terrifier les gens pour les faire obéir – puis tirer profit de leur peur. La meilleure solution était la plus simple. Créer de toutes pièces la menace. Un tel plan générait une multitude d'avantages. Comme un variateur sur un lustre susceptible d'être réglé pour obtenir différents degrés d'intensité. Dieu merci, dans le monde actuel, il existait un ennemi crédible, qui avait déjà enflammé les esprits !

Le terrorisme.

Comme elle l'avait dit à Thorvaldsen, cette peur avait fonctionné en Amérique, et elle devrait donc fonctionner partout.

Demain, elle verrait si les parchemins avaient raison.

Ce que Napoléon avait voulu mettre en œuvre, elle allait le réaliser sans délai.

Pendant deux cents ans, sa famille avait profité des déboires politiques d'autres. Pozzo di Borgo avait suffisamment déchiffré les parchemins pour en tirer un enseignement pour ses enfants, comme ils l'avaient enseigné aux leurs, à savoir que, en vérité, peu importe qui fait les lois – il suffit de contrôler l'argent pour détenir le véritable pouvoir.

Pour y parvenir, elle avait besoin de contrôler les événements.

Demain, ce serait un premier essai.

Et si cela marchait ?

Il y en aurait d'autres.

43

Ashby scrutait dans la pénombre la bonne centaine de
visages à la recherche d'une écharpe vert et or de chez Harrods.
La plupart des gens autour de lui étaient de toute évidence des
touristes. Leur guide hurlait quelque chose à propos du climat
« créé par le réverbère à gaz et le brouillard » en août 1888
quand Jack l'Éventreur semait la terreur « dans le milieu des
prostituées imbibées par la boisson ».

Il sourit.

L'Éventreur semblait n'intéresser que les étrangers. Il se
demanda si les mêmes gens paieraient dans leur propre pays
pour visiter les repaires d'un tueur en série. Sur sa gauche, de
l'autre côté d'une rue animée, se dressait la Tour de Londres, ses
pierres couleur taupe délavée baignant dans une lumière vapo-
reuse de sodium. Ce qui était autrefois des douves immenses
était maintenant une mer d'herbe hivernale émeraude. Une
brise froide montait de la Tamise toute proche, et l'on voyait
Tower Bridge éclairé au loin.

« Bonsoir, Lord Ashby. »

La femme qui surgit à côté de lui était menue, avec des cheveux courts, dans la soixantaine, sans aucun doute américaine, et elle portait un foulard vert et or. Exactement ce qu'on lui avait annoncé.

Et pourtant.

« Vous êtes nouvelle, lui dit-il.

– C'est moi qui suis chargée de l'opération. »

Cette information suscita sa curiosité.

Il avait retrouvé à plusieurs reprises son contact habituel avec le renseignement américain lors de circuits pédestres dans Londres. Ils avaient fait la promenade du British Museum, le Londres de Shakespeare, l'ancien Mayfair et à présent les repaires de Jack l'Éventreur.

« Et comment vous appelez-vous ? demanda-t-il comme si de rien n'était.

– Stéphanie Nelle. »

Le groupe s'arrêta pour que le guide débite son commentaire à propos du bâtiment juste devant, où l'on avait trouvé la première victime de Jack l'Éventreur. Elle lui prit le bras, et, pendant que les autres se focalisaient sur le guide, ils se glissèrent dans le sillage de la foule.

« C'est drôle que nous nous retrouvions pour cette visite, dit-elle. Jack l'Éventreur terrorisait les gens et n'a jamais été pris lui non plus. »

Son ironie ne le fit même pas sourire.

« Je pourrais mettre un terme à ma collaboration tout de suite et partir, si vous n'avez plus besoin de mon aide. »

Le groupe se remit en marche.

« Je me rends bien compte que le prix que nous allons devoir payer est votre liberté. Mais cela ne veut pas dire que cela me plaise. »

Il s'obligea à rester calme. Il lui fallait ménager cette femme et ce qu'elle représentait, au moins encore pendant vingt-quatre heures, et au moins jusqu'à ce qu'il obtienne le livre.

« La dernière fois qu'on m'en a parlé, nous étions dans le même bateau, remarqua-t-il.

– Vous avez promis de donner des informations aujour-d'hui. Je suis venue personnellement pour voir ce que vous avez à offrir. »

Le groupe s'arrêta devant un autre site notable.

« Peter Lyon va faire exploser une bombe demain dans l'église du Dôme, aux Invalides, dit-il à voix basse. Le jour de Noël. En guise de démonstration.

– La démonstration de quoi ?

– Eliza Larocque est une fanatique. Elle détient une certaine sagesse ancienne selon laquelle sa famille a vécu pendant des siècles. Assez compliquée et, pour moi, en grande partie hors de propos, mais il se trouve qu'un certain groupe d'extrémistes français – il y en a toujours un quelque part, non ? – veut s'affirmer.

– De qui s'agit-il cette fois ?

– Cela concerne notamment la discrimination des immigrés compte tenu de la législation française. Les Nord-Africains, qui arrivèrent en masse en France il y a des années, étaient alors considérés comme des travailleurs bienvenus. À présent, ils sont 10 % de la population et en ont assez d'être méprisés. Ils veulent se manifester. Larocque a les moyens et ne veut pas se mettre en avant, si bien que Peter Lyon a négocié un parte-nariat avec elle.

– Je veux comprendre le but de ce partenariat. »

Il soupira.

« Vous ne devinez pas ? La France est en plein change-ment démographique. Ces immigrés algériens et marocains commencent à poser un problème. Ils sont maintenant beau-coup plus français qu'africains, mais la droite xénophobe et la gauche laïque les détestent. Si le taux de natalité se maintient, en deux décennies, ces immigrants seront plus nombreux que les Français de souche.

– Quel rapport y a-t-il entre le fait de faire sauter les Invalides et cette évolution inéluctable ?

– C'est tout un symbole. Ces immigrés souffrent de leur statut de citoyens de seconde zone. Ils veulent leurs mosquées, leur liberté. Ils veulent exprimer leur vision politique, avoir de l'influence, du pouvoir. Ce qu'ont tous les autres. Mais les Français de souche y sont opposés. Il paraît que de nombreuses lois ont été votées pour garder ces gens à distance. »

Il marqua un temps d'arrêt.

« Et l'antisémitisme est également en plein essor dans toute la France. Les juifs recommencent à avoir peur.

– Et ces immigrés en sont responsables ? »

Il haussa les épaules.

« Certains, peut-être. À dire vrai, pour moi, ce sont les Français radicaux qui en sont davantage responsables. Mais la droite et l'extrême gauche ont fait un bon travail en rendant ces immigrés responsables de tous les maux du pays.

– J'attends toujours ma réponse. »

Le groupe fit halte à un autre point d'intérêt et le guide se lança dans un long discours.

« Eliza mène un test, dit-il. Une façon de canaliser le sentiment d'agression national des Français en direction d'autre chose que la guerre. Une attaque par un élément perçu comme radical contre un monument national français, le tombeau de son Napoléon bien-aimé – qu'elle méprise d'ailleurs –, canaliserait, selon elle, cette agression collective. En tout cas, c'est l'explication qu'elle donne.

– Pourquoi déteste-t-elle Napoléon ? »

Il haussa les épaules.

« Comment le saurais-je ? Par tradition familiale, je suppose. Un de ses ancêtres menait une vendetta à la manière corse contre Napoléon. Je n'ai jamais très bien compris.

– Le Club de Paris se réunit bien demain à la tour Eiffel ? »

Il hocha la tête d'un air entendu.

« Vous vous êtes donné beaucoup de mal. N'aurait-il pas été plus prudent de me poser directement la question pour voir si je disais la vérité ?

– Je suis pressée et, de toute façon, je ne crois pas obligatoirement ce que vous dites. »

Il secoua la tête.

« Impertinente. Et arrogante en plus. Pourquoi ? J'ai coopéré avec vos gens.

– Quand vous avez bien voulu. Vous avez délibérément occulté cette information concernant un attentat.

– Comme vous l'auriez fait à ma place. En tout cas, vous le savez maintenant, largement à temps pour vous préparer en conséquence.

– Je ne sais rien. Comment cela va-t-il se passer ?

– Grands dieux, pourquoi serais-je au courant ?

– Vous êtes celui qui a passé l'accord avec Lyon.

– Vous pouvez me croire, ce diable est très avare de détails. Il veut juste savoir si son argent a été transféré, et quand. À part ça, il ne donne aucune explication.

– C'est tout ?

– Les Invalides sont fermés le jour de Noël. Au moins, il n'y aura personne pour qui s'inquiéter. »

Elle ne parut pas rassurée pour autant.

« Vous n'avez toujours pas répondu à ma question concernant le Club de Paris.

– Nous nous réunissons demain matin à la tour Eiffel. Eliza a loué la salle de banquet au premier étage, et elle prévoit d'emmener tout le monde au sommet vers midi. Comme je vous l'ai dit, Lyon aime les programmes bien définis dans le temps. L'explosion se produira à midi, et le club sera aux premières loges.

– Les membres savent-ils ce qui va se passer ? »

Il secoua la tête.

« Seigneur, non ! Seuls elle et moi, et notre Sud-Africain. Je suppose que la plupart seraient épouvantés.

– Cela ne les gênera pourtant pas d'en profiter. »

La visite s'enfonçait au fin fond des quartiers les plus louches de l'est londonien.

« La moralité fait rarement bon ménage avec le profit, observa-t-il.

– Alors dites-moi ce que je veux vraiment savoir. Comment parviendrons-nous à entrer en contact avec Lyon ? demanda-t-elle.

– De la même façon que je l'ai fait.

– Ce n'est pas suffisant. Je veux qu'il nous soit livré. »

Il s'arrêta.

« Comment suggérez-vous que je procède ? Je ne l'ai vu qu'une fois, et il était intégralement déguisé. Il communique avec moi selon son bon gré. »

Ils parlaient à voix basse, en suivant le groupe principal. Malgré son manteau de laine le plus épais et des gants doublés de fourrure, il avait froid. Sa respiration faisait un petit nuage devant ses yeux.

« Vous parviendrez certainement à organiser quelque chose, dit-elle. D'autant que nous ne vous poursuivrons pas. »

Il perçut la menace implicite.

« C'est pour cela que vous m'honorez ce soir de votre présence ? Vous êtes venue me délivrer un ultimatum ? Votre représentant n'était pas suffisamment autoritaire ?

– La partie est terminée, Ashby. Votre utilité est de moins en moins évidente. Il est temps pour vous d'agir et de nous convaincre que vous valez encore quelque chose. »

Il avait pourtant déjà fait le nécessaire, mais il n'allait pas révéler quoi que ce soit à cette femme. Il se contenta de lui demander :

« Pourquoi vos gens ont-ils pris le livre aux Invalides ? »

Elle gloussa.

« Pour vous montrer qu'il y a eu un changement de direction de ce côté-ci. De nouvelles règles sont en vigueur.

– Une chance pour moi que vous soyez si dévouée à votre profession.

– Vous croyez vraiment qu'il y a un trésor perdu de Napoléon à trouver là-bas ?

– Eliza Larocque en est persuadée. »

Elle enfouit une main sous son manteau, en sortit quelque chose et le lui tendit.

« Voici une preuve de ma bonne foi. »

Il serra le volume à travers son gant. Dans la lumière diffuse d'un lampadaire proche, il aperçut le titre. *Les Royaumes mérovingiens 450-751 apr. J.-C.*

C'était le livre des Invalides.

« À présent, dit-elle, donnez-moi ce que je veux. »

La visite guidée s'approchait du Ten Bells Pub, et il entendit le guide expliquer comment l'établissement avait accueilli nombre des victimes de Jack l'Éventreur, peut-être même l'Éventreur en personne. Une pause de quinze minutes fut annoncée, avec des boissons disponibles à l'intérieur.

Il devrait retourner à Salen Hall retrouver Caroline.

« Nous en avons terminé ?

– Jusqu'à demain.

– Je mettrai tout en œuvre pour m'assurer que vous ayez ce que vous voulez.

– Je l'espère, dit-elle. Votre salut en dépend. »

Sur ces mots, la femme portant le nom de Stéphanie Nelle s'éloigna dans la nuit.

Il considéra le livre. Les choses commençaient enfin à prendre tournure.

« Bonsoir, Lord Ashby. »

La voix retentit près de son oreille droite, le prenant par surprise, une voix de gorge, basse, que le son cadencé des semelles battant le pavé autour de lui ne pouvait pas couvrir. Il se retourna, et, à la lueur d'un autre lampadaire, aperçut un reflet rouge dans des cheveux épais et des sourcils minces. Il remarqua le nez aquilin, le visage balafré et les lunettes. Comme tous les autres autour, l'homme était vêtu de vêtements d'hiver chauds, avec écharpe et gants. Sa main serrait les poignées en corde d'un sac de courses de chez Selfridges.

Puis il vit les yeux.

Couleur d'ambre brûlé.

« Avez-vous toujours la même apparence ? demanda-t-il à Peter Lyon.

– Rarement.

– Ce doit être difficile de n'avoir aucune identité. »

– Je n'ai aucun problème d'identité. Je sais exactement qui je suis et ce que je suis. »

Cette fois, la voix semblait presque américaine.

Il était inquiet. Peter Lyon n'aurait pas dû être là.

« Vous et moi, il faut que nous parlions, Lord Ashby. »

44

Sam suivit Meagan en bas de l'escalier en colimaçon qui s'enfonçait en tournant dans la terre. Ils avaient dîné dans un café au Quartier latin après avoir été momentanément délivrés de la surveillance de Stéphanie Nelle.

« Où allons-nous ? lui demanda-t-il tandis qu'ils continuaient à descendre dans le noir le plus complet.

– Dans le sous-sol de Paris », dit Meagan.

Elle le précédait, sa lampe torche perçant l'obscurité au-dessous. Quand il arriva en bas, elle lui tendit une autre lampe.

« Ils ne laissent pas de lampes à disposition d'intrus comme nous.

– Des intrus ? »

Elle balaya l'espace avec sa lumière.

« Nous n'avons pas le droit d'être ici.

– Où sommes-nous ?

– Dans les carrières. Trois cents kilomètres de tunnels et de galeries. Creusées quand le calcaire a été extrait du sol pour servir à la construction, faire du gypse pour le plâtre, de l'argile pour les briques et les tuiles de toit. Tout ce dont on avait besoin pour construire Paris, et voilà ce qu'il en reste. Le Paris souterrain.

– Et la raison de notre présence ici ? »

Elle haussa les épaules.

« J'aime bien cet endroit. Je pensais que cela vous plairait aussi. »

Elle s'avança devant lui, empruntant un passage humide visiblement taillé dans la roche et soutenu par une structure calcaire. L'air était frais, mais pas froid, le sol inégal et plein d'embûches.

« Attention aux rats, dit-elle. Ils peuvent vous transmettre la leptospirose. »

Il s'arrêta.

« Pardon ?

– Une infection bactérienne. Mortelle.

– Vous êtes folle, ou quoi ? »

Elle s'arrêta.

« À moins que vous n'ayez l'intention de vous laisser mordre par une de ces bêtes ou de tremper vos doigts dans leur urine, je dirais que vous n'avez pas de souci à vous faire.

– Que faisons-nous ici ?

– Êtes-vous toujours aussi nerveux ? Contentez-vous de me suivre. Je veux vous montrer quelque chose. »

Ils revinrent en arrière dans le couloir dont le plafond était juste assez haut pour lui. Le faisceau de sa lampe éclairait à une centaine de mètres devant eux.

« *Norstrum* », *appela-t-il dans l'obscurité.*

Il se demandait pourquoi il avait désobéi et était venu là, mais la perspective de l'aventure avait été trop forte. Les grottes n'étaient pas loin de l'école, et tout le monde connaissait leur existence. C'est drôle comme personne n'employait jamais le mot « orphelinat ». On disait toujours l'« école ». Ou l'« institut ». Qui étaient ses parents ? Il n'en avait aucune idée. Il avait été abandonné à la naissance, et la police n'avait jamais réussi à déterminer comment il était arrivé à Christchurch. L'école insistait pour que les élèves en sachent le maximum sur eux. Aucun secret – il appréciait d'ailleurs beaucoup cette règle – mais, dans son cas, il n'y avait tout simplement rien à savoir.

« Sam. »

La voix de Norstrum.

On lui avait dit que Norstrum lui avait donné le nom de Sam Collins à son arrivée en classe, en souvenir d'un oncle qu'il aimait beaucoup.

« Où êtes-vous ? cria-t-il dans l'obscurité.

– Pas loin. »

Il dirigea sa lampe et continua à marcher.

« C'est juste là-haut », dit Meagan, au moment où le tunnel débouchait sur une vaste galerie haute de plafond, avec de nombreuses issues et des piliers de pierre soutenant la voûte.

Meagan éclaira les murs rugueux, et il aperçut une myriade de graffitis, de peintures, d'inscriptions, de dessins humoristiques, de morceaux de mosaïque, de poésie et jusqu'à des paroles de chansons.

« C'est un vrai condensé d'histoire de la société, fit-elle observer. Ces dessins remontent à l'époque de la Révolution française, du siège prussien vers la fin du XIXe siècle et de l'occupation allemande dans les années 1940. Le sous-sol de Paris a toujours servi de refuge contre la guerre, la mort et les destructions. »

Un dessin en particulier attira son regard. Un croquis de la guillotine.

« Elle date de la Grande Terreur, dit-elle, par-dessus son épaule. Un dessin vieux de deux cents ans. Un testament de l'époque où les morts sanglantes étaient monnaie courante ici. Il a été dessiné à la fumée noire. Les tailleurs de pierre de l'époque avaient des bougies et des lampes à huile, et ils approchaient la flamme tout près du mur, ce qui cuisait le carbone dans la pierre. Très malin. »

Il braqua sa lampe dessus.

« Ça remonte à la Révolution française ? »

Elle acquiesça.

« C'est un résumé de l'époque, Sam. Tout le sous-sol est comme ça. Vous comprenez pourquoi j'aime cet endroit ? »

Il regarda les dessins autour de lui. La plupart paraissaient conçus avec sobriété, mais l'humour et la satire étaient également omniprésents, en même temps que plusieurs ajouts pornographiques particulièrement osés.

« C'est un endroit incroyable, dit-elle dans l'obscurité. Je viens ici souvent. C'est paisible et silencieux. Comme un retour dans la matrice. Pour moi, remonter à la surface me donne parfois l'impression d'une nouvelle naissance. »

Il était sidéré par sa franchise. Apparemment, sa carapace n'était pas dépourvue de fissures. Puis il comprit.

« Vous avez peur, n'est-ce pas ? »

Elle lui fit face, et, à la lueur de sa lampe, il lut la sincérité dans ses yeux.

« Vous le savez parfaitement.

– Moi aussi, j'ai peur », avoua-t-il.

« Il n'y a pas de mal à avoir peur, avait dit Norstrum quand il avait fini par le retrouver dans la grotte. Mais tu n'aurais pas dû venir là tout seul. »

Il en avait parfaitement conscience à présent.

« La peur peut se révéler une alliée, avait ajouté Norstrum. Emporte-la toujours avec toi, quel que soit le défi. C'est ce qui te maintient en alerte.

– Mais je ne veux pas avoir peur. Je déteste avoir peur. »

Norstrum posa la main sur son épaule.

« On n'a pas le choix, Sam. Ce sont les circonstances qui génèrent la peur. C'est la façon dont tu réagis que tu peux contrôler. Concentre-toi là-dessus et tu réussiras toujours. »

Il posa doucement la main sur son épaule. C'était la première fois qu'il la touchait, et elle ne recula pas.

À sa grande surprise, il en fut content.

«Tout ira bien, lui dit-il.

– Ces hommes hier, dans le musée. Ils auraient pu me blesser.

– C'est d'ailleurs pourquoi vous avez précipité les choses pendant que j'étais là-bas ?»

Elle acquiesça après un instant d'hésitation.

Il apprécia son honnêteté.

«On dirait que nous avons tous les deux visé assez haut.»

Elle sourit.

Il retira la main et s'interrogea sur la manière dont elle avait montré sa vulnérabilité. Ils avaient souvent communiqué par mails au cours de l'année passée. Il croyait s'entretenir avec un certain Jimmy Foddrell. Au lieu de cela, c'était une femme fascinante qui se trouvait à l'autre bout de l'Internet. En y repensant, elle avait même joué avec le feu dans certains de ces messages. Jamais à ce point – mais suffisamment pour qu'il sente l'ébauche d'un lien entre eux.

Elle braqua le faisceau de sa lampe.

«Au bout de ces couloirs, vous finirez par trouver les catacombes. Les ossements de six millions de gens sont entassés là. Vous y êtes déjà allé ?»

Il secoua la tête.

«N'y allez pas.»

Il garda le silence.

«Ces dessins, dit-elle, sont l'œuvre de gens ordinaires. Mais ils constituent un récit historique. Là en bas, les murs sont couverts de dessins sur des kilomètres. Ils montrent la vie des gens à l'époque, leurs peurs, leurs superstitions. Ce sont des archives.»

Elle se tut un instant.

«Nous avons une chance, Sam, de faire quelque chose de réel. Quelque chose qui pourrait tout changer.»

Ils se ressemblaient tellement. Tous les deux vivaient dans un monde virtuel où régnaient la paranoïa et l'inconnu. Et tous les deux étaient pleins de bonnes intentions.

«Dans ce cas, faisons-le», dit-il.

Elle émit un petit rire.

« Je voudrais que ce soit aussi facile. J'ai un mauvais sentiment à ce propos. »

Elle semblait tirer de la force de ce spectacle souterrain. Un peu de sagesse peut-être aussi.

« Vous pouvez expliquer celui-là ? »

Elle secoua la tête.

« Pas exactement. C'est seulement un sentiment. »

Elle s'approcha. À quelques centimètres à peine de lui. « Saviez-vous qu'un baiser raccourcit la vie de trois minutes ? »

Il réfléchit un instant à son étrange question, puis secoua la tête.

« Je ne parle pas d'un bisou sur la joue, précisa-t-elle. Un vrai baiser digne de ce nom donne tellement de palpitations que le cœur travaille davantage en quatre secondes que normalement en trois minutes.

– Vraiment ?

– On a fait une étude. Vous savez bien, Sam, il existe des études pour tout. Quatre cent quatre-vingts baisers, comme ceux dont nous parlons, raccourciraient la vie de quelqu'un d'une journée. Deux mille trois cents lui coûteraient une semaine. Cent vingt mille ? Voilà une année de passée. »

Elle s'approcha encore un peu plus.

Il sourit.

« En conclusion ?

– Je sacrifierais volontiers trois minutes de ma vie, si vous êtes d'accord. »

45

LONDRES

Malone vit Stéphanie disparaître dans la nuit. Un autre homme s'approcha aussitôt de Graham Ashby, un sac de chez Selfridges à la main. Malone s'était immiscé dans la visite guidée, se mêlant à la foule bavarde. Sa mission était de protéger Stéphanie, de veiller sur tout, mais il était possible à présent qu'ils aient marqué un temps d'arrêt.

Il enregistra les traits du compagnon d'Ashby.

Cheveux tirant sur le roux, corpulence moyenne, soixante-dix à quatre-vingts kilos, portant un banal manteau de laine, une écharpe et des gants. Mais quelque chose lui disait que ce n'était pas n'importe qui.

De nombreux participants à la visite se dirigeaient maintenant vers le Ten Bells Pub, remplissant la nuit du brouhaha de leurs conversations. Des marchands à la sauvette s'efforçaient de caser leurs T-shirts Jack l'Éventreur et des chopes commémoratives. Ashby et le Rouquin faisaient les cent pas sur le trottoir. Malone se rapprocha à une dizaine de mètres, en s'abritant derrière un groupe de gens bruyants. Des flashes crépitaient dans l'obscurité, des gens du groupe se prenant en photo devant la façade pittoresque du pub.

Il voulut se joindre aux réjouissances et acheta un T-shirt à un vendeur.

Ashby était inquiet.

« J'ai jugé préférable que nous parlions ce soir, lui dit Peter Lyon.

— Comment saviez-vous que j'étais là ?

— La femme. Vous la connaissez ? »

Il repensa à sa conversation avec Stéphanie Nelle. Ils avaient parlé à voix basse, bien à l'écart de la foule. Il n'y avait personne à proximité. Lyon avait-il entendu quelque chose ?

« J'ai de nombreuses relations féminines. »

Lyon gloussa.

« Je n'en doute pas. Les femmes procurent les plus grands plaisirs, et les pires problèmes aussi.

— Comment m'avez-vous retrouvé ? demanda à nouveau Ashby.

— Avez-vous cru un seul instant que je ne finirais pas par découvrir vos agissements ? »

Ses jambes se mirent à trembler, et non à cause du froid.

Lyon indiqua qu'ils devaient traverser la rue, en s'éloignant du pub, là où il y avait moins de monde et aucun lampadaire allumé. Ashby obtempéra avec inquiétude, mais il comprit que Lyon ne tenterait rien dans cet endroit, en présence de témoins aussi nombreux.

Mais pouvait-on en être certain ?

« Je suis au courant depuis le début de vos contacts avec les Américains, lui dit Lyon, d'une voix basse et contenue. C'est drôle que vous vous estimiez tellement intelligent. »

Cela ne servait à rien de mentir.

« Je n'avais pas le choix. »

Lyon haussa les épaules.

« Nous avons tous le choix, mais peu importe. Je veux votre argent, et vous voulez un service. Je suppose que vous le voulez toujours ?

– Plus que jamais. »

Lyon pointa le doigt dans sa direction.

« Dans ce cas, il vous en coûtera trois fois mon tarif initial. Vous paierez pour votre trahison et pour les ennuis dans lesquels vous m'avez mis. »

Il n'était pas en position de discuter. De toute façon, c'était l'argent du club.

« Cela peut s'arranger.

– Elle vous a donné un livre. De quoi s'agit-il ?

– Cela fait partie de notre nouvel accord ? Vous devez être au courant de toutes mes affaires ?

– Vous devriez savoir, Lord Ashby, que j'ai eu beaucoup de mal à résister à l'envie de vous mettre une balle entre les deux yeux. Je déteste les hommes qui n'ont pas de caractère, et vous, monsieur, n'en avez aucun. »

Attitude intéressante de la part d'un tueur, mais il préféra garder son opinion pour lui.

« Si ce n'était pas pour votre argent... » Lyon s'arrêta un instant. « Je vous en prie, ne me poussez pas à bout. »

Ashby s'empressa de suivre le conseil et répondit à la question de l'homme.

« Il s'agit d'un projet sur lequel je travaille. Un trésor perdu. Les Américains avaient confisqué un indice crucial pour s'assurer de ma docilité. Elle me l'a rendu.

– Un trésor ? On m'a raconté que vous aviez été un collectionneur passionné. Capable de voler des objets ayant déjà été dérobés afin de vous les approprier. Un vrai petit malin. Mais la police a mis un terme à vos manigances.

– Temporairement. »

Lyon éclata de rire.

« Très bien, Lord Ashby, continuez à chercher votre trésor. Mais transférez-moi mon argent. Que ce soit fait à l'aube. Je vérifierai, *avant* que les événements ne se produisent.

– Il y sera. »

Il entendit le guide demander à la foule de se rassembler, le moment étant venu de continuer.

« Je crois que je vais terminer la visite, dit Lyon. Très intéressant, Jack l'Éventreur.

– Et pour demain ? Vous savez que les Américains sont sur le coup ?

– Ça, je le sais. Ça va être un sacré spectacle. »

Malone se fondit dans la foule des participants à la visite. Tous, y compris le Rouquin, emboîtèrent le pas au guide et s'enfoncèrent dans la pénombre. Il s'arrangea pour garder le Rouquin dans son champ de vision : décidément, il était beaucoup plus intéressant qu'Ashby.

La visite se poursuivit pendant encore vingt minutes à travers les rues sombres, pour s'achever à une station de métro. Le Rouquin utilisa une carte d'abonnement pour franchir le tourniquet. Malone se précipita vers une machine distributrice de tickets et se hâta d'en acheter quatre. Il franchissait la porte menant à l'escalator juste au moment où sa proie arrivait en bas. Il n'aimait pas les lumières vives et la foule éparse, mais il n'avait pas le choix.

Une fois en bas de l'escalator il parvint sur le quai.

Le Rouquin se trouvait à une dizaine de mètres, tenant toujours le sac.

Un panneau d'affichage électronique signalait que le train arriverait dans soixante-quinze secondes. Il étudia le plan du métro de Londres fixé au mur, et vit que cette station desservait la District Line, laquelle est parallèle à la Tamise et traverse la ville d'est en ouest. La rame prévue sur ce quai allait vers l'ouest, en direction de Tower Hill, puis de Westminster, Victoria Station et Kensington.

D'autres gens arrivaient d'en haut au moment où la rame entrait dans la station.

Il garda ses distances, veillant à rester loin derrière, et suivit sa proie dans le wagon. Il resta debout, en se tenant à une barre métallique, tandis que le Rouquin en faisait autant dix mètres plus loin. Il y avait suffisamment de gens entassés dans le wagon pour qu'aucun visage n'attire particulièrement l'attention.

Tandis que la rame progressait bruyamment sous la ville, Malone étudia sa cible ; il ressemblait à un homme d'un certain âge sorti pour la soirée, bien décidé à profiter de Londres.

Mais il remarqua les yeux.

Ambre.

Il savait que Peter Lyon présentait une anomalie. Il adorait se travestir, mais un défaut oculaire génétique donnait non seulement une couleur bizarre à ses iris, mais les rendait également hypersensibles aux infections, ce qui l'empêchait de porter des lentilles de contact. Lyon préférait habituellement mettre des lunettes pour dissimuler leur teinte ambrée caractéristique, mais il n'en portait pas ce soir.

Il vit Lyon entrer en conversation avec une douairière debout à côté de lui. Malone remarqua un exemplaire du *Times* par terre. Il demanda si le journal appartenait à quelqu'un, et, comme personne ne le réclamait, il le prit et lut la première page, en prenant bien soin de regarder régulièrement par-dessus son journal.

Il suivait également le défilé des stations.

Quinze se succédèrent avant que Lyon ne sorte à Earl's Court. L'arrêt desservait à la fois la District Line et la Picadilly Line, des pancartes bleues et vertes dirigeant les passagers dans l'une ou l'autre direction. Lyon suivit les pancartes bleues de la Picadilly Line, en direction de l'ouest, où il monta dans la rame. Malone en fit autant, mais dans le wagon précédent. Il ne trouvait pas prudent de partager de nouveau le même espace et se contenta d'espionner sa proie à travers les fenêtres.

Un rapide coup d'œil au plan au-dessus des portes lui confirma qu'ils se dirigeaient tout droit vers l'aéroport d'Heathrow.

46

Thorvaldsen étudia l'écriture figurant sur les deux pages tirées du livre sur les royaumes mérovingiens. Il avait cru que Malone donnerait le livre entier à Murad quand ils s'étaient retrouvés un peu plus tôt au Louvre, mais, pour une raison quelconque, il ne l'avait pas fait.

« Il m'a seulement copié ces deux pages, lui dit Murad. Il a emporté le livre avec lui. »

Ils étaient à nouveau au Ritz, assis dans le bar Hemingway qui était bondé.

« Cotton n'aurait pas mentionné où il allait, par hasard ? »

Murad secoua la tête.

« Pas un mot. J'ai passé la journée au Louvre à comparer d'autres échantillons d'écriture. Cette page, avec les quatorze lignes de lettres, est sans aucun doute de la main de Napoléon. Je peux seulement supposer que les chiffres romains sont de sa main également. »

Thorvaldsen jeta un coup d'œil à la pendule sur le mur derrière le bar. Presque 23 heures. Il n'aimait pas être tenu dans l'ignorance. Dieu sait qu'il ne s'en était pas privé avec d'autres, mais ce n'était pas la même chose quand c'était son tour.

« La lettre dont vous m'avez parlé, dit Murad. Celle qu'Ashby a trouvée en Corse, avec les lettres en hauteur encodées avec le psaume XXXI. Toute lettre écrite par Napoléon à sa famille aurait été un exercice vain. Sa seconde femme, Marie-Louise, avait mis au monde en 1821 un enfant d'un autre homme, alors qu'elle était encore légalement mariée avec Napoléon. L'Empereur ne l'a probablement jamais su étant donné qu'il gardait un portrait d'elle dans sa maison à Sainte-Hélène. Il la vénérait. Évidemment, elle était retournée vivre en Autriche avec son père, le roi, qui s'était rallié au tsar Alexandre et avait contribué à la défaite de Napoléon. Rien ne prouve que la lettre de Napoléon lui soit jamais parvenue à elle, ou à son fils. En fait, après la mort de Napoléon, un envoyé a fait le voyage jusqu'à Vienne avec d'ultimes messages de sa part, et elle a même refusé de le recevoir.

– Tant mieux pour nous. »

Murad acquiesça.

« Napoléon était un parfait idiot en matière de femmes. Celle qui aurait pu lui être vraiment utile, il l'a répudiée, c'était Joséphine. Elle était stérile et il lui fallait un héritier. Il a donc divorcé et épousé Marie-Louise. »

Le professeur agita les deux photocopies.

« Et pourtant, ici, il envoie des messages secrets à sa seconde femme, croyant qu'elle est toujours son alliée.

– Y a-t-il le moindre indice dans la lettre trouvée par Ashby permettant de comprendre la référence au psaume XXXI ? » demanda-t-il.

L'universitaire secoua la tête.

« Avez-vous jamais lu ce psaume ? On dirait sa façon de pleurer sur son sort. Je suis pourtant tombé sur quelque chose d'intéressant cet après-midi dans un des textes en vente au Louvre. Après que Napoléon a abdiqué en 1814, le nouveau gouvernement de Paris a dépêché des émissaires à Orléans pour confisquer les vêtements de Marie-Louise, la vaisselle impériale, les diamants, tous les objets de valeur. Ils l'ont longuement interrogée sur la richesse de Napoléon, mais elle leur a dit qu'elle n'en savait rien, ce qui était probablement vrai.

– C'est à ce moment-là qu'a commencé la recherche du trésor ?

– Apparemment.

– Et elle n'a jamais cessé depuis. »

Ce qui lui fit penser à Ashby.

Demain, ils allaient enfin se retrouver face à face.

Et Malone ? Que faisait-il ?

Malone descendit de la rame et suivit Lyon à l'intérieur du terminal 2 d'Heathrow. Il était inquiet à la perspective de le voir quitter Londres, mais l'homme ne s'approcha pas du moindre comptoir de vente ni d'un portail de sécurité. Au lieu de cela, il traversa le terminal, s'arrêta à un point de contrôle et montra ce qui semblait être un badge. Il n'était pas question que Malone le suive, le couloir étant vide, avec une seule porte à l'extrémité. Il se réfugia dans un recoin, sortit son téléphone de sa poche et afficha le numéro de Stéphanie.

« Je suis à Heathrow au point de contrôle marqué 46-B. Il faut que je le franchisse, et vite. Il n'y a qu'un seul garde avec une radio.

– Ne bouge pas. J'ai justement les gens qu'il faut en ce moment avec moi. »

Il aimait la faculté qu'avait Stéphanie de comprendre instantanément un problème, sans questions ni discussions, et de trouver une solution.

Il se glissa hors de son abri et s'approcha du jeune garde. Lyon avait disparu par la porte à l'extrémité du couloir. Il déclina son identité au garde, lui montra son passeport et lui expliqua qu'il devait franchir la porte.

« Pas question, déclara l'homme. Votre nom doit figurer sur la liste. »

Il tapota de son doigt osseux un carnet ouvert sur le bureau devant lui.

« Qui est l'homme qui vient de passer ? se risqua-t-il à demander.

– Pourquoi voulez-vous que je vous le dise ? D'ailleurs, qui êtes-vous ? »

La radio de l'homme émit un bruit rauque, il détacha le combiné et répondit.

Malone ne pouvait pas entendre à cause de l'oreillette, mais, d'après la façon dont l'autre le regardait, il était facile de comprendre qu'il était question de lui.

Le garde termina sa conversation.

« C'est moi qui suis à l'origine de cet appel, dit Malone À présent, qui est l'homme qui vient de passer par ici ?

– Robert Pryce.

– De quoi s'occupe-t-il ?

– Aucune idée, mais il est déjà venu ici. De quoi avez-vous besoin, monsieur Malone ? »

Décidément, le respect anglais pour l'autorité était admirable.

« Où allait Pryce ?

– Il a une accréditation pour le hangar 56-R.

– Dites-moi comment m'y rendre. »

Le garde esquissa un plan sur un morceau de papier et désigna la porte à l'extrémité du couloir.

« Elle mène à l'aire de stationnement. »

Malone s'éloigna rapidement et sortit dans la nuit.

Il trouva presque aussitôt le hangar 56-R dont trois fenêtres étaient éclairées par une lumière orange et blanc. Des moteurs à réaction grondaient au loin, dominant l'animation qui régnait à Heathrow. Un ensemble de bâtiments de différentes tailles l'entouraient. Cette zone semblait être le royaume des compagnies d'aviation privées et des jets de société.

Il décida qu'un coup d'œil par une des fenêtres serait plus prudent. Il fit le tour du bâtiment et franchit la porte escamotable. De l'autre côté, il rampa jusqu'à une fenêtre et regarda à l'intérieur. Un Cessna Skyhawk monomoteur s'y trouvait. Le Robert Pryce en question, certainement Peter Lyon, était occupé à inspecter les ailes et les moteurs. Le fuselage de l'appareil était blanc, rayé bleu et jaune, et Malone mémorisa le numéro d'immatriculation figurant sur la queue. Seul dans le hangar, Lyon paraissait absorbé dans son inspection. Le sac de chez Selfridges était posé sur le sol bétonné près d'une porte de sortie.

Il vit Lyon monter dans l'avion, s'attarder quelques minutes, puis sortir et refermer bruyamment la porte de la cabine. Puis Lyon attrapa le sac et éteignit les lumières du hangar.

Il fallait qu'il batte en retraite pendant qu'il était encore temps. Il risquait d'être découvert.

Malone entendit une porte métallique s'ouvrir, puis se refermer.

Il se figea, espérant que sa proie était bien en train de retourner vers le terminal. S'il venait de ce côté, il n'aurait aucune possibilité de s'échapper.

Il se glissa jusqu'au coin et jeta un coup d'œil.

Lyon retournait au terminal, mais auparavant il fit un détour par une benne à ordures entre les hangars obscurs et y jeta le sac de chez Selfridges.

Malone voulait ce sac, mais il ne fallait pas non plus qu'il perde sa cible de vue.

Il attendit donc que Lyon ait regagné le terminal, puis il se précipita vers la benne. Il n'avait pas le temps de grimper dedans, aussi il se précipita vers la porte, hésita un instant, puis tourna la poignée avec précaution.

Le garde était seul, toujours assis à son bureau.

« Où est-il allé ? » lui demanda Malone.

Le garde montra le terminal principal.

« Il y a un sac de chez Selfridges dans la benne dehors. Mettez-le quelque part en sécurité. Ne l'ouvrez pas et ne touchez surtout pas au contenu. Je reviens. Compris ?

– Compris. »

Il aimait beaucoup l'attitude de ce jeune homme.

Peter Lyon n'était pas dans le terminal. Malone se précipita en direction de la station de métro et vit que la prochaine rame n'était pas prévue avant dix minutes. Il revint sur ses pas, et passa en revue les différents comptoirs de loueurs de voitures, les boutiques et les bureaux de change. Il y avait encore pas mal de monde partout, alors qu'il était près de 22 heures un soir de réveillon de Noël.

Il se dirigea tranquillement vers les toilettes pour hommes et entra.

La douzaine d'urinoirs était inoccupée, le carrelage blanc brillant sous la lumière crue des lampes fluorescentes. L'air chaud sentait l'eau de Javel. Il utilisa un des urinoirs, puis se lava les mains, faisant mousser le savon, et se nettoya le visage.

L'eau froide lui fit du bien.

Il rinça la mousse et prit une serviette en papier pour se tamponner les joues et le front, et essuya l'eau savonneuse de ses yeux. Quand il les rouvrit, un homme le regardait dans le miroir.

« Qui êtes-vous ? demanda Lyon d'une voix de gorge profonde, plus américaine qu'européenne.

– Quelqu'un qui aimerait bien vous mettre une balle dans la tête. »

Les yeux couleur ambre étaient remarquables, avec un éclat mouillé susceptible de jeter un sort.

Lyon sortit lentement la main de sa poche de manteau, découvrant un pistolet de petit calibre.

« Dommage que vous ne puissiez pas. Avez-vous apprécié la visite ? Jack l'Éventreur est fascinant.

– Je comprends qu'il puisse l'être pour vous. »

Lyon émit un petit rire.

« J'aime beaucoup ce genre d'esprit. À présent... »

Un petit garçon se précipita à l'intérieur des toilettes, fit le tour par la porte ouverte qui ressortait dans le terminal, tout en appelant son père. Malone profita de cette diversion pour abattre son coude droit dans la main armée de Lyon.

Le coup partit et la balle alla s'enfoncer dans le plafond. Une violente déflagration se fit entendre.

Malone se lança en avant et précipita Lyon contre une cloison en marbre. Sa main gauche agrippa le poignet de son adversaire et le força à lever son arme.

Il entendit le garçon hurler, puis d'autres voix.

Il voulut enfoncer son genou dans le ventre de Lyon, mais l'homme parut anticiper le mouvement et pivota pour s'écarter.

Lyon devait se rendre compte que la nasse se resserrait, et il se précipita vers la porte. Malone courut derrière lui et passa un bras autour de son cou, une main sur son visage, le rejetant en arrière, mais la crosse du pistolet s'abattit soudain sur le front de Malone.

La pièce vacilla.

Il perdit l'équilibre et lâcha prise.

Lyon s'échappa alors et disparut par la porte.

Malone se redressa en titubant et voulut le poursuivre, mais un étourdissement le força à s'asseoir par terre. Dans un brouillard, il vit surgir un garde en uniforme. Il se frotta les tempes et essaya de retrouver son équilibre.

« Il y avait un homme ici. Roux, d'un certain âge, armé. »

Il remarqua qu'il tenait quelque chose dans la main. Il avait senti quelque chose céder quand il avait voulu barrer la route à Lyon.

« Il devrait être facile à trouver. »

Il leva un morceau de silicone, qui avait la forme et la couleur d'un nez humain. Le garde parut stupéfait.

« Il portait un masque. En voilà un morceau. »

Le garde sortit précipitamment tandis que Malone regagnait le terminal en chancelant. Une foule s'était rassemblée, et plusieurs autres gardes apparurent, parmi lesquels le jeune de tout à l'heure.

Malone se dirigea vers lui.

« Vous avez le sac ? demanda-t-il.

– Suivez-moi. »

Deux minutes plus tard, il se trouvait avec le garde dans une petite pièce réservée aux interrogatoires près du bureau de la sécurité. Le sac de chez Selfridges était posé sur une table en laminé.

Il le souleva. Il était léger. Il fouilla l'intérieur et en sortit un sac plastique vert qui contenait apparemment plusieurs objets de forme étrange.

Qui cognaient les uns contre les autres avec un bruit métallique.

Il posa le sac sur la table et l'ouvrit.

Il ne s'inquiétait pas particulièrement d'y trouver des explosifs ayant vu Lyon le jeter. Il déversa le contenu sur la table, et fut stupéfait d'y trouver quatre petites reproductions en métal de la tour Eiffel, le genre de souvenir qu'on trouve partout dans Paris.

« Qu'est-ce que ça fout là ? » demanda le jeune garde.

Je me le demande aussi, pensa Malone.

47

Ashby regardait Caroline examiner le livre que Stéphanie Nelle avait eu la bonté de leur procurer. Il avait menti et dit à Caroline qu'il avait convaincu Larocque de le lui donner et de le lui faire parvenir aussitôt de l'autre côté de la Manche par un service spécial.

« Pas le moindre doute, c'est l'écriture de Napoléon ! »

Elle était tout excitée.

« Et cela veut dire quelque chose ?

– Certainement. Nous avons des informations que nous n'avions pas auparavant. Bien davantage que Pozzo di Borgo n'en a jamais réuni. J'ai passé en revue tous les écrits fournis par Eliza Larocque. Je n'y ai pas trouvé grand-chose. Di Borgo a davantage travaillé à partir de rumeurs et de commérages que d'après les faits historiques. Je crois que sa haine de Napoléon a entamé sa capacité à étudier efficacement le problème pour y trouver une réponse. »

La haine pouvait effectivement affecter le jugement. C'est pourquoi il se laissait rarement submerger par l'émotion.

« Il se fait tard et je dois être à Paris demain.

– Il faut que je vienne ?

– Cela concerne les affaires du club. Et c'est Noël, toutes les boutiques seront fermées. »

Il savait qu'une de ses occupations favorites consistait à arpenter l'avenue Montaigne et son cortège de boutiques de créateurs. Un autre jour, il le lui aurait accordé, mais pas demain.

Elle continua à étudier le livre sur les royaumes mérovingiens.

« Je ne peux pas m'empêcher de penser que nous avons tous les éléments en main. »

Mais il était toujours nerveux à cause de Peter Lyon. Il avait déjà effectué le transfert d'argent complémentaire demandé, terrorisé par les conséquences s'il regimbait. Chose incroyable, le Sud-Africain était parfaitement au courant pour les Américains.

« Je suis sûr que tu vas arriver à mettre tous ces éléments bout à bout, dit-il.

– À présent que tu es justement en train d'essayer de me dépouiller. »

Il sourit.

« La pensée m'en avait effleuré.

– Je peux venir avec toi demain ? »

Devant son regard malicieux, il comprit qu'il n'avait pas le choix.

« D'accord. À condition que je sois… pleinement satisfait ce soir.

– Je crois que c'est possible. »

Mais il vit que Caroline restait concentrée sur le livre et le message de Napoléon. Elle montra du doigt le texte manuscrit.

« C'est du latin. Tiré de la Bible. Il y est question de l'histoire de Jésus et de ses disciples prenant leur repas le jour de sabbat. Il existe trois versions de cette histoire, dans Luc, Matthieu et Marc. J'ai recopié les quatorze lignes pour que nous puissions les lire. »

ET FACTUM EST EUM IN
SABBATO SECUNDO PRIMO A
BIRE PER SCCETES DISCIPULI AUTEM ILLIRIS COE
PERUNT VELLER SPICAS ET FRINCANTES MANIBUS
+ MANDU
CABANT QUIDAM AUTEM DE FARISAEIS DI
CEBANT EI ECCE QUIA FACIUNT DISCIPULI TUI SAB
BATIS + QUOD NON LICET RESPONDENS AUTEM INS
SE IXIT AD EOS NUMQUAM HOC
LECISTIS QUOD FECIT DAVID QUANDO
ESURUT IPSE ET QUI CUM EO ERAI + INTROIBOT IN
DOMUM
DEI EE PANES PROPOSITIONIS
MANDUCA VIT ET DEDIT ET QUI
CUM ERANT UXIIO QUIBOS NO
N LICEBAT MANDUCARE SI NON SOLIS SACERDOTIBUS

« Il y a une foule d'erreurs. *Discipuli* s'écrit avec un *c*, pas un *g*, et je l'ai corrigé à partir de l'original dans le livre. Napoléon a aussi complètement mélangé les caractères de *ipse dixit*. Et les lettres *uxiio* ne signifient rien du tout. Mais tout ça mis à part, voilà ce que ça veut dire.

« "Et il arriva que lors de ce deuxième sabbat, il traversa un champ de blé. Mais ses disciples commencèrent à arracher les épis, et, les frottant entre leurs mains, à les manger. Certains des pharisiens lui dirent : 'Regardez car vos disciples font quelque chose le jour du sabbat qui n'est pas prévu par la loi.' En réponse, il leur dit : 'N'avez-vous jamais lu ce que fit David quand il avait faim ? Lui et ceux qui étaient avec lui entrèrent dans la maison de Dieu et mangèrent le pain du sacrement, et le donnèrent à ceux qui étaient avec lui, pour lesquels il n'était pas permis de manger, excepté seulement pour les prêtres.'" »

Elle leva les yeux vers lui.

« Bizarre, tu ne trouves pas ?

– C'est le moins qu'on puisse dire.

– Cela ne correspond à aucun des trois versets de la Bible. C'est plutôt un amalgame. Mais il y a quelque chose d'encore plus bizarre. »

Il attendit.

« Napoléon ignorait le latin. »

Thorvaldsen prit congé du professeur Murad et regagna sa suite dans les étages. Il était bientôt minuit, mais Paris semblait ne jamais dormir. La réception du Ritz débordait d'activité, avec des gens qui entraient et sortaient des salons bruyants. Quand il sortit de l'ascenseur à son étage, il remarqua un homme à l'air buté et au visage rougeaud, avec des cheveux bruns raides, qui attendait sur un canapé.

Il le connaissait bien, pour avoir engagé deux ans auparavant la société danoise de l'homme en question pour enquêter sur la mort de Cai. Ils communiquaient généralement par téléphone, et il le croyait en Angleterre, occupé à contrôler la surveillance d'Ashby.

« Je ne m'attendais pas à vous voir ici, dit-il.

– J'ai pris un vol de Londres un peu plus tôt. Mais je n'ai pas cessé de surveiller ce qui se passait ici. »

Quelque chose clochait.

« Venez avec moi. »

Ils empruntèrent le couloir tranquille.

« Vous devriez être au courant de certaines informations », déclara l'homme.

Thorvaldsen s'arrêta et fit face à son enquêteur.

« Nous avons suivi Ashby depuis qu'il a quitté Paris. Il est rentré chez lui pour quelques heures, puis il est ressorti, à la nuit tombée. Il a suivi une visite guidée sur le thème de Jack l'Éventreur. »

Étrange pour un Londonien.

L'autre lui tendit une photo.

« Il a retrouvé cette femme. Nous avons réussi à faire une photo. »

Il la reconnut aussitôt.

Stéphanie Nelle.

Un signal d'alarme retentit dans sa tête. Il s'efforça de ne rien laisser paraître.

« Malone était là également. »

Avait-il bien entendu ?

« Malone ? »

Son enquêteur acquiesça et lui montra une autre photo.

« Dans la foule. Il est parti en même temps que la femme.

– Malone a parlé avec Ashby ?

– Non, il s'est éloigné à la suite d'un homme qui, lui, avait parlé avec Ashby. Nous avons décidé de les laisser tous les deux partir pour ne pas causer de problèmes. »

Il n'aimait pas l'expression qu'il lisait dans le regard de l'homme.

« Les choses empirent ? »

L'enquêteur acquiesça.

« Cette femme sur la photo, elle a donné un livre à Ashby. »

48

Malone explorait l'église du Dôme à l'hôtel des Invalides. Six chapelles se regroupaient autour d'un chœur central, chacune avec leurs héros militaires respectifs, et dédiée soit à la Vierge Marie ou à l'un des pères de l'Église catholique romaine. Il patrouilla en bas, quatre-vingts mètres sous le niveau principal, fit le tour du tombeau de Napoléon. Il s'en voulait de n'avoir toujours pas téléphoné à Gary, mais la nuit précédente avait été longue.

Il entendit Stéphanie appeler d'en haut.

« Trouvé quelque chose ? »

Elle était appuyée contre une balustrade en marbre et le regardait.

« Il n'y a aucun endroit susceptible de dissimuler quoi que ce soit dans ce mausolée, et encore moins une bombe. »

Des chiens avaient déjà exploré toutes les cachettes possibles. Sans résultat. Mais Ashby ayant assuré que l'église constituait la cible principale, une fouille supplémentaire était en cours, centimètre par centimètre.

Il se trouvait à l'entrée d'une petite galerie éclairée par des lampes en cuivre anciennes. À l'intérieur, une stèle indiquait la crypte de Napoléon II, roi de Rome, 1811-1832. Surplombant la tombe du fils, se dressait une statue en marbre blanc du père, paré des atours du couronnement, portant un sceptre et un globe avec une croix.

Stéphanie regarda sa montre.

« C'est bientôt l'heure de la réunion. Ce bâtiment est clean, Cotton. Il y a quelque chose qui cloche. »

Ils avaient investi le hangar d'Heathrow la nuit dernière, après que Peter Lyon se fut enfui du terminal. Le Cessna, immatriculé au nom d'une société belge anonyme, propriété d'une firme tchèque fictive, avait été examiné. Europol avait essayé de remonter la source pour trouver un responsable, mais aucun nom ni adresse n'avait abouti. Le hangar était loué à la même société tchèque, avec trois mois de loyer payés d'avance.

« Lyon avait une bonne raison pour m'affronter, dit-il. Il voulait nous faire comprendre qu'il savait que nous étions allés là-bas. Il a laissé ces petites tours Eiffel à notre intention. Nom d'un chien, il n'a même pas dissimulé ses yeux derrière des lunettes ! Une question se pose : Ashby sait-il que nous savons ? »

Elle secoua la tête.

« Il est à la tour Eiffel. Il y est arrivé il y a quelques minutes. Nous aurions dû être au courant à présent, s'il le savait. D'après les gens qui s'occupent de lui, il n'est pas du genre à avoir peur de s'exprimer. »

Il passa en revue toutes les possibilités. Thorvaldsen avait essayé d'appeler trois fois, mais il n'avait pas répondu et ne l'avait pas rappelé non plus. Malone était resté à Londres la veille au soir pour éviter les nombreuses questions sur le livre auxquelles il était incapable de répondre. Ce n'était plus le cas à présent. Ils parleraient plus tard. Le Club de Paris était réuni. La tour Eiffel était fermée jusqu'à 13 heures. Seuls les membres du club, les serveurs et la sécurité devaient se trouver sur la première plateforme. Malone savait que Stéphanie avait renoncé à infiltrer la sécurité de taupes prêtées par l'espionnage français. Au lieu de cela, elle avait préféré introduire deux paires d'yeux et d'oreilles supplémentaires dans la salle de réunion.

« Sam et Meagan sont en place ? » demanda-t-il.

Il la vit acquiescer.

« Tous deux très enthousiastes, même.

– Ça peut poser problème.

– Je doute qu'ils soient en danger là-bas. Larocque a insisté pour que tout le monde soit obligé de laisser ses armes et ses appareils enregistreurs. »

Il considéra le spectaculaire tombeau de Napoléon.

« Tu sais que cette chose n'est même pas en porphyre rouge ? C'est du quartzite aventurine de Finlande.

– Ne dis rien aux Français », dit-elle.

Il entendit une sonnerie et vit Stéphanie répondre à son téléphone, écouter quelques instants, puis interrompre la communication.

« Un nouveau problème », lâcha-t-elle.

Il leva les yeux vers elle.

« Henrik est à la tour Eiffel, sur le point d'entrer à la réunion du club. »

Sam portait la veste courte et le pantalon noir des serveurs, fournis gracieusement par Stéphanie Nelle. Meagan était habillée de manière identique. Ils faisaient partie des onze personnes qui avaient installé la salle de banquet avec seulement deux tables rondes, chacune recouverte d'une nappe or avec un service en porcelaine. La salle elle-même devait faire environ vingt-cinq mètres sur vingt, avec une estrade à une extrémité. Elle aurait pu facilement accueillir deux cents convives, si bien que les deux tables semblaient perdues dans cet espace.

Il était occupé à préparer des tasses à café et des condiments, et à s'assurer que le samovar fumant était en état. Il n'avait aucune idée de la façon dont l'engin fonctionnait, mais cela lui permettait de rester à proximité de l'endroit où les membres rejoignaient l'assemblée. À sa droite, grâce à une succession de baies vitrées, on avait une vue spectaculaire sur la Seine et la rive droite.

Trois hommes d'un certain âge et trois femmes dans la cinquantaine étaient déjà arrivés, chacun accueilli par une femme à l'allure majestueuse dans un strict tailleur gris.

Eliza Larocque.

Trois heures plus tôt, Stéphanie Nelle lui avait montré des photos des sept membres du club, et il avait reconnu les visages d'après les clichés. Trois contrôlaient des organismes de prêt de premier plan, l'un était membre du Parlement européen. Chacun avait payé vingt millions d'euros pour faire partie de l'événement – ce qui, selon Stéphanie, leur avait déjà rapporté largement plus de cent quarante millions en profits illicites.

C'était l'incarnation vivante de tout ce dont il soupçonnait depuis longtemps l'existence.

Meagan et lui devaient observer et écouter. Et surtout, avait prévenu Stéphanie, ne prendre aucun risque inutile qui puisse les faire découvrir.

Il arrêta de tripoter le samovar et fit demi-tour pour s'éloigner.

Un autre convive arrivait.

Vêtu comme les autres hommes d'un costume sur mesure gris foncé, chemise blanche et cravate jaune pâle.

C'était Henrik Thorvaldsen. Il entra dans la salle Gustave-Eiffel et fut aussitôt accueilli par Eliza Larocque. Il tendit la main, qu'elle serra doucement.

« Je suis tellement heureuse que vous soyez là, dit-elle. Ce costume est très élégant.

– J'en porte rarement. Mais j'ai trouvé que cela convenait parfaitement à cette occasion. »

Elle hocha la tête en remerciement.

« Je vous en sais gré. C'est un jour important. »

Il n'avait pas quitté Larocque des yeux. Il était important qu'elle soit bien consciente de son implication. Quelques-uns des membres faisaient les cent pas dans la salle en bavardant. La brigade était occupée à préparer les buffets. Il y a longtemps, il avait adopté un grand principe. Au bout de deux minutes dans un endroit, on doit savoir si on est au milieu d'amis ou d'ennemis.

Thorvaldsen reconnaissait au moins la moitié des visages. Des hommes et des femmes des milieux d'affaires et de la finance. Deux d'entre eux constituaient de réelles surprises, car il ne les aurait jamais imaginés dans un rôle de conspirateur. Ils étaient tous fortunés, mais pas énormément, certainement incapables de jouer dans la même cour que lui, et on comprenait qu'ils aient été tentés de se greffer sur un projet susceptible de générer des profits rapides, faciles et sans trace.

Avant qu'il puisse finir de jauger son entourage, un homme de haute taille, au teint basané, avec une barbe striée d'argent et des yeux gris perçants s'approcha.

Larocque sourit et tendit le bras, incitant le nouveau venu à s'approcher.

« Voilà quelqu'un que j'aimerais vous présenter », déclara-t-elle.

Elle se tourna vers lui.

« Henrik, voici Lord Graham Ashby. »

49

Malone remonta de la crypte de Napoléon par un escalier de marbre, flanqué au sommet par deux anges funéraires en bronze. L'un portait la couronne et le sceptre de la justice, l'autre un sabre et un globe. Stéphanie l'attendait devant le grand autel de l'église, avec son dais soutenu par des colonnes tournées qui faisaient penser à celles du Bernin dans la basilique Saint-Pierre de Rome.

« Apparemment, les efforts d'Henrik ont porté leurs fruits, dit-elle. Il a réussi à se faire inviter au club.

– Il est en mission. Tu dois le comprendre.

– Évidemment. Mais moi aussi, je suis en mission, et *tu* peux le comprendre. Je veux Peter Lyon. »

Il jeta un coup d'œil circulaire dans l'église déserte.

« Toute cette affaire sent mauvais. Lyon sait que nous sommes après lui. Cet avion à Heathrow ne lui servait à rien depuis le début.

– Mais il sait également que nous ne pouvons pas abattre notre jeu. »

C'est pourquoi l'église du Dôme n'était pas cernée par la police. Pourquoi l'hôpital militaire et la maison de retraite des Invalides n'avaient pas été évacués. Son unité chirurgicale ultramoderne servait aux anciens combattants, et une centaine vivaient là à temps complet dans les bâtiments qui jouxtaient l'église du Dôme. La recherche d'explosifs avait débuté là discrètement, la veille au soir. Pas de quoi alerter qui que ce soit d'un éventuel problème. Une recherche tranquille, c'est tout. Une alerte d'envergure aurait gâché toutes les chances de coincer Lyon ou le Club de Paris.

Mais la tâche s'était révélée décourageante.

Les Invalides couvraient des centaines de milliers de mètres carrés, répartis sur des dizaines de bâtiments à plusieurs étages. Il y avait beaucoup trop d'endroits où l'on aurait pu cacher un explosif.

La radio que portait Stéphanie grésilla. Une voix masculine prononça son nom. « Nous avons quelque chose, déclara l'homme.

– Où ? répondit-elle.

– Dans la coupole.

– Nous arrivons. »

Thorvaldsen serra la main de Graham Ashby et se força à sourire : « C'est un plaisir de faire votre connaissance.

– Le plaisir est partagé. Je connais votre famille de réputation depuis de nombreuses années. J'admire également votre porcelaine. »

Il inclina la tête pour le remercier du compliment.

Eliza guettait le moindre de ses mouvements, sans cesser de les jauger, lui et Ashby. C'était le moment de faire assaut de tout son charme et de continuer à jouer son rôle.

« Eliza m'apprend que vous voulez vous joindre à nous, dit Ashby.

– Cela me paraît une entreprise qui en vaut la peine.

– Vous allez voir que nous formons un bon groupe. Nous en sommes seulement aux débuts, mais nous trouvons un grand plaisir à ces réunions. »

Il survola une nouvelle fois la pièce du regard et compta sept membres, y compris Ashby et Larocque. Les serveurs erraient un peu partout comme des fantômes, mettant une dernière main aux préparatifs, avant de se retirer un par un par une porte au fond.

Un soleil éclatant brillait à travers les baies qui composaient tout un mur, et nimbait le tapis rouge et les alentours somptueux d'une lumière douce.

Larocque incita chacun à prendre un siège.

Ashby s'éloigna.

Thorvaldsen se dirigeait vers la table la plus proche quand il aperçut un jeune homme, un des serveurs, qui rangeait des chaises en trop derrière la scène à sa droite. Il crut d'abord s'être trompé, mais, quand l'employé revint pour en chercher d'autres, il en fut certain.

C'était Sam Collins.

Ici.

Malone et Stéphanie gravirent une échelle métallique glacée qui menait à un espace entre l'intérieur et les murs extérieurs. Le dôme lui-même n'était pas fait d'un seul tenant. En fait, un seul des deux étages de fenêtres visibles de l'extérieur du tambour était apparent à l'intérieur. Une seconde coupole, complètement enserrée par la première, et visible par le sommet ouvert de la coupole inférieure, captait la lumière du jour à travers une seconde rangée de fenêtres et illuminait l'intérieur. C'était un emboîtement de conception ingénieuse, qui ne se voyait que lorsqu'on était en haut, au-dessus de l'ensemble.

Ils trouvèrent une plateforme contiguë à la coupole supérieure, au milieu de l'exosquelette entrecroisé du bâtiment fait de poutres en bois et de poutrelles métalliques plus récentes. Une autre échelle métallique descendait en diagonale vers le centre, entre les supports, vers une seconde plateforme d'où partait une dernière échelle menant dans le lanterneau. Ils étaient tout près du sommet de l'église, à près d'une centaine de mètres de hauteur. Un membre de la sécurité française qui s'était introduit dans les Invalides plusieurs heures auparavant se trouvait sur la seconde plateforme, sous le lanterneau.

Il montrait quelque chose vers le haut.

« Là. »

Eliza était ravie. Les sept membres étaient venus, y compris Henrik Thorvaldsen. Chacun était en train de prendre place. Elle avait insisté pour avoir deux tables afin que personne ne se sente à l'étroit. Elle détestait être à l'étroit. Cela venait peut-être du fait d'avoir vécu seule toute sa vie d'adulte. Non qu'un homme ne lui ait pas procuré de temps en temps un plaisant interlude. Mais la pensée d'une relation intime, quelqu'un qui voudrait partager ses pensées et ses sentiments, et voudrait lui faire partager les siens ? Cela la dégoûtait.

Elle n'avait pas quitté des yeux Thorvaldsen et Graham Ashby pendant qu'ils faisaient connaissance. Aucun n'avait manifesté la moindre réaction. C'étaient, de toute évidence, deux étrangers qui se rencontraient pour la première fois.

Elle regarda sa montre.

Le moment était venu de commencer.

Avant qu'elle puisse mobiliser l'attention de tout le monde, Thorvaldsen s'approcha d'elle : « Avez-vous lu *le Parisien* de ce matin ? chuchota-t-il.

– Je n'ai pas encore eu le temps de le lire. J'ai été très occupée. »

Il chercha dans sa poche de costume et en sortit une coupure de journal.

« Alors il faut que vous lisiez ça. Extrait de la page 12. La colonne en haut à droite. »

Elle parcourut l'article, qui relatait un vol commis la veille au musée de l'Armée de l'hôtel des Invalides. Dans une des galeries en cours de rénovation, des voleurs avaient emporté un objet figurant dans l'exposition sur Napoléon.

Un livre.

Les Royaumes mérovingiens 450-751 apr. J.-C.

Un document précieux étant donné qu'il était expressément mentionné dans le testament de l'Empereur, mais sans grande valeur sinon, ce qui expliquait qu'on l'ait laissé dans la galerie. L'équipe du musée était en train de dresser l'inventaire des objets restants pour vérifier si quelque chose d'autre avait été volé.

Elle dévisagea Thorvaldsen.

« Comment pouviez-vous savoir que cela avait le moindre intérêt pour moi ?

– Comme je vous l'ai dit dans votre château, je vous ai étudiée, ainsi que lui, dans le moindre détail. »

L'avertissement de Thorvaldsen résonna à ses oreilles.

Si je ne me trompe pas à son sujet, il va vous dire qu'il n'a pas été capable de se procurer l'objet en question, qu'il n'était pas là, ou tout autre prétexte.

C'était exactement ce que Graham Ashby lui avait déclaré.

50

Malone grimpa dans le lanterneau en passant par une trappe dans le sol. Il faisait glacial au sommet de l'église, malgré le soleil de midi. La vue dans toutes les directions était incroyable. Au nord, la Seine serpentait à travers la ville, le Louvre se dressait au nord-est, avec la tour Eiffel à moins de trois kilomètres à l'ouest.

Stéphanie le suivit en haut. L'homme de la sécurité grimpa en dernier, mais resta sur l'échelle, ne laissant passer que sa tête et ses épaules.

« J'avais décidé d'examiner la coupole moi-même, dit l'homme. Il n'y avait rien, mais, comme je voulais fumer une cigarette, j'ai grimpé jusqu'ici et j'ai découvert ça. »

Malone regarda dans la direction que l'homme indiquait et aperçut une boîte bleue carrée, d'une dizaine de centimètres de côté, fixée au plafond du lanterneau. Une rambarde décorative en cuivre protégeait chacune des quatre arches de la coupole. Il se hissa avec précaution sur une des rambardes et s'approcha de la boîte. Un mince fil électrique, d'une quarantaine de centimètres, sortait d'un côté et se balançait dans la brise.

Il regarda Stéphanie en bas.

« C'est un transpondeur. Un signal pour attirer cet avion ici. »

Il arracha l'appareil qui était fixé avec un adhésif puissant.

« Activé par une télécommande. Sans aucun doute. Mais venir le poser jusqu'ici a demandé un sacré effort. »

Il sauta en bas, tenant toujours le transpondeur, et débrancha l'engin en actionnant le commutateur sur le côté.

« Cela devrait lui compliquer les choses. »

Il tendit l'engin à Stéphanie.

« Tu te rends bien compte que c'est beaucoup trop facile. »

Visiblement, elle était d'accord.

Il monta jusqu'à une autre rambarde et regarda en bas, à l'endroit où les rues convergeaient jusqu'à une place déserte devant la façade sud de l'église. La circulation était considérablement réduite en ce jour de Noël. Pour n'alerter personne sur la tour Eiffel proche, laquelle offrait une vue imprenable sur les Invalides, la police n'avait barré aucune rue.

Il remarqua une fourgonnette de couleur claire, qui descendait le boulevard des Invalides à vive allure, en direction du nord. Elle roulait anormalement vite. La fourgonnette s'engouffra dans l'avenue de Tourville, qui était perpendiculaire à l'entrée principale de l'église du Dôme.

Stéphanie remarqua l'intérêt qu'il portait à ce véhicule.

La fourgonnette ralentit, tourna à droite, puis quitta la voie et monta les quelques marches de pierre basses menant aux portes de l'église.

Stéphanie prit sa radio.

La fourgonnette quitta les marches et s'engouffra dans un passage entre des étendues de gazon. Elle dérapa et s'arrêta au pied d'autres marches.

La portière du conducteur s'ouvrit.

Stéphanie activa sa radio, en demandant qu'on prenne son appel en compte, mais, avant qu'elle puisse prononcer le moindre mot, un homme s'enfuit du véhicule et se précipita vers une voiture qui avait surgi dans la rue.

Il sauta à l'intérieur et la voiture s'éloigna à toute allure.

À cet instant, la fourgonnette explosa.

« Permettez-moi de vous souhaiter à tous un heureux Noël, dit Eliza, debout devant le groupe. Je suis très heureuse de vous avoir tous ici. J'ai pensé que cet endroit conviendrait parfaitement à la réunion d'aujourd'hui. Surtout compte tenu des conditions spéciales prévues pour nous. La tour elle-même n'ouvre pas avant 13 heures, si bien que nous sommes tranquilles jusque-là. »

Elle marqua un temps d'arrêt.

« Et un délicieux déjeuner nous a été préparé. »

Elle était particulièrement satisfaite que Robert Mastroianni soit venu, conformément à la promesse qu'il avait faite dans l'avion.

« Nous avons une heure de travail environ, après j'ai pensé qu'un petit tour jusqu'au sommet avant l'arrivée de la foule serait très agréable. Il est assez rare d'avoir l'occasion de se retrouver au sommet de la tour Eiffel en si petit comité. J'ai veillé à ce que cela soit inclus dans notre contrat. »

Sa proposition fut accueillie avec une évidente satisfaction.

« Nous avons également la chance d'avoir nos deux derniers membres avec nous. »

Elle présenta alors Mastroianni et Thorvaldsen.

« C'est merveilleux de vous compter tous les deux dans notre groupe. Cela nous amène à huit et je crois que nous en resterons à ce chiffre. Quelqu'un a-t-il une objection ? »

Personne ne dit rien.

« Parfait. »

Elle regarda tout autour les visages passionnés et attentifs. Même Graham Ashby paraissait enthousiaste. Lui avait-il menti à propos du livre sur les Mérovingiens ?

Apparemment.

Ils s'étaient retrouvés un peu plus tôt, avant que les autres arrivent. Ashby lui avait répété que le livre n'était pas exposé dans la vitrine. Elle avait écouté attentivement, observé la moindre de ses intonations, et en avait conclu que soit il disait la vérité, soit c'était un des plus parfaits menteurs qu'elle avait jamais rencontrés.

Le livre avait bien été volé. Un important quotidien parisien avait rapporté le vol. Comment Thorvaldsen était-il à ce point au courant ? Ashby mettait-il en danger son dispositif de sécurité ? Elle n'avait pas le temps de répondre à toutes ces questions pour le moment. Elle devait se concentrer sur la tâche présente.

« J'avais pensé commencer en vous racontant une histoire. Le signor Mastroianni voudra bien excuser la répétition. Je lui ai raconté cette même histoire il y a deux jours, mais, pour le reste d'entre vous, elle sera riche d'enseignements. Elle concerne ce qui est arrivé à Napoléon pendant qu'il était en Égypte. »

Malone se précipita hors de l'église du Dôme en empruntant l'entrée principale qui avait été ébranlée. Stéphanie le suivit. La fourgonnette brûlait toujours au pied des escaliers. À part les portes en verre de l'entrée elle-même, l'église n'avait pratiquement pas subi de dommages. Une fourgonnette bourrée d'explosifs placée aussi près aurait dû faire sauter intégralement la façade sud, sans parler des bâtiments avoisinants abritant l'hôpital militaire et la maison de retraite des anciens combattants.

« Ce n'était pas grand-chose comme bombe, dit-il. Plutôt un pétard. »

Des sirènes retentissaient au loin. Les pompiers et la police arrivaient. La chaleur provenant de la fourgonnette fumante réchauffait l'air frisquet de la mi-journée.

« Aurait-il pu y avoir un défaut dans le fonctionnement ? demanda-t-elle.

– Je ne crois pas. »

Les sirènes se rapprochaient.

La radio de Stéphanie se manifesta. Elle répondit à l'appel, et Malone entendit ce que l'homme à l'autre extrémité lui disait.

« Nous avons un poseur de bombe dans la cour d'honneur. »

Thorvaldsen écouta Larocque finir son récit égyptien, expliquer le concept initial imaginé par Napoléon d'un Club de Paris et donner un aperçu du contenu des quatre papyrus. Elle avait omis de mentionner que, lui aussi, avait été précédemment mis au courant de la majeure partie de l'histoire. Elle tenait visiblement à ce que leurs conversations demeurent privées. Sa lecture de la coupure de presse l'avait certainement affectée.

Comment aurait-il pu en être autrement ?

Sa réaction lui indiquait aussi quelque chose d'autre. Ashby n'avait pas raconté que, grâce à Stéphanie et à Cotton, il était maintenant en possession du livre.

Que venait faire l'unité Magellan dans cette affaire ?

Il avait tenté de prendre contact avec Malone pendant la nuit et toute la matinée, mais son ami n'avait pas répondu au téléphone. Il avait laissé des messages en vain. La chambre de Malone au Ritz n'avait pas été occupée la nuit dernière. Et bien que ses enquêteurs n'aient pas relevé le titre du livre que Stéphanie avait donné à Ashby, il savait que c'était celui des Invalides.

De quel autre pouvait-il s'agir ?

Malone devait avoir une bonne raison pour transmettre le livre à Stéphanie, mais il ne pouvait pas imaginer laquelle.

Ashby était assis tranquillement de l'autre côté de la table, en train d'observer Larocque. Thorvaldsen se demanda si les autres femmes et hommes présents dans cette pièce se rendaient bien compte à quoi ils avaient souscrit. Il doutait qu'Eliza Larocque ne s'intéresse qu'aux profits illicites. Leurs deux rencontres lui avaient laissé l'impression d'une femme investie d'une mission – résolue à prouver quelque chose, peut-être justifier l'héritage dont sa famille avait été spoliée. Ou récrire l'histoire, tout simplement ? Quoi qu'il en soit, cela dépassait largement le simple fait de gagner de l'argent. Elle avait réuni ce groupe ici, à la tour Eiffel, le jour de Noël, pour une bonne raison.

Pour le moment, il fallait qu'il oublie Malone et qu'il se concentre sur le problème immédiat.

Malone et Stéphanie se précipitèrent dans la cour d'honneur. Au centre, se tenait une jeune femme. La trentaine à peine, de longs cheveux noirs, avec un pantalon en velours et une chemise rouge fané sous un manteau noir. Elle tenait un objet à la main.

Deux hommes de la sécurité, revolvers braqués, avaient pris position dans l'ombre de l'arcade opposée, près de l'échafaudage par lequel Malone était entré dans le musée la veille. Un autre homme armé se tenait sur la gauche, à l'endroit de la voûte qui permettait de sortir par la façade nord des Invalides, quand les grilles étaient fermées.

« C'est quoi ce bordel ? » murmura Stéphanie.

Un homme apparut derrière eux, arrivé sous l'arcade par les portes en verre du musée. Il portait un gilet pare-balles et l'uniforme de la police française.

« Elle a surgi il y a quelques instants, leur annonça l'homme.

– Je croyais que vous aviez fouillé ces bâtiments, dit Stéphanie.

– Madame, il y a des centaines de milliers de mètres carrés de bâtiments ici. Nous avons fait aussi vite que possible, sans attirer l'attention, selon vos instructions. Mais il n'était pas difficile de nous échapper. »

Il avait raison.

« Que veut-elle ? demanda Stéphanie.

– Elle a annoncé qu'elle pouvait déclencher une bombe et qu'ils ne devaient pas bouger. Je vous en ai informée par radio. »

Malone voulait comprendre.

« A-t-elle surgi avant ou après l'explosion de la fourgonnette ?

– Juste après.

– À quoi penses-tu ? » lui demanda Stéphanie.

Il ne quittait pas la femme des yeux. Elle fit volte-face, passant en revue les hommes qui braquaient leur arme sur elle. Prudemment, elle avait gardé la main sur le détonateur.

« Restez à distance et baissez vos armes », hurla-t-elle.

Pas un seul des hommes n'obéit.

« Il se peut que la bombe soit à l'hôpital. Ou à l'hospice. Vous voulez prendre le risque ? » hurla-t-elle en montrant le détonateur.

La bombe pouvait effectivement être à l'hôpital. Ou chez les anciens combattants. Fallait-il courir le risque ?

Le policier le plus proche murmura :

« Nous avons d'abord fouillé ces deux bâtiments en premier. Il n'y avait rien.

– Je ne le répéterai pas ! » cria la femme.

Malone avait bien compris que c'était à Stéphanie de dire aux Français ce qu'il fallait faire, et elle n'était pas du genre à se laisser bluffer.

Et pourtant.

« Baissez les armes », ordonna-t-elle.

51

Eliza se dirigea vers l'estrade à l'extrémité de la salle. Un coup d'œil à sa montre lui confirma l'heure : 11 h 35.

Encore vingt-cinq minutes.

«Nous allons bientôt aller faire notre tour au sommet. Mais d'abord, je veux vous expliquer en quoi consistera notre futur immédiat.»

Elle faisait face au groupe.

«Au cours de la dernière décennie, nous avons assisté à de grands changements sur les marchés financiers mondiaux. Les contrats à terme, qui étaient autrefois un moyen pour les producteurs de protéger leur production, sont devenus un jeu de hasard, où des matières premières qui n'existent pas sont échangées à des prix qui ne correspondent à rien. Nous avons assisté à cela il y a quelques années quand le pétrole a franchi la barre des cent cinquante dollars le baril. Ce prix n'avait aucun rapport avec la production, qui était, à l'époque, au plus haut. À la fin, ce marché a explosé et les prix ont plongé.»

Elle vit que beaucoup dans la salle approuvaient sa constatation.

« C'est surtout l'Amérique qui est à blâmer en l'occurrence, affirma-t-elle. En 1999 et 2000, des lois ont été votées qui ouvraient la voie aux attaques spéculatives. Cette législation abolissait les anciens textes datant des années 1930, qui avaient été conçus pour éviter un nouveau crash de la Bourse. Une fois abolis les garde-fous, les mêmes problèmes que ceux des années 1930 se reproduisirent. L'effondrement des places boursières qui s'ensuivit n'aurait dû surprendre personne. »

Certains semblaient intrigués.

« C'est élémentaire. Des lois qui placent la cupidité et l'irresponsabilité devant le travail et le sacrifice ne sont pas exemptes de conséquences. »

Elle marqua un temps d'arrêt.

« Mais elles génèrent également des opportunités. »

La salle resta silencieuse.

« Entre le 16 août et le 11 septembre 2001, un groupe de spéculateurs anonymes a vendu à découvert une série de trente-huit actions dont on pouvait raisonnablement penser qu'elles s'effondreraient si l'Amérique devait être l'objet d'une attaque. Ils ont opéré à partir des Bourses canadiennes et allemandes. Les compagnies en question comprenaient United Airlines, American Airlines, Boeing, Lockheed Martin, Bank of America, Morgan Stanley Dean Witter, Merrill Lynch. En Europe, il s'agissait de compagnies d'assurances. Munich Re, Swiss Re et AXA. Le vendredi avant les attaques terroristes, dix millions d'actions de Merrill Lynch ont été vendues. Il ne s'en vend pas plus de quatre millions un jour normal. United et American Airlines à la fois ont constaté un niveau inhabituel de spéculation durant les jours précédant l'attaque. Aucune autre compagnie d'aviation n'a connu cela.

– Qu'entendez-vous par là ? demanda quelqu'un.

– Seulement ce qu'un groupe de réflexion israélien dédié à la lutte contre le terrorisme en a conclu après avoir étudié le portefeuille boursier d'Oussama Ben Laden. Près de vingt millions de dollars de plus-value ont été réalisés par Ben Laden après les attaques du 11-Septembre. »

Malone entendit le ronronnement d'un hélicoptère au-dessus de sa tête ; en levant les yeux, il vit un Westland Lynx de la Royal Navy passer à basse altitude.

« OTAN », lui dit Stéphanie.

Les hommes entourant la femme dans la cour avaient suivi les instructions de Stéphanie et baissé leurs armes.

« J'ai fait ce que vous vouliez ! » cria Stéphanie.

La femme ne répondit pas. Elle se tenait à cent cinquante mètres et gardait les yeux fixés sur les arcades qui entouraient la cour d'honneur, visiblement à cran, fébrile, bougeant sans arrêt les mains.

« Que voulez-vous ? » lui demanda Stéphanie.

Malone ne quittait pas la femme des yeux, et il profita des quelques secondes où elle détourna le regard pour passer la main sous sa veste et trouver le Beretta que Stéphanie lui avait fourni quelques heures plus tôt.

« Je suis là pour prouver quelque chose ! hurla la femme. À tous ceux qui nous haïssent. »

Il prit le revolver.

Ses mains bougeaient sans arrêt, le détonateur constamment en mouvement, et sa tête tournant sans arrêt d'un côté à l'autre.

« C'est qui *nous* ? » demanda Stéphanie.

Décidément, son ancienne patronne ne dérogeait pas au manuel. Occuper l'agresseur. Se montrer patient. Guetter le premier faux pas.

Les yeux de la femme croisèrent ceux de Stéphanie.

« La France doit savoir que nous n'entendons pas être ignorés. »

Malone attendait qu'elle ait fini de scruter le sol pavé, comme elle l'avait fait précédemment.

« Qui est... ? » dit Stéphanie.

La main tenant le détonateur bascula vers la gauche.

Tandis qu'elle tournait la tête en direction de l'arcade opposée, Malone sortit son revolver et visa.

Sam s'était caché juste derrière l'estrade de la salle de réunion, à l'abri des regards. Il avait réussi à rester dans la pièce sans qu'on le remarque, pendant que le reste de l'équipe quittait les lieux. L'idée initiale était qu'un des deux puisse rester pour entendre. Meagan avait essayé, mais elle avait été embrigadée par les autres serveurs pour débarrasser des tables roulantes. Son air déçu lui avait indiqué que c'était à lui d'agir et il était passé à l'action.

Aucun personnel de sécurité n'était resté à l'intérieur. Tous avaient été postés à l'extérieur. Il n'y avait aucun risque pour que quelqu'un pénètre par les portes qui donnaient sur le balcon d'observation, étant donné qu'il se trouvait à près de soixante mètres du sol.

Il avait écouté le discours d'Eliza Larocque et compris parfaitement ce dont elle parlait. La vente à découvert consistait à vendre une action qu'on ne possédait pas dans l'espoir de la racheter ultérieurement à un prix inférieur. L'idée était de profiter d'une baisse de cours anticipée.

Une entreprise éminemment risquée.

Premièrement, les actions achetées à découvert doivent être empruntées à leur propriétaire, puis revendues à la cote en cours. Une fois que le prix a baissé, elles seront rachetées à une valeur moindre et rendues au propriétaire, le bénéfice revenant au vendeur à découvert. Si le prix montait au lieu de baisser, les actions seraient rachetées à un prix supérieur, générant une perte. Bien entendu, si le vendeur à découvert était certain que le prix d'une action donnée allait baisser, et même du moment exact où cela se produirait, tout risque de perte serait écarté.

Et le profit potentiel serait énorme.

C'était une des manipulations financières contre lesquelles son site Web et celui de Meagan s'étaient élevés.

Des rumeurs avaient couru au sein des services secrets à propos de possibles manipulations de Ben Laden, mais ces enquêtes étaient classées secrètes et traitées à des niveaux bien supérieurs au sien. Peut-être les informations sur le sujet qu'il avait postées sur Internet avaient-elles conduit ses supérieurs à mettre une certaine pression. Entendre Eliza Larocque tenir à peu près les mêmes propos que ceux qu'il avait dénoncés publiquement ne faisait que confirmer ce qu'il soupçonnait depuis longtemps.

Jamais il n'aurait pensé être aussi près de la vérité.

Ashby écoutait avec grand intérêt ce que disait Larocque. Il commençait à comprendre ce qu'elle avait en tête. Bien qu'il ait été chargé d'organiser les choses pour Peter Lyon, elle ne lui avait pas fait part entièrement de ses projets.

« Le problème avec Ben Laden, dit-elle, c'est qu'il avait négligé deux choses. Premièrement, la Bourse américaine est restée fermée quatre jours entiers après les attaques. Et deuxièmement, il existe des procédures automatiques mises en place pour détecter la vente à découvert. L'une d'elles qu'on appelle dans le jargon le « blue sheeting » analyse les volumes de transactions et détecte des menaces potentielles. Ces quatre journées au plus bas ont laissé aux autorités du marché le temps de se rendre compte de ce qui se passait. Au moins en Amérique. Mais dans le reste du monde, les marchés ont continué à fonctionner et les prises de bénéfice ont été effectuées rapidement avant que quiconque puisse détecter la manipulation.

Ashby se remémora les conséquences du 11 septembre 2001. Larocque avait raison. Munich Re. Le plus gros réassureur d'Europe avait perdu près de deux milliards de dollars avec la destruction du World Trade Center, et son action s'était effondrée après les attaques. Un vendeur à découvert avisé aurait pu gagner des millions.

Il se souvenait également de ce qui était arrivé aux autres marchés.

Le Dow Jones en baisse de 14 %, l'index Standard & Poor's réduit de 12 %, le Nasdaq Composite en baisse de 16 % – ces mêmes résultats s'étaient reflétés sur pratiquement tous les marchés du monde pendant des semaines après les attaques. Son propre portefeuille en avait pris un rude coup – c'était en fait le début d'un revirement à la baisse qui allait progressivement s'accentuer.

Et il se rappela également les propos de la jeune femme au sujet des produits dérivés. Tout était vrai. Ce n'était rien d'autre que des paris risqués effectués avec de l'argent emprunté. Taux d'intérêt, devises étrangères, actions, faillites d'entreprises – tout avait fait l'objet de paris de la part d'investisseurs, de banques et de sociétés de courtage. Ses analystes financiers lui avaient dit un jour que plus de huit cent mille milliards d'euros, dans le monde entier, couraient quotidiennement des risques.

Et voilà qu'il pouvait exister un moyen de tirer profit de tous ces risques.

Si seulement il l'avait su auparavant.

Malone vit le moment où la femme remarqua son revolver. Ses yeux ne quittaient pas les siens.

«Allez-y ! hurla-t-il. Appuyez !»

Elle pressa le détonateur.

Rien.

Elle appuya une nouvelle fois.

Pas d'explosion.

La stupeur se peignit sur son visage.

52

Thorvaldsen se tenait imperturbable sur sa chaise, mais il commençait à trouver difficile de garder son sang-froid. Voilà une femme qui discutait calmement de la façon dont un terroriste avait profité du meurtre de milliers d'innocents. Sans la moindre indignation, sans le moindre dégoût. Au contraire, Eliza Larocque était visiblement en admiration devant la prouesse accomplie.

Graham Ashby paraissait tout aussi impressionné. Rien d'étonnant en ce qui le concernait. Sa personnalité totalement amorale ne devait pas éprouver le moindre problème à profiter de la misère des autres. Ashby avait-il jamais pensé à ces six morts de Mexico ? Peut-être avait-il simplement poussé un soupir de soulagement en pensant que ses problèmes à lui étaient enfin résolus ? Il ne connaissait visiblement pas le nom des morts. Sinon, Ashby aurait réagi quand ils avaient été présentés un peu plus tôt. Mais il n'avait pas manifesté le moindre signe de reconnaissance. Pourquoi connaîtrait-il ses victimes ? Pourquoi s'en soucierait-il ? Armando Cabral avait été chargé de nettoyer le carnage, et moins Ashby connaissait de détails, mieux il se portait.

« Pourquoi n'en avons-nous jamais entendu parler avant ? demanda Ashby.

– L'Internet fourmille de rumeurs depuis des années, dit Larocque. *Les Échos,* un journal financier français de très bonne réputation, a publié un article sur le sujet en 2007. Plusieurs journaux américains y ont fait allusion. Des gens que je connais, proches du gouvernement américain, me disent que toute l'affaire a été classée top secret. Je ne peux pas imaginer que les Américains veuillent voir ces rumeurs confirmées. Officiellement, la SEC, la Securities and Exchange Commission, a statué qu'il n'y avait pas eu de délit d'initié. »

Ashby gloussa.

« Typiquement américain. On met un couvercle sur les choses et on fait comme si elles n'existaient plus.

– C'est exactement ce qui s'est produit dans ce cas, affirma quelqu'un d'autre.

– Mais il y a beaucoup à apprendre de cette affaire, dit Larocque. En fait, voilà quelque temps que je l'étudie. »

Malone baissa son arme tandis que les hommes de la sécurité se pressaient autour de la femme. Elle avait les mains et les bras attachés, et on la traînait en dehors de la cour d'honneur.

« Comment savais-tu qu'elle bluffait ? demanda Stéphanie.

– Cette bombe devant ne rimait à rien. Ils auraient pu faire sauter toute l'église. Lyon comptait sur une surveillance relâchée et en a profité. »

Il fit un geste avec le Beretta en direction du détonateur abandonné sur les pavés.

« Ce truc n'active rien du tout.

– Et si tu t'étais trompé ?

– Je ne me trompais pas. »

Stéphanie secoua la tête.

« Lyon ne nous a pas amenés jusqu'ici pour nous tuer, dit-il. Il sait qu'Ashby travaille pour nous et pour Larocque.

Il nous a amenés ici parce qu'il voulait précisément que nous soyons ici.

– Cette femme l'ignorait. Il suffisait de voir sa tête. Elle s'apprêtait vraiment à faire sauter quelque chose.

– On trouve toujours quelqu'un pour faire le sale boulot. Lyon s'est servi d'elle pour gagner du temps. Il voulait nous occuper, au moins jusqu'à ce que lui-même soit en mesure de s'occuper de nous. »

Avec les bâtiments à trois étages des Invalides, on ne pouvait pas voir la tour Eiffel de là. Ni ce qui se passait là-bas avec Sam et Henrik. Il repensa au dôme et au transpondeur.

« À mon avis, quand nous avons déconnecté cet engin, nous avons donné le signal du spectacle. »

La radio de Stéphanie se manifesta alors.

« Êtes-vous là ? »

Cette voix grave de baryton était immédiatement reconnaissable. C'était le président Danny Daniels.

Elle avait l'air surprise.

« Oui, monsieur, je suis là, répondit-elle.

– Cotton est là, lui aussi ?

– Il est là.

– Le staff voulait se charger de cet appel, mais j'ai jugé préférable de vous parler moi-même. Nous n'avons pas de temps à perdre en traduction et en interprétation. D'après ce que nous voyons d'ici, vous êtes dans un sacré merdier. Et ce n'est pas tout. Il y a six minutes, un petit avion s'est écarté de son plan de vol et n'a pas atterri comme prévu à l'aéroport de Paris-Le Bourget. »

Malone connaissait le terrain d'atterrissage, situé au nord-est à une vingtaine de kilomètres du centre de Paris. Pendant des décennies, il avait été l'unique aéroport de Paris, célèbre pour avoir vu atterrir Charles Lindbergh après sa traversée de l'Atlantique en 1927.

« Cet avion se dirige maintenant vers vous », leur annonça Daniels.

Toutes les pièces du puzzle se rassemblèrent brusquement dans la tête de Malone.

« C'est pour ça que Lyon voulait gagner du temps, dit-il.

– Un hélicoptère de l'OTAN se pose au nord des Invalides pendant que nous parlons. Montez à bord. Je vous y contacterai. »

Eliza profitait pleinement de l'instant. La réaction de son auditoire à ses propos lui confirmait qu'elle avait correctement sélectionné ce groupe. C'étaient des entrepreneurs, capables de toutes les audaces.

« Ben Laden a échoué parce qu'il a laissé le fanatisme l'emporter sur la raison. Il n'a pas fait suffisamment attention. Il voulait se manifester et il voulait que le monde entier le sache. »

Elle secoua la tête.

« On ne peut pas générer de profit à long terme avec une attitude aussi stupide.

– Je ne tiens pas à tuer des gens, dit Robert Mastroianni.

– Moi non plus, répondit-elle. Et ce n'est pas nécessaire. Tout ce qu'il nous faut, c'est une menace crédible susceptible d'effrayer le public. C'est en tenant compte de cette peur que nous allons opérer.

– Le monde n'est-il pas déjà suffisamment terrorisé ? demanda quelqu'un.

– Bien sûr, répondit-elle. Tout ce que nous avons à faire, c'est d'en tirer avantage. »

Elle se souvint de quelque chose que sa mère lui avait enseigné. *La meilleure façon de gagner la confiance d'un auditoire est de lui faire croire qu'on lui a confié un secret.*

« Nous pouvons profiter de la sagesse des papyrus. Ils ont beaucoup appris à Napoléon et, croyez-moi, ils peuvent également nous guider. »

Elle prit un air songeur.

« Le monde est déjà terrorisé. Le terrorisme est une réalité. Aucun de nous ne peut rien y faire. Tout dépend de la façon dont on utilise la réalité.

– *Cui bono ?* » demanda quelqu'un.

Elle sourit.

« Bonne question. Dans l'intérêt de qui ? Cette expression latine résume parfaitement cette entreprise. »

Elle leva un doigt pour souligner son propos.

« Vous êtes-vous jamais demandé à qui profite le terrorisme ? Il y a une hausse immédiate du niveau de sécurité dans les aéroports et les bâtiments. Qui contrôle tous ces équipements ? La régulation du trafic aérien – sans mentionner les données informatiques. Ce sont ceux qui fournissent ces services essentiels qui empochent les bénéfices. Les finances des compagnies d'assurances sont directement affectées. La militarisation de notre espace aérien, de notre pays, de l'eau, des océans et de l'espace passe à un niveau supérieur. Rien n'est trop cher pour nous protéger contre une menace. L'industrie de la logistique, de l'ingénierie et des entreprises de construction en relation avec la guerre contre la terreur connaît un essor stupéfiant. Cette guerre est plus l'affaire des sociétés privées que de l'armée elle-même. Les bénéfices qui s'en dégagent dépassent souvent l'entendement. Nous avons vu des actions de sociétés de services qui travaillent pour l'armée gagner de 500 à 800 % depuis 2001. »

Elle sourit.

« Cela peut sembler évident, je m'en rends bien compte Mais il y a d'autres façons de faire des profits, plus subtiles. C'est de celles-là dont je veux vous entretenir après le déjeuner.

– De quoi allez-vous parler ? lui demanda Ashby. Je suis sacrément curieux. »

Elle n'en doutait pas. Elle était curieuse, elle aussi. Elle aurait bien aimé savoir si Ashby était un ami ou un traître.

« Laissez-moi vous l'expliquer de cette façon. Vers la fin des années 1990, la Corée du Sud, la Thaïlande et l'Indonésie ont toutes connu un effondrement financier quasi fatal. Le Fonds monétaire international a fini par les renflouer. Notre Robert Mastroianni travaillait alors pour le FMI, il sait de quoi je parle. »

Mastroianni inclina la tête en signe d'acquiescement.

« Profitant de ce renflouement, des investisseurs ont pillé les trois économies, engrangeant d'énormes profits. Si vous détenez la bonne information, au bon moment, même dans les produits dérivés risqués et le marché des contrats à terme, vous pouvez réaliser des millions de bénéfices. J'ai fait quelques projections préliminaires. Avec les quelque trois cents millions d'euros que nous avons actuellement à notre disposition, un retour entre quatre et huit milliards d'euros peut être raisonnablement attendu au cours des vingt-quatre prochains mois. Et je suis prudente. Toutes ces sommes seraient sans impôt, bien sûr. »

Elle vit que le groupe appréciait cette prédiction. Rien n'excitait autant quelqu'un de fortuné que la perspective de gagner encore plus d'argent. Son grand-père avait raison quand il disait : « Gagnez autant d'argent que vous le pouvez et dépensez-le, car il y en a beaucoup plus à gagner. »

« Comment pourrions-nous nous en tirer sans problème ? » demanda l'un d'eux.

Elle haussa les épaules.

« Pourquoi ne pourrions-nous pas ? Un gouvernement est incapable de faire marcher ce système. Rares sont ceux au sein d'un gouvernement qui soient même capables de comprendre le problème, et encore moins de trouver une solution. Quant au grand public, il est complètement ignorant. Regardez ce que les Nigériens font tous les jours. Ils envoient des millions de mails à des gens naïfs, prétendant que d'énormes profits peuvent être retirés à partir de fonds non réclamés, à condition qu'on leur fasse parvenir une petite somme pour couvrir les frais administratifs. Un nombre incroyable de gens dans le monde se sont fait berner. Quand il est question d'argent, les gens perdent tout sens commun. Je propose que nous réfléchissions en toute lucidité.

— Et comment allons-nous faire pour y parvenir ?

— J'expliquerai tout cela après le déjeuner. Disons simplement que nous sommes sur le point de nous assurer une source de financement qui devrait nous procurer beaucoup d'autres milliards dont la trace sera impossible à remonter. C'est une fortune d'un montant inestimable qui peut être investie et utilisée à notre avantage à tous. À présent, le moment est venu de nous rendre au sommet de la tour pour quelques minutes de visite. »

Le groupe se leva.

« Je vous garantis que le voyage vaudra le détour », dit-elle.

53

Malone écoutait les turbos Rolls-Royce entraîner les pales du Westland Lynx. La marine lui avait enseigné à piloter des avions de chasse, et il avait passé pas mal de temps dans des jets, mais il n'avait jamais piloté un hélicoptère. Il s'installa dans l'habitacle arrière tandis que l'hélico s'élevait dans le ciel froid de midi.

Stéphanie s'assit à côté de lui.

Un petit coup à la vitre arrière du cockpit attira son attention. Le pilote montrait son casque et en désignait deux autres accrochés à la paroi. Un militaire leur tendit les casques à tous les deux.

« Il y a une communication cryptée pour vous », dit la voix du pilote dans ses oreilles.

Il tourna le micro pour l'approcher de sa bouche.

« Passez-la-moi. »

Après quelques clics, une voix retentit.

« Me voilà à nouveau.

– Vous pouvez nous raconter ce qui se passe ? demanda Malone à Danny Daniels.

– L'avion s'est dérouté. Il se dirigeait d'abord vers le nord, en s'éloignant de la ville, et maintenant il retourne vers le sud. Aucun contact radio ne peut être établi. Je veux que tous les deux vous alliez vérifier ce qui se passe avant que nous ne le fassions disparaître du ciel. J'ai le président français sur l'autre ligne. Il a fait décoller un chasseur. Pour l'instant, la cible survole une zone qui n'est pas trop peuplée, ce qui nous permet de l'abattre. Mais évidemment, nous préférerions nous en dispenser, sauf si c'est absolument nécessaire. Cela nous obligerait à fournir trop d'explications.

– Vous êtes certain que la menace est réelle ? demanda-t-il.

– Allez au diable, Cotton. Comment voulez-vous en être certain ? En tout cas, Lyon avait un avion à Heathrow. Vous l'avez trouvé. On aurait même dit d'ailleurs qu'il tenait vraiment à ce que nous le trouvions.

– Donc vous êtes au courant de ce qui s'est passé hier soir ?

– Dans les moindres détails. Je veux ce fils de pute. Des amis à moi sont morts quand il a bombardé notre ambassade en Grèce, et il en a tué beaucoup d'autres. Nous allons descendre ce type. »

Un des pilotes fit coulisser la porte menant au cockpit et montra quelque chose devant. Malone scruta le ciel. Des couches de nuages s'étendaient par endroits au-dessus du paysage français. Les environs de Paris défilaient sous l'hélicoptère. Il aperçut au loin les rayures bleu et jaune d'un fuselage – un autre Cessna Skyhawk, semblable à celui qu'il avait vu la veille au soir – volant à cinq mille pieds environ.

« Rapprochez-vous, demanda-t-il au pilote dans son micro.

– Vous le voyez ? » demanda Daniels.

Il sentit la puissance des rotors augmenter tandis que l'hélicoptère accélérait.

La carlingue métallique de l'avion étincelait dans le soleil.

« Restez derrière lui, hors de son champ de vision », dit Malone au pilote.

Il aperçut des numéros d'immatriculation rouges sur la queue de l'appareil. Ils correspondaient à ceux qu'il avait vus la veille.

« Le numéro d'immatriculation de cet avion est le même que celui d'Heathrow, confirma-t-il.

– Vous pensez que Lyon est dans l'avion ? demanda Daniels.

– Cela m'étonnerait, répondit Malone. C'est plutôt lui le chef d'orchestre qu'un des membres de l'orchestre.

– Il tourne », annonça le pilote.

Il regarda par la fenêtre et vit le Skyhawk virer à l'est.

« Où sommes-nous ? demanda-t-il au pilote.

– Au nord de Paris, à six kilomètres peut-être. L'avion s'est détourné du centre de la ville, ce qui va nous emmener au-delà de la ville proprement dite. »

Il fallait qu'il arrive à donner un sens aux informations dont il disposait. C'étaient des morceaux épars. Aléatoires, et pourtant avec un rapport entre eux.

« Il tourne à nouveau, dit le pilote. Sur une trajectoire ouest à présent. Il s'éloigne complètement de Paris et se dirige vers Versailles. »

Malone retira ses écouteurs.

« Il nous a repérés ?

– Probablement pas, répondit le pilote. Sa manœuvre n'avait rien d'extraordinaire.

– Pouvons-nous nous en approcher et le survoler ? »

Le pilote acquiesça.

« Tant qu'il ne décide pas de grimper.

– Allez-y ! »

La plaque de contrôle s'inclina en avant et l'hélicoptère prit de la vitesse. La distance le séparant du Skyhawk commençait à diminuer.

Le pilote fit un geste en direction du casque.

« Le même type encore une fois à la radio. »

Il remit les écouteurs.

« Que se passe-t-il ?

– Les Français veulent abattre cet avion, dit Daniels. Qu'est-ce que je dois leur dire ? »

Stéphanie lui agrippa alors le bras droit. Elle désigna quelque chose vers l'avant, de l'autre côté du pare-brise. Il se retourna juste au moment où la porte de la cabine sur le flanc gauche du Skyhawk s'ouvrait en grand.

« Qu'est-ce que... »

Le pilote sauta de l'avion.

Ashby fut le dernier à monter dans l'ascenseur. Les huit membres du Club de Paris occupaient les trois cabines vitrées qui s'élevèrent de la deuxième plateforme pour franchir les cent soixante-quinze mètres la séparant du sommet de la tour Eiffel. L'ascension vertigineuse à l'intérieur de la structure métallique à ciel ouvert lui parut assez pénible.

Un soleil radieux illuminait le monde en dessous. Il aperçut la Seine et admira le fleuve qui serpentait en traversant le centre de Paris, avec ses trois méandres très marqués. Les artères qui étaient parallèles au cours d'eau ou le traversaient étaient habituellement très encombrées, mais, en ce jour de Noël, la circulation était presque inexistante. Au loin, se dressait la silhouette massive de Notre-Dame, cernée par d'autres dômes d'églises, des toits en zinc et une forêt de cheminées. Il aperçut la Défense et ses avenues bordées de tours. Il remarqua également les lampes fixées aux poutrelles de la tour Eiffel d'où provenaient sans doute les scintillements électriques qui illuminaient le monument tous les soirs.

Il regarda sa montre.

11 h 43.

Il n'y avait plus longtemps à attendre maintenant.

Malone regarda le parachute s'ouvrir et la toile se gonfler. Le Skyhawk continuait sa course vers l'ouest, en gardant la même altitude et la même vitesse. En dessous, s'étendait un vaste ensemble de champs, de forêts, de villages et de routes, typique du paysage des environs de Paris.

Il montra l'avion du doigt. «Approchez-vous pour que nous puissions voir», demanda-t-il au pilote.

L'hélicoptère se propulsa en avant et s'approcha du Skyhawk. Malone se déplaça vers le côté bâbord de l'hélicoptère et scruta le monomoteur.

«Personne à l'intérieur», dit-il dans le micro.

Cela ne sentait pas bon. Il se tourna vers le militaire.

«Vous avez des jumelles?»

Le jeune homme lui en tendit aussitôt une paire. Malone fit le point sur le Skyhawk dans le ciel radieux.

«Approchez-vous encore un peu», dit-il au pilote.

Après avoir volé parallèlement à lui, l'hélicoptère se trouvait maintenant légèrement en avant de l'avion. Il ajusta ses jumelles pour voir de l'autre côté du pare-brise dans le cockpit. Les deux sièges étaient vides, et le manche bougeait par mouvements saccadés réguliers. Quelque chose était posé sur le siège du pilote, mais un reflet empêchait de distinguer ce dont il s'agissait. Au-delà, le siège arrière était encombré de paquets emballés dans du papier journal.

Il abaissa les jumelles.

«Cet avion transporte quelque chose, dit-il. Je ne sais pas quoi, mais il y en a une sacrée quantité.»

Les ailes du Skyhawk plongèrent et l'avion vira vers le sud. Le virage était parfaitement contrôlé, comme si quelqu'un était aux commandes.

«Qu'en pensez-vous, Cotton?» demanda Daniels dans son oreille.

Il n'en était pas certain. On les conduisait quelque part – cela ne faisait aucun doute –, et il avait cru que cet avion le mènerait au bout. Mais...

«Ça n'est pas notre problème, dit-il dans le micro.

– Vous êtes d'accord, Stéphanie? demanda Daniels.

– Absolument.»

C'était bon de voir qu'elle lui faisait encore confiance, malgré son air sceptique.

«Quel est notre problème alors?» demanda le Président.

Il suivit son intuition.

«Demandez à ce que les contrôleurs de l'air français scannent la zone. Nous devons connaître tous les avions en vol.

– Ne quittez pas. »

Eliza sortit de l'ascenseur et déboucha sur la plateforme déserte au sommet – la zone d'observation, soixante-quinze étages au-dessus du sol.

« C'est un peu troublant de se retrouver ici sans personne, dit-elle au groupe. Cette plateforme est généralement bondée. »

Elle désigna les escaliers métalliques qui montaient à travers le plafond jusqu'à l'étage supérieur.

« Nous y allons ? » demanda-t-elle.

Elle regarda le groupe monter l'escalier. Ashby était resté avec elle. Quand le dernier eut franchi la porte au sommet, elle se tourna vers lui.

« Cela va bien arriver ? » demanda-t-elle.

Il acquiesça.

« Dans quinze minutes exactement. »

54

Malone ne quittait pas le Skyhawk des yeux et il vit l'avion changer de cap une nouvelle fois. Plus vers le sud, comme s'il cherchait quelque chose.

« Le chasseur est là ? demanda-t-il dans le casque.

– Il est en position », dit Daniels.

Il prit sa décision

« Abattez-le pendant que c'est encore possible. Il n'y a que des champs en dessous pour l'instant, mais la ville arrive vite. »

Il frappa à la vitre et dit au pilote.

« Éloignons-nous, et vite ! »

L'hélicoptère ralentit pendant que le Skyhawk s'éloignait rapidement.

« L'ordre a été donné », déclara Daniels.

Thorvaldsen sortit dans l'air froid de décembre. Il n'était jamais monté au sommet de la tour Eiffel. Il ne savait d'ailleurs pas pourquoi. Lisette avait voulu y venir une fois des années auparavant, mais les affaires les avaient empêchés de faire le voyage. «Nous irons l'été prochain», lui avait-il dit. Mais l'été suivant était passé, et d'autres étés ensuite, jusqu'à ce que Lisette soit mourante, et ce fut terminé. Cai y était monté plusieurs fois, et il lui avait souvent parlé de la vue – qui, c'est vrai, était incroyable. Une pancarte fixée à la rambarde, sous une cage grillagée qui protégeait les tables d'orientation, précisait que par temps clair la vue s'étendait jusqu'à soixante kilomètres.

Aujourd'hui, le temps était justement particulièrement clair. Une de ces journées hivernales éblouissantes, avec un ciel d'azur sans le moindre nuage. Il était content d'avoir mis son gros manteau en laine, des gants et une écharpe, mais les hivers français n'avaient rien à voir avec les hivers danois.

Paris l'avait toujours laissé perplexe. Il n'avait jamais été impressionné. Il aimait d'ailleurs beaucoup cette réplique de *Pulp Fiction*, que le personnage de John Travolta laissait tomber d'un air désinvolte. «Les choses sont pareilles qu'ici, juste un peu différentes.» Jesper et lui avaient vu le film il y a quelques années, intrigués par le début, mais vite écœurés par la violence. Jusqu'à ces deux derniers jours, il n'avait jamais envisagé de faire usage de la violence sauf en cas de légitime défense. Mais il avait abattu Armando Cabral et son complice armé sans une once de remords.

Et cela l'inquiétait.

Malone avait raison.

Il ne pouvait pas se contenter de tuer des gens.

Graham Ashby se tenait près de Larocque, de l'autre côté du poste d'observation glacial, en train de contempler Paris. En l'observant, il comprit que tuer cet homme serait un plaisir. Il était intéressant de voir à quel point son univers était désormais régi par la haine. Il s'incita à avoir des pensées un peu plus agréables. Son visage et son humeur ne devaient en aucun cas refléter ce qu'il pensait.

Il était arrivé jusque-là.

Il fallait maintenant en finir.

Ashby savait ce qu'Eliza Larocque attendait. Elle voulait qu'un petit avion, bourré d'explosifs, s'écrase sur l'église du Dôme à l'extrémité sud des Invalides.

Du grand spectacle.

Les fanatiques qui s'étaient portés volontaires pour en endosser la responsabilité totale avaient adoré cette idée. Cette action avait un petit goût de 11-Septembre, bien que sur une plus petite échelle et sans aucune perte humaine. C'est pour cette raison que le jour de Noël avait été choisi. Les Invalides ainsi que l'église étaient fermés.

En même temps que l'attaque au cœur de Paris, deux autres monuments nationaux, le musée d'Aquitaine à Bordeaux et le palais des Papes à Avignon, seraient bombardés. Tous les deux fermés aussi.

Chaque action étant purement symbolique.

Tandis qu'ils faisaient le tour de la plateforme d'observation pour découvrir les différents angles de vue, il avait remarqué un véhicule en train de brûler, de la fumée montant dans l'air froid devant l'église des Invalides. La police, les pompiers et les véhicules de secours paraissaient nombreux sur le site. D'autres l'avaient vu également. Il entendit quelques commentaires, mais sans aucune inquiétude particulière. La situation semblait bien en main. Les flammes avaient certainement un rapport avec Lyon, mais il n'avait aucune idée de ce que le Sud-Africain avait prévu. Aucun détail n'avait transpiré, et il n'avait pas cherché à savoir non plus.

La seule exigence était que cela se produise à midi.

Il regarda sa montre.

Le moment était venu d'y aller.

Il s'était intentionnellement écarté des autres pendant que Larocque leur faisait faire la visite. Il avait remarqué qu'elle avait commencé par la vue face au nord, puis s'était rendue sur la plateforme ouest. Pendant que le groupe se rassemblait face au sud, il franchit rapidement la porte de sortie qui menait vers le bas à la salle d'observation fermée. Il fit doucement coulisser le panneau de verre pour le refermer, enclenchant la fermeture en bas. Guildhall s'était livré à une reconnaissance approfondie de la plateforme du sommet, et il avait découvert que les deux portes permettant de monter à partir de la partie fermée étaient équipées de verrous qu'on refermait en les poussant simplement, et que seuls les gens de la sécurité étaient en possession des clés permettant de les ouvrir.

Mais pas aujourd'hui.

Larocque avait négocié pour que le club puisse disposer d'une heure au sommet, sans personne d'autre, jusqu'à environ 12 h 40, vingt minutes avant que les guichets ouvrent deux cent soixante-quinze mètres en dessous, et que les visiteurs se bousculent en haut.

Il descendit rapidement quatorze contremarches métalliques et se dirigea vers le côté est. Larocque et les autres étaient toujours du côté sud, en train de contempler la vue. Il grimpa les escaliers métalliques jusqu'à la seconde porte et referma doucement l'épais panneau en verre, enclenchant le verrou.

Le Club de Paris était coincé au sommet.

Il descendit l'escalier, pénétra dans un des ascenseurs à l'étage et fit descendre la cabine.

« J'ai l'information, dit Daniels dans les écouteurs de Malone. Il y a six avions actuellement dans l'espace aérien de Paris. Quatre sont des appareils commerciaux en phase d'approche d'Orly et de Charles-de-Gaulle. Deux sont des appareils privés. »

Le Président marqua un temps d'arrêt.

« Tous les deux se comportent bizarrement.

– Pouvez-vous préciser ? demanda Stéphanie.

– Le premier ne répond pas aux ordres radio. L'autre a répondu et a fait autre chose que ce qu'on lui demandait.

– Et ils se dirigent tous les deux de ce côté-ci, continua Malone, certain de la réponse.

– L'un vient du sud-est, l'autre du sud-ouest. Nous avons celui qui vient du sud-ouest dans notre champ de vision. C'est un Beechcraft. »

Malone frappa à la vitre du cockpit.

« Mettez le cap sur le sud-est, ordonna-t-il au pilote qui avait écouté l'échange.

– Vous êtes certain ? demanda Daniels.

– Il est certain », répondit Stéphanie.

Il vit quelque chose exploser en l'air, loin sur leur droite, à une huitaine de kilomètres environ.

Le Skyhawk avait été détruit.

« On vient de me dire que le premier avion a disparu, annonça Daniels.

– Et je parie qu'il y a un autre Skyhawk, dit Malone. Au sud-est, se dirigeant par ici.

– Vous avez raison, Cotton, confirma Daniels. Je viens de recevoir l'image. Mêmes couleurs et insignes que celui que nous venons d'abattre.

– C'est ça la cible. Celle que Lyon protège.

– Et vous avez encore un autre problème, dit le Président.

– Je le sais, dit Malone. Celui-là, nous ne pouvons pas le faire sauter. Il est exactement au-dessus de la ville. »

Il entendit Daniels soupirer.

« Ce fils de pute a décidément tout prévu. »

Eliza entendit une explosion au loin, venant de l'autre côté de la tour. Elle se trouvait sur la partie sud du pont d'observation, en train de regarder en direction du Champ-de-Mars. Des hôtels particuliers et des immeubles de luxe bordaient l'ancien terrain de parade, avec de larges avenues de chaque côté.

Un coup d'œil sur sa gauche, et elle vit les Invalides, le dôme doré de l'église toujours intact. Elle se demanda d'où venait ce bruit, sachant que ce qu'elle avait préparé pendant si longtemps ne se produirait que quelques minutes plus tard. Ashby lui avait fait savoir que l'avion viendrait du nord et descendrait en piqué au-dessus de la Seine, guidé par un émetteur caché à l'intérieur du dôme quelques jours auparavant.

L'avion serait bourré d'explosifs et aurait ses réservoirs à peu près pleins de fioul. L'explosion escomptée promettait un spectacle inoubliable. Les autres et elle profiteraient d'une vue totalement dégagée à près de trois cents mètres de hauteur.

« Si nous passions du côté est pour jeter un dernier coup d'œil avant de redescendre ? » dit-elle.

Ils tournèrent tous au coin.

Elle avait sciemment dirigé leur parcours autour de la plateforme, les incitant à contempler tranquillement la vue et à profiter de cette journée délicieuse, de façon à ce qu'ils terminent face à l'est, vers les Invalides.

Elle regarda tout autour.

« Quelqu'un a-t-il aperçu Lord Ashby ? »

Plusieurs personnes secouèrent la tête.

« Je vais voir », dit Thorvaldsen.

Le Westland Lynx poursuivait sa route en fendant l'air. En direction du Skyhawk. Malone qui n'avait pas cessé de regarder par les fenêtres aperçut l'avion.

« 11 heures, dit-il au pilote. Virez au plus près. »

L'hélicoptère descendit en tournant et rattrapa rapidement le monomoteur. Malone observa le cockpit à travers ses jumelles et vit que les deux sièges arrière étaient vides, le manche à balai bougeant comme dans l'autre avion, par à-coups délibérés. Exactement comme dans l'autre, quelque chose était posé sur le siège du copilote. Et l'habitacle arrière était encore davantage bourré de paquets emballés dans du papier journal.

« C'est exactement comme l'autre, dit-il en abaissant les jumelles. Il vole sur pilote automatique. Mais celui-ci n'est pas un leurre. Lyon l'a programmé de façon à ce qu'il soit quasi impossible de régler le problème. »

Il regarda vers le sol. Rien que des rues et des bâtiments sur des kilomètres.

« Et très peu de solutions.

— Fini de compter sur ses messages, dit Stéphanie.

— Il ne nous facilite pas la tâche. »

À l'extérieur de la fenêtre de l'hélicoptère, il remarqua un palan de secours avec un câble en acier.

Ce qu'il fallait faire était évident, mais il n'y avait pas de quoi s'en réjouir. Il se tourna vers le militaire.

« Vous avez un harnais corporel pour ce treuil ? »

L'homme acquiesça.

« Prenez-le.

– Qu'est-ce que tu as derrière la tête ? demanda Stéphanie.

– Quelqu'un doit descendre jusqu'à cet avion.

– Comment penses-tu faire ça ? »

Il fit un geste vers l'extérieur.

« Un lâcher en douceur.

– Je ne peux pas autoriser ça.

– Tu as une meilleure idée ? »

Elle secoua la tête.

« Non, mais je suis l'officier responsable de l'opération. Et c'est un non définitif.

– Cotton a raison, intervint Daniels dans leurs écouteurs. C'est la seule solution. Il faut prendre le contrôle de cet avion. Nous ne pouvons pas l'abattre.

– Tu voulais mon aide, insista-t-il, alors laisse-moi aider. »

Stéphanie le regarda avec l'air de dire : *Tu crois vraiment que c'est nécessaire ?*

« C'est la seule façon », dit-il.

Elle inclina la tête en guise d'assentiment.

Il arracha les écouteurs et enfila une combinaison thermique d'aviateur que le militaire lui tendit. Il remonta la fermeture éclair, puis resserra le harnais autour de sa poitrine. Le militaire vérifia la solidité en tirant à plusieurs reprises violemment.

« Ça souffle dur dehors, dit le jeune homme. Vous allez être repoussé sur le câble. Le pilote va veiller à ne pas trop s'éloigner pour minimiser le courant. »

Le militaire lui tendit un parachute qu'il passa par-dessus le harnais.

« Je suis contente de voir que tu es tout de même raisonnable, cria Stéphanie pour couvrir le bruit des turbines.

– Ne t'en fais pas. Je n'en suis pas à mon coup d'essai.

– Tu n'es pas un très bon menteur », dit-elle.

Il passa un bonnet en laine qui, heureusement, lui recou-
vrait entièrement le visage comme une cagoule de détrousseur
de banque, et mit des lunettes de protection jaunes.

Le militaire fit un geste, lui demandant s'il était prêt.

Il acquiesça.

La porte de l'habitacle coulissa. De l'air glacial s'engouffra.
Il enfila une paire de gants isolants. Un claquement retentit
quand le crochet en acier vint se fixer au harnais.

Il compta jusqu'à cinq, puis il se jeta dans le vide.

55

Thorvaldsen alla du nord de la cage grillagée jusqu'au côté
ouest. Des vitrines sur sa droite présentaient des silhouettes en
cire de Gustave Eiffel et de Thomas Edison, disposées comme
s'ils étaient en train de bavarder dans les anciens locaux
d'Eiffel. Tout paraissait calme et tranquille, et le vent était son
seul compagnon.

Ashby n'était nulle part en vue.

À mi-chemin, il s'arrêta et remarqua que la porte en verre
menant à la sortie était fermée. Quand le groupe était passé là
quelques minutes auparavant, la porte était ouverte. Il essaya
de l'ouvrir. Elle était fermée à clé.

Peut-être un membre du personnel l'avait-il refermée ?
Mais pourquoi ? La tour ne tarderait pas à ouvrir aux visiteurs.
Pourquoi fermer à clé l'une des deux voies menant à la plate-
forme supérieure ?

Il retourna vers le côté est, où les autres étaient en train de
contempler le panorama. La deuxième porte de sortie était également fermée. Il tourna la poignée. Elle était fermée à clé aussi.

Il entendit Eliza Larocque indiquer quelques monuments.

« Là, voici les Invalides. À trois kilomètres environ. C'est là que Napoléon est inhumé. On dirait qu'il y a eu un incident. »

Il vit un véhicule fumant devant l'église, avec une multitude de voitures de pompiers et la police encombrant les avenues qui partaient du monument. Il se demanda si ce qui se passait là-bas avait un rapport avec ce qui se passait ici.

« Madame Larocque », dit-il, en essayant d'attirer son attention.

Elle se tourna vers lui.

« Les deux sorties menant vers le bas sont fermées à clé. »

Il remarqua son air surpris.

« Comment est-ce possible ? »

Le moment était venu d'enfoncer le clou.

« Et ce n'est pas la seule nouvelle troublante. »

Elle le dévisagea.

« Lord Ashby a disparu. »

Sam attendait sur la plateforme du premier niveau en se demandant ce qui se passait cent cinquante mètres plus haut. Quand le Club de Paris était sorti de la salle, et que la brigade était revenue pour préparer le déjeuner, il s'était mêlé à eux.

« Comment ça s'est passé ? lui chuchota Meagan pendant qu'ils disposaient l'argenterie et les assiettes sur les tables.

– Ces gens ont des projets monstrueux, murmura-t-il.

– Tu peux m'en dire plus ?

– Pas maintenant. Disons simplement que nous avions raison. »

Ils finirent de dresser les deux tables. Il sentit une odeur appétissante de légumes et de bœuf grillé. Il avait faim, mais ce n'était pas le moment de manger.

Il réarrangea les chaises devant chaque couvert.

« Ils sont au sommet depuis près d'une demi-heure », dit Meagan pendant qu'ils s'affairaient.

Trois hommes de la sécurité surveillaient les employés. Cette fois, il ne pourrait pas rester à l'intérieur. Il avait également vu la réaction d'Henrik Thorvaldsen quand le Danois avait réalisé qu'il était là. Il devait certainement se demander ce qui se passait. On l'avait prévenu que Thorvaldsen n'était pas au courant de la présence des Américains, et Stéphanie avait été formelle, disant qu'elle voulait garder le secret. Il s'était demandé pourquoi, mais avait décidé d'arrêter de discuter avec ses supérieurs.

Le chef de la brigade signala que tout le monde devait se retirer.

Meagan et lui sortirent par les grandes portes en même temps que les autres. Ils attendraient dans le restaurant d'à côté le signal pour revenir desservir. Il leva les yeux vers la charpente métallique gris-marron. Un ascenseur descendait du deuxième niveau au-dessus.

Il remarqua que Meagan l'avait vu également.

Ils s'attardèrent tous les deux à la rambarde centrale, près de l'entrée du restaurant, tandis que les autres serveurs se bousculaient à l'intérieur, fuyant le froid.

L'ascenseur s'arrêta à leur niveau.

La cabine s'ouvrirait à l'extrémité de la plateforme, au-delà de la salle de réunion, hors de leur vue. Sam réalisa qu'ils ne pourraient pas hésiter longtemps avant d'éveiller la méfiance du chef de la brigade ou des hommes de la sécurité qui avaient repris position devant les portes de la salle de réunion.

Graham Ashby apparut.

Seul.

Il se précipita vers l'escalier qui menait au niveau inférieur et disparut.

« Il était pressé », dit Meagan.

Sam acquiesça. Quelque chose clochait.

« Suis-le, ordonna-t-il. Mais fais attention. »

Elle lui jeta un regard perplexe, visiblement étonnée par son ton brusque.

« Pourquoi ?

– Vas-y, c'est tout. »

Il n'avait pas le temps de discuter. Le moment était venu de passer à l'action.

« Et toi, où vas-tu ? demanda-t-elle.

– Au sommet. »

Malone n'entendit pas la porte de l'hélicoptère claquer derrière lui, mais il sentit quand le treuil commença à se dérouler. Il colla ses bras le long de son corps et resta étendu sur le ventre, jambes tendues. L'impression de chute était compensée par la prise solide du câble.

Il descendit et, comme le militaire l'avait prédit, fut rejeté en arrière. Le Skyhawk volait à cinquante pieds au-dessous de lui. Le treuil continuait à donner du mou au câble, et il se laissa dériver lentement vers le haut de l'aile.

L'air glacial l'avait englouti tout entier. La combinaison et la cagoule en laine le protégeaient un peu, mais son nez et ses lèvres commençaient à gercer à cause de la sécheresse de l'atmosphère.

Ses pieds trouvèrent l'aile.

Le Skyhawk accusa le coup, mais il se stabilisa aussitôt. Il fit signe qu'on lui donne un peu plus de mou pendant qu'il progressait avec précaution vers la porte de la cabine côté pilote.

Une bourrasque d'air froid lui fit perdre l'équilibre et il se balança quelques instants au bout du câble.

Il se cramponna au filin pour se rétablir et réussit à revenir vers l'avion.

Il fit de nouveau un geste et sentit le câble s'allonger.

Le Skyhawk avait des ailes hautes, fixées sur la partie supérieure du fuselage et soutenues par des traverses diagonales. Pour parvenir à l'intérieur, il allait devoir se glisser sous l'aile. Il fit signe à l'hélicoptère de redescendre pour qu'il puisse lui-même être descendu plus bas. Le pilote paraissait deviner les intentions de Malone au quart de tour, et il descendit aussitôt de façon à ce que celui-ci se retrouve à la hauteur des vitres de la cabine.

Il regarda à l'intérieur.

Les sièges arrière avaient été enlevés, et les paquets enveloppés de papier journal étaient entassés du sol au plafond.

Il était affreusement secoué, et l'air sec lui desséchait les yeux en dépit des lunettes.

Il fit un signe pour qu'on lui donne encore un peu de mou, et, quand le câble se détendit, il attrapa le panneau principal du volet et se déplaça jusqu'à la traverse, en plantant ses pieds sur le logement du train d'atterrissage, et en s'enfonçant entre la traverse et l'aile. Son poids perturbait l'aérodynamique de l'avion, et il vit les élévateurs et les volets en compenser l'effet.

Le câble continua à se dérouler, descendant jusqu'au-dessous de l'appareil, puis il s'arrêta. Le militaire avait dû s'apercevoir qu'il n'y avait plus de tension.

Il s'approcha de la vitre de la cabine et regarda à l'intérieur.

Une petite boîte grise était posée sur le siège du passager. Des câbles serpentaient jusqu'au tableau de bord. Il se concentra de nouveau sur les paquets enveloppés. En bas, dans l'espace entre les deux sièges avant, les paquets laissaient apparaître un matériau couleur lavande.

Des pains d'explosifs.

Peut-être bien du C-83.

Un truc puissant.

Il allait devoir pénétrer à l'intérieur du Skyhawk, mais, avant de pouvoir décider quoi faire, il remarqua que le câble perdait du mou. Ils le remontaient vers l'hélicoptère, et l'aile l'empêchait de leur faire signe que non.

Il ne pouvait pas revenir en arrière maintenant.

Avant que le câble ne l'arrache à son perchoir, il ouvrit l'attache et dégagea le crochet qui continua tranquillement sa montée.

Il se cramponna à la traverse et tendit la main vers le loquet de la porte.

La porte s'ouvrit.

Le problème était une question d'angle. Il était positionné à l'avant, avec les gonds à sa gauche, la porte s'ouvrant vers l'avant de l'avion. L'air soufflant de l'hélice sous l'aile œuvrait contre lui, refermant la porte de force.

Il passa sa main gauche gantée autour du bord extérieur de la porte, sa main droite toujours cramponnée à la traverse. À la limite de son champ de vision, il aperçut l'hélicoptère qui descendait pour voir ce qui se passait. Il réussit à ouvrir la porte malgré le vent, mais les gonds se bloquaient à quatre-vingt-dix degrés, ce qui ne lui laissait pas suffisamment d'espace pour se glisser à l'intérieur.

Il n'y avait plus qu'un moyen.

Il relâcha la traverse, attrapa la porte des deux mains et se propulsa vers l'intérieur en direction du cockpit. La vitesse provoqua aussitôt la fermeture des gonds. Son parachute cogna contre le fuselage tandis que le panneau métallique le plaquait contre la porte béante. Il tint bon et passa lentement la jambe droite à l'intérieur du cockpit, puis le reste de son corps. Heureusement, le siège du pilote était à l'horizontale.

Il claqua la porte pour la refermer et poussa un soupir de soulagement.

Le manche de l'avion oscillait régulièrement de droite à gauche.

Il localisa la balise de direction sur le tableau de bord. L'avion maintenait toujours son cap nord-ouest. Un écran GPS allumé, probablement couplé au pilote automatique, paraissait fournir le contrôle du vol, mais, curieusement, le pilotage automatique était éteint.

Il perçut un mouvement dans son champ de vision et se retourna pour voir l'hélicoptère presque au bout de l'aile gauche. Dans la fenêtre de la cabine, il y avait un panneau avec des chiffres. Stéphanie montrait son casque et désignait les chiffres.

Il comprit.

L'équipement radio du Skyhawk se trouvait sur sa droite. Il alluma l'appareil et trouva la fréquence correspondant aux chiffres indiqués. Il arracha son bonnet de laine, se flanqua le casque sur la tête. « Cet avion est bourré d'explosifs, déclara-t-il.

— C'est juste ce que je voulais entendre, dit-elle.

— Ramenons-le au sol, ajouta Daniels dans son oreille.

– Le pilote automatique est débranché... »

Brusquement, le Skyhawk vira sur la droite. Pas une légère modification, mais un complet changement de trajectoire. Il vit le manche pivoter vers l'avant, puis vers l'arrière, les pédales au plancher s'actionnant de leur propre chef, contrôlant le gouvernail pour effectuer un virage sur l'aile très incliné.

Un autre virage sur l'aile et le GPS indiqua que l'avion s'était dévié plus à l'ouest et montait à huit mille pieds, avec une vitesse légèrement inférieure à cent nœuds.

« Que se passe-t-il ? demanda Stéphanie.

– Cette machine se dirige toute seule. C'était un virage sur l'aile à soixante degrés.

– Cotton, dit Daniels. Les Français ont calculé votre trajectoire. Elle mène tout droit aux Invalides. »

Faux ! Ils se trompaient complètement. Au vu de ce qui était tombé du sac Selfridges la veille au soir, il n'avait pas eu de mal à déterminer le point final de cette équipée.

Il regarda par le pare-brise et aperçut la véritable cible au loin.

« Ce n'est pas là que nous nous dirigeons. Cet avion va vers la tour Eiffel. »

56

Eliza s'approcha de la porte en verre et essaya de l'ouvrir.

En regardant vers le bas à travers le verre épais, elle vit que le verrou intérieur avait été fermé. Ce n'était certainement pas le fruit du hasard.

« Celle de l'autre côté est également fermée », dit Thorvaldsen.

Elle n'aimait pas le ton délibéré du Danois, impliquant que ce n'était pas surprenant.

Un des autres membres apparut sur sa gauche.

« Il n'y a aucun autre moyen de descendre de cette plate-forme, et je ne vois ni borne d'appel ni téléphone. »

Au-dessus de leurs têtes, près du sommet de l'espace grillagé, elle aperçut une caméra de sécurité braquée sur eux. C'était la solution.

« Quelqu'un est certainement en train de regarder. Il faut que nous attirions leur attention.

– Je crains que ça ne soit pas facile », dit Thorvaldsen.

Elle le regarda, effrayée par ce qu'il risquait de dire, mais consciente de ce qui allait arriver.

« Je ne sais pas ce que Lord Ashby a prévu, dit-il, mais il a certainement tenu compte de cette caméra. Et aussi du fait que certains d'entre nous auraient leur propre téléphone sur eux. Dans tous les cas, il faudra quelques minutes avant l'arrivée des premiers secours. Si quelque chose doit se produire, ce sera d'une minute à l'autre. »

Malone sentit que l'avion descendait. Il se focalisa sur l'altimètre.

Sept mille pieds et en chute libre.

« Que se... »

La chute s'arrêta à cinq mille six cents pieds.

« Je propose que ce chasseur soit envoyé par ici, dit-il dans le casque. Cet avion va peut-être devoir être effacé du ciel. »

Il regarda en bas les bâtiments, les rues et les gens. « Je vais faire tout mon possible pour modifier la trajectoire.

– On me prévient qu'un chasseur va venir vous escorter dans moins de trois minutes, dit Daniels.

– Je croyais vous avoir entendu dire qu'il n'en était pas question au-dessus d'une zone surpeuplée.

– Les Français tiennent beaucoup à leur tour Eiffel. En revanche, ils n'en ont rien à faire de...

– De moi ?

– C'est vous qui l'avez dit, pas moi. »

Il tendit la main vers le siège du passager, attrapa la boîte grise et l'étudia. C'était une sorte d'appareil électronique, comme un ordinateur portable ne s'ouvrant pas. On ne voyait aucun bouton de contrôle dessus. Il tira sur un câble qui en sortait, mais il ne céda pas. Il retourna la boîte et arracha à deux mains la connexion qui le reliait au tableau de bord. Une étincelle électrique se produisit, et l'avion se cabra violemment et se mit à tanguer vers la droite, puis vers la gauche.

Il jeta le câble de côté et prit le manche.

Il posa les pieds sur les pédales et essaya de reprendre le contrôle de l'appareil, mais l'aileron et le gouvernail répondaient mal, et le Skyhawk poursuivit sa trajectoire nord-ouest.

« Que s'est-il passé ? demanda Stéphanie.

– J'ai détruit le cerveau, un au moins, mais cet engin est toujours sur la même trajectoire et les commandes ne paraissent pas fonctionner. »

Il saisit une nouvelle fois le manche et essaya de l'incliner vers la gauche.

L'avion se cabra comme s'il refusait la commande. Il perçut un changement notable dans le bruit de l'hélice. Il avait suffisamment piloté de monomoteurs pour savoir qu'une modification de tonalité signifiait des problèmes.

Le nez de l'avion se redressa brusquement et le Skyhawk commença à monter.

Il chercha le starter et voulut le couper, mais l'avion continuait à s'élever. L'altimètre indiquait huit mille pieds quand le nez retomba enfin. Il n'aimait pas du tout la tournure qu'avaient prise les événements. La vitesse changeait de façon imprévisible. Les instruments étaient incontrôlables. Il aurait pu facilement se mettre au point mort, mais c'était la dernière chose à faire avec une cabine bourrée d'explosifs au-dessus de Paris.

Il regarda devant lui.

Avec cette trajectoire et cette vitesse, il était à deux minutes tout au plus de la tour.

« Où est ce chasseur ? demanda-t-il à ses interlocuteurs.

– Regarde à ta droite », dit Stéphanie.

Un Tornado, avec ses ailes rejetées en arrière, se trouvait juste au bout de son aile à lui, avec deux missiles air-air blottis sous lui.

« Tu communiques avec lui ? demanda-t-il.

– Il nous obéit au doigt et à l'œil.

– Dis-lui de décrocher et de se tenir prêt. »

Le Tornado s'exécuta et se positionna en arrière. Il ne lui restait plus qu'à se concentrer sur ce maudit avion.

« Ôtez-moi cet hélicoptère de là », dit-il à Stéphanie.

Il attrapa le manche.

« OK, chérie, murmura-t-il. Ça va te faire beaucoup plus bobo qu'à moi. »

Thorvaldsen scrutait le ciel de Paris. Graham Ashby s'était vraiment donné beaucoup de mal pour coincer tout le Club de Paris à la fois. Vers l'est, aux Invalides, la police et les pompiers combattaient toujours les flammes.

Il fit le tour de la plateforme, vers l'ouest et le sud.

C'est alors qu'il les vit.

Un avion monomoteur, avec un hélicoptère de l'armée tout près, et un chasseur qui vira sur l'aile et prit de l'altitude.

Les trois appareils étaient suffisamment proches les uns des autres pour que cela signifie qu'il y avait des problèmes.

L'hélicoptère s'éloigna légèrement, pour donner au monomoteur la place pour virer sur l'aile à son tour.

Il entendit les autres s'approcher derrière lui en compagnie de Larocque.

Il montra du doigt les avions.

« Voici notre destin qui s'approche. »

Eliza regarda le ciel clair. L'avion descendait, son gouvernail dirigé en plein vers la plateforme où ils se trouvaient. Thorvaldsen aperçut le reflet du soleil sur le métal, juste au-dessus et derrière l'hélicoptère et l'avion.

C'était le jet de l'armée.

« On dirait que quelqu'un a pris le problème en main », remarqua-t-il d'une voix calme.

Mais il savait bien qu'il était hors de question d'abattre l'avion.

Il se demanda quel allait être leur sort.

Malone tourna le manche très fort vers la gauche et le maintint en position, malgré la force inouïe qui poussait pour le ramener à tout prix au centre. Il avait cru que c'était la boîte grise qui pilotait l'avion, mais apparemment le Skyhawk avait subi de profondes modifications. Quelque part dans sa carcasse, se trouvait un autre cerveau qui contrôlait sa course, étant donné que, quoi qu'il fasse, l'avion gardait sa trajectoire.

Il actionna les pédales du gouvernail et essaya de reprendre un peu de contrôle, mais l'avion refusait de répondre.

De toute évidence, il se dirigeait à présent droit sur la tour Eiffel. Un autre appareil y avait été dissimulé, comme aux Invalides, qui donnait un signal infaillible au Skyhawk.

«Demandez au Tornado d'armer son missile, dit-il. Et éloignez-moi ce satané hélicoptère.

– Je ne vais pas faire sauter cet avion avec toi dedans, dit Stéphanie.

– Je ne savais pas que tu tenais tellement à moi.

– Il y a beaucoup de monde en dessous de toi.»

Cela le fit sourire. Puis il pensa à quelque chose. Si le système électronique contrôlant l'avion ne pouvait pas être physiquement vaincu, peut-être pourrait-on ruser et l'amener à relâcher son emprise sur l'appareil.

Il se mit au point mort et éteignit le moteur.

L'hélice s'arrêta de tourner.

«Que se passe-t-il ? demanda Stéphanie dans son oreille.

– J'ai décidé de couper le sang alimentant le cerveau.

– Tu crois que les ordinateurs pourraient se déconnecter ?

– Si ce n'est pas le cas, nous sommes dans la merde.»

Il regarda en dessous la Seine gris-brun. Il perdait de l'altitude. Sans le moteur actionnant les contrôles, la colonne était plus mobile, mais encore dure. L'altimètre indiqua cinq mille pieds.

«Ça va être juste.»

Sam sortit précipitamment de l'ascenseur au sommet de la tour. Il n'y avait personne à l'intérieur de la plateforme d'observation. Il décida de ralentir, d'être prudent. S'il se trompait à propos d'Ashby, il aurait beaucoup de mal à fournir des explications plausibles. Il risquait de s'exposer. Mais quelque chose lui disait que le risque en valait la peine.

Il regarda dehors, de l'autre côté des fenêtres, d'abord vers l'est, puis au nord, et finalement vers le sud.

Un avion se rapprochait à toute vitesse.

Avec un hélicoptère militaire.

Au diable la prudence !

Il fonça en haut d'un des deux escaliers métalliques qui menaient au pont d'observation supérieur. Là-haut, la porte en verre était verrouillée. Il étudia le verrou en bas. Pas moyen de l'ouvrir sans clé. Il dévala les marches métalliques, traversa la pièce en courant et essaya de monter par l'autre chemin.

Même chose.

Il cogna sur l'épaisse porte en verre avec le poing.

Henrik était là-bas dehors.

Et il ne pouvait rien faire.

Eliza vit l'hélice s'arrêter de tourner et l'avion perdre de l'altitude. L'appareil se trouvait à moins d'un kilomètre et s'approchait toujours en ligne droite.

« Le pilote est cinglé, dit un des membres du club.

– Cela reste à prouver », répondit Thorvaldsen calmement.

Eliza était impressionnée par le sang-froid du Danois. Il paraissait parfaitement à l'aise, malgré la gravité de la situation.

« Que se passe-t-il ? lui demanda Robert Mastroianni. Ce n'est pas exactement ce que je prévoyais en me joignant à vous. »

Thorvaldsen se tourna vers l'Italien.

« Apparemment, nous allons mourir. »

Malone bataillait avec les commandes.

« Remets ce moteur en marche, dit Stéphanie dans son micro.

– J'essaie. »

Il tendit la main vers le démarreur. Le moteur toussa mais ne démarra pas. Il essaya une nouvelle fois et fut récompensé par un raté.

Il perdait de l'altitude, le sommet de la tour Eiffel était tout proche.

Le moteur gronda à nouveau. L'hélice s'était remise à tourner et l'appareil reprit de la vitesse. Malone ne laissa pas à l'électronique le temps de réagir, il mit aussitôt les pleins gaz. Il fit un virage sur l'aile, orienta l'avion dans le vent et passa à côté de la tour. Au passage, il vit des gens au sommet qui montraient quelque chose dans sa direction.

57

Sam voyait un petit avion approcher. Il renonça à la porte en verre et sauta en bas de l'escalier, puis se précipita vers les fenêtres d'observation au sud. L'avion passa au ras de la tour, avec un hélicoptère dans son sillage.

Les portes de l'ascenseur s'ouvrirent, et des hommes en uniforme surgirent.

L'un d'eux était le chef de la sécurité qu'il avait vu la veille.

« Les portes menant vers le haut sont verrouillées, leur dit-il. Il nous faut une clé. »

Thorvaldsen se focalisa sur le cockpit du Cessna qui allait passer tout près, à quelques centaines de mètres à peine. Un instant lui suffit pour visualiser le visage du pilote.

C'était Cotton Malone.

« Tout est sous contrôle », annonça Malone.

Son altitude augmentait. Il décida de se stabiliser à trois mille pieds.

« On l'a échappé belle, dit-il.

– C'est le moins qu'on puisse dire, renchérit Stéphanie. Il répond aux commandes ?

– Il me faut un aéroport.

– Nous cherchons. »

Il ne voulait pas prendre le risque d'atterrir à Orly ou à Charles-de-Gaulle.

« Trouvez-moi un plus petit terrain quelque part. Qu'est-ce que j'ai devant moi ?

– Après la ville, c'est-à-dire à quelques kilomètres encore, on me dit qu'il y a un bois et un marais. Il y a un terrain à Créteil, un autre à Lagny et un à Tournan.

– Les champs sont loin ?

– Trente kilomètres. »

Il vérifia le fioul. La jauge indiquait cinquante litres, les réservoirs étaient presque pleins. La personne qui avait manigancé tout ça voulait en plus une charge d'essence pour augmenter l'efficacité du C-83.

« Trouvez-moi une piste d'atterrissage, dit-il à Stéphanie. Il faut que cet avion se pose.

– Il y a un terrain privé à Évry, à trente miles plus loin. Isolé, sans rien autour. Nous les prévenons pour qu'ils dégagent la zone. Comment va l'avion ?

– Un vrai toutou. »

Brusquement, l'hélice eut des ratés.

Il regarda à travers le pare-brise, au-delà du capot du moteur, et vit l'hélice s'arrêter.

Puis le moteur redémarra de son propre chef.

Le manche lui échappa des mains tandis que l'avion virait sur l'aile à droite. Le moteur se mit à tourner presque à plein régime et les volets se déployèrent. Quelque chose, ou quelqu'un, s'efforçait de reprendre le contrôle.

« Que se passe-t-il ? demanda Stéphanie.

– Cet engin n'a pas dû apprécier ma remarque. Il n'en fait qu'à sa tête. »

Il se tourna dans le siège pendant que le cockpit revenait à l'horizontale, puis l'avion fit un crochet vers la gauche. Peut-être son système électronique était-il perturbé, l'émetteur-récepteur étant à la recherche du signal le menant à la tour Eiffel qu'il avait suivi jusque-là.

Le Skyhawk prit de l'altitude et commença à monter, mais il s'arrêta aussi vite. L'appareil se cabra comme un cheval. Le manche se mit à vibrer très fort. Les pédales du gouvernail montaient et descendaient brutalement.

« Je ne peux rien faire. Demandez à ce chasseur de se tenir prêt à tirer. Je vais faire grimper cet engin le plus haut possible, et je vais sauter en parachute. Dites-lui de me laisser le temps de me dégager, puis de déclencher le tir. »

Pour une fois, Stéphanie s'abstint de discuter.

Il redressa le nez de l'appareil vers le haut, obligea les volets à se rétracter et se cramponna, forçant le Skyhawk à grimper contre sa volonté. Le moteur commença à peiner, comme une voiture dans une pente raide.

Il se focalisa sur l'altimètre.

Quatre mille pieds, cinq mille, six mille.

Ses oreilles se débouchèrent d'un coup.

Il décida de s'en tenir à huit mille et, une fois la jauge à cette marque, il relâcha le manche. Pendant qu'il attendait que l'avion revienne à l'horizontale, il arracha le casque et rabattit le bonnet de laine sur son visage. Il appréhendait la suite des événements.

Il tourna le loquet et ouvrit la porte.

L'air froid s'engouffra à l'intérieur quand il tira la porte. Sans se laisser le temps de réfléchir, il s'extirpa de la cabine par un roulé-boulé et, se servant de ses pieds comme d'un puissant ressort, il mit à profit la vitesse prise par l'avion pour s'éloigner du fuselage.

Il n'avait sauté que deux fois d'un avion, une fois à l'école de pilotage et une deuxième fois l'année précédente au-dessus du Sinaï, mais il n'avait pas oublié ce que la marine lui avait enseigné concernant le largage : courber le dos, étendre les bras et les jambes. Ne pas laisser le corps rouler sans le moindre contrôle. Faute d'altimètre, il décida d'estimer sa chute libre en comptant. Il fallait qu'il ouvre son parachute vers cinq mille pieds. De la main droite, il chercha la corde de déclenchement. *Ne jamais attendre,* son instructeur de vol l'avait toujours prévenu, et, pendant un instant terrifiant, il ne parvint pas à trouver la poignée. Une fraction de seconde plus tard, ses doigts touchaient l'anneau en D.

Il regarda vers le haut le Skyhawk qui poursuivait sa course erratique, cherchant sa cible. Son moteur toussotait et son altitude changeait constamment.

Le temps parut s'arrêter pendant qu'il tombait dans l'air hivernal.

Tel un patchwork, les champs et les forêts s'étiraient en dessous. Il aperçut l'hélicoptère à sa droite qui ne le perdait pas de vue.

Il arriva à dix et tira brusquement sur la corde.

Eliza se retourna en entendant des pas. Des hommes de la sécurité surgissaient au coin de la plateforme.

« Pas de problèmes ici ? » demanda le chef.

Elle acquiesça.

« Tout va bien. Que se passe-t-il ?

– Nous n'en sommes pas encore sûrs. Apparemment, quelqu'un a verrouillé les portes menant à cette plateforme supérieure, et un petit avion a failli s'écraser juste ici. »

Tout ça ne faisait que confirmer ce que Thorvaldsen avait toujours affirmé.

Elle regarda le Danois.

Mais lui ne faisait pas attention à elle. Le vieil homme se tenait à l'extrémité de la plateforme, les mains dans les poches de son manteau, et regardait au-delà du grillage, vers le sud, là où l'avion avait explosé en plein ciel. Le pilote s'était éjecté juste avant, et descendait à présent en parachute, tandis qu'un hélicoptère surveillait la scène, en tournant tout autour.

Il y avait un problème.
Qui dépassait largement la trahison d'Ashby.

Le parachute se déploya brusquement, et Malone regarda les cordes, espérant qu'aucune ne se serait emmêlée. Au vent violent succéda instantanément le clapotement du tissu quand le parachute prit l'air. Il était toujours très haut, sûrement à plus de cinq mille pieds, mais cela lui était égal, une fois l'engin ouvert. Maintenant, il descendait tranquillement vers le sol.

À un quart de mile environ, il vit la trace d'une rocket et suivit la trajectoire du missile. L'instant d'après, une formidable boule de feu éclatait dans le ciel, comme une étoile transformée en supernova. Le C-83 avait annihilé le Skyhawk.

L'énorme explosion confirmait ce qu'il avait soupçonné.

C'était cet avion le problème.

Le Tornado poursuivit sa route au-dessus, tandis que l'hélicoptère suivait sa descente à quelque six cents mètres.

Il essaya de trouver le meilleur endroit pour atterrir. Il agrippa les sangles et força la toile rectangulaire vers le bas, comme des clapets se refermant sur des ailes, ce qui le fit descendre en spirale et accentua la vitesse de sa chute.

Trente secondes plus tard, ses pieds touchaient un champ labouré et il se replia sur le sol. Une odeur de moisi venant de la terre retournée lui monta aux narines.

Mais il se fichait bien de cette puanteur.

Il était vivant.

Thorvaldsen ne quittait pas des yeux le parachute au loin. Il n'avait plus besoin de continuer à faire semblant. Graham Ashby avait révélé son vrai visage. Comme Malone. Ce qui venait d'arriver impliquait les gouvernements. Malone travaillait donc soit avec Stéphanie, soit avec les Français, soit avec les deux.

Et cette trahison ne resterait pas lettre morte.

QUATRIÈME
PARTIE

58

Ashby descendit précipitamment l'escalier afin de regagner le rez-de-chaussée. Il avait soigneusement chronométré sa fuite, sachant qu'il ne disposerait que de quelques précieuses minutes. Il avait prévu de traverser l'avenue Gustave-Eiffel et le Champ-de-Mars, en direction de la place Jacques-Rueff, le cœur de l'ancien terrain de parade. Juste à l'est, une voiture avec Caroline à l'intérieur attendait dans l'avenue Joseph-Bouvard. Il allait devoir lui fournir quelques explications, compte tenu de ce à quoi elle allait assister. Mais ses mensonges étaient fin prêts.

Il continuait à descendre l'escalier.

Son accord avec Peter Lyon avait été clair. Jamais Lyon n'avait été engagé pour exécuter les desseins de Larocque – faire s'écraser un avion sur l'église du Dôme et déclencher simultanément deux autres attaques, à Avignon et à Bordeaux. Au lieu de cela, Ashby avait limité leur accord à Paris seulement, en choisissant plutôt la tour Eiffel comme cible. Il n'avait jamais compris les intentions de Larocque, bien que, après avoir écouté son laïus un peu plus tôt, il pût en apprécier au moins une partie.

Apparemment, la terreur ne manquerait pas de se révéler profitable.

Il arriva à la dernière volée de marches. Il était essoufflé, mais content de se retrouver sur la terre ferme. Il s'efforça de retrouver son calme et de marcher lentement. Plusieurs hommes à l'allure virile en tenue camouflage et munis de fusils automatiques arpentaient le trottoir. Sous le soubassement métallique, des centaines de gens faisaient la queue, attendant l'ouverture des ascenseurs à 13 heures.

Malheureusement, les ascenseurs ne fonctionneraient pas aujourd'hui.

La tour Eiffel s'apprêtait à disparaître.

Dans sa version revue et corrigée du plan d'Eliza Larocque, il était convenu avec Lyon que les Invalides serviraient de diversion, une façon de créer le plus de confusion possible. On avait toujours dit à Lyon que la tour était sa cible principale. Il n'avait pas besoin de savoir qu'il allait exterminer le Club de Paris dans son entier, y compris Larocque. Ça n'avait pas d'importance. Et qu'est-ce que ça pouvait bien faire à Lyon ?

Celui-ci s'était contenté de fournir les services demandés par un client. Et pour Lyon, c'était Ashby, le client. Ce ne serait pas très compliqué de mettre sur le dos de Lyon tout ce qui allait se produire. Son explication aux Américains concernant sa présence avec les autres au sommet était simple : Larocque l'avait excusé pour le restant de la réunion. Elle l'avait envoyé en mission.

Qui viendrait le contredire ?

Il passa sous l'arche sud-est et gagna le Champ-de-Mars.

Étant suffisamment loin, il s'incita à se détendre. Peter Lyon était un des tueurs les plus chevronnés du monde. D'accord, les Américains étaient impliqués, mais jamais ils ne remonteraient jusqu'à Lyon. Et à présent, avec la tragédie imminente, ils en auraient suffisamment sur les bras. Il leur avait parlé des Invalides et gardé sa part du marché. Le véhicule en flammes qu'il avait vu plus tôt devant l'église du Dôme faisait certainement partie du cirque imaginé par Lyon, ce qui lui fournirait l'excuse idéale pour les Américains. Lyon avait modifié le plan. Apparemment, le Sud-Africain trompait tout le monde, lui inclus.

Et au final ?

Il serait délivré des Américains et d'Eliza Larocque, et, si tout marchait bien, il récupérerait toutes les sommes déposées par les membres du club et trouverait le trésor de Napoléon, qu'il garderait finalement aussi pour lui.

Un sacré bénéfice.

Son père et son grand-père seraient fiers de lui.

Il continua, attendant l'explosion, prêt à réagir comme n'importe quel spectateur en état de choc.

Il entendit le moteur d'un avion s'approcher.

Et le bruit sourd de rotors.

Un hélicoptère ?

Il s'arrêta, se retourna et leva la tête juste au moment où un monomoteur, les ailes tournées presque perpendiculairement au sol, manquait la plateforme du deuxième étage d'une centaine de mètres.

Un hélicoptère militaire lui collait aux basques.

Stupéfait, il écarquilla les yeux.

Thorvaldsen sortit de l'ascenseur avec les autres membres du Club de Paris. Tout le monde avait regagné la plateforme du premier étage. Les hommes de la sécurité qui avaient ouvert les portes en verre là-haut ne leur avaient fourni aucune explication quant au fait qu'ils se soient retrouvés enfermés. Mais il connaissait la réponse. Graham Ashby avait planifié une autre tuerie.

Il regarda les autres se diriger vers la salle de réunion. La plupart des membres étaient secoués, mais ils affichaient tous un sang-froid de façade. Au sommet, il avait fait exprès de ne pas garder ses commentaires pour lui et avait vu la réaction des autres en entendant ses remarques sur Graham Ashby.

Il avait aussi remarqué la colère de Larocque – envers lui et envers Ashby.

Debout près de la rambarde extérieure, ses mains gantées dans ses poches de manteau, il vit Larocque se diriger vers lui.

« Le moment n'est plus aux faux-semblants entre nous, lui dit-il. Je n'ai plus envie de vous ménager.

– C'est ce que vous avez fait jusqu'à présent ?

– Graham Ashby a tenté de nous tuer tous.

– J'en suis consciente. Était-ce nécessaire de faire partager vos réflexions à tout le monde ? »

Il haussa les épaules.

« Autant qu'ils sachent ce qu'on leur réservait. Mais je me demande : qu'aviez-vous derrière la tête ? Nous n'étions pas là-haut pour le seul plaisir de la vue. »

Elle lui jeta un regard narquois.

« Vous ne pouvez pas croire sérieusement que je me serais fait complice de votre folie, poursuivit Thorvaldsen. Ces théories que vous avez exposées un peu plus tôt. Un fatras d'insanités, tout ça ! »

Incrédule, elle le regarda fixement. Elle paraissait tout à la fois horrifiée et fascinée par l'indignation de son interlocuteur.

« Je suis venu pour Graham Ashby, déclara-t-il. Je me suis servi de vous pour arriver jusqu'à lui. Au premier abord, j'ai cru que ce que vous mijotiez méritait qu'on s'y arrête. Peut-être est-ce le cas d'ailleurs. Mais cela m'est égal maintenant. Pas après ce qu'Ashby vient de tenter.

– Je vous assure, monsieur Thorvaldsen, qu'on ne se moque pas de moi impunément. Lord Ashby ne va pas tarder à l'apprendre. »

Il se força à prendre un ton déterminé et glacial.

« Madame, permettez-moi de mettre les choses au clair. Vous devriez vous réjouir que vos manigances ne m'intéressent plus. Si c'était le cas, je vous empêcherais d'agir. Mais je m'en moque, ça ne me regarde pas. Vous, par contre, avez plusieurs problèmes sur les bras. Le premier est Ashby. Le second est le gouvernement américain. Cet avion était piloté par un ex-agent du ministère de la Justice nommé Cotton Malone. Sa patronne au ministère est ici aussi, et, à mon avis, elle sait exactement ce que vous manigancez. Vos projets ne sont plus secrets. »

Il fit demi-tour pour s'en aller.

Elle l'attrapa par le bras.

« Pour qui vous prenez-vous ? Je ne suis pas le genre de personne qu'on renvoie comme ça. »

La colère le prit. Il était accablé par l'énormité de tout ce qui s'était produit. Pendant qu'il voyait l'avion se rapprocher du sommet de la tour, il avait compris que son manque de sérieux aurait pu lui faire rater son ultime but. D'un côté, il était content que Malone ait arrêté l'avion. De l'autre, l'affreuse, l'horrible révélation de savoir que son ami l'avait trahi lui faisait plus mal qu'il ne l'aurait jamais imaginé.

Il fallait qu'il trouve Malone, Stéphanie et Ashby, et qu'il en finisse. Le Club de Paris ne faisait plus partie de l'équation. Pas plus que cette femme ridicule qui le dévisageait avec des yeux pleins de haine.

« Lâchez-moi le bras », lui dit-il, les dents serrées.

Elle ne relâcha pas son emprise.

Il se libéra d'un mouvement brusque.

« Écartez-vous de ma route, ordonna-t-il.

— Je n'ai pas d'ordres à recevoir de vous.

— Vous feriez mieux, si vous tenez à la vie. Si vous vous mêlez en quoi que ce soit de mes affaires, je vous tue. »

Et il s'éloigna.

Ashby aperçut la voiture avec Caroline à l'intérieur garée près du trottoir. La circulation commençait à se paralyser sur les avenues parallèles au Champ-de-Mars. Les portières des voitures s'étaient ouvertes et les gens montraient le ciel du doigt.

Il sentit l'inquiétude le submerger.

Il fallait qu'il prenne le large.

L'avion n'avait pas détruit la tour Eiffel. Pire. Eliza Larocque avait compris maintenant qu'il avait tenté de les tuer tous.

Comment ne l'aurait-elle pas compris ?

Que s'était-il passé ? Lyon l'avait-il trahi ? Il avait payé la première moitié des honoraires qui lui avaient été extorqués. Le Sud-Africain devait le savoir. Pourquoi n'aurait-il pas réussi ? D'autant plus que quelque chose s'était produit à l'église du Dôme, la fumée montant à l'est confirmant que le feu brûlait toujours là-bas.

Et il y avait la question des honoraires restants.

Trois fois le tarif habituel. Un sacré paquet d'argent.

Il monta dans la voiture.

Caroline était assise sur le siège arrière. Guildhall était au volant. Il fallait que Guildhall reste à proximité.

«Tu as vu comment cet avion s'est approché de la tour ? demanda Caroline.

– Je l'ai vu.»

Il était content de ne pas devoir fournir plus d'explications.

«Tu as fini ce que tu avais à faire ?»

Il aurait bien voulu.

«Pour le moment.»

Elle était tout sourires.

«Que se passe-t-il ?

– J'ai résolu l'énigme de Napoléon.»

59

Malone était étendu sur l'herbe brûlée par le gel et il regardait l'hélicoptère se poser. La porte de l'habitacle arrière coulissa et Stéphanie sortit d'un bond, suivie par le soldat. Elle avait un regard inquiet, espérant visiblement qu'il était sain et sauf. Malone détacha le harnais du parachute et se leva.

Il se libéra du parachute.

«Tu peux dire aux Français que nous sommes quittes.»

Elle sourit.

«Mieux, se reprit-il, tu peux leur dire qu'ils me sont sacrément redevables.»

Il regarda le soldat rassembler le parachute qui se gonflait.

«Lyon est d'une arrogance diabolique, dit-il; nous faire une telle démonstration en pleine figure. Il était déjà prêt avec les petites tours à Londres, et il n'a même pas fait l'effort de dissimuler ses yeux couleur d'ambre. Il a vraiment voulu me défier. Il était gagnant-gagnant de toutes les façons. Nous arrêtons l'avion, il le colle à Ashby. Nous ratons l'avion, il satisfait son client. Je crois qu'il se foutait pas mal du résultat final.»

D'où la diversion aux Invalides et les autres avions.

« Il faut que nous trouvions Ashby.

– Il y a un problème plus important, dit-elle. Quand nous sommes passés au-dessus de la tour, j'ai vu Henrik.

– Alors, il m'a forcément vu dans ce cockpit.

– C'est bien ce que je pense. »

Le soldat attira l'attention de Stéphanie et lui désigna sa radio portative. Elle s'écarta et parla dans l'appareil, avant de revenir aussitôt.

« Nous avons intercepté un message, dit-elle en faisant un geste en direction de l'hélicoptère. Ils ont triangulé les signaux envoyés à ces avions. Nous avons une localisation au sol. »

Sam avait quitté précipitamment le sommet dès qu'un membre de la sécurité avait déverrouillé les portes du pont d'observation, conformément aux instructions de Stéphanie qui lui avait rappelé de veiller à ne pas être compromis. Il était revenu à la première plateforme bien avant que le Club de Paris ne soit redescendu et que les membres aient réintégré la salle de réunion. Il avait vu Eliza Larocque et Henrik Thorvaldsen s'affronter. Bien qu'il n'ait pas pu entendre ce qu'ils se disaient, il n'était pas difficile de sentir la tension entre eux, surtout quand Henrik lui avait fait lâcher son bras. Il n'avait pas eu de nouvelles de Stéphanie, et il ne pouvait en aucun cas se glisser à nouveau dans la salle de réunion, si bien qu'il se décida à partir.

Quelqu'un avait essayé de précipiter un avion contre la tour Eiffel et avait failli réussir. L'armée était apparemment au courant, comme le prouvait la surveillance rapprochée de l'hélicoptère.

Il fallait qu'il entre en contact avec Stéphanie.

Il arracha la cravate de son cou et déboutonna le premier bouton de sa chemise. Ses vêtements et son manteau étaient restés en bas au poste de police, sous le pylône sud, là où Meagan et lui s'étaient changés.

Il s'arrêta près du centre ouvert de la plateforme du premier étage et regarda en bas. Des centaines de gens faisaient la queue.

Un crash doublé d'une explosion à trois cents mètres au-dessus de leurs têtes aurait été horrible. C'était curieux que les autorités ne fassent pas évacuer les lieux. En fait, le chaos d'en haut avait laissé la place à un calme total. Comme si rien ne s'était passé. Il sentait l'intervention de Stéphanie derrière tout ça.

Il s'éloigna rapidement de la rambarde et commença à descendre l'escalier métallique. Henrik Thorvaldsen était parti. Sam avait décidé de ne pas l'affronter. Il ne pouvait pas, pas ici.

À mi-descente, son téléphone portable vibra dans sa poche.

Stéphanie leur en avait donné un à chacun, Meagan et lui, mettant en mémoire les numéros de chaque appareil, ainsi que le sien.

Il trouva l'appareil et répondit.

« Je suis dans un taxi, dit Meagan. En train de suivre Ashby. J'ai eu la chance d'en attraper un au vol. Il courait, mais s'est arrêté un bon moment pour regarder l'avion. Il était sous le choc, Sam.

– Nous l'étions tous.

– Ce n'est pas ce que je veux dire, dit-elle d'un ton étonné. Il était sous le choc qu'il ait raté sa cible. »

Eliza faisait face au groupe, mais son esprit était tellement en proie à des pensées conflictuelles qu'il lui était difficile de se concentrer.

« Que s'est-il passé là-haut ? demanda un des membres.

– Les gens de la sécurité enquêtent, mais il semble que l'avion ait été victime d'un dysfonctionnement. Heureusement, le problème a été réglé à temps.

– Pourquoi les portes de sortie étaient-elles fermées ? »

Elle ne pouvait pas leur dire la vérité.

« Nous devrions bientôt connaître également la réponse.

– Que voulait dire Thorvaldsen quand il prétendait que cet avion était notre destin ? Que nous allions mourir et que Lord Ashby était impliqué ? »

Elle redoutait la question depuis un moment.

« C'est apparemment une querelle personnelle entre Lord Ashby et M. Thorvaldsen. Une querelle dont je n'étais pas consciente jusqu'il y a quelques minutes. En raison de cette animosité, j'ai demandé à M. Thorvaldsen de renoncer à faire partie de notre groupe et il a accepté. Il s'est excusé pour la peur ou la gêne qu'il aurait pu causer.

– Cela n'explique pas ce qu'il a dit sur la plateforme, s'étonna Robert Mastroianni.

– Je crois que c'était surtout le fruit de son imagination. Il n'aime pas Lord Ashby. »

Sa dernière recrue ne paraissait pas satisfaite.

« Où est Ashby ? »

Elle concocta un autre mensonge.

« Il est parti à ma demande s'occuper d'une autre affaire d'importance vitale. Il se peut qu'il ne soit même pas de retour avant la fin de la réunion.

– Ce n'est pas ce que vous avez dit au sommet de la tour, remarqua l'un d'eux. Vous vouliez savoir où il était. »

Décidément, ces femmes et ces hommes n'étaient pas idiots. *Ne les traite donc pas comme tels.*

« Je savais qu'il devait partir. Je ne m'étais pas rendu compte qu'il était déjà parti.

– Où est-il allé ?

– Ce trésor d'une importance inouïe dont je vous ai parlé... Lord Ashby le recherche, et il est sur une nouvelle piste. Un peu plus tôt, il m'avait demandé de l'excuser pour qu'il puisse l'explorer. »

Elle parlait d'une voix calme et ferme, ayant appris depuis longtemps que ce n'était pas seulement ce qu'on disait qui comptait, mais la façon dont on le disait.

« Nous allons poursuivre ? demanda un autre.

– Bien sûr. Pourquoi pas ?

– Peu importe que nous ayons tous failli nous faire tuer ? » dit Mastroianni.

Il fallait qu'elle parvienne à dissiper leur peur et la meilleure façon de juguler les spéculations était de se concentrer sur le futur.

« Je suis certaine que chacun d'entre vous court des risques tous les jours. Et c'est précisément pour cela que nous sommes tous réunis ici. Pour minimiser ce risque. Nous avons encore beaucoup à discuter et de nombreux millions d'euros à gagner. Je vous propose de concentrer nos efforts en vue de nos actions futures. »

Malone était assis à l'arrière de l'hélicoptère et profitait du souffle du chauffage.

« Le signal donné aux avions venait d'un toit près de Notre-Dame, dit Stéphanie dans son casque. Sur l'île Saint-Louis, derrière la cathédrale. La police surveille le bâtiment. Nous avons utilisé les appareils de détection de l'OTAN pour repérer l'endroit.

– Ce qui pose la question. »

Il vit qu'elle comprenait.

« Je sais, dit-elle. Beaucoup trop facile. Lyon a deux longueurs d'avance sur nous. Nous nous battons avec son ombre.

– Non. Pire. Nous sommes menés par des ombres.

– Je comprends. Mais c'est tout ce que nous avons pour le moment. »

Sam descendit du taxi et paya sa course. Il était à un pâté de maisons des Champs-Élysées, au cœur d'un quartier de boutiques de luxe comme Louis Vuitton, Hermès, Dior et Chanel. Il avait suivi les indications que Meagan lui avait données par téléphone, et se trouvait maintenant devant le Four Seasons, un hôtel de sept étages à l'architecture 1920.

Il regarda tout autour et aperçut Meagan de l'autre côté de la rue. Il n'avait pas pris le temps de se changer, bien qu'il ait récupéré son manteau et ses vêtements avant de quitter en hâte la tour Eiffel. Quant à Meagan, elle portait toujours la chemise et le pantalon de leur uniforme de service. Il lui avait également apporté ses vêtements.

« Merci », dit-elle, en enfilant son manteau.

Elle tremblait. Il faisait froid, c'est vrai, mais il se demanda si ce n'était pas autre chose. Il posa la main sur son dos pour la calmer, ce qu'elle parut apprécier.

« Tu étais en haut ? » demanda-t-elle.

Il inclina la tête.

« On a failli y rester, Sam. »

Il acquiesça. Mais maintenant, c'était terminé.

« Que se passe-t-il ici ?

– Ashby et ses gens sont entrés dans l'hôtel.

– Je me demande ce que nous sommes censés faire maintenant. »

Elle parut se reprendre et se dirigea vers une ruelle étroite entre les deux bâtiments.

« Réfléchis-y, Sherlock, pendant que je me change. »

Il sourit en voyant son assurance et s'efforça de mobiliser ses propres ressources. Appeler Stéphanie ou Malone pouvait s'avérer problématique. Les consignes qu'il avait reçues étaient de ne suivre personne. Évidemment, Stéphanie Nelle n'avait pas prévu non plus qu'on précipiterait un avion sur la tour Eiffel. Il avait fait ce qu'il pensait être le mieux et, jusqu'à présent, il ne s'était pas trahi.

Mais en était-il sûr ?

Thorvaldsen avait pu le voir dans la salle de réunion. Mais personne n'avait mentionné la présence du Danois.

Il prit donc une décision.

Celle de demander conseil au seul homme qui lui avait jamais demandé conseil.

Malone sauta de l'hélicoptère pendant qu'il se posait derrière Notre-Dame sur une pelouse entourée d'arbres. Un capitaine de police en uniforme attendait qu'ils se soient éloignés du souffle des rotors.

«Vous aviez raison, dit le policier à Stéphanie. Le propriétaire de ce bâtiment a confirmé qu'un homme avec des yeux
ambre a loué un appartement au troisième étage il y a une
semaine. Il a réglé trois mois d'avance.

– Le bâtiment est sécurisé ? demanda-t-elle.

– Nous l'avons cerné. Discrètement. Comme vous l'avez
demandé.»

Malone perçut une nouvelle fois l'espèce de gêne qui
semblait exister entre lui et Stéphanie. Encore une fois, Lyon
n'avait fait aucun effort pour dissimuler sa trace.

Débarrassé de sa combinaison de pilote dégoûtante, il avait
retrouvé sa veste en cuir et repris possession de son Beretta.

Il n'avait pas le choix.

«Voyons ce que ce fils de pute a en magasin cette fois»,
dit-il.

60

Ashby avait rejoint une des quatre suites royales du Four Seasons.

« Amène-moi les Murray, ordonna-t-il à Guildhall. Je les veux en France ce soir. »

Caroline le regardait comme si elle lisait dans ses pensées. Il avait le visage rouge et congestionné à cause du froid et de son état de nerfs, la voix lasse et rauque.

« Que se passe-t-il, Graham ? » demanda-t-elle.

Pour que cette femme reste son alliée, il préférait ne pas trop lui mentir.

« Une affaire a mal tourné. Mme Larocque risque d'être assez furieuse. Suffisamment pour vouloir s'en prendre à moi. »

Caroline secoua la tête.

« Qu'est-ce que tu as fait ? »

Il sourit.

« J'ai simplement essayé de me débarrasser des autres. »

Il promena les yeux sur les longues jambes et les hanches de sa compagne. Le seul fait de contempler ces lignes parfaites lui permettait d'oublier le problème, ne serait-ce qu'un instant.

« Tu ne peux pas m'en vouloir pour ça, ajouta-t-il. Nous en sommes simplement revenus à la case départ. Je voulais juste en finir avec Eliza. Elle est complètement folle, tu sais.

– Donc nous avons besoin des Murray ? Et de Guildhall ?

– Et peut-être d'autres hommes encore. Cette garce risque d'être furieuse.

– Dans ce cas, donnons-lui matière à être vraiment furieuse. »

Il avait attendu qu'elle veuille bien expliquer ce qu'elle avait trouvé.

Elle se leva et prit un sac de cuir sur un fauteuil à proximité. Elle en sortit une feuille de papier sur laquelle étaient écrites les quatorze lignes de lettres du livre sur les Mérovingiens, rédigées de la main de Napoléon lui-même.

« C'est exactement comme celui que nous avons trouvé en Corse, dit-elle. Celui avec une écriture en majuscules qui correspondait au psaume XXXI, écrit par Napoléon également. Quand j'ai placé une règle sous les lignes, c'est devenu évident. »

Elle prit une règle et lui en fit la démonstration.

Il remarqua aussitôt des lettres plus hautes que les autres.

« Qu'est-ce que ça raconte ? »

Elle lui tendit un autre morceau de papier et il vit toutes les lettres hautes.

ADOGOBERTROIETASIONESTCETRESORETILESTLAMORT

« Ça n'a pas été compliqué de retrouver les mots, dit-elle. Il suffit d'ajouter quelques espaces. »

Elle montra une autre feuille.

A DOGOBERT ROI ET A SION EST CE TRESOR
ET IL EST LA MORT

« Au roi Dagobert et à Sion appartient le trésor et il est là-bas mort. » Il haussa les épaules d'un air accablé. « Qu'est-ce que ça veut dire ? »

Ses lèvres appétissantes esquissèrent un sourire malicieux. « Beaucoup de choses. »

Malone entra dans le bâtiment, pistolet à la main, et grimpa l'escalier.

Stéphanie le suivit.

La police attendait dehors.

Ni l'un ni l'autre ne sachant exactement ce qu'ils allaient trouver, ils pensaient qu'il valait mieux impliquer le moins de gens possible. Le maintien de l'ordre allait bientôt devenir un problème, avec deux monuments nationaux visés et des avions abattus en plein vol. Le président Daniels leur avait assuré que les Français se chargeraient des médias. « Concentrez-vous sur Lyon », avait-il ordonné.

Ils atteignirent le troisième étage et trouvèrent l'appartement que l'homme aux yeux d'ambre avait loué, et pour lequel le propriétaire leur avait fourni un passe.

Stéphanie se posta d'un côté de l'entrée, revolver à la main. Malone se positionna de l'autre côté et frappa à la porte. Ne comptant pas sur une réponse, il mit la clé dans la serrure, tourna la poignée et poussa brusquement la porte.

Il attendit quelques secondes, puis regarda à l'intérieur.

L'appartement était complètement vide, il ne restait qu'une chose : un ordinateur portable posé sur le parquet, l'écran face à eux, avec un compteur en marche.

2 :00 minutes

1 :59 minute

1 :58 minute

Thorvaldsen avait appelé sept fois le mobile de Malone en tombant chaque fois sur la messagerie, ce qui ne faisait qu'augmenter son inquiétude.

Il devait absolument lui parler.

Plus important encore, il fallait qu'il trouve Graham Ashby. Il n'avait pas ordonné à ses enquêteurs de suivre le Britannique après qu'il eut quitté l'Angleterre plus tôt dans la matinée. Il supposait qu'Ashby resterait à la tour Eiffel jusque tard dans l'après-midi. À ce moment-là, ses hommes seraient en France, prêts à passer à l'action.

Mais Ashby avait un autre plan.

Thorvaldsen était seul dans sa chambre du Ritz. Que faire maintenant ? Il ne savait plus où il en était. Il avait tout planifié soigneusement, prévoyant à peu près tout – sauf le massacre collectif du Club de Paris. Innovant de la part d'Ashby, le moins qu'on puisse dire. Eliza Larocque devait être dans tous ses états. Ses plans minutieusement conçus étaient réduits à zéro. Au moins, elle devait bien se rendre compte qu'il n'avait pas menti à propos de son lord britannique prétendument digne de confiance. À présent, Ashby avait deux personnes qui voulaient sa mort.

Ce qui lui fit repenser à Malone, au livre et à Murad.

Peut-être le professeur savait-il quelque chose ?

Son téléphone portable sonna.

L'écran affichait NUMÉRO CACHÉ, mais il répondit quand même.

«Henrik, dit Sam Collins. J'ai besoin de ton aide.»

Il voulait savoir si tous les gens autour de lui étaient des menteurs.

«Qu'est-ce que tu as fait?»

Il y eut un silence au bout de la ligne.

Puis Sam finit par dire:

«J'ai été recruté par le ministère de la Justice.»

Il était content que le jeune homme lui ait dit la vérité. Il méritait qu'il lui rende la pareille.

«Je t'ai vu à la tour Eiffel. Dans la salle de réunion.

– Je m'en suis douté.

– Que se passe-t-il, Sam?

– Je suis sur les traces d'Ashby.»

C'était la meilleure nouvelle qu'il ait eue depuis longtemps.

«Pour le compte de Stéphanie Nelle?

– Pas vraiment. Mais je n'avais pas le choix.

– Tu as un moyen de la contacter?

– Elle m'a donné un numéro direct, mais j'hésitais à l'appeler. Je voulais te parler d'abord.

– Dis-moi où tu es.»

Malone s'approcha de l'ordinateur portable pendant que Stéphanie fouillait les deux autres pièces de l'appartement.

«Vides!» cria-t-elle.

Il s'agenouilla. Le comptage continuait à défiler sur l'écran, approchant bientôt une minute. Il remarqua une carte de données insérée dans une des prises sur le côté – la source de la connexion sans fil. Dans la partie en haut à droite de l'écran, l'indicateur de charge indiquait 80 %. L'appareil n'était pas allumé depuis longtemps.

41 secondes.

«Ne ferions-nous pas mieux de partir? demanda Stéphanie.

– Lyon savait que nous allions venir. Exactement comme aux Invalides, s'il voulait nous tuer, il aurait trouvé un moyen plus simple.»

28 secondes.

«Décidément, ce type est une vraie ordure.»

19 secondes.

«Henrik a appelé sept fois, lui dit-il, pendant qu'ils gardaient tous les deux les yeux rivés sur l'écran.

– Il va falloir s'en occuper.

– Je sais.»

12 secondes.

«Tu te trompes peut-être en supposant qu'il n'y a pas de bombe ici», marmonna-t-elle.

9 secondes.

«Je me suis déjà trompé.»

6 secondes.

«Ce n'est pas ce que tu as dit dans la cour d'honneur.»

Un 5 apparut, puis 4, 3, 2,1.

61

Ashby attendait les explications de Caroline. Elle s'amusait visiblement beaucoup.

« Si on doit en croire la légende, dit-elle, seul Napoléon connaissait l'endroit de son trésor. Il n'a confié cette information à personne de notre connaissance. Une fois qu'il a compris qu'il allait mourir à Sainte-Hélène, il fallait qu'il communique l'endroit à son fils. »

Elle désigna les quatorze lignes d'écriture.

« "Au roi Dagobert et à Sion appartient le trésor et il est là-bas mort." C'est enfantin. »

Peut-être pour quelqu'un possédant une foule de diplômes en histoire, pensa Ashby, mais pas pour lui.

« Dagobert était un Mérovingien qui régnait au début du VIIᵉ siècle. Il unifia les Francs et fit de Paris sa capitale. Ce fut le dernier Mérovingien à exercer un véritable pouvoir. Après cela, les rois mérovingiens sont devenus des dirigeants inefficaces qui héritaient du trône étant enfant et vivaient juste le temps d'engendrer un héritier mâle. Le vrai pouvoir était entre les mains des familles nobles. »

Il pensait toujours à Peter Lyon et à Eliza Larocque, et à la menace qu'ils représentaient. Il voulait agir et ne pas se contenter d'écouter. Mais il s'incita à la patience. Elle ne l'avait jamais déçu.

« Dagobert a bâti la basilique de Saint-Denis, au nord de Paris. Il fut le premier roi à être enterré là. » Elle marqua un temps d'arrêt. « Il y est toujours. »

Il s'efforça de rassembler ses souvenirs concernant cet endroit. L'édifice avait d'abord été construit sur la tombe de saint Denis, un évêque local martyrisé par les Romains au IIIe siècle, qui était révéré par les Parisiens. Un bâtiment exceptionnel à la fois par sa construction et sa conception, considéré comme l'un des premiers exemples de l'architecture gothique dans le monde. Une de ses relations françaises s'était un jour vantée devant lui, disant que cet endroit rassemblait la plus grande concentration au monde de monuments funéraires royaux. Comme si cela avait eu la moindre importance pour lui. Mais peut-être avait-il tort. Surtout en raison d'une tombe royale bien précise.

« Personne ne sait si Dagobert est vraiment enterré là, précisa-t-elle. Une première église a d'abord été édifiée au Ve siècle. Pendant son règne au VIIe siècle, Dagobert la fait rebâtir. Il a donné une telle fortune pour l'embellissement de la basilique que, vers le IXe siècle, on lui en attribuait la fondation. Au XIIIe siècle, les moines y consacrèrent une niche funéraire en son honneur.

– Dagobert est-il là-bas oui ou non ? »

Elle haussa les épaules.

« Quelle importance ? Cette niche est toujours considérée comme la tombe de Dagobert. L'endroit où il se trouve. Mort. »

Il comprit ce qu'elle voulait dire.

« C'est ce dont aurait été persuadé Napoléon ?

– Je ne vois pas comment il aurait pu croire autre chose. »

Malone ne quittait pas des yeux l'écran de l'ordinateur avec son unique mot étalé en majuscules, souligné par trois points d'exclamation. BOUM !!!

« Voilà qui est intéressant, ironisa Stéphanie.

– Lyon est un vrai fétichiste des bombes. »

L'écran s'effaça et un nouveau message apparut.

QUE DISENT LES AMÉRICAINS ?
UN JOUR DE RETARD ET UN DOLLAR EN MOINS
LA PROCHAINE FOIS PEUT-ÊTRE.

« De mieux en mieux », remarqua Malone.

Stéphanie avait l'air affreusement déçue et frustrée. Il savait parfaitement ce qu'elle pensait.

Pas de Club de Paris. Pas de Lyon. Rien.

« Ce n'est pas si terrible », dit-il.

L'étincelle dans son regard n'avait pas échappé à Stéphanie.

« Tu as quelque chose derrière la tête ? »

Il acquiesça.

« Un moyen pour mettre enfin la main sur cette ombre. »

Ashby fixait la photo du monument funéraire de Dagobert que Caroline avait trouvée sur Internet, un monument très élaboré de style gothique.

« Il illustre la légende de l'ermite Jean, dit-elle. Il a rêvé que l'âme de Dagobert était volée par des démons, et arrachée ensuite à leurs griffes par saint Denis, saint Maurice et saint Martin.

– Et ce monument se trouve à l'intérieur de la basilique de Saint-Denis ? »

Elle acquiesça.

« À côté du grand autel. Il est parvenu à échapper à la vindicte de la Révolution française. Avant 1800, pratiquement tous les monarques français étaient enterrés à Saint-Denis. Mais la plupart des monuments funéraires en bronze ont été fondus pendant la Révolution française, et le reste démoli et entassé dans un jardin derrière le bâtiment. Les restes de tous les Bourbons ont été jetés dans une fosse du cimetière voisin.»

Cette vengeance sauvage lui fit penser à Eliza Larocque.

«Les Français ont la colère tenace.

– Napoléon a mis fin au vandalisme et a restauré l'église, dit-elle. Il lui a rendu sa vocation de sépulture impériale.»

Il comprit ce qu'elle voulait dire.

«Il connaissait donc bien la basilique ?

– Le rapport avec les Mérovingiens avait certainement suscité son intérêt. Plusieurs Mérovingiens y sont enterrés. Parmi lesquels Dagobert.»

La porte de la suite s'ouvrit et Guildhall réapparut. Il fit un léger signe de tête à Ashby pour lui indiquer que les Murray étaient en route. Il se sentirait mieux au milieu de ses fidèles. Il allait falloir faire quelque chose pour Eliza Larocque. Il ne pouvait pas constamment surveiller ses arrières, et se demander en permanence si elle parviendrait à le rattraper. Peut-être pourrait-il passer un accord avec elle ? Elle était ouverte à la négociation. Mais il avait tenté de la tuer, et elle était certainement au courant à présent. Tant pis. Il traiterait avec elle ultérieurement. Pour l'instant...

«Très bien, ma chère. Dis-moi. Que se passera-t-il quand nous nous rendrons à Saint-Denis ?

– Et si je répondais à cette question une fois sur place ?

– Tu connais la réponse ?

– Je crois.»

Thorvaldsen descendit du taxi et aperçut Sam avec une femme de l'autre côté de la rue. Il enfouit ses mains nues dans ses poches de manteau et traversa. La circulation était fluide dans l'avenue bordée d'arbres, toutes les boutiques de luxe avoisinantes étant fermées pour Noël.

Sam paraissait inquiet. Il lui présenta aussitôt la femme et expliqua qui elle était.

«Vous vous êtes fourrés dans un sacré pétrin tous les deux, dit-il.

– Nous n'avions pas tellement le choix, répondit Meagan.

– Ashby est toujours à l'intérieur ? » demanda-t-il en montrant l'hôtel.

Sam acquiesça.

« À condition qu'il n'ait pas décidé d'emprunter une autre sortie. »

Il contempla le Four Seasons de l'autre côté de l'avenue en se demandant ce que son petit malin avait derrière la tête.

« Henrik, j'étais au sommet de la tour, dit Sam. Je suis monté après qu'Ashby en est redescendu. Cet avion... il visait le club, non ? »

Thorvaldsen acquiesça.

« Évidemment. Que faisais-tu là-haut ?

– J'étais venu te chercher. »

Ces mots lui firent penser à Cai. Sam avait presque l'âge que Cai aurait eu, s'il avait survécu. Ce jeune Américain lui rappelait beaucoup son fils. C'était peut-être ça qui l'avait attiré chez lui. Un besoin d'amour sans doute, et tout un tas d'implications psychologiques qui, jusqu'à ces deux dernières années, ne voulaient rien dire pour lui.

À présent, cela le rongeait.

Mais en dépit de l'amertume qui l'habitait constamment, la petite voix de la raison était toujours audible. Une voix qui lui disait de prendre son temps et de réfléchir. Il se tourna vers Sam.

« Cotton a empêché cette catastrophe de se produire, dit-il. C'est lui qui pilotait l'avion. »

Il vit le regard incrédule du jeune homme.

« Tu ne vas pas tarder à comprendre que lui et Stéphanie ne manquent pas de ressources. Par chance, ils maîtrisaient l'affaire. » Il s'arrêta. « Comme toi, apparemment. Tu as fait preuve de courage. Bravo. »

Puis il en arriva au motif de sa visite.

« Tu as dit que tu avais un moyen d'entrer en contact avec Stéphanie Nelle ? »

Sam acquiesça.

« Vous la connaissez ? lui demanda Meagan.

– Elle et moi avons travaillé ensemble plusieurs fois. Disons que nous nous connaissons. »

La jeune femme ne semblait pas particulièrement impressionnée.

« C'est une garce.

– Elle peut effectivement l'être.

– J'hésitais à l'appeler, dit Sam.

– Tu as tort. Elle doit être au courant pour Ashby. Fais son numéro et nous lui parlerons ensemble. »

62

Eliza salua les derniers membres du Club de Paris qui quittaient la salle Gustave-Eiffel. Elle avait réussi à se contenir pendant tout l'après-midi et à apaiser l'inquiétude ambiante. Les accusations de Thorvaldsen paraissaient avoir été sinon oubliées, du moins digérées, à la fin de la réunion.

Quant à ses propres craintes, c'était une autre affaire.

Deux heures plus tôt, pendant une pause, elle avait passé un coup de téléphone.

L'homme qu'elle avait cherché à joindre s'était montré ravi de l'entendre. Son ton de voix monotone était dépourvu de la moindre émotion, il assura qu'il était disponible et prêt à traiter avec elle. Elle était tombée sur lui quelques années plus tôt quand elle avait besoin d'un coup de main un peu spécial envers un débiteur – quelqu'un qui estimait que l'amitié permettait de se dispenser de s'acquitter de ses obligations. Elle s'était renseignée, avait entendu parler de ce dont l'homme était capable, et, quatre jours après, le débiteur avait remboursé intégralement les millions d'euros qu'il devait. Elle n'avait jamais cherché à savoir par quel miracle, se contentant du résultat. Depuis lors, il y avait eu trois autres «situations». Chaque fois, elle avait repris contact. Chaque fois, la tâche avait été accomplie.

Elle espérait qu'il en irait de même aujourd'hui.

Il habitait Montmartre, à l'ombre des dômes et des campaniles qui s'élevaient du point le plus élevé de Paris. L'immeuble se trouvait rue Chappe, une rue ombragée bordée d'immeubles typiquement montmartrois, de boutiques et de cafés branchés.

Elle monta l'escalier jusqu'au deuxième et frappa doucement à la porte portant un 5 en cuivre. L'homme qui ouvrit était petit et mince, avec des cheveux gris aussi ternes que de l'étoupe. Son nez busqué et la forme de sa mâchoire lui faisaient penser à un faucon, un terme qui s'appliquait parfaitement à Paolo Ambrosi.

Il l'invita à entrer.

«Que puis-je faire pour vous aujourd'hui? demanda Ambrosi d'une voix calme.

— Vous allez toujours droit au but.

— Vous êtes quelqu'un d'important. Votre temps est précieux. Je suppose que vous n'êtes pas venue ici, le jour de Noël, pour une broutille.»

Elle comprit le sous-entendu.

«Et payer le tarif que vous demandez?»

Il inclina légèrement la tête, laquelle paraissait ridiculement petite par rapport à sa corpulence.

«Cette mission est spéciale, dit-elle. Elle doit être faite rapidement.

— Qu'entendez-vous par *rapidement*?

— Aujourd'hui.

— Je suppose que vous avez les informations nécessaires pour une préparation convenable.

— Je vais vous mener directement à la cible.»

Ambrosi portait un col roulé noir, une veste de tweed noir et blanc, et un pantalon en velours noir, un ensemble qui contrastait avec son teint pâle. Elle se demanda quelles étaient les motivations de cet homme sinistre. Probablement une longue histoire.

« Avez-vous une préférence pour la méthode ? demanda-t-il.

– Seulement que ce soit douloureux et lent. »

L'homme jeta sur elle un regard froid dépourvu de tout humour. « Vous ne vous attendiez pas à ce qu'il vous trahisse. »

Elle apprécia sa capacité à lire dans ses pensées.

« C'est le moins qu'on puisse dire.

– Votre soif de revanche est-elle si importante ?

– Encore plus que cela.

– Dans ce cas, nous obtiendrons une totale réparation. »

Sam composa le numéro sur son téléphone portable. On décrocha presque aussitôt à l'autre bout de la ligne.

« Que se passe-t-il, Sam ? dit Stéphanie.

– Je tiens Ashby. »

Il lui raconta exactement ce qui était arrivé depuis la tour Eiffel.

« Tu n'étais pas supposé le suivre, affirma-t-elle.

– Pas plus qu'un avion n'était supposé nous percuter en vol.

– J'apprécie ton ingénuité. Reste où tu es. »

Henrik lui reprit le téléphone. Apparemment, son ami voulait parler avec Stéphanie Nelle, et il voulait savoir pourquoi. Sam se contenta donc de reculer afin de pouvoir écouter la conversation.

« C'est bon de savoir que le gouvernement américain a pris les choses en main, dit Thorvaldsen.

– Et c'est bon aussi de pouvoir te parler à toi, Henrik, répondit Stéphanie, visiblement prête pour la bataille.

– Tu t'es mêlée de mes affaires, dit-il.

– Au contraire. C'est toi qui t'es mêlé des nôtres.

– Qu'est-ce que tu racontes ? Rien de tout cela ne concerne l'Amérique.

– N'en sois pas aussi certain. Tu n'es pas le seul à t'intéresser à Ashby. »

Son estomac se serra. C'était ce dont il se doutait, tout en espérant se tromper.

« Il représente quelque chose pour vous ?

– Tu sais bien que je ne peux ni confirmer ni infirmer. »

Il n'avait pas besoin qu'elle reconnaisse quoi que ce soit. Ce qui venait d'arriver à la tour Eiffel expliquait tout.

« Ce n'est pas difficile d'imaginer ce qui se passe.

– Disons seulement qu'il y a beaucoup plus en jeu que ta revanche.

– Pas pour moi.

– À quoi cela servirait-il que je te dise que je comprends ? Que je ferais la même chose si les rôles étaient inversés ?

– Tu t'es quand même mêlée de mes affaires.

– Nous t'avons sauvé la vie.

– Vous avez donné le livre à Ashby.

– Ce qui était une bonne idée. Ça l'a endormi. Heureusement pour toi, d'ailleurs, sinon tu serais mort. »

Il n'était pas d'humeur à manifester sa reconnaissance.

« Cotton m'a trahi. Je n'ai pas le temps, pour le moment, de m'en inquiéter. Mais je le ferai.

– Cotton a fait marcher son cerveau. Tu devrais en faire autant, Henrik.

– Mon fils est mort.

– Je n'ai pas besoin de pense-bête.

– Apparemment, ce n'est pas le cas. »

Il s'arrêta, reprit son souffle et retrouva son calme.

« C'est mon affaire, pas la tienne, ni celle de Cotton, ou du gouvernement américain.

– Henrik, écoute-moi. Il ne s'agit pas de toi. Un terroriste est impliqué là-dedans. Un homme nommé Peter Lyon. Nous essayons de le coincer depuis une bonne dizaine d'années. Il est enfin sorti de sa clandestinité. Il faut que tu nous laisses en finir avec lui. Seulement nous avons besoin d'Ashby pour le faire.

– Et une fois terminé ? Que deviendra le meurtrier de mon fils ? »

Son interlocutrice ne répondit pas. Ce qui lui confirma ce qu'il savait déjà.

« C'est bien ce que je pensais. Au revoir, Stéphanie.

– Que vas-tu faire ? »

Il éteignit le téléphone et le tendit à Sam. Meagan et lui étaient restés silencieux, se contentant de l'observer, l'air préoccupé.

« Tu vas me trahir toi aussi ? demanda-t-il à Sam.

– Non. »

La réponse avait fusé. Trop vite peut-être. Mais cette bonne âme était anxieuse de prouver de quoi elle était capable.

« Il se passe quelque chose », dit Meagan.

Il se retourna et regarda l'hôtel de l'autre côté de l'avenue.

Ashby apparut à l'entrée et parla au concierge, lequel héla promptement un taxi. Thorvaldsen se tourna vers les immeubles derrière lui pour dissimuler son visage.

« Il est dans le taxi, dit Sam.

– Trouves-en un pour nous aussi. »

63

Ashby descendit sur le quai au pont de l'Alma et monta dans le bateau-mouche. Vers l'est, des cloches sonnèrent 15 heures. Il n'avait jamais fait de circuit en bateau sur la Seine, tout en sachant que ce genre de croisière était très populaire. Le bateau n'était même pas à moitié plein. Une vingtaine d'étrangers à peine occupaient les sièges sous un auvent en plexiglas couvert de suie. Il se demanda pourquoi Peter Lyon tenait tellement à une rencontre dans un endroit aussi moche. Il avait reçu l'appel une heure auparavant, et une voix brusque lui avait indiqué l'heure et le lieu. Il avait dit à Caroline de continuer à exploiter sa découverte, et qu'il reviendrait vite. Après avoir envisagé d'ignorer les exigences de Lyon, il en avait décidé autrement. De toute façon, Lyon était celui qui avait échoué, pas lui. Et il y avait également le problème des honoraires déjà payés et du reste dû.

Il s'installa au dernier rang et attendit dix minutes le démarrage des moteurs ; puis la coque plate se mit à glisser sur le fleuve en direction de l'est, vers l'île de la Cité. Dans un haut-parleur, une voix de femme décrivait en anglais les deux rives ainsi que les sites remarquables, tandis que les appareils photo se déclenchaient.

Un petit coup sur l'épaule attira son attention et il se retourna. Un homme de haute taille, blond, l'air courtois, lui faisait face. Il devait avoir dans les soixante-cinq ans, un visage aux traits tirés, dissimulé derrière une barbe touffue et une moustache. Une apparence complètement différente de l'autre jour, hormis les yeux de la même couleur, ambre. L'homme portait un manteau en tweed et un pantalon en velours côtelé. Comme toujours, il avait l'allure d'un Européen.

Ashby le suivit vers l'arrière, en dehors de l'abri en plexiglas, au froid. Le guide à l'intérieur continuait à focaliser l'attention des gens.

« Comment faut-il vous appeler aujourd'hui ? demanda-t-il.

– Pourquoi pas Napoléon ? »

La voix était rauque, une voix de gorge, plus américaine cette fois.

Le bateau passait devant le Grand Palais, situé sur la rive droite.

« Je peux savoir ce qui s'est passé ?

– Non, vous ne pouvez pas », répondit Lyon.

Ashby n'entendait pas s'en tenir à ce refus.

« C'est vous qui avez échoué. Et, en plus, cela m'a valu d'être découvert. Les Américains mettent la pression. Avez-vous la moindre idée de la situation que vous avez engendrée ?

– Ce sont les Américains qui s'en sont mêlés.

– Et ça vous a surpris ? Vous saviez qu'ils étaient sur le coup. Je vous ai payé trois fois votre tarif pour compenser leur implication. »

Il ne contenait plus son exaspération, mais cela lui était égal.

« Vous aviez dit que le spectacle serait incroyable.

– Je ne sais pas encore qui est le coupable, dit Lyon. Mon planning était impeccable. »

C'était le même ton condescendant qui avait fini par l'exaspérer. Hélas ! il ne pouvait pas révéler qu'il s'était servi de Lyon pour faire son sale boulot.

« Que peut-on faire pour arranger la situation ?

– C'est votre problème, j'en ai terminé. »

Ashby n'en croyait pas ses oreilles. « Vous avez...

– Je veux savoir, coupa Lyon. Qu'espériez-vous gagner en tuant ces gens à la tour ?

– Comment savez-vous que je voulais les tuer ?

– Exactement comme je l'ai appris pour les Américains. »

Cet homme en savait trop. Mais Lyon lui semblait beaucoup moins sûr de lui aujourd'hui. Heureusement, le diable lui-même n'est pas toujours infaillible. Il décida de ne pas trop lui faire perdre la face. Il avait encore besoin de lui.

« Je n'aurais jamais pu me débarrasser d'eux, dit-il. Surtout de Larocque. J'avais décidé de mettre un terme à cette relation d'une façon qu'elle aurait appréciée.

– Et combien y avait-il en jeu ?

– Décidément, vous aimez en venir droit au fait, n'est-ce pas ? » lâcha Ashby, l'air narquois.

Lyon changea de position contre le bastingage arrière.

« C'est toujours une question d'argent.

– J'ai accès aux millions du club qui ont été déposés dans ma banque. C'est comme ça que vous avez été payé. Je me moquais bien de ce que vous pouviez me demander. Évidemment, cet argent, ou ce qu'il en reste, aurait été à moi si vous aviez réussi votre opération aérienne. »

Il lui laissa le temps de digérer ses paroles, soulignant une nouvelle fois sa responsabilité dans l'attaque ratée. Il en avait assez de cette comédie et, agacé par l'arrogance de cet homme, il retrouvait progressivement son courage.

« Qu'y avait-il véritablement en jeu, Lord Ashby ? »

Cette information-là, il n'allait pas la partager.

« Cela dépasse tout ce que vous pouvez imaginer. Largement de quoi compenser les risques encourus en tuant ces gens. »

Lyon ne dit rien.

« Vous avez été payé, asséna Ashby. Mais je n'ai pas obtenu le service promis. Vous parlez toujours du caractère des individus et de l'extrême importance que cela a pour vous. Quand vous échouez, vous gardez l'argent des gens ?

– Vous voulez toujours leur mort ? » Lyon marqua un temps d'arrêt. « À supposer que je veuille poursuivre notre collaboration.

– Vous n'avez pas besoin de les tuer tous. Disons seulement Larocque, en contrepartie de ce que vous avez déjà touché, et pour le reste de ce qui vous est dû. »

Thorvaldsen n'avait pas pu monter à bord du bateau-mouche en même temps qu'Ashby. Ses hommes étaient en route, et ils devaient arriver d'Angleterre dans les prochaines heures, si bien qu'ils ne pouvaient lui être d'aucune aide pour l'instant. Il avait donc décidé de suivre la course lente du bateau en taxi, en empruntant l'artère animée qui longeait la Seine.

Il avait d'abord envisagé d'envoyer Sam ou Meagan, mais il craignait qu'Ashby ne les reconnaisse après les avoir vus à la réunion. À présent, il n'avait plus le choix. Il se tourna vers Sam.

« Je veux que tu montes à bord au prochain arrêt pour voir ce que fait Ashby. Trouve-moi aussi le trajet du bateau et transmets-le-moi par téléphone immédiatement.

– Pourquoi moi ?

– Tu as été capable de te déguiser pour Stéphanie Nelle, tu peux bien faire ça pour moi. »

Il vit que sa remarque avait piqué le jeune homme au vif, ce qui était son intention.

Sam acquiesça.

« Je peux le faire. Mais Ashby m'a peut-être vu dans la salle de réunion.

– C'est le risque à courir. Mais je doute qu'il fasse très attention au petit personnel. »

La voie qu'ils avaient empruntée passait devant le Louvre, avec toujours la Seine sur la droite. Il vit le bateau-mouche ralentir en direction du quai juste en contrebas. Il demanda au chauffeur de s'arrêter au bord du trottoir.

Il ouvrit la portière et Sam sauta hors du véhicule dans le froid de l'après-midi.

« Fais attention à toi », dit-il. Puis il claqua la portière et demanda au chauffeur de reprendre sa course, mais lentement, sans perdre de vue le bateau.

« Vous n'avez toujours pas répondu à ma question, insista Lyon. Quel est l'enjeu de toute cette histoire, Lord Ashby ? »

Pour s'assurer de la collaboration sans faille de Lyon, il allait devoir lâcher un peu de lest.

« Un trésor inestimable. Un trésor de loin supérieur aux honoraires que vous m'avez extorqués. »

Il fallait qu'il persuade ce voyou qu'il n'avait plus peur de lui.

« Et donc Larocque et les autres doivent être éliminés pour que vous puissiez mettre la main dessus ? »

Il haussa les épaules.

« Seulement elle. Mais quant à tuer des gens, autant les tuer tous.

— Je vous ai vraiment sous-estimé, Lord Ashby. »

Sans blague.

« Et les Américains ? Vous les avez roulés eux aussi ?

— Je leur ai dit ce que je devais leur dire, et laissez-moi ajouter que je ne vous aurais jamais sacrifié. Si les choses avaient bien tourné, j'aurais récupéré ma liberté, le trésor, l'argent du club, et vous seriez passé au client suivant – après avoir encaissé une somme non négligeable.

— Les Américains ont été plus malins que je ne le prévoyais.

— C'est probablement votre erreur. J'ai joué intégralement mon rôle, et je suis prêt à vous payer le reste des honoraires. À condition que... »

Le bateau fit halte à l'arrêt du Louvre. De nouveaux passagers montèrent à bord et allèrent docilement s'asseoir sous l'abri. Ashby garda le silence jusqu'à ce que les moteurs redémarrent et que le bateau reprenne son cours sur la Seine.

« J'attends », répondit Lyon.

Sam préféra ne pas s'asseoir trop à l'arrière. Il choisit plutôt de se mêler à la foule éparse armée d'appareils photo. L'intérieur de l'auvent était relativement confortable, en raison de l'air chaud provenant des chaudières du bateau. Ashby et l'autre homme – l'étranger vêtu de tweed anglais avec sa chevelure blonde bouffante – étaient restés à l'extérieur de l'abri où il devait faire atrocement froid.

Il concentra son attention sur les rives du fleuve tandis que le guide débitait son discours dans le haut-parleur à propos de l'île de la Cité qui s'étendait juste devant, et ses nombreux points d'intérêt Il fit mine de s'intéresser à la visite afin de pouvoir garder un œil sur ce qui se passait. Le guide mentionna que leur trajet les mènerait par la rive gauche autour de l'île, en passant devant Notre-Dame, jusqu'à la bibliothèque François-Mitterrand.

Il composa le numéro de téléphone et communiqua le trajet.

Thorvaldsen écouta, coupa la communication et considéra l'artère devant lui.

« Traversez le fleuve, dit-il au chauffeur, puis prenez à gauche, vers le Quartier latin. Mais ne vous éloignez pas. »

Il ne voulait pas perdre de vue le bateau-mouche.

« Que faites-vous ? demanda Meagan Morrison.

– Combien de temps avez-vous vécu à Paris ? »

Elle parut surprise par sa question, d'autant plus qu'il l'avait ignorée jusque-là.

« Des années.

– Dans ce cas, connaissez-vous un pont qui mène à la rive gauche à la hauteur de Notre-Dame ? »

Elle hésita, réfléchissant à sa question. Visiblement, elle connaissait la réponse, mais elle voulait seulement comprendre l'importance de l'information.

« Il y a un pont juste après. Le pont de l'Archevêché.

– Encombré ? »

Elle secoua la tête.

« Surtout des piétons. Sinon quelques voitures se rendant dans l'île Saint-Louis, en passant derrière la cathédrale.

– Allez-y, ordonna-t-il au chauffeur.

– Et qu'est-ce que vous avez l'intention de faire, monsieur ? » demanda-t-elle, ironique.

Il ignora ses sarcasmes et laissa tomber d'un air désinvolte :

« Ce qui doit être fait. »

64

Ashby attendait que Peter Lyon lui dise ce qu'il voulait entendre.

« Je peux éliminer Larocque », affirma le Sud-Africain, d'une voix étouffée.

Ils se tenaient face au fleuve, regardant le sillage mousseux du bateau se dissoudre dans l'eau gris-marron. Deux autres bateaux-mouches équipés d'auvents et quelques embarcations privées suivaient.

« Il faut que cela se produise aujourd'hui, précisa Ashby. Demain au pire. Elle risque de me causer pas mal d'ennuis.

— Elle veut le trésor, elle aussi ? »

Il préféra se montrer direct.

« Vous ne pouvez même pas imaginer à quel point. Il en va de son honneur familial.

— Ce trésor. Je veux en savoir plus. »

Il aurait préféré ne pas répondre, mais il n'avait pas le choix.

« C'est la fortune disparue de Napoléon. Un incroyable trésor. Resté enfoui pendant deux cents ans. Mais je crois l'avoir retrouvé.

– Vous avez de la chance que le trésor ne m'intéresse pas. Je préfère des espèces d'aujourd'hui. »

Ils passèrent devant le Palais de justice et sous un pont encombré par la circulation.

« Je suppose que je ne vous dois rien, dit-il, avant que vous n'ayez rempli votre contrat concernant Larocque.

– Pour vous montrer que je suis un homme de caractère, disons que ça ira comme ça. En tout cas, elle sera morte demain. »

Lyon se tut un instant. « Et sachez bien, Lord Ashby, que je n'échoue pas souvent. Aussi, je n'apprécie pas beaucoup les remarques. »

Il comprit le message. Mais il tenait à enfoncer le clou.

« Contentez-vous de la tuer. »

Sam décida de s'installer dans la dernière rangée de sièges sous l'auvent. La silhouette familière de Notre-Dame approchait devant sur la gauche. Sur sa droite, le Quartier latin, et Shakespeare & Company, où tout avait commencé la veille. Le guide dans le haut-parleur débitait en deux langues un commentaire monotone sur la Conciergerie, au loin à droite, où Marie-Antoinette avait été emprisonnée avant son exécution.

Il se leva et se dirigea tranquillement vers le dernier rang, sans cesser de regarder la vue. Les touristes à bord n'arrêtaient pas de bavarder, prenaient des photos et montraient les différents sites du doigt. À l'exception d'un homme, qui était assis au bord de l'allée, à trois rangs du fond. Un visage flétri et pathétique, des oreilles allongées, pratiquement pas de menton. Il portait un manteau vert pois sur un jean noir et des boots. Ses cheveux d'un noir de jais étaient réunis en queue-de-cheval. Il avait les deux mains dans ses poches, le regard droit devant lui, imperturbable, apparemment satisfait de son excursion.

Sam longea la cloison extérieure ; à un moment, il sentit le froid qui s'infiltrait par l'arrière de l'auvent. Il regarda devant et remarqua qu'ils allaient bientôt passer sous un autre pont.

Quelque chose roula alors sur le sol et cogna contre le bastingage.

Il baissa les yeux et vit une canette métallique.

On lui avait enseigné les armes pendant son entraînement au sein des services secrets. Suffisamment en tout cas pour qu'il sache reconnaître que ce n'était pas une grenade.

Sûrement pas.

C'était une bombe fumigène.

L'homme au manteau vert le regardait bien en face, un petit sourire aux lèvres.

Une fumée pourpre s'échappait de la canette.

L'odeur envahit les narines d'Ashby.

Il fit volte-face et constata que l'auvent de plexiglas s'était rempli de fumée.

On entendait des cris. Des hurlements.

Des gens secoués par des quintes de toux s'échappaient de l'espace enfumé pour gagner la partie découverte du pont où il se trouvait.

« Qu'est-ce que c'est encore ? » marmonna-t-il.

Thorvaldsen paya le chauffeur et descendit sur le pont de l'Archevêché. Meagan Morrison avait raison. Il n'y avait pas beaucoup de circulation sur le pont de pierre à deux voies ; seuls quelques piétons s'étaient arrêtés pour profiter de la vue pittoresque sur le chevet de Notre-Dame.

Il ajouta cinquante euros au prix de la course et dit au chauffeur :

« Conduisez cette jeune personne où elle veut. »

Il regarda par la portière ouverte en direction de la banquette arrière.

« Bonne chance à vous. Adieu. »

Il claqua la portière.

Le taxi s'éloigna, et il s'approcha d'une rambarde métallique qui longeait le trottoir et prévenait toute chute dans le fleuve en contrebas. Il tâta son pistolet dans sa poche de manteau, pistolet qui lui avait été expédié la veille de Christiangade par Jesper, au milieu de divers magazines.

Il avait vu Graham Ashby et un autre homme à l'extérieur de l'auvent du bateau-mouche, appuyés contre le bastingage arrière, exactement comme Sam le lui avait rapporté. Le bateau se trouvait à deux cents mètres, remontant à contre-courant dans sa direction. Il devrait pouvoir tirer sur Ashby, jeter le pistolet dans la Seine, puis s'éloigner avant que quiconque se rende compte de ce qui était arrivé.

Les armes ne lui étaient pas étrangères. Il pouvait parfaitement atteindre sa cible.

Il entendit une voiture freiner et se retourna.

Le taxi s'était arrêté.

La portière arrière s'ouvrit et Meagan Morrison en surgit. Elle boutonna son manteau et se dirigea vers lui d'un pas vif.

«Allons, monsieur, cria-t-elle, vous êtes sur le point de faire quelque chose de vraiment stupide, n'est-ce pas ?

– Ce n'est pas stupide pour moi.

– Si vous voulez à tout prix le faire, laissez-moi au moins vous aider.»

Sam se précipita à l'arrière avec tout le monde. La fumée montait du bateau comme s'il y avait le feu.

Mais ce n'était pas le cas.

Il se fraya un chemin hors de l'auvent et aperçut Manteau vert, jouant des coudes pour se dégager de la foule paniquée qui se ruait vers le bastingage où Ashby et Tweed se trouvaient toujours.

Thorvaldsen serra le pistolet dans sa poche et aperçut de la fumée qui montait d'un bateau-mouche.

Meagan le remarqua également.

«Ce n'est tout de même pas normal.»

Il entendit d'autres bruits de freins et se retourna pour voir un embouteillage de voitures à chaque extrémité du pont sur lequel il se tenait.

Une autre voiture passa devant lui et s'arrêta au milieu du pont en dérapant.

La portière côté passager s'ouvrit.

Stéphanie Nelle en sortit.

Ashby vit l'homme au manteau vert émerger de la foule et enfoncer son poing dans le ventre de Peter Lyon. Le Sud-Africain perdit son souffle et s'effondra sur le pont.

Un pistolet apparut dans la main de Manteau vert, et l'homme dit à Ashby : « Par-dessus bord.

– C'est une plaisanterie.

– Par-dessus bord. »

L'homme fit un geste en direction de l'eau.

Ashby se retourna pour voir une petite embarcation à un seul moteur blottie contre le bateau-mouche, un pilote à la barre.

Il se retourna et dévisagea l'inconnu.

« Je ne le répéterai pas », menaça celui-ci.

Ashby pivota par-dessus le bastingage, puis se laissa tomber d'environ un mètre dans le second bateau.

Manteau vert enfourcha le bastingage à son tour pour le suivre, mais n'atteignit jamais le bas.

Au lieu de cela, il fut tiré en arrière.

65

Sam regarda Lyon se lever d'un bond et arracher l'homme en manteau vert pois du bastingage. Ashby avait déjà sauté par-dessus bord. Il se demanda ce qu'il y avait en bas. Le fleuve devait être glacial. L'imbécile n'avait certainement pas plongé dans l'eau.

Lyon et l'homme au manteau vert retombèrent sur le pont. Des passagers effrayés s'écartèrent.

Il se décida à faire quelque chose pour la fumée. Il inspira profondément et se précipita de nouveau sous l'auvent. Il trouva la canette fumigène, la ramassa et la jeta par-dessus bord, juste après le dernier rang de sièges à l'extrémité de l'auvent.

Les deux hommes se battaient toujours sur le pont, tandis que le reste de la fumée se dissipait rapidement dans l'air froid et sec.

Il voulait faire quelque chose, mais il était perplexe.

Les moteurs ralentissaient. Une porte dans le compartiment à l'avant s'ouvrit et un homme d'équipage se précipita à l'extérieur. Les deux hommes continuaient à lutter, aucun ne l'emportant sur l'autre. Lyon se libéra et se releva du pont. L'homme au manteau vert se remit également debout, mais, au lieu de se précipiter sur son adversaire, il écarta les spectateurs alentour et sauta par-dessus bord.

Lyon s'élança dans sa direction. Trop tard, l'autre avait disparu.

Sam traversa le pont et remarqua un petit bateau qui ralentissait, dérivant vers l'arrière de leur embarcation, puis reprenant de la vitesse dans la direction opposée.

Lyon l'observait également.

Puis l'homme enleva une perruque et arracha les attributs pileux qui ornaient ses joues et son menton.

Il reconnut aussitôt le visage ainsi mis à nu.

Cotton Malone.

Thorvaldsen relâcha le pistolet dans sa poche. Il sortit sa main tranquillement et regarda Stéphanie Nelle s'approcher.

« Ça ne me dit rien de bon », marmonna Meagan.

Il acquiesça.

Le bateau-mouche approchait du pont. Il avait vu la source de la fumée basculer par-dessus bord, puis deux hommes, dont Ashby, avaient sauté dans une plus petite embarcation qui s'éloignait rapidement dans la direction opposée, en suivant le courant, tandis que la Seine s'enfonçait en serpentant au cœur de Paris.

Le bateau-mouche glissa sous le pont et il aperçut Sam et Cotton Malone debout près du bastingage arrière, au milieu des gens. Sam et Malone étaient occupés à regarder le bateau à moteur qui s'éloignait. Et dans la mesure où il se trouvait juste au-dessus, il était certain qu'ils ne pourraient pas le voir.

Meagan et Stéphanie les avaient aperçus également.

« Tu vois à qui tu as affaire à présent ? demanda Stéphanie qui s'était arrêtée à un mètre.

– Comment saviez-vous que nous étions là ? demanda Meagan.

– Vos téléphones portables, dit Stéphanie. Ce sont des mouchards. Quand Henrik a pris la ligne un peu plus tôt, j'ai compris qu'il allait y avoir du grabuge. Nous vous avons gardés à l'œil. »

Stéphanie se tourna vers Thorvaldsen.

« Qu'est-ce que tu allais faire ? Tirer sur Ashby d'ici ? »

Il lui jeta un regard indigné.

« Ça ne me paraissait pas tellement compliqué.

– Tu n'as aucune intention de nous laisser nous occuper de ça, n'est-ce pas ? »

Il savait exactement ce qu'elle entendait par *nous*.

« Apparemment, Cotton n'a pas le temps de répondre à mes appels, mais tout le temps nécessaire pour prendre part à votre opération.

– Il essaie de résoudre tous nos problèmes. Y compris les tiens.

– Je n'ai pas besoin de son aide.

– Dans ce cas, pourquoi l'y avoir mêlé ? »

Parce que, à l'époque, il le prenait pour un ami. Quelqu'un sur qui compter. Comme Malone avait pu compter sur lui.

« Que s'est-il passé sur ce bateau ? » demanda-t-il.

Stéphanie secoua la tête.

« Comme si j'avais besoin de te l'expliquer. Et vous, ajouta-t-elle en désignant Meagan, vous alliez le laisser tuer un homme ?

– Je ne travaille pas pour vous.

– C'est vrai. »

Elle fit signe à un des policiers à côté de la voiture.

« Sortez-la-moi d'ici.

– Ce ne sera pas la peine, déclara Thorvaldsen. Nous partons ensemble.

– Toi, tu viens avec moi. »

Il s'attendait à cette réponse et avait à nouveau glissé sa main droite dans sa poche et saisi son pistolet.

Il dégaina l'arme.

« Qu'est-ce que tu veux faire ? Me tuer ? demanda Stéphanie calmement.

– Je préfère que tu ne me pousses pas dans mes derniers retranchements. Pour l'instant, j'ai l'impression de m'être laissé humilier sans rien dire, mais c'est mon problème, Stéphanie, pas le tien, et j'ai bien l'intention de terminer ce que j'ai commencé. »

Elle ne répondit pas.

« Trouvez-nous un taxi », ordonna-t-il à Meagan.

Elle courut à l'extrémité du pont et héla le premier qui passait. Stéphanie restait silencieuse, mais son regard était éloquent. On la sentait sur la défensive. Mais ce n'était pas tout : elle n'avait pas la moindre intention de l'empêcher d'agir.

Il agissait par instinct, plus par panique que par intention, et elle paraissait comprendre son dilemme. Cette femme, qui était à la fois expérimentée et prudente, ne pouvait rien pour lui, mais, au fond de son cœur, elle ne voulait pas non plus l'arrêter dans son élan.

« Va-t'en », chuchota-t-elle.

Il se hâta en direction du taxi aussi vite que sa colonne vertébrale tordue le lui permettait. Une fois à l'intérieur il demanda à Meagan : « Votre téléphone. »

Elle lui tendit l'appareil.

Il baissa la vitre et le jeta à l'extérieur.

Ashby était terrorisé.

Le bateau à moteur dépassa l'île de la Cité, contournant rapidement d'autres embarcations qui venaient dans leur direction.

Tout s'était passé tellement vite.

Il était en train de parler avec Peter Lyon quand un nuage de fumée l'avait englouti. L'homme au manteau vert tenait à présent un pistolet, qu'il avait sorti au moment où il avait sauté sur le bateau-mouche. Qui était-il ? Un des Américains ?

« Vous êtes vraiment stupide, lui dit l'homme.

– Qui êtes-vous ? »

Il vit un pistolet pointé dans sa direction.

Puis il remarqua les yeux d'ambre.

« L'homme à qui vous devez beaucoup d'argent. »

Malone arracha ce qui lui restait de poils et d'adhésif sur le visage. Il écarta chacune de ses paupières et ôta ses lentilles couleur d'ambre.

Le bateau-mouche avait accosté au quai le plus proche pour laisser descendre les passagers sous le choc. Malone et Sam débarquèrent en dernier. Stéphanie attendait en haut d'un escalier de pierre, au niveau de la rue.

« Qu'est-ce que c'était que ça ? demanda-t-elle.

— Un bordel monstre, dit Malone. Ça n'a pas tourné comme prévu. »

Sam semblait perplexe.

« Nous devions coincer Ashby, continua Malone. J'ai donc appelé en me faisant passer pour Lyon afin d'organiser un rendez-vous.

— Et l'accoutrement ?

— Les Français nous ont donné un coup de main. Leurs services de renseignement nous ont trouvé un maquilleur. J'étais également branché, pour pouvoir enregistrer ses déclarations. Peter Lyon, par contre, avait d'autres idées en tête.

— C'était lui ? demanda Sam. Avec le manteau vert ? »

Malone acquiesça.

« Apparemment, il veut Ashby lui aussi. Et bravo pour nous avoir débarrassés du fumigène.

— Henrik était là, lui dit-elle.

— Il n'est pas trop furieux ?

— Il est blessé, Cotton. Il n'a pas les idées très claires. »

Il aurait dû parler avec son ami, mais il n'avait pas eu une minute de toute la journée. Il chercha son téléphone, qu'il avait éteint avant de monter à bord du bateau-mouche, et vit qu'il avait reçu trois appels de la part d'Henrik et trois d'un numéro qu'il reconnut.

Le docteur Joseph Murad.

Il appuya sur la touche de rappel. Le professeur répondit dès la première sonnerie.

« Ça y est, dit Murad. J'ai compris.

— Vous connaissez l'endroit.

— Je crois.

— Vous avez téléphoné à Henrik ?

— Je viens de le faire. Comme vous étiez injoignable, je l'ai appelé. Il veut que je vienne le voir.

— Vous ne pouvez pas faire ça, professeur. Dites-moi seulement où, et je vais m'en charger. »

66

15 H 40

Ashby fut conduit hors du bateau sous la menace d'un pistolet près de l'île Saint-Germain, au sud de Paris. Il savait maintenant que l'homme qui le retenait était Peter Lyon, et celui sur le bateau-mouche très probablement un agent américain. Une voiture attendait en haut de la berge. Deux hommes étaient assis à l'intérieur. Lyon fit un signe et ils sortirent. L'un ouvrit la portière arrière et tira Caroline à l'extérieur, dans la lumière de l'après-midi.

« Votre M. Guildhall ne se joindra pas à nous, dit Lyon. Je crains qu'il ne soit définitivement retenu. »

Il savait ce que cela signifiait.

« Ce n'était pas la peine de le tuer. »

Lyon émit un petit rire.

« Au contraire. C'était la seule possibilité. »

La situation déjà sérieuse était devenue désespérée. Apparemment, Lyon avait surveillé les moindres faits et gestes d'Ashby puisqu'il savait exactement où se trouvaient Caroline et Guildhall.

Il remarqua la peur panique qui se lisait sur le ravissant visage de Caroline.

Lui-même était aussi terrifié.

Lyon le conduisit en avant et chuchota :

« Je pensais que vous pourriez avoir besoin de Miss Dodd. C'est la seule raison pour laquelle elle est encore en vie. Je suggère que vous profitiez de l'occasion que je lui ai offerte.

– Vous voulez le trésor ?

– Qui n'en voudrait pas ?

– Vous m'avez dit la nuit dernière à Londres que ce genre de chose ne vous intéressait pas.

– Une source de richesses ignorée de tout gouvernement, sans la moindre trace. Je pourrais faire tellement de choses avec ça, et je ne serais pas obligé de traiter avec des minables comme vous. »

La voiture était garée au milieu d'arbres décolorés par l'hiver, de l'autre côté d'une rue animée. Il n'y avait personne en vue, l'endroit étant principalement occupé par un centre commercial et un chantier de réparation de bateaux qui étaient fermés en ce jour férié. Lyon sortit de nouveau son pistolet de dessous son manteau et vissa un silencieux sur le canon.

« Remettez-la dans la voiture », ordonna-t-il tandis qu'ils s'approchaient.

Caroline fut projetée sur la banquette arrière. Lyon s'avança jusqu'à la portière ouverte et braqua son arme à l'intérieur, droit sur elle.

Elle retint son souffle.

« Oh, mon Dieu, non !

– Fermez-la ! » hurla Lyon.

Caroline se mit à pleurer.

« Lord Ashby, dit Lyon. Et vous aussi, Miss Dodd. Je vais vous poser une seule fois la question. Si je n'obtiens pas aussitôt une réponse vraisemblable, claire et concise, je tire. Je me fais bien comprendre ? »

Ashby ne réagit pas.

Lyon le regardait bien en face.

« Je ne vous ai pas entendu, Lord Ashby.

– Vous avez été clair.

– Dites-moi où se trouve le trésor », insista Lyon.

Quand Ashby avait quitté Caroline un peu plus tôt, elle était toujours en train de travailler sur les données, mais elle savait tout de même par où commencer. Il espérait pour leur salut à tous les deux qu'elle en savait beaucoup plus à présent.

« Il est dans la cathédrale de Saint-Denis, se hâta de dire Caroline.

– Où ? » demanda Lyon sans quitter Ashby des yeux. Il tenait son pistolet toujours braqué sur la jeune femme.

« Je crois. Mais je dois aller là-bas pour m'en assurer. Je dois voir. Je viens d'en arriver à cette conclusion... »

Lyon recula son arme et la baissa.

« J'espère pour vous que vous pourrez localiser l'endroit. »

Ashby ne bougeait pas.

Lyon braqua son pistolet dans sa direction.

« À votre tour. Deux questions, auxquelles je veux des réponses simples. Avez-vous une ligne directe de communication avec les Américains ? »

Il fit oui de la tête.

« Vous avez un téléphone sur vous ? »

Il acquiesça de nouveau.

« Donnez-moi le téléphone et le numéro. »

Malone était avec Sam, en train de décider ce qu'ils allaient faire, quand le téléphone de Stéphanie se manifesta. Elle vérifia l'écran et déclara : « Ashby. »

Il comprit aussitôt.

« Lyon doit vouloir te parler. »

Elle appuya sur la touche verte.

« Apparemment, vous êtes la personne en charge de l'opération, dit une voix masculine.

– Jusqu'à nouvel ordre, répondit Stéphanie.

– Vous étiez à Londres hier soir ?

– C'était bien moi.

– Avez-vous apprécié le spectacle aujourd'hui ?

– Nous nous sommes beaucoup amusés à vous poursuivre. » Lyon gloussa.

« Ça vous a suffisamment occupée pour que je puisse me charger de Lord Ashby. On ne peut pas lui faire confiance, vous vous en êtes certainement aperçue.

– Il pense probablement la même chose de vous en ce moment.

– Vous deviez être reconnaissante. Je vous ai fait une fleur. Je vous ai permis d'enregistrer ma conversation avec Ashby à Westminster. Je me suis montré à la visite de Jack l'Éventreur pour que vous puissiez me suivre. J'ai laissé les petites tours à votre intention. J'ai même attaqué votre agent. Que vous fallait-il de plus ? Mais sans moi, vous n'auriez jamais su que la tour était la véritable cible d'Ashby. J'étais certain que vous trouveriez bien un moyen de l'en empêcher.

– Et si ce n'avait pas été le cas, quelle importance ? Vous auriez toujours eu votre argent, et vous seriez passé au boulot suivant.

– Je vous faisais confiance.

– J'espère que vous n'attendez rien en retour.

– Grands dieux, non ! Simplement, je ne voulais pas voir cet idiot d'Ashby réussir. »

Peter Lyon était en train de se livrer à une véritable démonstration d'arrogance. Il ne lui suffisait pas d'avoir deux longueurs d'avance sur ses poursuivants, il fallait en plus qu'il les nargue.

« J'ai une autre information pour vous, dit Lyon. Et celle-là est bien réelle. Pas une diversion. Voyez-vous, les fanatiques français sur le compte de qui on devait mettre toute cette affaire avaient posé une condition à leur implication. Une condition dont je n'ai jamais parlé à Ashby. Ce sont des séparatistes, furieux du traitement injuste qu'ils reçoivent de la part du gouvernement français. Ils détestent toutes ces lois répressives qu'ils considèrent comme racistes. Ils sont aussi fatigués de manifester. Ça ne sert apparemment pas à grand-chose, et plusieurs de leurs mosquées ont été fermées à Paris ces dernières années en réaction à leur activisme. En échange de l'aide qu'ils m'ont apportée aux Invalides, ils comptent sur la mienne pour marquer les esprits de façon un peu plus musclée. »

Malone n'aimait pas du tout ce qu'il entendait.

« Un attentat suicide à la bombe est sur le point de se produire », dit Lyon.

Malone sentit un frisson glacé tout le long de sa moelle épinière.

« Pendant la messe de Noël dans une église parisienne. Ils ont trouvé l'idée parfaite, étant donné que leurs propres lieux de culte sont l'objet de fermeture tous les jours. »

Il y avait des centaines d'églises à Paris.

« Après trois pétards mouillés, il est difficile de vous prendre au sérieux, déclara-t-elle.

— Je vois ce que vous voulez dire, mais, cette fois, c'est pour de vrai. Et vous ne pouvez pas vous précipiter là-bas avec la police. L'attentat se produira avant qu'on puisse faire quoi que ce soit. En fait, il est pratiquement imminent. Vous seule pouvez l'empêcher.

— Ce sont des conneries, dit Stéphanie. Vous voulez juste gagner du temps.

— Bien sûr. Mais pouvez-vous vous payer le luxe de mettre en doute ma parole ? »

Malone regarda Stéphanie : elle pensait comme lui.

Nous n'avons pas le choix.

« Où ? » demanda-t-elle.

Lyon se mit à rire.

« Pas si simple. Il va falloir vous donner un peu de mal. Évidemment, les fidèles d'une certaine église comptent sur vous pour que vous arriviez à temps. Avez-vous un moyen de transport ?

— Nous en avons un.

— Je reprends contact avec vous très vite. »

Elle coupa la communication.

Son air exaspéré ne dura pas longtemps, balayé par la confiance due à vingt-cinq années passées dans le domaine du renseignement.

Elle se tourna vers Sam.

« Pars sur les traces d'Henrik. »

Le professeur Murad leur avait déjà indiqué que Thorvaldsen était en route pour la basilique de Saint-Denis.

« Essaie de l'avoir à l'œil jusqu'à ce que nous arrivions là-bas.

— Comment puis-je faire ?

— Je n'en sais rien. Débrouille-toi.

— Très bien, madame, lâcha-t-il d'un ton ironique.

— C'est ce que je disais aussi, quand elle me les brisait, renchérit Malone en souriant. Tu peux très bien t'en charger. Simplement, tâche de rester dans les clous, ne te laisse pas déborder.

— C'est plus facile à dire qu'à faire avec Henrik. »

Malone posa la main sur l'épaule du jeune homme.

« Il t'aime bien. Mais il a des problèmes. Aide-le. »

67

Eliza Larocque faisait les cent pas dans son appartement parisien, essayant de mettre de l'ordre dans ses pensées. Elle avait déjà consulté l'oracle en lui posant une question précise. *Mes ennemis vont-ils réussir ?* La réponse fournie par ses entailles était stupéfiante. *Le prisonnier va bientôt être accueilli chez lui, bien qu'à présent il soit blessé entre les mains de ses ennemis.*

Qu'est-ce que ça pouvait bien vouloir dire ?

Paolo Ambrosi attendait son appel, prêt à passer à l'action. Elle voulait Graham Ashby mort, mais pas avant d'avoir obtenu des réponses à ses nombreuses questions. Elle devait connaître l'étendue de la trahison d'Ashby. Alors seulement elle pourrait estimer les dégâts potentiels. Les choses avaient changé. La vision de cet avion se dirigeant droit sur elle au sommet de la tour Eiffel l'obsédait toujours. Il lui fallait également regagner par tous les moyens le contrôle des centaines de millions d'euros du Club de Paris qu'Ashby gardait dans sa banque.

Mais aujourd'hui était un jour férié. Il n'y avait aucun moyen de faire quoi que ce soit en la matière. Elle devrait s'en occuper dès demain matin.

Elle avait fait bien trop confiance à Ashby. Et que penser d'Henrik Thorvaldsen ? Il lui avait dit que les Américains étaient au courant de tout. Cela signifiait-il qu'elle était totalement à découvert ? L'opération se trouvait-elle compromise ? Si un lien avec Ashby avait été établi, il mènerait forcément à elle.

Le téléphone sur la petite table sonna. Peu de gens connaissaient son numéro, à part quelques amis et des collaborateurs de longue date.

Sans oublier Ashby.

Elle répondit.

« Madame Larocque, je suis l'homme engagé par Lord Ashby pour m'occuper de votre spectacle ce matin. »

Elle ne réagit pas.

« Je serais prudent moi aussi à votre place, dit la voix. J'ai appelé pour vous dire que j'ai Lord Ashby sous bonne garde. Lui et moi n'en avons pas fini. Quand ce sera terminé, j'ai l'intention de le tuer. Ne vous inquiétez donc pas, votre dette envers lui sera réglée.

– Pourquoi me dites-vous cela ?

– J'aimerais pouvoir vous proposer mes services dans l'avenir. Je sais qui payait vraiment la facture. Ashby était seulement votre agent. C'est ma façon de m'excuser pour l'épisode malencontreux. Faut-il encore ajouter que notre relation britannique m'a également menti. Il avait l'intention de vous tuer, vous et vos associés, et me faire porter le chapeau. Heureusement, personne n'a rien eu. »

Pas physiquement, pensa-t-elle. Mais le mal était fait.

« Il n'y a rien à ajouter, madame. Sachez que le problème va être réglé. »

La communication fut coupée.

Ashby écouta Peter Lyon se moquer de Larocque, et son sang se glaça en l'entendant dire : « J'ai l'intention de le tuer. »

Caroline l'avait entendu également. Après la peur, la terreur la gagnait, mais il la regarda pour l'inciter à se taire et elle parut un peu rassurée.

Lyon referma le téléphone et sourit.

« Vous vouliez qu'elle vous foute la paix. C'est fait. Elle ne peut rien faire, et elle le sait.

– Vous la sous-estimez.

– Pas vraiment. Je vous sous-estime, vous. Et je ne referai pas la même bêtise deux fois.

– Vous n'êtes pas obligé de nous tuer, laissa échapper Caroline.

– Tout dépend de votre niveau de coopération.

– Et qu'est-ce qui vous empêchera de nous tuer une fois que nous aurons parfaitement coopéré avec vous ? » demanda Ashby.

Le visage de Lyon ressemblait à celui d'un maître d'échecs, attendant tranquillement le mouvement de son adversaire alors qu'il connaît déjà le sien.

« Rien du tout. Malheureusement pour vous deux, vous n'avez pas d'autre choix que de coopérer. »

Henrik descendit du taxi devant la basilique de Saint-Denis et leva les yeux vers l'unique tour latérale de l'église ; sans son pendant, l'édifice avait quelque chose d'infirme, avec un élément manquant.

« L'autre tour a brûlé au XIXᵉ siècle, lui dit Meagan. Foudroyée. Elle n'a jamais été reconstruite. »

Pendant le trajet en direction du nord, elle lui avait expliqué que c'était là que les rois de France avaient été inhumés pendant des siècles. Commencée au XIIᵉ siècle, cinquante ans avant Notre-Dame, la basilique était un monument historique. L'architecture gothique était née là. Pendant la Révolution française, on avait détruit de nombreuses tombes, mais elles avaient été restaurées. À présent, elle était la propriété du gouvernement.

Des échafaudages occupaient ce qui semblait être les façades nord et ouest, sur trois quarts de leur hauteur au moins. Une barrière sommaire en contreplaqué cernait l'édifice, condamnant l'accès aux grandes portes. Deux remorques destinées aux travaux étaient garées de chaque côté de cette clôture provisoire.

« Apparemment, l'endroit est en travaux, dit-il.

– Il y a toujours des travaux en cours dans cette ville. »

Il regarda le ciel. Des nuages d'un gris métallique obscurcissaient à présent le soleil, donnant des ombres denses et abaissant la température.

Un orage hivernal se préparait.

Cette banlieue se trouvait à une dizaine de kilomètres de Paris, et elle était traversée à la fois par la Seine et par un canal. Les environs devaient être une zone industrielle, à en juger par les usines près desquelles ils étaient passés.

La brume commençait à tomber.

« Le temps se gâte », dit Meagan.

Des gens traversaient en hâte le parvis pavé devant l'église.

« Saint-Denis est une banlieue ouvrière, fit observer Meagan. Pas un endroit pour touristes. C'est pourquoi on n'entend pas souvent parler de Saint-Denis, bien que je trouve la basilique plus intéressante que Notre-Dame. »

Thorvaldsen ne s'intéressait pas à l'histoire, sauf à celle qui avait un rapport avec les recherches d'Ashby. Le professeur Murad lui avait fait part de quelques éléments qu'il avait déchiffrés, ce dont Ashby était certainement au courant maintenant, étant donné que Caroline était aussi experte en la matière que Murad.

Le brouillard tournait à la pluie.

« Que faisons-nous maintenant ? demanda Meagan. La basilique est fermée. »

Il se demanda pourquoi Murad n'était pas déjà là. Le professeur l'avait appelé à peu près une heure avant, disant qu'il partait.

Il prit son téléphone, mais l'appareil sonna aussitôt. Pensant qu'il pouvait s'agir de Murad, il regarda l'écran. COTTON MALONE.

Il répondit.

« Henrik, il faut que tu m'écoutes.

– Pourquoi ?

– J'essaie de t'aider.

– Tu t'y prends d'une drôle de façon. Il ne fallait pas donner ce livre à Stéphanie. Tout ce que tu as fait, c'est aider Ashby.

– Ne me dis pas que c'est ce que tu crois.

– Si, malheureusement. »

Il éleva la voix, ce qui fit sursauter Meagan. Il se força à garder son sang-froid.

« Tout ce que je sais, c'est que tu lui as donné ce livre. Ensuite tu étais sur ce bateau avec Ashby, en train de fabriquer tout ce qui vous paraît juste, à toi et à ta vieille patronne. Sans jamais tenir compte de moi. J'en ai marre de ce qui est juste, Cotton.

– Henrik, laisse-nous nous charger de cette affaire.

– Cotton, je croyais que tu étais mon ami. Je croyais que tu étais mon meilleur ami. J'ai toujours été là pour toi, quelle que soit la raison. J'avais une dette envers toi. »

Il lutta contre l'émotion qui le submergeait.

« Tu étais là, pour Cai. Tu as arrêté ses meurtriers. Je t'admirais et je te respectais. Je suis allé à Atlanta il y a deux ans pour te remercier, et j'ai trouvé un ami. »

Il marqua un nouveau temps d'arrêt.

« Mais tu ne m'as pas manifesté le même respect. Tu m'as trahi.

– J'ai fait ce que j'avais à faire. »

Thorvaldsen restait imperméable à tout raisonnement.

« C'est tout ce que tu voulais ?

– Murad ne va pas venir. »

La duplicité de Malone était vraiment sans bornes.

« Quoi qu'il y ait à Saint-Denis, tu vas devoir le trouver sans lui », précisa Malone.

Il retrouva son sang-froid.

« Au revoir, Cotton. Nous ne nous reparlerons plus jamais. »

Il coupa la communication.

Malone ferma les yeux.

Cette déclaration brutale – «nous ne nous reparlerons plus jamais» – l'avait anéanti. Un homme comme Henrik Thorvaldsen ne faisait pas ce genre de déclaration à la légère.

Il venait de perdre un ami.

Stéphanie regardait le paysage depuis l'autre côté de la banquette arrière de la voiture. Ils s'éloignaient de Notre-Dame, en direction de la gare du Nord, en suivant la première série d'instructions que Lyon leur avait donnée par téléphone en les rappelant une nouvelle fois.

La pluie crépitait sur le pare-brise.

«Il s'en remettra, dit-elle. Nous ne pouvons pas tenir compte de ses sentiments. Tu connais les règles. Nous avons un boulot à faire.

– C'est mon ami. Et d'ailleurs, je déteste les règles.

– Tu es en train de l'aider.

– Il ne le voit pas comme ça.»

La circulation était dense, la pluie contribuant à la rendre encore plus chaotique. Ses yeux couraient des rambardes aux balcons et aux toits, les façades majestueuses des deux côtés de la rue s'enfonçant dans un ciel de plus en plus gris. Il remarqua plusieurs bouquinistes, avec des affiches dans leurs vitrines, des gravures fatiguées et des volumes qu'il imaginait d'un autre âge.

Il pensa à sa propre affaire.

Affaire qu'il avait rachetée à Thorvaldsen, son propriétaire, son ami. Leurs dîners du jeudi à Copenhague. Ses fréquents séjours à Christiangade. Leurs aventures. Ils avaient passé beaucoup de temps ensemble.

«Sam va en avoir du boulot», marmonna-t-il.

Une file de taxis signalait l'approche de la gare du Nord. Lyon avait donné la consigne de l'appeler une fois en vue de la gare.

Stéphanie composa le numéro.

Sam sortit de la station de métro et se hâta sous la pluie, essayant de s'abriter sous l'auvent des boutiques fermées, en direction d'une certaine place Jean-Jaurès. À sa gauche, se dressait la basilique de Saint-Denis, avec son élégance toute médiévale gâchée par la curieuse absence de flèche. Grâce au métro, il avait gagné la banlieue nord rapidement, en évitant la circulation de fin d'après-midi en ce jour férié.

Il scruta la place glaciale à la recherche de Thorvaldsen. Les lampadaires se reflétaient en formant des flèches de lumière jaune sur le pavé mouillé semblable à un cuir vernis noir.

Peut-être était-il entré dans l'église ?

Il arrêta un jeune couple sur le chemin du métro et les questionna sur la basilique. L'édifice était fermé depuis l'été pour des travaux importants, ce que confirmait la présence des échafaudages arrimés contre la façade.

C'est alors qu'il vit Thorvaldsen et Meagan, près d'une des remorques garées sur la gauche, à une soixantaine de mètres environ.

Il se dirigea vers eux.

Ashby remonta le col de son manteau pour se protéger de la pluie et descendit la rue déserte avec Caroline et Peter Lyon. Le ciel couvrait la ville d'une chape de plomb. À bord du bateau, ils avaient suivi la Seine vers l'ouest jusqu'à ce que le fleuve remonte vers le nord à l'extérieur de Paris. À un moment, ils avaient tourné et emprunté un canal, pour s'arrêter le long d'un quai en béton près d'un toboggan d'autoroute, à quelques encablures au sud de la basilique de Saint-Denis.

Ils étaient passés devant un bâtiment à colonnes portant le nom de musée d'Art et d'Histoire, et Lyon les avait conduits sous le portique.

Le téléphone de leur ravisseur sonna.

Lyon répondit, écouta un moment, puis dit: «Prenez le boulevard de Magenta vers le nord et tournez dans le boulevard de Rochechouart. Rappelez-moi une fois arrivés place de Clichy.»

Lyon coupa la communication.

Caroline était toujours aussi terrifiée. Ashby se demanda si, prise de panique, elle risquait de vouloir s'enfuir. Lyon n'hésiterait pas à la tuer dans l'instant, trésor ou pas. Le seul scénario intelligent consistait à espérer qu'il commette une erreur. Si ce n'était pas le cas, peut-être pourrait-il proposer à ce monstre quelque chose qui pourrait se révéler utile, comme le mettre en relation avec une banque lui permettant de blanchir de l'argent sans que personne lui pose de questions.

Il s'occuperait de ça le moment venu.

Pour l'instant, il espérait seulement que Caroline sache répondre aux questions que Lyon n'allait pas tarder à lui poser.

68

Thorvaldsen et Meagan empruntèrent une allée gravillonnée longeant le côté nord de la basilique, en tournant le dos à la place.

« Il y a une ancienne abbaye sur le côté sud, lui dit Meagan. Pas aussi ancienne que la basilique. Elle date du XIXe siècle, avec certaines parties antérieures. C'est un genre de collège maintenant. L'abbaye est au cœur de la légende qui entoure cet endroit. Après avoir été décapité à Montmartre, l'évangéliste saint Denis, le premier évêque de Paris, aurait commencé à marcher en portant sa tête. Il a été enterré par une sainte femme à l'endroit où il était tombé. Une abbaye fut créée à cet endroit qui devint ensuite – elle montra l'église – cette monstruosité. »

Il essayait de trouver comment pénétrer à l'intérieur. La façade nord comportait trois portails tous condamnés à l'extérieur par des barres de fer. Sur le devant, il remarqua ce qui devait être le déambulatoire, un demi-cercle de pierre percé par des vitraux.

La pluie tombait toujours.

Il fallait qu'ils s'abritent.

« Contournons l'édifice par le devant, dit-il, et essayons le côté sud. »

Ashby admira la basilique, un chef-d'œuvre témoin du talent des artisans. Ils avaient emprunté une allée gravillonnée sur le côté sud de l'église, ayant pénétré dans l'enceinte de l'édifice par une ouverture dans une barrière de fortune.

Il avait les cheveux et le visage trempés, les oreilles brûlantes à cause du froid. Dieu merci ! il avait un gros manteau, des gants de cuir épais et un sous-vêtement long. Caroline était également habillée en fonction du temps, mais ses cheveux blonds étaient collés à son crâne. Des amas de béton, des blocs de travertin et des fragments de marbre gisaient le long du chemin permettant le passage entre la basilique et un mur de pierre qui séparait l'église de bâtiments adjacents. Une remorque stationnait juste devant des blocs de béton, avec des échafaudages qui se dressaient derrière, le long des murs réticulés. À l'extrémité de la remorque, en haut d'une douzaine de marches en pierre, un portail gothique se rétrécissait progressivement en traversant le mur épais jusqu'à deux doubles portes soigneusement refermées avec des plaques d'acier d'un bleu délavé.

Lyon gravit les marches et essaya d'ouvrir le loquet.

Fermé.

« Vous voyez ce morceau de tuyau de fer ? dit Lyon, en désignant le tas de débris. Prenons-le.

– Vous allez vous en servir pour entrer ? » voulut savoir Ashby.

Lyon acquiesça. « Pourquoi pas ? »

Malone regarda Stéphanie composer une nouvelle fois le numéro de portable d'Ashby. Ils étaient arrivés place de Clichy, un carrefour débordant d'activité.

« Dirigez-vous vers le sud en descendant la rue d'Amsterdam. Passez le long de la gare Saint-Lazare, sur votre droite, ordonna

Lyon dans l'appareil. L'église que vous cherchez est de l'autre côté de cette gare. Je me dépêcherais si j'étais vous. Il vous reste trente minutes. Et ne me rappelez pas. Je ne répondrai pas. »

Le chauffeur entendit mentionner la destination et accéléra. La gare Saint-Lazare apparut moins de trois minutes après.

Il y avait deux églises de l'autre côté de la gare très fréquentée, toutes proches l'une de l'autre.

« Laquelle ? » marmonna Stéphanie.

Sam contourna la face nord de la basilique, suivant Henrik et Meagan sous la pluie. Ils avaient déjà tourné une trentaine de mètres devant. Le chevet de la basilique était arrondi, très différent des pans coupés de la façade donnant sur la place.

Il avançait prudemment, ne voulant pas signaler sa présence à Thorvaldsen.

Il longea la partie en demi-cercle de l'église et tourna en direction du sud de l'édifice.

Thorvaldsen et Meagan étaient blottis sous un passage couvert qui reliait la basilique à un bâtiment adjacent. Il entendit un grand bruit métallique au loin, au-delà de l'endroit où se tenait Thorvaldsen.

Puis d'autres bruits similaires retentirent encore.

Ashby abattit le lourd tuyau métallique sur le loquet. Au quatrième coup, la poignée céda.

Encore un coup et le levier en fer noir dégringola le long des marches de pierre.

Lyon poussa la porte.

« Ça a été facile. »

Ashby jeta le tuyau plus loin.

Lyon tenait son pistolet, ce qui était une raison suffisante pour ne pas tenter quoi que ce soit. Il fit un geste en direction de Caroline.

« C'est le moment de vérifier si elle a vu juste. »

Malone prit une décision.

« Tu ne pensais tout de même pas que Lyon allait te simplifier la tâche ? Prends par la droite de l'église. Je passe par la gauche. »

La voiture s'arrêta, et ils sautèrent tous les deux en plein sous la pluie.

Ashby était content de se retrouver à l'intérieur. L'intérieur de la basilique était à la fois chaud et sec. Quelques rares lampadaires situés en hauteur étaient restés allumés, mais cela lui suffisait pour pouvoir admirer la nef majestueuse. Des colonnes élancées, d'une trentaine de mètres peut-être, des arcades élégantes aux clés de voûte pointues procuraient un sentiment de respect mêlé de crainte. Les innombrables vitraux malheureusement assombris par ce temps lugubre n'avaient pas ce côté sensuel que leurs teintes lumineuses leur conféraient habituellement. Mais le sentiment de légèreté que donnaient les murs était encore augmenté par l'absence de tout élément visible susceptible de soutenir une construction d'une telle hauteur. Les supports se trouvant bien sûr à l'extérieur sous la forme de contreforts. Il s'obligeait à se concentrer sur des détails pour diminuer un peu son stress. Il avait besoin de réfléchir. Pour être prêt à passer à l'action le moment opportun.

« Miss Dodd, dit Lyon. Que faisons-nous maintenant ?

— Je ne peux pas réfléchir avec ce pistolet braqué sur moi, balbutia Caroline. Il n'y a rien à faire. Je n'aime pas les pistolets. Je ne vous aime pas. Je n'aime pas être ici. »

Lyon lui jeta un regard furieux.

« Voilà, si ça peut vous aider. »

Il enfouit l'arme sous son manteau et montra ses mains gantées vides.

« C'est mieux ? »

Caroline s'efforçait de retrouver son calme.

« De toute façon, vous allez nous tuer. Pourquoi voulez-vous que je vous dise quoi que ce soit ? »

Lyon prit un air carrément hostile.

« Une fois que nous aurons trouvé ce qu'il y a à trouver, je pourrais changer d'avis. D'ailleurs, Lord Ashby, ici même, guette le moindre de mes mouvements, attendant que je commette une faute. À ce moment-là, nous aurons l'occasion de voir si c'est vraiment un homme. »

Ashby rassembla ses dernières bribes de courage.

« Peut-être en aurai-je l'occasion. »

Lyon eut un sourire amusé.

« Je l'espère vraiment. À présent, Miss Dodd, où allons-nous ? »

Thorvaldsen écoutait par la porte qu'Ashby avait entrouverte. Meagan et lui s'étaient faufilés vers l'avant après qu'Ashby, Caroline Dodd et l'homme au manteau vert se furent introduits à l'intérieur. Il était à peu près certain que le troisième individu était l'homme qui avait sauté du bateau-mouche avec Ashby.

« Que faisons-nous ? » lui souffla Meagan à l'oreille.

Il devait mettre un terme à cette collaboration. Il fit signe qu'il fallait se retirer.

Ils quittèrent le portail et regagnèrent sous la pluie leur précédente position sous une promenade couverte. Il remarqua des toilettes et un bureau des entrées où les gens devaient acheter leur billet pour visiter la basilique.

Il attrapa Meagan par le bras.

« Je veux que vous filiez d'ici. Tout de suite.

– Ne vous faites pas plus dur que vous n'êtes, monsieur Thorvaldsen. Je peux parfaitement me débrouiller toute seule.

– Vous n'avez pas besoin de vous mêler de ça.

– Vous allez tuer la femme et l'autre homme, c'est ça ?

– S'il le faut. »

Elle secoua la tête.

« Vous avez perdu la partie.

– Effectivement ! Maintenant, fichez-moi le camp ! »

La pluie continuait à tomber à verse, dégringolant des toits, martelant les pavés juste devant leur abri. Tout semblait se passer au ralenti, d'une façon hypnotique. Une existence tout entière placée sous le signe de la rationalité était sur le point de basculer en raison d'un chagrin incommensurable. Combien de pis-aller avait-il essayé depuis que Cai était mort ? Travail ? Politique ? Philanthropie ? Sauvetage d'âmes en peine ? Comme Cotton. Ou Sam. Mais aucun n'avait comblé la rage qui grondait en permanence au fond de lui. C'était sa tâche à lui. Personne d'autre ne devait y être impliqué.

« Je ne veux pas me faire tuer », finit par lui dire Meagan.

On sentait un certain dédain dans ses paroles.

« Dans ce cas, partez. » Il lui lança son téléphone. « Je n'en ai pas besoin. »

Il fit demi-tour et s'éloigna.

« Monsieur... » commença-t-elle.

Il s'arrêta, mais ne se retourna pas.

« Faites attention à vous. »

Sa voix basse et douce exprimait une inquiétude réelle.

« Vous aussi », dit-il.

Et il sortit sous la pluie.

69

Malone franchit les lourdes portes en chêne de l'église Saint-André-de-l'Europe. Elle était typique de Paris avec des absides à pignon surmontées par une galerie, et un haut mur tout autour du déambulatoire. De solides contreforts soutenaient les murs de l'extérieur. Une pure splendeur gothique.

Les bancs étaient pleins et les gens se rassemblaient dans les transepts de chaque côté d'une longue nef étroite. Malgré le chauffage, il faisait suffisamment frais pour que la plupart des gens supportent des manteaux. De nombreux fidèles portaient des sacs de courses, des sacs à dos et de grands cabas. Autrement dit, sa tâche de trouver une bombe ou une arme quelconque était devenue un million de fois plus compliquée.

Il s'avança tranquillement en lisière de la foule. L'intérieur était plein de niches et de zones d'ombres. Les colonnes imposantes ne se contentaient pas de soutenir la voûte, elles constituaient autant de cachettes pour un terroriste.

Il était armé et prêt.

Mais pour quoi ?

Son téléphone vibra. Il se retira derrière une colonne, gagna une chapelle latérale vide et répondit à voix basse.

« La messe ici est terminée, dit Stéphanie. Les gens partent. » Il éprouvait un sentiment étrange, un sentiment qui ne l'avait pas quitté dès l'instant où il était entré.

« Viens me rejoindre », chuchota-t-il.

Ashby se dirigea vers le grand autel. Ils étaient entrés dans la basilique par une porte latérale, près d'un escalier intérieur qui menait au chœur, et d'un autre qui descendait vers une crypte. Des dizaines de rangées de chaises en bois s'étendaient depuis l'autel vers le transept nord et l'entrée principale, le mur nord étant percé par un immense vitrail en forme de rosace, assombri par la tombée du jour. On remarquait des tombes un peu partout entre les chaises et dans le transept, la plupart incrustées de marbre. Des monuments s'élevaient d'un bout à l'autre de la nef, délimitant un espace fermé d'au moins une centaine de mètres.

« Napoléon voulait que ce trésor revienne à son fils, déclara Caroline, en bégayant de peur. Il a soigneusement caché sa fortune. À un endroit où personne ne le trouverait. Sauf ceux dont il voulait qu'ils le trouvent.

– Comme tout homme de pouvoir devrait le faire », dit Lyon.

La pluie continuait à tomber, et son crépitement constant sur le toit de cuivre résonnait dans toute la nef.

« Après cinq années passées en exil, il a compris qu'il ne reviendrait jamais en France. Il savait aussi qu'il était mourant. Il a donc essayé de communiquer l'endroit à son fils.

– Le livre que l'Américain vous a donné à Londres, demanda Lyon à Ashby, il a un rapport avec ça ? »

Il acquiesça.

« Tu m'avais dit que ce livre t'avait été donné par Larocque, s'étonna Caroline.

– Il a menti, trancha Lyon. Mais peu importe à présent. En quoi ce livre est-il important ?

– Il contient un message », répondit Caroline.

Elle parlait trop, trop vite, mais Ashby ne pouvait pas lui dire de ralentir.

« Je pense avoir peut-être déchiffré l'ultime message de Napoléon, murmura-t-elle.

– Racontez-moi », ordonna Lyon.

Sam vit Thorvaldsen abandonner Meagan, et elle replongea sous la pluie, courant en direction de l'endroit où il se tenait caché dans l'une des nombreuses saillies du mur extérieur. Il appuya son dos contre la pierre froide et humide, et attendit qu'elle franchisse le coin. Il aurait dû être gelé, mais son état d'excitation l'empêchait de ressentir quoi que ce soit, le temps étant le moindre de ses soucis.

Meagan apparut.

« Où vas-tu ? » demanda-t-il à voix basse.

Elle s'arrêta brusquement et fit volte-face, visiblement surprise.

« Merde, Sam. Tu as bien failli me faire avoir une attaque.

– Que se passe-t-il ?

– Ton ami est sur le point de faire quelque chose de vraiment stupide. »

Il n'en doutait pas.

« Qu'est-ce que c'est que ce vacarme que j'ai entendu ?

– Ashby et deux autres se sont introduits dans l'église par effraction. »

Voulant savoir qui était avec Ashby, il l'interrogea. Elle décrivit la femme, qu'il ne connaissait pas, mais le deuxième homme correspondait à celui du bateau-mouche. Peter Lyon. Il fallait qu'il appelle Stéphanie. Il fouilla dans sa poche de manteau et trouva son téléphone.

« Ils ont des mouchards dedans, dit Meagan, en désignant l'appareil. Ils savent certainement déjà où tu es. »

Pas forcément. Stéphanie et Malone étaient occupés à traiter la prétendue nouvelle menace que Lyon avait manigancée.

Mais il avait été envoyé pour surveiller Thorvaldsen, pas pour affronter un terroriste recherché.

Et ce n'était pas tout.

Le trajet jusqu'ici lui avait pris vingt minutes, en métro. Il était loin du centre de Paris, dans une banlieue presque déserte balayée par une tempête.

Autrement dit, c'était à lui de régler ce problème.

N'oublie jamais, Sam. La stupidité te fera tuer. Norstrum avait raison. Que Dieu le bénisse. Mais Henrik avait besoin de lui.

Il remit le téléphone dans sa poche.

« Tu ne vas tout de même pas entrer, non ? » demanda Meagan comme si elle lisait dans ses pensées.

Avant même de le dire, il savait à quel point cela paraîtrait stupide. Mais c'était la vérité.

« Il le faut.

— Comme au sommet de la tour Eiffel ? Quand tu aurais pu te faire tuer avec tous les autres ?

— Quelque chose comme ça.

— Sam, ce vieil homme veut tuer Ashby. Rien ne peut l'arrêter.

— Moi si. »

Elle secoua la tête.

« Sam, je t'aime beaucoup. Vraiment. Mais tu es complètement fou. Ça dépasse les bornes. »

Elle se tenait sous la pluie, le visage crispé par l'émotion. Il repensa à leur baiser sous terre, la nuit précédente. Quelque chose se passait entre eux. Une connivence. Une attirance.

Il le lisait dans ses yeux.

« Je ne peux pas », dit-elle d'une voix brisée.

Elle fit demi-tour et s'éloigna en courant.

Thorvaldsen choisit son moment avec soin. Ashby et ses deux compagnons n'étaient nulle part en vue, évanouis dans la nef obscure. L'obscurité à l'extérieur correspondait presque à la pénombre qui régnait à l'intérieur, si bien qu'il put s'y glisser sans être remarqué, profitant du vent et de la pluie.

L'entrée donnait à peu près au milieu de l'aile latérale sud de l'église. Il tourna immédiatement à gauche et s'accroupit derrière un monument funéraire abondamment décoré, surmonté d'un arc de triomphe, sous lequel deux personnages reposaient, sculptés dans un marbre taché par le temps. Les deux figures émaciées ressemblaient plus à des cadavres qu'à des êtres vivants. D'après une plaque de cuivre, c'étaient celles de François Ier et de sa reine, qui avaient régné en France au XVIe siècle.

Il entendit un vague bruit de voix derrière les colonnes de pur style gothique. D'autres tombes surgirent dans la pénombre, ainsi que des chaises vides soigneusement alignées. Le bruit lui parvenait par bribes. Son ouïe n'était plus aussi fine qu'avant, et la pluie martelant le toit n'arrangeait rien.

Il fallait qu'il s'approche.

Il quitta sa cachette et se précipita jusqu'au monument suivant, une délicate sculpture féminine, plus petite que la première. De l'air chaud montait par une grille dans le sol. L'eau dégoulinait de son manteau sur le pavement calcaire. Il le déboutonna soigneusement et se débarrassa du vêtement mouillé après avoir retiré le pistolet d'une des poches.

Il se glissa jusqu'à une colonne qui séparait le transept sud de la nef, prenant bien soin de ne déranger aucune chaise.

Un seul bruit et il perdrait son avantage.

Caroline sortit une feuille de papier de sa poche, et, essayant de dominer sa peur, était en train de livrer à Peter Lyon ce qu'il voulait savoir. Ashby écoutait.

« Ces chiffres romains constituent un message, dit-elle. Ça s'appelle le nœud du Maure. Les Corses l'ont appris des pirates arabes qui écumaient leurs côtes. C'est un code. »

Lyon saisit le papier.

CXXXV	II	CXLII	LII	LXIII	XVII
II	VIII	IV	VIII	IX	II

« Ils font généralement référence à une page, une ligne et un mot d'un certain manuscrit, expliqua-t-elle. L'expéditeur et le destinataire ont le même texte. Comme ils sont les seuls à savoir de quel manuscrit ils se sont servis, déchiffrer le code est pratiquement impossible pour quelqu'un d'autre.

– Comment y êtes-vous arrivée alors ?

– Napoléon a fait parvenir ces chiffres à son fils en 1821. L'enfant avait dix ans seulement à l'époque. Dans son testament, Napoléon a laissé au garçon quatre cents livres et en a mentionné un en particulier. Mais son fils ne devait pas entrer en possession des livres avant son seizième anniversaire. Ce code est étrange en cela qu'il n'y a que deux groupes de chiffres, ils doivent donc désigner uniquement une page et une ligne. Pour les déchiffrer, le fils, ou plus probablement sa mère à qui avait écrit Napoléon, aurait dû savoir de quel texte il s'était servi. Ça ne peut pas être le testament, puisqu'ils ne pouvaient pas en avoir connaissance quand il avait envoyé le code. Napoléon était toujours en vie. »

Elle bafouillait de peur, mais Ashby la laissa continuer.

« Alors j'ai essayé de deviner, et j'ai supposé que Napoléon aurait pu choisir un texte universel. Un texte qui serait toujours disponible. Facile à trouver. Puis je me suis aperçue qu'il avait laissé un indice indiquant où chercher. »

Lyon paraissait sincèrement impressionné.

« Vous êtes une sacrée détective. »

Le compliment ne parvint pas à apaiser son anxiété.

N'étant au courant de rien, Ashby était aussi curieux que Lyon.

« La Bible, dit Caroline. Napoléon s'est servi de la Bible. »

70

Malone scruta chaque visage de l'assistance. Puis son regard se reporta vers les grandes portes à l'entrée principale, par lesquelles d'autres gens pénétraient encore. Beaucoup s'arrêtaient devant un bénitier sculpté pour tremper leurs doigts et faire le signe de croix. Il allait faire demi-tour quand un homme passa tout près de lui, en ignorant le bénitier. Petit, le teint clair, avec des cheveux bruns et un long nez aquilin. Il portait un manteau noir qui lui arrivait aux genoux, des gants en cuir. Son visage était empreint d'une étrange solennité. Un sac à dos volumineux pendait à ses épaules.

Un prêtre et deux assistants apparurent devant le grand autel.

Une femme s'approcha du pupitre et réclama l'attention de l'assistance. Sa voix résonna dans le micro tandis que la foule se faisait silencieuse.

Malone s'avança vers l'autel, se faufilant entre les fidèles dans le transept en train de suivre la messe. Par chance, aucun des transepts n'était bondé. Il aperçut Long Nez qui se frayait un chemin vers l'avant à travers la foule dans le transept opposé, apparaissant et disparaissant entre les colonnes.

Une autre silhouette éveilla sa curiosité. Également dans le transept opposé. Teint mat, cheveux courts, l'homme portait un manteau bien trop grand pour lui, et pas de gants. Malone se maudit d'en être arrivé là. Aucune préparation, aucune réflexion, se laisser manœuvrer par un tueur. Pourchasser des fantômes, ce qui pouvait parfaitement se révéler illusoire. Ce n'était pas la meilleure façon de conduire n'importe quelle opération.

Il reporta son attention sur Teint mat.

L'homme avait toujours la main droite dans la poche de son manteau, le bras gauche sur le côté. Malone n'aimait pas son regard inquiet, mais il se demanda s'il n'allait pas un peu vite en besogne.

Une voix forte perturba la solennité du moment.

Une femme. Dans les trente-cinq ans, cheveux sombres, visage revêche. Elle était assise sur un banc, et éructait quelque chose à l'intention de l'homme à côté d'elle. Il comprit quelques mots de français.

Ils se disputaient.

Elle hurla encore quelque chose, puis quitta précipitamment le banc.

Sam entra dans Saint-Denis en se baissant et en espérant que personne ne l'ait remarqué. Tout était calme à l'intérieur. Pas trace de Thorvaldsen, ni d'Ashby ni de Peter Lyon.

Il n'était pas armé, mais il ne pouvait pas laisser son ami affronter seul ce danger. Le Danois lui avait rendu service. Il était temps qu'il le paie en retour.

Il ne distinguait pas grand-chose dans cette pénombre sinistre, et le vent et la pluie à l'extérieur l'empêchaient d'entendre quoi que ce soit. Il regarda à gauche et aperçut la silhouette courbée de Thorvaldsen à une quinzaine de mètres, près d'une colonne massive.

Il entendit des voix provenant du centre de l'église.

Les mots lui parvenaient par bribes.

Trois formes bougèrent dans la lumière.

Ne pouvant pas prendre le risque de rejoindre Thorvaldsen, il resta baissé et avança de quelques mètres droit devant lui.

Ashby attendait que Caroline lui explique ce que Napoléon avait fait.

« Plus précisément, dit-elle. Il s'est servi des Psaumes. »

Elle désigna la première série de chiffres romains.

CXXXV

II

« Psaume CXXXV, verset 2, dit-elle. J'ai recopié la ligne. »

Elle chercha dans sa poche de manteau et trouva un autre morceau de papier.

« "Vous qui vous tenez dans la maison de l'Éternel, dans les parvis de la maison de notre Dieu" », lut-elle.

Lyon sourit.

« Malin. Continuez.

– Les deux chiffres suivants se rapportent au psaume CILII, verset 4. "Regardez sur ma droite et voyez."

– Comment savez-vous... » commença Lyon, mais un bruit près du grand autel et de la porte par laquelle ils étaient entrés attira son attention.

Lyon prit son pistolet de la main droite et il fit volte-face pour affronter l'adversaire.

« Aidez-nous ! cria Caroline. Aidez-nous. Il y a un homme ici avec un pistolet. »

Lyon braqua l'arme sur Caroline.

Ashby devait passer à l'action.

Caroline fit quelques pas en arrière, comme si elle pouvait éviter la menace en battant en retraite. Elle était morte de peur.

« Ce serait idiot de la tuer, avança Ashby. Elle est la seule à connaître l'endroit.

– Dites-lui de se tenir tranquille et de la fermer ! » ordonna Lyon, le pistolet braqué sur Caroline.

Ashby se focalisa sur son amie. Il leva la main pour lui signifier d'arrêter.

« Je t'en prie, Caroline. Ça suffit. »

Elle parut comprendre l'urgence de la demande et se figea.

« Trésor ou pas trésor, dit Lyon. Si elle fait encore le moindre bruit, elle est morte. »

Thorvaldsen vit Caroline Dodd jouer le tout pour le tout. Lui aussi avait entendu le bruit venant du portail par lequel il était entré. À une quinzaine de mètres, de l'autre côté d'une série de tombes comparable à une course d'obstacles.

Quelqu'un était entré.

Et avait annoncé sa présence.

Sam se retourna en entendant le bruit derrière lui en provenance de la porte. Il aperçut une silhouette noire près du mur extérieur, s'approchant d'une volée de marches qui montait à un autre niveau derrière le grand autel.

La taille et la forme de l'ombre ne laissaient aucun doute sur son identité.

C'était Meagan.

Ashby remarqua que le bruit du vent et de la pluie venant de l'extérieur s'était intensifié, comme si les portes par lesquelles ils s'étaient introduits s'étaient ouvertes en grand.

« C'est la tempête, dit-il à Lyon.

– Fermez-la, vous aussi ! »

Lyon avait fini par s'énerver. Il aurait préféré sourire, mais ce n'était pas le moment.

Ses yeux ambre étaient vifs comme ceux d'un doberman, tandis qu'il scrutait les alentours faiblement éclairés en pivotant lentement sur lui-même, son pistolet devant lui.

Ashby le vit en même temps que Lyon.

Un mouvement, à trente mètres, sur l'escalier à droite de l'autel qui montait au chœur et au déambulatoire.

Il y avait quelqu'un.

Lyon tira. Deux fois. Le bruit résonna dans la nef, comparable à l'éclatement de deux ballons à cause du silencieux.

Puis une chaise vola dans les airs et s'écrasa sur Lyon.

Suivie par une autre.

71

Malone ne quittait pas des yeux la femme qui jouait des coudes pour quitter le banc. L'homme avec lequel elle s'était disputée abandonna sa place également et lui emboîta le pas ; tous deux s'éloignèrent du grand autel, en direction des grandes portes. Il portait un mince imperméable de nylon, ouvert devant, et Malone ne remarqua rien d'inquiétant.

Il parcourut une nouvelle fois la foule du regard.

Il remarqua Long Nez, avec le sac à dos, qui s'installait sur un banc à moitié occupé sur le devant. Il se signa et s'agenouilla pour prier.

Il remarqua Teint mat sortant de l'ombre, près de l'autel, toujours dans le transept opposé. L'homme se fraya un chemin à travers l'assistance et s'arrêta devant les cordons de velours qui empêchaient d'aller plus loin.

Malone n'aimait pas du tout ce qu'il voyait.

Il glissa la main sous sa veste et prit son pistolet.

Sam vit Lyon tirer en direction de l'endroit où était allée Meagan. Il entendit les balles ricocher sur la pierre et pria le ciel pour que les tirs aient manqué leur cible.

Un nouveau bruit résonna dans l'église.

Suivi par un autre.

Ashby vit les deux chaises pliantes tomber sur Lyon. Celui-ci, pris au dépourvu par cette attaque, perdit l'équilibre. Caroline les avait lancées toutes les deux à l'instant où Lyon était distrait par la personne qui avait pénétré dans l'église.

Puis elle s'était réfugiée dans l'obscurité.

Lyon récupéra ses esprits et s'aperçut que Caroline avait disparu.

Il braqua son pistolet dans la direction d'Ashby.

« Comme vous l'avez bien précisé, dit Lyon, elle est la seule à connaître l'endroit. Je peux me passer de vous. »

Un détail que Caroline n'avait probablement pas pris en considération.

« Dites-lui de revenir.

– Caroline, appela-t-il. Il faut que tu reviennes. »

Jamais auparavant on ne l'avait menacé d'un pistolet. C'était une sensation vraiment terrifiante.

Une sensation qu'il n'aimait pas.

« Tout de suite. Je t'en prie. »

Thorvaldsen vit Caroline Dodd jeter les chaises en direction de Lyon, puis disparaître dans la pénombre du transept ouest. Elle devait se frayer un chemin vers l'avant de l'édifice, en se servant des tombes, des colonnes et de l'obscurité pour se dissimuler. C'était la seule voie, l'autre transept était trop proche de Peter Lyon et beaucoup plus éclairé.

Étant habitué à la pénombre, il ne bougea pas, gardant un œil sur Lyon et Ashby, et sur la zone calme à sa gauche.

Puis il la vit.

En train d'avancer furtivement dans sa direction. Se dirigeant probablement vers les portes ouvertes du portail sud, où le vent et la pluie continuaient à se manifester bruyamment.

Vers la seule issue.

Malheureusement, Lyon le savait aussi.

Les doigts de Malone entourèrent le Beretta. Il n'en avait pas particulièrement envie, mais il tuerait Teint mat, ici même, s'il le fallait.

Sa cible se trouvait à une dizaine de mètres de lui, et il attendit que l'homme fasse un mouvement. Une femme s'approcha de Teint mat et glissa son bras sous le sien. Elle l'embrassa gentiment sur la joue, et une surprise manifeste se lut sur son visage, avant qu'il la reconnaisse et qu'ils se mettent à bavarder.

Ils firent demi-tour et retournèrent vers l'entrée principale.

Malone relâcha un peu son pistolet.

Fausse alerte.

Il regarda à nouveau en direction de la nef tandis que la messe commençait. Il aperçut Long Nez qui sortait de la rangée pour regagner l'allée centrale.

Malone continuait à rechercher ce qui pourrait poser problème. Il aurait dû ordonner l'évacuation totale de l'endroit, mais cela pouvait également ne rien donner.

Une femme occupait le banc que Long Nez avait quitté, tenant un sac à dos. Elle fit un geste en direction de l'homme, lui indiquant qu'il avait laissé quelque chose. Long Nez lui fit signe de ne pas s'en occuper et continua à marcher. La femme regagna l'allée centrale et se hâta pour le rattraper.

Malone resta dans le transept.

Long Nez se retourna, vit la femme venir vers lui, le sac à dos à la main. Il se précipita vers elle, lui arracha le baluchon de nylon noir des mains et le lança vers l'avant. Le sac glissa sur le sol de marbre, s'arrêtant en bas de deux petites marches qui montaient à l'autel.

Long Nez se retourna et courut en direction de la sortie.

Des images de Mexico envahirent soudain l'esprit de Malone.

C'était ça.

Fais quelque chose.

72

Thorvaldsen attendit que Caroline Dodd se rapproche. Elle profitait habilement des recoins pour s'abriter, tout en progressant vers le portail sud de la basilique. Il s'accroupit et se mit en position, attendant qu'elle passe. Il serrait le pistolet d'une main et, de l'autre, s'apprêtait à cueillir sa cible au passage. Il ne pouvait pas la laisser partir. Au cours de l'année précédente, il avait écouté les enregistrements des conversations qu'elle et Ashby avaient eues. Il savait tout de leur complot. Et, bien qu'elle ait pu parfaitement ignorer tous les actes commis par Ashby, elle n'était pas non plus innocente.

Il se cramponna au petit côté d'un sarcophage de marbre surmonté par une sculpture Renaissance élaborée. Dodd longeait la tombe sur sa longueur. Le monument lui-même ainsi qu'une colonne limitaient leur champ de vision. Il attendit qu'elle tente de gagner le monument suivant, puis passa le bras autour de son cou, lui recouvrant la bouche de sa main.

En la précipitant au sol, il enfonça le revolver dans son cou et chuchota : « Silence, sinon je dis à l'homme là-bas où vous êtes. J'aimerais que vous incliniez la tête si vous me comprenez.»

Elle s'exécuta et il relâcha son étreinte.

Elle le repoussa.

«Qui êtes-vous?» chuchota-t-elle.

Il perçut une note d'espoir dans sa question. Peut-être était-ce un ami. Il décida d'en tirer profit.

«Celui qui peut vous sauver la vie.»

Ashby s'efforçait de ne rien laisser paraître et fixait le revolver, en se demandant si sa dernière heure était arrivée.

Lyon n'avait aucune raison de l'épargner.

«Caroline, appela Ashby. Reviens, je t'en prie. Cet homme va me tuer si tu ne reviens pas.»

Thorvaldsen ne pouvait pas laisser Peter Lyon faire ce qu'il était venu faire.

«Dites à Lyon de venir vous chercher», chuchota-t-il.

Caroline Dodd fit non de la tête.

Elle avait besoin d'être rassurée.

«Il ne viendra pas. Mais cela va permettre à Ashby de gagner du temps.

— Comment savez-vous qui nous sommes?»

Il n'avait pas de temps à perdre en explications, aussi il braqua son revolver sur elle.

«Faites-le, sinon je vous abats.»

Sam décida de tenter quelque chose. Il fallait qu'il sache si Meagan était bien saine et sauve. Il n'avait vu aucun mouvement au sommet de l'escalier, derrière l'autel. Lyon semblait plus préoccupé par Caroline Dodd, obligeant Ashby à la faire revenir près d'eux, à l'extrémité ouest de la nef.

Lyon était distrait, c'était peut-être le moment d'agir.

«Hé! vous, le trou du cul, cria Meagan dans l'obscurité. Vous avez tiré à côté.»

Bon Dieu!

«Et vous, qui êtes-vous ?» demanda Lyon en direction de la pénombre.

Ashby voulait également connaître la réponse à cette question.

«Vous aimeriez bien le savoir.»

L'écho qui se répercutait sur les murs de pierre ne permettait pas de localiser la femme, mais Ashby supposa que c'était la personne qu'ils avaient aperçue en train de grimper l'escalier menant au déambulatoire.

«Je vais vous tuer, dit Lyon.

– Va falloir me trouver d'abord. Et cela signifie que vous serez obligé de tuer le bon Lord Ashby ici présent.»

Elle connaissait son nom. Qui était-ce ?

«Et moi, vous savez qui je suis ?

– Peter Lyon. Terroriste hors norme.

– Vous êtes avec les Américains ? demanda Lyon.

– Je suis avec moi.»

Ashby observait Lyon. L'homme était visiblement perturbé. Le pistolet restait braqué sur lui, mais l'attention de Lyon était focalisée sur la voix.

«Que voulez-vous ? demanda Lyon.

– Votre peau.»

Lyon gloussa.

«Vous n'êtes pas la seule.

– C'est ce que j'entends dire. Mais je suis celle qui va l'avoir.»

Thorvaldsen écouta l'échange entre Meagan et Lyon. Il comprenait ce qu'elle était en train de faire : semer la confusion, amener Lyon à commettre une erreur. C'était risqué. Mais peut-être Meagan avait-elle évalué correctement la situation. Lyon se retrouvait face à trois menaces potentielles. Ashby, Caroline et la voix inconnue. Il allait devoir faire un choix.

Le pistolet de Thorvaldsen restait braqué sur Caroline Dodd. Il ne pouvait pas permettre à Meagan de courir le risque qu'elle avait clairement revendiqué. Il enfonça un peu plus le revolver et chuchota : «Dites-lui que vous allez vous montrer.»

Elle secoua la tête.

« Vous ne le ferez pas vraiment. J'ai seulement besoin qu'il vienne par ici pour pouvoir le tuer. »

Cette proposition sembla lui convenir. D'ailleurs, il était armé.

« D'accord, Lyon, cria finalement Dodd. Je reviens. »

Malone se fraya un chemin jusqu'au banc le plus proche, où étaient assis des fidèles. Il estima qu'il disposait d'au moins une minute ou deux. Long Nez avait apparemment prévu de survivre à l'attentat, ce qui voulait dire qu'il s'était donné le temps de quitter l'église. Mais la bonne âme qui avait voulu lui restituer son sac à dos lui avait un peu rogné de son avance.

Il atteignit l'allée centrale et tourna en direction de l'autel.

Il aurait voulu crier pour prévenir les gens, mais aucun son ne sortit de sa bouche. D'ailleurs, donner l'alarme ne servirait à rien. Sa seule chance était de se débarrasser de la bombe.

Pendant qu'il étudiait la foule, il avait également étudié la topographie des lieux. Jouxtant le grand autel, un escalier descendait vers ce qu'il supposait être une crypte. Toutes ces anciennes églises comportaient une crypte.

Il vit le prêtre se rendre compte de la perturbation et arrêter le service.

Il parvint au niveau du sac à dos.

Ce n'était plus le moment de se demander s'il avait raison ou s'il avait tort.

Il souleva le baluchon – il était lourd –, il se précipita vers la gauche et le jeta en bas des marches. Trois mètres en dessous, une porte métallique s'ouvrait sur un espace faiblement éclairé.

Il pria Dieu pour qu'il n'y ait personne dedans.

« Tout le monde à terre ! hurla-t-il. C'est une bombe. Par terre, derrière les bancs. »

Beaucoup plongèrent hors de vue, d'autres restèrent debout, stupéfaits.

« Couchez-vous ! »

La bombe explosa.

73

Ashby reprit son souffle dès que Lyon eut entendu Caroline et baissé son arme.

« Asseyez-vous sur la chaise, ordonna Lyon. Et n'en bougez plus. »

Comme il n'y avait qu'une seule issue à la basilique, et qu'il n'avait aucune chance de s'échapper, Ashby décida qu'il était plus prudent d'obéir.

« Hé ! cria la première voix féminine dans la pénombre. Vous ne croyez pas vraiment qu'elle va se montrer, n'est-ce pas ? »

Lyon ne répondit pas.

Il se dirigea vers l'autel.

Sam ne pouvait pas croire que Meagan arrivait à manœuvrer Lyon à ce point. On était loin de son « Je ne peux pas » chuchoté dehors, sous la pluie. Il vit Lyon s'avancer dans l'allée centrale entre des rangées de chaises vides, le pistolet au côté.

« *Si tous mes amis sautaient d'un pont, disait Norstrum, je ne sauterais pas avec eux. Je serais en bas, dans l'espoir de les rattraper.* »

Il essaya de donner un sens à ce qu'il venait d'entendre.

« *Les vrais amis résistent et tombent ensemble.*

— *Nous sommes de vrais amis alors ? demanda-t-il.*

— *Bien sûr.*

— *Mais tu me dis toujours qu'à un moment je devrai partir.*

— *Oui. C'est possible. Mais les amis sont séparés seulement par la distance, pas dans leur cœur. Souviens-toi, Sam, tous les bons amis étaient un jour des étrangers les uns pour les autres.* »

Meagan Morrison était une étrangère il y a deux jours. À présent, elle était en train de risquer sa vie. Pour lui ? Pour Thorvaldsen ? Ça n'avait pas d'importance.

Ils résisteraient ou tomberaient ensemble.

Il décida d'utiliser la seule arme disponible. Celle-là même que Caroline Dodd avait choisie. Il enleva alors son manteau mouillé, attrapa une chaise en bois et la jeta en direction de Peter Lyon.

Thorvaldsen vit la chaise voltiger à travers la nef en direction de Lyon. Qui était-ce encore ? Meagan était plus loin que l'autel, dans le haut du déambulatoire. Dodd était à un mètre, terrorisée, et Ashby, près du transept ouest.

Lyon aperçut la chaise, fit volte-face et réussit à s'écarter juste avant qu'elle n'atteigne le sol. Puis il braqua son pistolet et tira une salve en direction du chœur et du trône épiscopal.

Sam quitta sa cachette juste au moment où Lyon évitait la chaise. Il se précipita vers la gauche entre des colonnes et des tombes, toujours en se baissant, en direction de l'endroit où Ashby était assis.

Un autre coup de feu retentit.

La balle ricocha sur la pierre à quelques centimètres de son épaule droite, ce qui voulait dire qu'il avait été repéré.

Un autre coup de feu.

Le tir ricocha une nouvelle fois sur la pierre, et il sentit quelque chose lui piquer l'épaule gauche. Une douleur intense lui envahit tout le bras, il perdit l'équilibre et s'écroula par terre. Il roula sur lui-même et voulut estimer les dégâts. La manche gauche de sa chemise était déchirée.

Une rose de sang était en train de s'épanouir dessus. Une douleur aiguë l'élançait à l'arrière des yeux. Il examina la blessure et comprit qu'il n'avait pas été touché, seulement égratigné, suffisamment en tout cas pour souffrir le martyre.

Il appuya sa main droite contre l'endroit qui saignait et se releva.

Thorvaldsen s'efforça de voir sur qui tirait Lyon. Quelqu'un avait jeté une autre chaise. Puis il aperçut une silhouette noire qui se précipitait de l'autre côté du monument lui servant de cachette.

Dodd le vit également, et prise de panique, elle s'éloigna aussitôt, mettant un maximum de tombes entre elle et la nef.

Thorvaldsen aperçut le visage de celui qui passait à toute vitesse devant lui.

C'était Sam.

Il entendit deux autres coups de feu, puis le bruit d'un corps s'effondrant contre la pierre.

Non. Je vous en supplie, mon Dieu! Ça ne va pas recommencer!

Il visa Peter Lyon et tira.

Ashby plongea pour s'abriter. Des coups de feu résonnaient un peu partout dans la nef. Il vit Lyon s'aplatir sur le sol tout en utilisant les chaises pour se couvrir.

Où était Caroline?

Pourquoi n'était-elle pas revenue?

Thorvaldsen devait éviter qu'il n'arrive un malheur à Sam. Il suffisait déjà que Meagan soit impliquée. Caroline Dodd avait disparu, probablement en direction du portail battu par le vent et la pluie. Lyon n'allait pas tarder à reprendre ses esprits et à réagir. Il se dépêcha de rejoindre l'endroit où devait se trouver Sam.

Malone se protégea la tête avec les bras quand l'explosion retentit à travers la nef, faisant trembler les murs et les vitraux. Mais le fait d'avoir jeté le sac dans la crypte avait été décisif et la force primaire de l'explosion avait été contenue dans le sous-sol. De la fumée et un nuage de poussière montaient de l'escalier.

Il regarda autour de lui.

Tout le monde paraissait sain et sauf.

Puis la panique reprit le dessus et les gens se précipitèrent vers la sortie. Le prêtre et les deux enfants de chœur disparurent dans le chœur.

Il resta devant le grand autel à observer le désordre, conscient que le poseur de bombe avait probablement quitté les lieux. Tandis que la foule s'éclaircissait, il aperçut Stéphanie, au fond de l'allée principale, tenant son pistolet dans les côtes de Long Nez.

Trois policiers surgirent par les grandes portes. L'un d'eux, voyant le pistolet automatique entre les mains de Stéphanie, dégaina son arme.

Les deux autres l'imitèrent.

«Baissez votre arme immédiatement!» cria un policier à Stéphanie.

Un policier en civil apparut alors et cria aux autres d'arrêter. Ils baissèrent leurs armes, puis se précipitèrent pour passer les menottes à Long Nez.

Stéphanie descendait l'allée centrale.

«Belle prise, lui dit-il.

– Lancer impeccable, répliqua-t-elle.

– Que faisons-nous à présent? demanda-t-il. Nous n'entendrons sans doute plus parler de Lyon.

– Je suis d'accord.»

Il chercha dans sa poche et trouva son téléphone.

« Il est peut-être temps que j'essaie de raisonner Henrik. Sam devrait être avec lui. »

Il avait éteint l'appareil pendant la course en taxi jusqu'à l'église. Un appel lui était parvenu une vingtaine de minutes auparavant.

Thorvaldsen.

Un appel passé après qu'ils se furent parlé.

Il mit le haut-parleur et écouta le message en même temps que Stéphanie.

« "Meagan Morrison, à l'appareil. J'étais avec Sam aujourd'hui à la tour Eiffel quand vous êtes venu. Henrik m'a donné son téléphone, si bien que j'appelle au même numéro où vous l'avez appelé. J'espère que c'est bien Cotton Malone. Ce vieux fou est entré dans Saint-Denis à la suite d'Ashby. Il y a un autre homme et une femme à l'intérieur. D'après Sam, l'homme est Peter Lyon. Sam est entré lui aussi. Ils ont besoin d'aide. Je croyais que je pouvais laisser Sam se débrouiller tout seul. Mais… je ne peux pas. Il va lui arriver malheur. J'y vais. Je voulais que vous le sachiez." »

– Il faut y aller, dit-il.

– C'est à une quinzaine de kilomètres seulement, déclara Stéphanie, mais la circulation est dense. J'ai averti la police. Ils envoient des hommes. Un hélicoptère est en route pour nous. Il devrait être dehors. La rue a été dégagée pour qu'il puisse se poser. »

Elle avait pensé à tout.

« Je ne peux pas envoyer la police là-bas toutes sirènes hurlantes, dit-elle. Je veux Lyon. Nous n'aurons sans doute pas d'autre occasion. Je veux qu'ils aillent là-bas discrètement. »

Il savait que c'était la seule chose intelligente à faire.

Mais pas pour les gens qui étaient à l'intérieur.

« Si nous voulons la peau de Lyon et d'Ashby, c'est là-bas que les choses doivent se passer, dit-elle.

– Débrouillons-nous pour y arriver. »

74

Tout en serrant son bras contre sa poitrine, Sam continuait à avancer vers l'extrémité de l'église qui devait donner sur la place à l'extérieur. Il avait réussi à détourner l'attention de Peter Lyon de Meagan, mais il était blessé. Il espérait seulement qu'ils parviendraient à occuper Lyon jusqu'à l'arrivée des renforts.

Thorvaldsen était apparemment venu à son secours, en tirant sur Lyon et en lui donnant la possibilité de s'échapper.

Mais où était le Danois maintenant?

Il arriva à la dernière colonne de la rangée qui soutenait la voûte. Un espace vide s'étendait au-delà. Il appuya son dos fermement contre la colonne et risqua un œil dans la nef.

Lyon courait en direction d'un escalier sur la gauche de l'autel menant à l'endroit où se cachait Meagan.

«Non!» hurla Sam.

Ashby n'en croyait pas ses oreilles. Lyon s'éloignait enfin vers l'autre extrémité de l'église, suffisamment loin pour qu'il puisse tenter de s'échapper en direction des portes. Il avait attendu patiemment, regardant le truand esquiver les tirs qui le visaient depuis le transept sud. Il ne savait pas qui tirait, mais il était sacrément content qu'il soit là.

À présent, quelqu'un venait de crier, juste à sa droite.

Comme pour dire à Lyon : « Pas là-bas ! Ici ! »

Thorvaldsen tira une autre salve, perturbé de voir Sam attirer l'attention sur lui.

Lyon chercha refuge derrière une tombe près du grand autel.

Il ne pouvait pas laisser Lyon avancer vers le déambulatoire, l'endroit où Meagan se cachait. Il se précipita donc vers l'avant, retraversant le transept sud, en s'éloignant d'Ashby et de Sam, en direction de Lyon.

Ashby quitta sa chaise et se réfugia dans l'ombre. Lyon était à trente mètres, et l'ennemi le cernait peu à peu. Caroline ne se montrait pas, et il supposa qu'elle était partie. Il devrait en faire autant. Le trésor n'avait plus d'importance, en tout cas plus pour l'instant.

S'échapper était la seule chose qui comptait.

Il s'accroupit et s'avança le long du transept sud en direction des portes.

Malone boucla son harnais juste au moment où l'hélicoptère décollait de la rue. Le jour déclinait, et quelques rais de lumière parvenaient tout juste à percer les nuages chargés de pluie.

Stéphanie était assise à côté de lui.

Tous deux étaient profondément inquiets.

Un père plein de colère et d'amertume voulant à tout prix se venger et un agent novice ne formaient pas le duo idéal face à un homme de la trempe de Peter Lyon. L'un ne réfléchissait pas, l'autre n'avait pas encore appris à réfléchir. Avec tous ces événements, Malone n'avait pas eu une seconde pour repenser à son désaccord avec Thorvaldsen. Il avait fait ce qu'il pensait devoir faire, mais cette décision avait blessé un ami. Jamais Thorvaldsen et lui n'avaient échangé de paroles désagréables. Il y avait eu de l'irritation parfois entre eux, une frustration occasionnelle, mais jamais de véritable colère.

Il devait parler avec Henrik et mettre les choses au point.

Il regarda Stéphanie et comprit qu'elle se maudissait d'avoir envoyé Sam, mais, à ce moment-là, c'était la seule décision à prendre.

À présent, elle pouvait se révéler fatale.

Sam était content que Lyon ait hésité, et qu'il n'ait pas, jusqu'à maintenant au moins, profité de son avantage pour se précipiter jusqu'à l'escalier menant au déambulatoire. Son bras gauche lui faisait un mal de chien, sa main droite étant toujours appuyée sur la blessure qui saignait.

Réfléchis.

Il prit une autre décision.

«Henrik! appela-t-il. Cet homme avec le pistolet est un terroriste notoire. Ne le perds pas de vue jusqu'à l'arrivée des renforts.»

Thorvaldsen se réjouit, Sam était sain et sauf.

«Il s'appelle Peter Lyon, cria Meagan.

— Heureux de devenir quelqu'un de connu, ironisa Lyon.

— Vous ne pouvez pas nous tuer tous, dit Sam.

— Mais je peux parfaitement en tuer un ou deux.»

Thorvaldsen savait qu'il avait raison, d'autant plus qu'il semblait le seul, à part Lyon, à être armé.

Un mouvement attira son attention. Pas du côté de Lyon. Sur sa droite, près des portes donnant sur l'extérieur. Il aperçut une silhouette se dirigeant droit vers la sortie. Il crut d'abord que c'était Caroline Dodd, mais non, c'était un homme.

Ashby.

Il avait dû profiter de la confusion pour quitter furtivement l'autre extrémité de la nef. Thorvaldsen se détourna de Lyon et se dirigea vers les portes. Étant plus près qu'Ashby, il arriva avant lui. Il s'abrita une nouvelle fois derrière le monument de François Iᵉʳ et attendit dans l'obscurité que le Britannique s'approche.

Le sol de marbre était trempé par la pluie qui s'engouffrait à l'intérieur.

Il avait froid sans manteau.

Il entendit Ashby s'arrêter de l'autre côté du monument, probablement pour s'assurer qu'il pourrait parcourir les dix derniers mètres sans qu'on le remarque.

Thorvaldsen regarda sur le côté.

Ashby repartit.

Thorvaldsen surgit par le petit côté de la tombe et braqua son pistolet dans le visage d'Ashby.

«Tu ne vas pas partir comme ça.»

Surpris, Ashby glissa sur le sol mouillé et roula sur lui-même pour affronter la menace.

75

Ashby était stupéfait.

« Thorvaldsen ?

– Debout ! » ordonna le Danois.

Il se leva. Le pistolet était toujours braqué sur lui.

« C'était vous qui tiriez sur Lyon ? demanda-t-il.

– Je ne voulais pas lui laisser faire ce que j'étais venu faire.

– Quoi ?

– Te tuer. »

Sam entendait des voix à une centaine de mètres, près de la sortie. Mais la tempête et l'écho qu'elle produisait dans la nef l'empêchaient de comprendre ce qui se disait. Thorvaldsen était là, ça, il le savait. Ashby s'était enfui, il supposait donc qu'Henrik avait empêché le Britannique de partir, l'obligeant enfin à affronter son destin.

Mais Lyon était toujours là.

Peut-être Lyon avait-il déjà déterminé qu'un seul des trois était armé, aucun de ses deux autres adversaires n'ayant tiré dans sa direction.

Sam vit Lyon quitter sa cachette et traverser la nef en s'abritant derrière l'autel et les monuments funéraires. Puis il se dirigea tout droit vers l'endroit d'où venaient les voix.

Il partit de ce côté-là, lui aussi.

Malone regarda sa montre. Le vent frappait l'hélicoptère de plein fouet et la pluie ruisselait sur les vitres. Il compatissait en entendant le gémissement des rotors. Paris défilait sous eux tandis qu'ils progressaient en direction du nord, vers la banlieue de Saint-Denis.

Il ne s'était pas senti aussi impuissant depuis longtemps.

Stéphanie regarda sa montre et fit un signe avec quatre doigts.

Moins de cinq minutes.

Thorvaldsen savait qu'il devait agir vite, mais il voulait que ce fils de pute sache pourquoi il allait mourir.

« Il y a deux ans, dit-il, c'était à Mexico. Mon fils faisait partie des sept personnes qui ont été massacrées ce jour-là. Une fusillade commanditée par toi. Une fusillade exécutée par Armando Cabral. Sur tes ordres. Lui, je l'ai déjà tué. Maintenant, c'est ton tour.

— Monsieur Thorvaldsen, vous vous trompez complètement...

— Inutile de te défendre, déclara-t-il en élevant la voix. Tu m'insultes avec tes mensonges et tu insultes la mémoire de mon fils unique. Je sais ce qui est arrivé dans le moindre détail. Je t'ai poursuivi pendant deux ans. À présent, je te tiens.

— J'ignorais totalement ce que Cabral allait faire. Vous devez me croire. Je voulais seulement décourager ces procureurs. »

Il recula, se rapprochant de la tombe de François Ier, et profitant de ses colonnes sculptées et de ses arceaux pour se protéger de Lyon, qui devait se trouver quelque part derrière lui.

Finissons-en, se dit Thorvaldsen.

Maintenant.

Sam avançait toujours en tenant son bras blessé. Il avait perdu Lyon de vue, après l'avoir aperçu passant devant le grand autel à une quinzaine de mètres de Thorvaldsen et d'Ashby.

Il devait avertir son ami, aussi il prit un risque.

« Henrik, Lyon se dirige vers toi. »

Ashby était terrorisé. Il fallait qu'il quitte cet endroit maudit.

Deux hommes armés voulaient le tuer et quelqu'un venait de crier que Lyon s'approchait.

« Thorvaldsen, écoutez-moi. Je n'ai pas tué votre fils. »

Un coup de feu éclata dans l'église et résonna dans ses oreilles. Ashby sursauta et comprit que Thorvaldsen avait tiré en direction du sol, tout près de son pied gauche. Déstabilisé par le bruit du métal sur la pierre, il fit un pas en arrière en direction de la sortie. Mais il n'allait pas se risquer à courir jusque là-bas.

Il serait mort dès le premier pas.

Sam entendit le coup de feu.

« Ne bouge pas ! hurla Thorvaldsen pour couvrir le vent et la pluie. Ton excuse ne vaut rien en face de la vie d'un être humain. Tu sais ce que tu as fait ? C'était le meilleur fils qu'un homme puisse avoir et tu l'as abattu comme un chien. »

Sam s'arrêta. Il pensa qu'il valait mieux évaluer la situation. *Agis intelligemment. Fais ce que Norstrum aurait fait. Il se conduisait toujours intelligemment.*

Il se glissa jusqu'à une colonne et jeta un coup d'œil dans la nef.

Lyon se trouvait à droite de l'autel, près d'une autre colonne, debout, en train d'observer.

« Je t'ai dit de ne pas bouger, dit Thorvaldsen. La prochaine balle sera pour toi. »

Il attendait ce moment depuis longtemps, se demandant ce qu'il éprouverait en se retrouvant face au meurtrier de Caï. Mais il avait aussi entendu l'avertissement de Sam lui signalant la présence de Lyon.

Ashby tenta de raisonner Thorvaldsen : « Soyez raisonnable, Lyon va nous tuer tous les deux. »

Il lui restait à espérer que Sam et Meagan le couvraient bien par-derrière, même si ni l'un ni l'autre n'auraient dû être là. C'était drôle. Il avait beau être multimilliardaire, ses euros ne lui servaient plus à rien à présent. Ici, la vengeance faisait loi. Dans la pénombre, il revit Caï bébé, puis adolescent. Et grâce à Lisette ce gamin était devenu un homme. Pendant quatre siècles, les Thorvaldsen avaient vécu au Danemark. Les nazis s'étaient donné du mal pour les éradiquer, mais il avait survécu au massacre. La naissance de Caï l'avait comblé. Un enfant. Pour prendre la suite. Garçon ou fille. Cela lui était égal.

Simplement qu'il soit en bonne santé. C'est pour ça qu'il avait prié.

« Papa, prends soin de toi. Je te reverrai d'ici quelques semaines. » C'étaient les dernières paroles de Caï au cours de leur dernière conversation téléphonique.

Il avait bien revu Caï quelques semaines après.

Étendu dans un cercueil.

Et tout ça à cause de la créature minable qui se trouvait à quelques mètres de lui.

« Comment as-tu pu croire un seul instant que je laisserais sa mort impunie ? demanda-t-il à Ashby. Tu te croyais tellement malin ? Tellement important ? Au point de pouvoir assassiner des gens sans jamais en payer les conséquences ? »

Ashby ne disait rien.

« Réponds-moi ! » hurla-t-il.

Ashby n'en pouvait plus.

Ce vieil homme était fou, consumé par la haine. Il décida que la meilleure façon de traiter le danger était de l'affronter. D'autant qu'il avait aperçu Peter Lyon derrière une colonne, en train d'observer tranquillement le face-à-face. Thorvaldsen aussi devait être conscient de la présence de Lyon.

Quant aux autres, à l'intérieur, ils semblaient être les alliés du Danois.

« J'ai fait ce que j'avais à faire, déclara Ashby.

– C'est exact. Et mon fils est mort.

– Vous devez savoir que ce n'était pas dans mes intentions. Je m'intéressais seulement au procureur. Cabral est allé trop loin. Ce n'était pas la peine de tuer tous ces gens.

– Tu as des enfants ? » demanda Thorvaldsen

Ashby secoua la tête

« Alors, tu ne peux pas comprendre. »

Il fallait qu'il gagne du temps. Lyon aurait dû passer à l'action. Il se contentait de rester derrière la colonne. Et où étaient les deux autres ?

« J'ai passé deux ans à te surveiller, dit Thorvaldsen. Tu vas d'échec en échec. Tes affaires ont toutes perdu de l'argent. Ta banque a des problèmes. Ta fortune a presque complètement fondu. Je me suis bien amusé à vous observer, toi et ta maîtresse, en train d'essayer de trouver la fortune de Napoléon. Et te voilà maintenant, toujours en train de chercher. »

Cet imbécile livrait beaucoup trop d'informations à Peter Lyon.

« Vous vous trompez ! s'exclama Ashby. J'ai une fortune en placements. Dans un endroit discret, c'est tout. Rien qu'au cours de ces derniers jours j'ai acquis cent millions d'euros en or. »

Il fallait faire comprendre à Lyon que celui-ci avait d'excellentes raisons de ne pas l'abattre

« Je ne veux pas de ton argent ! éructa Thorvaldsen.

– Mais moi j'en veux bien », dit Lyon en sortant de l'ombre et en tirant sur Henrik Thorvaldsen.

Sam s'arrêta en entendant ce qui devait être une arme munie d'un silencieux. Il avait été incapable de suivre ce qui se disait, étant encore à une quinzaine de mètres de l'endroit où se tenait la conversation.

Il jeta un coup d'œil dans la nef.

Peter Lyon n'était plus là.

Thorvaldsen ne sentit pas la balle pénétrer dans sa poitrine, mais sa sortie lui provoqua une douleur déchirante. Puis toute coordination entre le cerveau, les nerfs et les muscles cessa. Ses jambes cédèrent tandis qu'un nouveau spasme de douleur submergeait son cerveau.

C'est ça que Cai avait ressenti ? Son fils avait-il été en proie à une douleur aussi intense ? Quelle chose terrible !

Ses yeux se révulsèrent.

Son corps s'affaissa.

Sa main droite relâcha le pistolet et il s'écroula d'un coup. Sa tête heurta violemment le dallage.

Chaque respiration lui déchirait les poumons.

Il essaya de maîtriser les coups dans sa poitrine.

Les sons lui parvenaient étouffés.

Il ne savait plus où il était.

Puis le monde perdit ses couleurs.

76

Malone aperçut la basilique de Saint-Denis à travers la pluie. Elle devait être à un kilomètre cinq cents environ. Il n'y avait aucun véhicule de police à l'extérieur, et la place devant l'église était déserte. Tout était sombre et calme autour, comme si la peste avait sévi.

Il prit son Beretta et deux chargeurs supplémentaires.

Il était prêt.

Il suffisait que ce satané hélicoptère se pose.

Ashby était soulagé.

« Il était temps que vous me tiriez de ce mauvais pas. »

Thorvaldsen était couché par terre, avec du sang qui jaillissait de sa blessure. Ashby se moquait parfaitement de cet imbécile. Lyon était tout ce qui lui importait.

« Cent millions d'euros en or ? demanda Lyon.

— Le trésor de Rommel. Perdu depuis la guerre. Je l'ai retrouvé.

— Et vous croyez que ça va vous sauver la vie ?

– Pourquoi pas ? »

Un nouveau bruit perça le grondement de la tempête.

Flap ! Flap ! Flap !

De plus en plus fort.

Lyon l'avait remarqué aussi.

Un hélicoptère.

Sam s'approcha tout près de l'endroit où se trouvaient Ashby et Lyon, et vit le pistolet dans la main de Lyon. Puis il aperçut Thorvaldsen sur le sol, avec du sang jaillissant à gros bouillons.

Oh ! Seigneur !

Non.

« Où est cet or ? » demanda Lyon à Ashby.

Cela devrait lui procurer un sursis.

« Je ne vous ai jamais aimé, dit Lyon. Vous avez manigancé toute cette affaire depuis le début.

– Qu'est-ce que ça peut vous faire ? Vous avez été engagé. Je vous ai payé. Quelle importance, ce que j'avais l'intention de faire ?

– Si j'avais été un parfait idiot, je n'aurais jamais vécu aussi vieux, déclara Lyon. Vous avez négocié avec les Américains. Vous les avez mêlés à notre accord. Ils ne vous aimaient pas non plus, mais ils étaient prêts à tout pour me coincer. »

Le bruit des rotors s'accentuait, comme s'ils étaient juste au-dessus.

« Il faut partir, dit Ashby. Vous savez qui c'est ? »

Une lueur mauvaise éclaira les yeux ambre.

« Vous avez raison. Il faut que je parte. »

Lyon fit feu.

Thorvaldsen ouvrit les yeux.

Les taches noires s'effaçaient, mais le monde autour de lui paraissait noyé dans un brouillard. Il entendit des voix et vit Ashby tout près d'un autre homme armé d'un revolver.

Peter Lyon.

Il vit ce putain d'assassin tirer sur Ashby.

Qu'il aille au diable.

Il voulut bouger, trouver son revolver, mais pas un seul muscle de son corps ne lui obéissait. Du sang coulait de sa poitrine. Ses forces diminuaient. Il entendit le vent, la pluie et un bruit sourd résonner dans l'air.

Puis un autre *pop !*

Il se concentra. Ashby fit une grimace, comme s'il avait mal.

Deux autres *pop !*

Un filet rouge suintait de deux trous dans le front de l'homme qui avait massacré son fils.

Peter Lyon avait achevé ce que Thorvaldsen avait commencé.

Tandis qu'Ashby s'effondrait sur le sol, Thorvaldsen s'abandonna au calme étonnant qui l'envahissait.

Sam reprit son souffle et se leva. Ses jambes étaient engourdies. Avait-il peur ? Peur et bien plus que ça. Une frayeur mortelle avait envahi ses muscles, et la panique s'était insinuée dans son esprit.

Lyon avait tiré quatre fois sur Ashby.

Comme ça.

Boum, boum, boum, boum !

Ashby était certainement mort. Mais dans quel état était Thorvaldsen ? Sam avait cru voir le Danois bouger, juste avant qu'Ashby ne meure. Il fallait qu'il arrive jusqu'à son ami. Le sang inondait le sol de marbre à une vitesse alarmante.

Mais ses jambes refusaient de le porter.

Un hurlement résonna dans l'église.

Meagan surgit de la pénombre et empoigna Peter Lyon.

« Papa, papa ! »

Thorvaldsen entendit la voix de Cai, comme elle lui était parvenue il y a des années lors de leur dernière conversation téléphonique.

« Je suis là, papa.

– Où, mon fils ?

– Partout. Viens vers moi.

– J'ai échoué, mon fils.

– Ta vendetta n'est plus nécessaire, papa. Plus maintenant. Il est mort. Aussi sûrement que si tu l'avais tué toi-même.

– Tu m'as manqué, mon fils.

– Henrik. »

Une voix féminine. Une voix qu'il n'avait pas entendue depuis longtemps.

Lisette.

« *Ma chérie, dit-il. C'est toi ?*

– Je suis là aussi, Henrik. Nous t'attendions.

– Comment vous trouver ?

– Tu dois te laisser aller. »

Il réfléchit à ce qu'ils disaient. À ce que cela signifiait. Mais les implications de leur demande l'effrayaient. Il voulait savoir. « *Comment est-ce là-bas ?*

– Paisible, dit Lisette.

– C'est merveilleux, ajouta Cai. La solitude n'existe plus. »

Il avait du mal à se souvenir d'un temps où la solitude ne l'avait pas rongé. Mais il y avait Sam. Et Meagan. Ils étaient toujours dans l'église. Avec Lyon.

Un hurlement vint troubler sa paix.

Il s'efforça de voir ce qui se passait.

Meagan avait attaqué Lyon.

Ils se battaient sur le sol.

Mais il ne parvenait toujours pas à bouger. Ses bras restaient étendus de chaque côté de sa poitrine en sang. Ses jambes lui paraissaient inexistantes. Ses mains et ses doigts étaient gelés. Plus rien ne fonctionnait Une douleur brûlante se déclara en arrière de ses yeux.

« *Henrik.* »

C'était Lisette.

« *Tu ne peux rien faire.*

– Je dois les aider. »

Sam regardait Meagan et Lyon rouler sur le sol, en train de se battre.

« Espèce de fils de pute ! » hurla Meagan.

Il fallait qu'il se jette dans la mêlée. Qu'il lui vienne en aide. Qu'il fasse quelque chose. Mais la peur le paralysait. Il se sentait minable, furieux, lâche. Il avait peur. Puis il décida d'oublier ses pensées négatives et se força à avancer.

Lyon repoussa Meagan. Elle alla cogner contre le socle d'une tombe.

Sam scruta la pénombre et aperçut le pistolet de Thorvaldsen. À trois mètres de son ami toujours inerte.

D'un bond il se précipita sur l'arme et l'attrapa.

Malone détacha son harnais à l'instant où les roues de l'hélicoptère touchaient le pavé. Stéphanie en fit autant. Il chercha la poignée de la porte et tira violemment le panneau.

Beretta au poing, il sortit d'un bond de l'appareil.

La pluie froide lui piqua les joues.

Sam leva l'arme et son doigt plein de sang trouva la détente. Il était dissimulé dans l'ombre, au-delà de l'endroit où gisaient Henrik et Ashby. Il se retourna juste au moment où Lyon assénait un coup de poing dans le visage de Meagan. Sa tête heurta une nouvelle fois la base d'une tombe, et elle resta au sol, le corps de travers.

Lyon chercha son pistolet.

Le bruit des rotors avait cessé dehors, ce qui voulait dire que l'appareil s'était posé sur la place. Lyon devait l'avoir compris aussi, car il attrapa son arme, se leva et partit comme une flèche en direction des portes.

Sam surmonta la douleur de son épaule gauche, sortit de la pénombre et leva son pistolet.

« C'est fini. »

Lyon s'arrêta mais ne se retourna pas.

« La troisième voix.

– Ne bougez pas.»

Son pistolet était braqué sur la tête de Lyon.

«Je suppose que vous appuierez sur la gâchette si je fais le moindre geste ?» demanda Lyon.

Il était impressionné par la façon dont Lyon devinait la présence d'un pistolet.

«Vous avez trouvé l'arme du vieux.

– Votre tête fait une cible idéale.

– Vous avez une voix jeune. Vous êtes un agent américain ?

– Fermez-la, intima-t-il.

– Voulez-vous que je jette mon arme ?»

L'homme tenait toujours le pistolet, canon vers le sol.

«Laissez-le tomber.»

Lyon le lâcha et le pistolet tomba bruyamment.

«C'est mieux ?» demanda Lyon, en lui tournant toujours le dos.

Effectivement, ça l'était.

«Vous n'avez jamais tiré sur un homme, c'est ça ? demanda Lyon.

– Fermez-la, bon Dieu ! dit Sam.

– C'est bien ce que je pensais. Voyons si j'ai raison. Je vais m'éloigner. Vous ne tirerez pas sur un homme désarmé qui vous tourne le dos.»

La plaisanterie avait assez duré.

«Tournez-vous.»

Lyon n'obéit pas et avança d'un pas.

Sam tira par terre juste devant lui.

«La prochaine balle sera pour votre tête.

– Je n'en crois rien. Je vous ai vu avant de tuer Ashby. Vous regardiez. Vous restiez là sans rien faire.»

Lyon risqua un nouveau pas en avant.

Sam tira de nouveau.

Malone entendit deux coups de feu à l'intérieur de l'église. Stéphanie et lui se précipitèrent pour trouver une ouverture dans la clôture en contreplaqué qui entourait l'église. Il devait bien y avoir une porte par laquelle tout le monde était entré.

Les trois sur le devant étaient condamnées.

La pluie était décidément glaciale.

La deuxième balle ricocha sur le sol.

« Je vous ai dit de vous arrêter ! » hurla Sam.

Lyon avait raison. Il n'avait jamais tiré sur un homme. Il avait reçu un entraînement pour le maniement des armes, mais aucune préparation mentale à quelque chose d'aussi horrible. Il s'efforça de discipliner ses pensées.

Et se prépara.

Lyon avança encore.

Sam fit deux pas en avant et visa.

« Je vous le jure, je vais tirer. »

Il parlait d'une voix calme, mais son cœur battait la chamade.

Lyon ne s'arrêta pas.

« Vous êtes incapable de me tuer.

– Vous ne me connaissez pas.

– Peut-être pas. Mais je connais la peur.

– Qui vous dit que j'ai peur ?

– Je l'entends. »

Meagan remua en poussant un grognement de douleur.

« Certains d'entre nous peuvent supprimer une vie sans y réfléchir, et d'autres, comme vous, ne peuvent pas s'y résoudre, à moins d'être provoqués. Et je ne vous provoque pas.

– Vous avez tué Henrik. »

Lyon s'arrêta.

« Ah ! bon. C'est son nom ? Henrik. Effectivement, je l'ai tué. C'était un ami à vous ?

– Ne bougez pas. »

Il détesta l'espèce de supplication qu'il mit dans ses paroles.

Lyon n'était plus qu'à trois mètres des portes.

Son adversaire fit encore un pas en avant, ses mouvements aussi parfaitement contrôlés que sa voix.

« Ne vous inquiétez pas, dit Lyon. Je ne dirai à personne que vous n'avez pas tiré. »

Un mètre cinquante le séparait du seuil de la porte.

« Papa, viens nous rejoindre ! » cria Cai à travers un rayonnement bleu qui vibrait.

D'étranges et merveilleuses pensées s'insinuèrent en lui. Mais Thorvaldsen ne pouvait pas être en train de parler à sa femme et à son fils. La conversation devait être le fruit des délires de son esprit traumatisé.

« Sam a besoin de moi ! s'exclama-t-il.

— *Tu ne peux pas l'aider, mon chéri », affirma Lisette.*

Un rideau blanc descendit en silence. Ses dernières forces s'évanouissaient.

Il lutta de toutes ses forces pour respirer.

« L'heure est venue, papa. L'heure de nous retrouver tous les trois. »

Sam n'arrivait pas à se décider, sa conscience était mise au défi.

C'était malin de la part de Lyon. Le pousser à réagir, tout en sachant que cela pouvait parfaitement l'empêcher d'agir. Lyon était un fin psychologue. Mais cela ne lui donnait pas forcément raison. Et d'ailleurs Sam avait ruiné sa carrière en contestant l'autorité.

Lyon continuait à s'approcher de la porte.

Trois pas.

Deux.

Va te faire foutre, Lyon.

Il appuya sur la gâchette.

Malone vit quelqu'un surgir par une porte à double battant et tomber sur les pavés mouillés en éclaboussant tout autour de lui

Stéphanie et lui se précipitèrent en haut des marches glissantes. Elle retourna le corps. C'était l'homme du bateau, celui qui avait enlevé Ashby. Peter Lyon.

Avec un trou dans la tête.

Malone leva les yeux.

Sam apparut sur le seuil de la porte, tenant un pistolet. Son épaule saignait.

« Ça va ? » demanda Malone.

Le jeune homme inclina la tête, mais son air désespéré enleva à Malone toutes ses illusions.

Sam recula. Stéphanie et lui se précipitèrent à l'intérieur. Meagan se remettait debout péniblement, et Stéphanie vint à son aide. Malone vit un corps – Ashby – puis un autre.

Thorvaldsen.

« Il nous faut une ambulance ! s'écria-t-il.

– Il est mort », murmura Sam.

Un frisson parcourut les épaules de Malone et remonta dans sa nuque. Il se força à faire quelques pas. Ses yeux lui disaient que Sam avait raison.

Il s'approcha et s'agenouilla près de son ami.

Le sang avait coagulé sur sa peau et ses vêtements. Son pouls ne battait plus.

Il secoua la tête, accablé de chagrin.

« Il faut au moins essayer de l'emmener à l'hôpital, dit-il à nouveau.

– Ça ne servira à rien », dit Sam.

Il fallait bien se rendre à l'évidence, même si cette constatation lui faisait mal. Malone savait qu'il avait raison. Mais il se refusait toujours à l'accepter. Stéphanie s'approchait en soutenant Meagan.

Thorvaldsen avait les yeux fixes.

« J'ai essayé de l'aider, dit Meagan. Ce vieux fou... il était résolu à tuer Ashby. J'ai essayé... d'arriver jusqu'ici... »

Les sanglots l'étouffaient. Des larmes inondèrent ses joues.

Thorvaldsen s'était immiscé dans la vie de Malone à une époque où il avait vraiment besoin d'un ami ; il avait surgi à

Atlanta deux ans auparavant et lui avait proposé un nouveau départ au Danemark, ce qu'il avait accepté d'emblée. Il ne l'avait jamais regretté. Ils avaient passé ensemble les vingt-quatre derniers mois, mais les dernières vingt-quatre heures avaient été bien différentes.

Nous ne nous reparlerons plus jamais.

C'étaient les derniers mots qu'ils avaient échangés.

Il porta sa main droite à sa gorge.

Le désespoir l'envahit.

«Tu avais raison, mon vieil ami, chuchota-t-il. Nous ne nous reparlerons plus jamais.»

77

Malone pénétra dans la basilique de Saint-Denis. L'église était restée fermée depuis Noël, aussi bien au public qu'aux ouvriers du chantier

Trois hommes étaient morts dans cet endroit.

Deux dont il n'aurait pas donné cher.

La troisième mort avait été incroyablement douloureuse.

Son père était décédé il y a trente-huit ans. Il avait dix ans à l'époque, et cette perte avait été davantage synonyme de solitude que de douleur. Ce n'était pas la même chose pour Thorvaldsen. Le chagrin lui serrait le cœur, et il éprouvait en permanence un sentiment de profond regret.

Ils avaient enterré Henrik à côté de sa femme et de son fils au cours d'une cérémonie intime à Christiangade. Une note manuscrite attachée à son dernier testament avait spécifié qu'il ne voulait pas de funérailles publiques. Pourtant, la nouvelle de sa mort avait fait le tour du monde et les témoignages de sympathie avaient afflué. Des milliers de cartes et de lettres étaient arrivées de la part des employés de ses différentes sociétés, témoignage éclatant des sentiments qu'ils portaient à leur employeur. Cassiopée Vitt était venue. Meagan Morrison, également, avec encore un bleu sur le visage. Tandis qu'elle, Malone, Cassiopée, Stéphanie, Sam et Jesper comblaient la tombe, chacun jetant une pelle de terre sur un cercueil en pin tout simple, on n'avait pas entendu le moindre mot.

Au cours des derniers jours, Malone s'était réfugié dans sa solitude et dans le souvenir des deux dernières années. Des sentiments avaient surgi en lui et étaient venus le tourmenter, à la limite du rêve et de la réalité. Le visage de Thorvaldsen restait gravé dans sa mémoire. Il se souviendrait à jamais de ses traits – les yeux sombres sous d'épais sourcils, le nez droit, les narines dilatées, la mâchoire bien dessinée, le menton décidé. Oubliée la colonne vertébrale de travers. Elle n'avait aucune importance. Cet homme s'était toujours tenu droit.

Malone regarda autour de lui la nef voûtée. Des différentes formes, silhouettes et décorations se dégageait une extraordinaire impression de sérénité, tandis que l'église tout entière était illuminée par les flots de lumière qui passaient par les vitraux. Il admira les différentes statues de saints, vêtus de robes d'un saphir profond, éclairées de turquoise, la tête et les mains sortant d'ombres subtiles couleur sépia, allant du vert olive au rose, et finalement au blanc. Il était difficile ici de ne pas penser à Dieu, à la beauté de la nature et aux vies abrégées.

Comme celle d'Henrik.

Mais il s'obligea à se concentrer sur sa tâche.

Il trouva le papier dans sa poche et le déplia.

CXXXV	II	CXLII	LII	LXIII	XVII
II	VIII	IV	VIII	IX	II

Le professeur Murad lui avait indiqué exactement ce qu'il fallait chercher : les indices que Napoléon avait imaginés et laissés à l'intention de son fils. Il commença par le psaume CXXXV, verset 2. « Vous qui vous tenez dans la maison de l'Éternel, dans les parvis de la maison de notre Dieu. »

Puis le psaume II, verset 8. «Je te donnerai les nations en héritage.» Typique de la magnificence de Napoléon.

Ensuite venait le psaume CXLII, verset 4. «Regardez à ma droite et voyez.»

Le point de départ exact, celui à partir duquel il fallait regarder à droite, avait été difficile à déterminer. Saint-Denis était immense, de la longueur d'un terrain de football et presque moitié large. Mais le verset suivant avait résolu l'énigme. Psaume LII, verset 8. «Mais moi je suis comme un olivier verdoyant dans la maison de Dieu.»

Le bref cours de Murad à propos des psaumes avait plus d'une fois replongé Malone dans les événements de la semaine précédente. Psaume CXLIV, verset 4 : «L'homme est semblable à un souffle, ses jours sont comme l'ombre qui passe.» Il espérait qu'Henrik avait trouvé la paix.

«Mais moi je suis comme un olivier verdoyant dans la maison de Dieu.»

Il regarda à droite et vit un monument. Dans la plus pure tradition gothique, des éléments d'un temple de style antique en jaillissaient, et la plateforme supérieure était ornée d'orants. Deux effigies de pierre, dont les personnages étaient représentés dans leurs derniers instants, y étaient allongées. Sa base était décorée de bas-reliefs dans le goût italien.

Il s'approcha, ses chaussures à semelle de crêpe étant à la fois sûres et silencieuses. Juste à la droite du monument, il remarqua dans le sol une dalle de marbre avec un olivier solitaire sculpté dans le cartouche. Une pancarte expliquait que la tombe datait du XVe siècle. Murad lui avait dit que son occupant était probablement Guillaume du Chastel. Charles VII avait tellement aimé son serviteur qu'il lui avait accordé l'honneur d'être enterré à Saint-Denis.

Ensuite venait le psaume LXIII, verset 9. «Mais ceux-là se perdent qui cherchent ma vie. Ils s'en iront dans les profondeurs de la terre. Ils seront livrés au tranchant de l'épée. Ils seront la proie des chacals.»

Il avait déjà obtenu l'autorisation du gouvernement français de faire tout ce qui était nécessaire pour résoudre l'énigme. Même si cela impliquait de démolir quelque chose à l'intérieur de l'église. De toute façon, la majeure partie datait du XIXᵉ siècle avec des réparations faites au XXᵉ et des reproductions. Les quelques outils et le peu d'équipement qu'il avait demandé qu'on lui laisse à l'intérieur en cas de besoin se trouvaient près du mur ouest.

Il traversa la nef et prit une masse.

Quand le professeur Murad lui avait communiqué les indices, l'éventualité de trouver sous l'église ce à quoi ils correspondaient était devenue bien réelle. Après avoir lu les versets, il en était même certain.

Il retourna jusqu'à l'olivier sculpté dans le sol.

Le dernier indice. Le dernier message de Napoléon à son fils. Psaume XVII, verset 2. «Qu'en présence de ta face, mon droit devienne manifeste. Que tes yeux contemplent mon intégrité.»

Il asséna un coup de masse.

Le marbre ne se brisa pas, mais le son creux qu'il obtint lui confirma qu'il n'y avait pas de soubassement de pierre en dessous. Trois coups encore et la pierre se fendit. Deux autres, et le marbre se disloqua, découvrant un rectangle noir qui s'ouvrait sous l'église.

Un courant d'air glacial en jaillit.

Murad lui avait raconté comment Napoléon, en 1806, avait mis un terme à la désacralisation de la basilique de Saint-Denis et l'avait proclamée de nouveau sépulture impériale. Il avait également restauré l'abbaye adjacente, installé dans les lieux un ordre religieux pour surveiller la restauration de la basilique et engagé des architectes pour réparer les dégâts. Il aurait été facile pour lui de modeler le site selon ses desiderata personnels. Le fait que ce trou dans le sol soit resté secret était fascinant, mais peut-être la confusion régnant dans la France postnapoléonienne en était-elle la meilleure explication, rien ni personne n'étant plus stable une fois l'Empereur exilé à Sainte-Hélène.

Il posa la masse de côté et prit une corde et une torche. Il dirigea le faisceau de lumière dans le trou et remarqua que c'était plutôt une sorte de puits, d'environ un mètre sur un mètre vingt, et faisant près de six mètres de profondeur. Des vestiges d'une échelle en bois jonchaient le sol de pierre. D'après la topographie de la basilique, il savait qu'une crypte s'étendait jadis sous l'église – dont certaines parties étaient encore accessibles au public – mais qu'elle ne s'était jamais prolongée si loin en direction de la façade ouest. Sinon il y a très longtemps, et c'était cette particularité que Napoléon avait découverte.

En tout cas, c'était l'avis de Murad.

Il attacha la corde à la base d'une colonne et vérifia sa solidité. Il jeta le reste de la corde dans la descente, puis la masse dont il pourrait avoir besoin. Il fixa la lampe à sa ceinture. Grâce à ses semelles de crêpe et à la corde, il descendit facilement dans le trou, dans les entrailles de la terre.

En bas, sa lampe éclaira une pierre rocheuse de la teinte d'un bois flotté. L'endroit était glacial et plein de poussière, et le faisceau de lumière se perdait dans les ténèbres. Il savait que Paris était truffé de tunnels. Des kilomètres et des kilomètres de passages souterrains creusés dans le calcaire qu'on avait extrait, bloc par bloc, pour construire la ville.

Il avança à tâtons en suivant les contours de la pierre, les crevasses, les éperons rocheux, et continua dans le passage tortueux pendant environ sept cents mètres. Une odeur de pêches chaudes écœurante lui rappela son enfance en Géorgie. Du gravier crissait sous ses pas. Un froid glacial enveloppait cet endroit désert où régnait un silence angoissant.

Il devait se trouver en dehors de l'enceinte de la basilique, à l'est du bâtiment lui-même, peut-être sous l'espace planté d'arbres et de gazon qui s'étendait après l'abbaye voisine, en direction de la Seine.

Il remarqua devant lui une niche peu profonde creusée dans le mur de droite. Des décombres bloquaient le passage à l'endroit où quelqu'un avait creusé un chemin à travers le calcaire.

Il s'arrêta et examina l'endroit avec sa torche. Sur la surface irrégulière d'un bloc, il reconnut un symbole gravé qui figurait dans les notes laissées par Napoléon dans le livre sur les Mérovingiens, faisant partie des quatorze lignes illisibles.

Quelqu'un avait placé la pierre au sommet du tas comme un repère, un repère qui avait attendu patiemment sous terre plus de deux cents ans. Dans la niche, il remarqua une porte en métal entrouverte. Un câble électrique sortait de la porte, tournait à quatre-vingt-dix degrés, puis disparaissait dans le tunnel devant.

Il était content de savoir qu'il avait eu raison.

Les indices de Napoléon indiquaient le chemin vers le bas. Puis le symbole gravé montrait exactement où les choses se trouvaient.

Il braqua sa lampe à l'intérieur, trouva un compteur électrique et actionna le commutateur.

Des lampes à incandescence jaunes réparties sur le sol éclairaient une salle d'environ quinze mètres sur douze, avec un plafond de quatre mètres. Il compta au moins trois douzaines de coffres en bois dont plusieurs étaient ouverts.

À l'intérieur, il aperçut un assortiment bien rangé de lingots d'or et d'argent. Chacun était marqué d'un N surmonté par une couronne impériale, la marque officielle de l'Empereur. Un autre contenait des pièces d'or. Deux autres de la vaisselle d'argent. Trois étaient remplis à ras bord de ce qui ressemblait à des pierres précieuses. Apparemment, l'Empereur avait choisi son butin avec beaucoup de soin, préférant les métaux précieux et les joyaux.

Il regarda tout autour de la pièce et s'attarda une nouvelle fois dans la contemplation du trésor longtemps oublié d'un empire anéanti.

C'était la fortune cachée de Napoléon.

« Vous devez être Cotton Malone », dit une voix féminine.

Il se retourna.

« Et vous devez être Eliza Larocque. »

La femme sur le seuil de la porte était grande et d'allure majestueuse. Mais il y avait en elle quelque chose de dur qu'elle ne cherchait nullement à dissimuler. Elle portait un élégant manteau de laine qui lui arrivait aux genoux. À côté d'elle, se tenait un homme mince, noueux, d'allure spartiate. Ni l'un ni l'autre n'exprimait le moindre sentiment.

« Et voici votre ami Paolo Ambrosi, déclara Malone. Un personnage intéressant. Un prêtre ordonné dans les règles qui a servi brièvement de secrétaire à Pierre II, avant de disparaître après que le règne de ce pape se fut brutalement arrêté. De nombreuses rumeurs couraient sur sa... » Malone marqua un temps d'arrêt. « ... moralité. Le voici donc à présent. »

Larocque paraissait impressionnée.

« Vous ne semblez pas surpris de nous trouver ici.

– Je m'y attendais.

– Vraiment ? On m'avait dit que vous étiez un agent hors pair.

– J'ai eu mon heure de gloire.

– Et oui, Paolo se charge de certaines tâches que je lui confie de temps en temps, dit Larocque. Après tous les événements de la semaine dernière, j'ai préféré qu'il m'accompagne.

– Henrik Thorvaldsen est mort à cause de vous, déclara Malone.

– Comment est-ce possible ? Je ne connaissais pas cet homme avant qu'il se soit mêlé à mes affaires. Il m'a quittée à la tour Eiffel et je ne l'ai plus revu depuis. » Elle marqua un temps d'arrêt. « Vous n'avez pas répondu. Comment saviez-vous que je serais ici aujourd'hui ?

– Il y a des gens plus intelligents que vous dans ce monde. »

Il vit qu'elle n'appréciait pas l'insulte.

« Je vous ai surveillée, dit-il. Vous avez trouvé Caroline Dodd plus vite que je ne le pensais. Combien de temps avez-vous mis pour dénicher cet endroit ?

— Miss Dodd s'est montrée tout à fait coopérative. Elle a expliqué les indices, mais j'ai préféré trouver une autre voie sous la basilique. J'ai supposé qu'il devait y avoir différentes voies d'accès, et j'avais raison. Nous avons trouvé le bon tunnel il y a quelques jours, ouvert la chambre forte, et nous nous sommes branchés sur une ligne électrique non loin d'ici.

— Et Dodd ? »

Larocque secoua la tête.

« Elle me rappelait beaucoup trop la trahison de Lord Ashby, aussi Paolo s'en est chargé. »

Un pistolet apparut dans la main droite d'Ambrosi.

« Vous n'avez toujours pas répondu à ma question, dit Larocque.

— Quand vous avez quitté votre domicile un peu plus tôt, j'ai supposé que vous veniez ici. Le moment était arrivé de toucher votre récompense, non ? Vous étiez parvenue à engager des gens pour transporter cette fortune hors d'ici.

— Ce qui a été difficile, dit-elle. Heureusement, il se trouve des gens dans ce monde prêts à tout pour de l'argent. Nous allons devoir répartir tout cela dans des coffres plus petits, scellés, puis les transporter à la main hors d'ici.

— Vous n'avez pas peur qu'ils parlent ?

— Les coffres seront scellés avant qu'ils n'arrivent. »

Il salua son sens de l'organisation d'un petit signe de tête.

« Comment êtes-vous descendu jusqu'ici ? » demanda-t-elle.

Il pointa le doigt vers le haut.

« Par la porte principale.

— Vous travaillez toujours pour les Américains ? voulut-elle savoir. Thorvaldsen m'a beaucoup parlé de vous.

— Je travaille pour moi. »

Il désigna les alentours.

« Je suis venu pour ça.

– Vous ne me donnez pas l'impression d'être un chasseur de trésor. »

Il s'assit sur un coffre. Il était fatigué de ne pas avoir dormi. Il se sentait découragé.

« Ce en quoi vous vous trompez. J'adore les trésors. Qui ne les aimerait pas ? Et j'aime particulièrement faire croire le contraire à des salopes dans votre genre. »

Elle se moqua de son ton vaguement théâtral.

« C'est plutôt vous qui vous trompez. »

Il secoua la tête.

« La partie est terminée pour vous. Plus de Club de Paris. Plus de manipulations financières. Plus de trésor.

– Cela ne me semble pas être le cas. »

Il ne tint pas compte de sa remarque.

« Malheureusement, il ne reste plus de témoins vivants, et pratiquement pas d'autres preuves pour vous envoyer au tribunal. Considérez donc cette conversation comme votre seul et unique moyen d'échapper à la prison. »

Larocque sourit, semblant trouver son discours ridicule.

« Je vous trouve plutôt cérémonieux pour quelqu'un qui va mourir. »

Il haussa les épaules.

« Je suis plutôt du genre insouciant.

– Croyez-vous au destin, monsieur Malone ? » demanda-t-elle.

Il haussa une nouvelle fois les épaules.

« Pas vraiment.

– Moi oui. En fait, je dirige ma vie conformément au destin. Ma famille en a fait autant pendant des siècles. Quand j'ai su qu'Ashby était mort, j'ai consulté un oracle en ma possession, et lui ai posé une seule question. "Mon nom sera-t-il immortalisé et la postérité lui rendra-t-elle hommage ?" Aimeriez-vous connaître la réponse que j'ai obtenue ? »

Il voulut lui faire plaisir.

« Évidemment.

– "Un compagnon de bonne humeur sera un trésor, que tes yeux se réjouiront de regarder." »

Elle s'arrêta.

« Le lendemain, j'ai trouvé ça. »

Elle désigna d'un geste la caverne illuminée.

Il en avait assez à présent.

Il leva le bras droit, pointa son index vers le sol et fit volte-face, indiquant à Larocque qu'elle devrait se retourner. Elle comprit son message et jeta un regard par-dessus son épaule droite. Stéphanie Nelle et Sam Collins se tenaient derrière elle.

Tous les deux étaient armés.

« J'ai oublié de vous préciser que je n'étais pas venu seul, ironisa Malone. Ils ont attendu jusqu'à ce que vous arriviez pour descendre. »

Larocque se tourna vers lui. La colère dans ses yeux lui confirma ce qu'il savait déjà. Aussi, il dit tout haut ce qu'elle pensait certainement tout bas.

« Regardez bien ce qui vous entoure, madame, parce que vous n'aurez rien d'autre. »

Sam débarrassa Ambrosi de son pistolet sans qu'il offre la moindre résistance.

« J'en resterais là si j'étais vous, lança Malone à l'adresse d'Ambrosi. Sam ici présent a été égratigné par une balle. Ça fait un mal de chien, mais il est sain et sauf. C'est lui qui a tué Peter Lyon. C'était la première fois qu'il tuait un homme. Je lui ai dit que le second serait beaucoup plus facile. »

Ambrosi resta silencieux.

« Il a également vu Henrik Thorvaldsen mourir. Il est encore d'humeur chagrine. Moi aussi, ainsi que Stéphanie. Nous ferions mieux de vous tuer tous les deux. Par chance, nous ne sommes pas des assassins. Dommage qu'aucun de vous deux ne puisse en dire autant.

– Je n'ai tué personne, se défendit Larocque.

– Non, vous avez seulement incité d'autres personnes à le faire et profité de leurs actes. »

Il se leva.

« À présent, foutez-moi le camp. »

Larocque ne bougea pas.

« Que va-t-il arriver à tout ça ? »

Il s'éclaircit la gorge pour dissiper son émotion.

« Ce n'est ni à vous ni à moi d'en décider.

– Vous devez comprendre que cela revient de droit à ma famille. Mon ancêtre a joué un rôle dans la chute de Napoléon. Il a cherché ce trésor jusqu'au dernier jour de sa vie.

– Je vous ai dit de partir. »

Il se disait que Thorvaldsen aurait traité ainsi la chose, et cette pensée lui procurait un certain réconfort.

Larocque parut accepter son verdict, sachant surtout qu'elle n'avait pratiquement aucune marge de manœuvre. Elle fit un geste à Ambrosi pour qu'il la précède. Stéphanie et Sam s'écartèrent et les laissèrent passer.

Sur le seuil, Larocque hésita, puis se retourna vers Malone.

« Peut-être nos chemins se croiseront-ils un jour.

– J'en rêve.

– D'autant plus que cette rencontre sera très différente de celle d'aujourd'hui. »

Et elle s'éloigna.

« C'est une femme à problèmes, dit Stéphanie.

– Je suppose que tu as des gens à l'extérieur ? »

Stéphanie acquiesça.

« La police française va les escorter hors du tunnel et mettra ensuite les scellés. »

Il comprit que c'était terminé. Enfin. Ces trois dernières semaines avaient été les pires de sa vie.

Il avait besoin de faire une pause. Il regarda Sam. « J'ai appris que tu avais une nouvelle carrière devant toi », déclara-t-il.

Le jeune homme inclina la tête.

« J'ai été officiellement engagé comme agent dans l'unité Magellan. C'est à toi que je le dois.

– Tu ne le dois qu'à toi. Henrik serait fier.

– Je l'espère. »

Sam fit un geste en direction des coffres.

« Que va-t-il arriver à ce trésor ?

– Il revient aux Français, répondit Stéphanie. Il n'y a aucun moyen de savoir d'où il provient. Il se trouve ici, dans leur sol, donc il leur appartient. De toute façon, ils le considèrent comme une contrepartie pour tous les dommages que Cotton a causés. »

Malone n'écoutait pas vraiment. Il ne quittait pas des yeux la porte. Eliza Larocque avait proféré sa dernière menace avec une politesse exagérée. Une déclaration d'une voix calme disant que si leurs chemins se croisaient à nouveau, les choses seraient différentes. Il avait déjà été menacé auparavant. Qui plus est, Larocque était largement responsable à la fois de la mort d'Henrik, et de la culpabilité qui risquait de le tourmenter à jamais. Il lui devait quelque chose, et il payait toujours ses dettes.

« Tu penses toujours à Lyon ? » demanda-t-il à Sam.

Le jeune homme inclina la tête.

« Je vois toujours sa tête en train d'exploser, mais je peux vivre avec.

– Ne prends jamais ça à la légère. Tuer est quelque chose de sérieux, même quand c'est mérité.

– Tu parles comme quelqu'un que j'ai connu.

– C'est un type bien, lui aussi ?

– Plus encore que je ne le croyais jusqu'à ces derniers temps.

– Sam, tu avais raison à propos du Club de Paris et de tous ces comploteurs, dit Malone. En tout cas, il y en avait quelques-uns de réels.

– Autant que je me souvienne, tu me prenais pour un imbécile. »

Malone gloussa. « La moitié des gens que je rencontre pense que je le suis aussi.

– Meagan Morrison s'est débrouillée pour que je sache qu'elle avait raison, intervint Stéphanie. C'est quelqu'un.

– Tu vas la revoir ? demanda Malone à Sam.

– Qui a dit que je m'intéressais à elle ?

– Je l'ai entendu à sa voix, quand elle a laissé le message sur mon téléphone. Elle est retournée là-bas pour toi. Et j'ai vu comment tu la regardais après l'enterrement d'Henrik. Elle t'intéresse visiblement.

– Je ne sais pas si je devrais. Tu as un conseil à me donner en la matière ? »

Il leva les mains en signe de reddition.

« Les femmes ne sont pas mon fort.

– Tu peux répéter, ajouta Stéphanie. Tu éjectes tes ex des avions. »

Il sourit.

« Nous devons partir, dit Stéphanie. Les Français veulent prendre le contrôle de tout ça. »

Ils se dirigèrent vers la sortie.

« Quelque chose me trouble, dit Malone à Sam. Stéphanie m'a appris que tu avais été élevé en Nouvelle-Zélande, mais tu ne parles pas comme un Kiwi. Pourquoi ça ? »

Sam sourit.

« C'est une longue histoire. »

Exactement ce qu'il avait répondu la veille quand Sam l'avait questionné à propos de son prénom, Cotton. Les mêmes mots qu'il avait répondus à Henrik chaque fois que son ami lui avait posé la question, promettant toujours de le lui expliquer plus tard.

Malheureusement il n'y aurait plus de plus tard.

Il aimait bien Sam Collins. Il ressemblait beaucoup à ce qu'il était quinze ans plus tôt, à peu près à l'époque où il avait commencé à travailler pour l'unité Magellan. À présent, Sam était un agent en titre, prêt à affronter les innombrables risques inhérents à ce boulot dangereux.

N'importe quel jour pouvait être son dernier jour.

« Écoute, dit Sam. Je te le dis si tu me le dis

– D'accord. »

Note de l'auteur

Ce roman m'a d'abord conduit en France, puis à Londres. Pendant plusieurs jours, Elizabeth et moi avons arpenté Paris, pour repérer tous les lieux mentionnés dans ce roman. Je n'ai pas particulièrement apprécié de me retrouver sous terre, et elle n'a pas aimé la hauteur de la tour Eiffel. Passant outre nos différentes névroses, nous sommes parvenus à découvrir ce que nous étions allés chercher là-bas. Comme pour mes sept précédents romans, cette intrigue consistait à concocter, combiner, corriger, condenser un nombre d'éléments *a priori* sans rapport les uns avec les autres.

Il est temps à présent de fixer la limite entre les faits et la fiction.

Le général Napoléon Bonaparte a bien conquis l'Égypte en 1799 et gouverné ce pays en attendant le moment opportun pour revenir en France, et prendre les pleins pouvoirs. Il a sans aucun doute vu les pyramides, mais rien ne prouve qu'il se soit jamais aventuré à l'intérieur. Une légende veut qu'il ait pénétré dans la Grande Pyramide à Gizeh et en soit sorti bouleversé, mais aucun historien digne de ce nom n'a jamais confirmé cette anecdote. Toutefois, cette idée me paraissant intrigante, je n'ai pu résister à l'inclure dans ma propre version de l'histoire dans le prologue. Quant à ce qui s'est produit à l'intérieur avec un mystérieux sorcier (chapitre 37), c'est entièrement de ma composition. En revanche, les savants de Napoléon ont bien existé et, ensemble, ils ont exhumé une ancienne civilisation ignorée jusqu'alors, jetant les bases de l'égyptologie.

La Corse semble un endroit fascinant, et je regrette de n'avoir pu m'y rendre. Bastia (chapitres 2 et 14) est décrite d'après des photographies. Le cap Corse, ses anciennes tours de guet et ses couvents sont également fidèlement décrits. L'or de Rommel est un véritable trésor disparu pendant la Seconde Guerre mondiale, et il a un rapport à la Corse, comme il est décrit dans le chapitre 6. Mon seul ajout concerne le cinquième participant et les indices laissés à l'intérieur d'un livre du XIXᵉ siècle traitant de Napoléon. Le véritable trésor n'a jamais été retrouvé à ce jour.

Le nœud du Maure décrit aux chapitres 6, 12 et 39 est de mon invention, bien que la technique de codage provienne du *Calice de Madeleine*, par Graham Phillips, un livre sur le Saint-Graal. Ce même livre m'a également donné l'idée des Psaumes et de l'utilisation de ses nombreux versets comme indices (chapitre 77). Les extraits en question sont intégralement cités et leur possibilité d'application s'est avérée particulièrement troublante.

Il existe un Club de Paris, comme il est décrit dans le chapitre 4. C'est une organisation dont les intentions sont louables, financée par quelques-uns des pays les plus riches du monde, dans le but d'aider des nations émergentes à restructurer leur dette. Le Club de Paris d'Eliza Larocque n'a aucun rapport avec celui-ci. De la même façon, les connexions historiques de son club avec Napoléon sont purement fictionnelles.

L'incident en Égypte, au cours duquel Napoléon assiste au meurtre d'une mère et de son enfant (chapitre 4), s'est bien produit, mais Napoléon n'a trouvé aucun papyrus ce jour-là. Ces documents sont pure invention de ma part.

Tout ce qui est raconté à propos des Rothschild (chapitres 5 et 24) est attesté par des archives historiques. Ils ont effectivement financé des royautés, des gouvernements et des guerres, engrangeant d'énormes profits de toutes parts.

Louis-Étienne Saint-Denis (chapitre 16) a fidèlement servi Napoléon. Il accompagna son maître en exil à la fois sur l'île d'Elbe et à Sainte-Hélène, et recopia tous les écrits de Napoléon (chapitre 40). Napoléon légua à Saint-Denis quatre cents livres de sa bibliothèque personnelle (chapitres 16, 17 et 25) et le chargea de conserver ces livres jusqu'à ce que son fils ait seize ans. L'ajout d'un volume particulier sur les Mérovingiens – supposé figurer dans le testament – est une invention de ma part, comme la façon dont Saint-Denis se débarrassa finalement de cette collection (chapitre 16).

Paris est décrit avec exactitude de bout en bout (à partir du chapitre 18), comme l'est Shakespeare & Company qui se trouve sur la rive gauche, en face de Notre-Dame. *La Créature de Jekyll Island : un nouveau regard sur la Réserve fédérale*, par G. Edward Griffin, m'a aidé à formuler les opinions de Sam Collins et de Meagan Morrison sur les montages financiers. Ce livre m'a aussi conduit au décret-loi 11110 (chapitre 24), voulu par le président Kennedy peu de temps avant son assassinat.

L'abbaye de Westminster à Londres avec son Coin des poètes (chapitre 19) est un endroit fascinant. Les circuits Jack l'Éventreur (chapitre 43) ont lieu tous les soirs dans l'est de Londres (j'en ai suivi un pour mon plus grand plaisir).

En France, la vallée de la Loire est magnifique. Le château d'Eliza Larocque est de ma création, bien que je me sois inspiré du célèbre château de Chenonceau, qui enjambe également le Cher. À Paris, le Quartier latin déborde de vie vingt-quatre heures sur vingt-quatre, et il est décrit précisément, comme l'est le musée de Cluny (apparu pour la première fois au chapitre 26) avec son vaste ensemble d'expositions médiévales (chapitre 28). Les Invalides et leur église du Dôme (chapitre 36) sont deux monuments importants de Paris. Le sarcophage de Napoléon (chapitre 36) est sans aucun doute grandiose. La partie du musée militaire des Invalides consacrée à Napoléon était en restauration quand j'y suis allé, si bien que j'ai inclus cela dans l'histoire (chapitre 38). Seul l'ajout du livre sur les Mérovingiens (chapitres 36 et 38) est de la fiction. L'hôtel Ritz, son bar Hemingway (chapitre 33), et le restaurant du Grand Véfour (chapitre 37) existent réellement. La fascination de Meagan Morrison pour le Paris souterrain (chapitre 44) reflète la mienne pour ces passages en sous-sol.

Pozzo di Borgo (chapitres 20, 23 et 35) a bien existé. Il fut d'abord un ami d'enfance de Napoléon avant de devenir son ennemi juré. La vie de di Borgo et la vendetta corse sont décrites avec exactitude. Il intervint pour convaincre le tsar Alexandre de ne pas conclure une paix séparée avec la France, ce qui précipita la chute de Napoléon. L'intérêt de di Borgo pour un éventuel trésor perdu et ses liens familiaux avec Eliza Larocque sont entièrement de mon invention.

L'abbé Buonavita (chapitres 25 et 26) était à Sainte-Hélène avec Napoléon, et il en partit peu de temps avant la mort de l'Empereur. Il fut autorisé à emporter plusieurs lettres personnelles destinées à l'épouse de Napoléon et à son enfant. L'ajout de messages secrets dans ces lettres est de mon invention. Le voyage à Sainte-Hélène du prince de Joinville en 1840 pour rapatrier la dépouille de l'Empereur s'est passé comme il est écrit (chapitre 17). Ceux qui étaient présents, et leurs commentaires, sont cités également avec fidélité.

La tour Eiffel joue un rôle central dans cette histoire. Comme Sam, Stéphanie et Meagan, j'ai gravi les plusieurs centaines de marches menant à la première et à la seconde plateforme (chapitre 39). Les différents endroits de la tour et sa topographie, y compris la salle Gustave-Eiffel (chapitres 39, 48 et 49), existent bien. Et l'effet surprenant du baiser sur l'espérance de vie humaine (chapitre 44) est réel, comme cela figure dans l'étude à laquelle Meagan Morrison se réfère.

Les quatorze lignes contenant des informations codées sous la forme de majuscules (chapitres 39 et 47) viennent de la légende associée à Rennes-le-Château que j'ai étudiée dans mon roman *L'Héritage des Templiers*[1]. Pendant que je me documentais sur cette histoire, je suis tombé sur deux parchemins légendaires. Étant donné que personne n'a jamais vu ces documents, et que leur message secret – « Au roi Dagobert II et à Sion appartient le trésor et il gît là mort » – pouvait s'appliquer à cette histoire, je me les suis approprié. La seule modification apportée fut la suppression du II. Dagobert Ier était un grand roi mérovingien, et son monument funéraire qui date du XIIIe siècle se trouve dans la basilique de Saint-Denis (chapitre 61). Napoléon était évidemment fasciné par les Mérovingiens (chapitre 33). Tous ces faits apparemment sans relation se croisant brusquement, un mariage semblait dans l'ordre des choses. J'espère que les puristes de Rennes-le-Château voudront bien me le pardonner.

La basilique de Saint-Denis fait partie des monuments historiques français. Compte tenu de son emplacement au nord de Paris, peu de touristes se risquent là-bas, ce qui est dommage. Ils ratent quelque chose d'encore plus enthousiasmant que Notre-Dame. Les chapitres 67 à 77 décrivent avec exactitude l'église, y compris les travaux qui avaient lieu lors de ma visite. Seul l'olivier et le tunnel en dessous (chapitre 77) ont été imaginés par moi.

La législation du Congrès citée aux chapitres 51 et 52, connue sous le nom de loi pour la modernisation des services financiers (Gramm-Leach-Bliley) et la loi de modernisation des services, votées respectivement en 1999 et 2000, est authentique, et la plupart des experts disent à présent que ces tentatives désastreuses de dérégulation ont largement contribué à l'effondrement économique de 2008. « 60 Minutes[2] » a consacré la totalité de l'une de ses émissions à leurs conséquences.

---

1. Steve Berry, *L'Héritage des Templiers*, paru au cherche midi éditeur.
2. « 60 Minutes » est un magazine d'information américain produit et diffusé par CBS.

La théorie selon laquelle Oussama Ben Laden aurait profité des attentats du 11-Septembre en vendant des actions a été avancée pendant des années par les tenants de la thèse de la conspiration. Il y a eu effectivement une enquête en Amérique, et l'article français cité dans le chapitre 52 a bien été publié, mais aucune vente à perte n'a jamais été prouvée.

L'idée que le chaos puisse générer du profit (chapitre 52) n'est pas neuve. Ce qui est décrit chapitre 24 à propos de la Yougoslavie s'est effectivement produit. Les préceptes politiques contenus dans les quatre papyrus (chapitres 27, 29 et 40) ont été adaptés de *The Report from Iron Mountain*. D'après ce document, un panel de quinze membres, appelé Groupe d'études spéciales, a été formé en 1963 pour étudier les problèmes qui risqueraient de se produire si les États-Unis adoptaient une politique de paix définitive. Ils se sont réunis dans un abri nucléaire souterrain appelé Montagne de fer et ont travaillé en secret pendant deux ans. Un membre du panel, un professeur anonyme d'un collège dans le Midwest, décida de livrer le rapport au public, et Dial Press l'a publié en 1967.

Bien sûr, seule la partie concernant Dial Press est véridique. Le livre fut publié et devint un best-seller. De l'avis général, le rapport tout entier fut considéré comme un canular. En fait, le livre Guinness des records désigna *Le Rapport de la Montagne de fer* comme le canular littéraire ayant remporté le plus de succès. Pourtant, les idées évoquées dans ce prétendu rapport sur la guerre, la paix et le maintien d'une stabilité politique sont pour le moins intrigantes. L'idée que la société permet dans une époque de menace ce qu'elle ne tolérerait jamais en temps de paix est particulièrement actuelle.

L'oracle auquel se réfère Eliza Larocque est bien réel. *Le Livre du destin*, autrefois en possession de Napoléon et utilisé par lui, est toujours édité. Toutes les questions et les réponses citées aux chapitres 8, 10, 29 et 67 sont tirées du véritable oracle. L'histoire douteuse de l'oracle (chapitre 8) est pleine de contradictions. Napoléon était éminemment superstitieux et sa croyance dans le destin joua un rôle dans ses décisions (chapitre 10), mais comment savoir s'il consultait quotidiennement un oracle ? L'idée est pourtant séduisante.

Il est vrai, comme Eliza Larocque l'a fait remarquer, que, Jésus-Christ mis à part, plus de livres ont été écrits sur Napoléon que sur n'importe quel personnage historique. Et pourtant, il demeure une énigme. D'un côté, c'était un dirigeant éminemment compétent, et, de l'autre (comme Eliza Larocque le regrette dans le chapitre 35), un homme sans foi ni loi, qui se mettait à dos constamment sa famille, ses amis et son pays. Sa haine des financiers et de la dette encourue est un fait historique (chapitre 16). Il croyait également au pillage. Dans ce domaine, c'était véritablement un Mérovingien moderne. Il prétendait évidemment que son butin couvrait simplement ses dommages de guerre, et peut-être avait-il raison. Qu'il ait vraiment amassé une partie de ce butin pour son propre compte – le trésor de Napoléon, qui joue un rôle central dans cette histoire – demeure sujet à débats.

Personne ne le sait. Et nous ne le saurons jamais.

Mais Napoléon continuera à être étudié et commenté. Chaque livre prétendant qu'il est un saint sera suivi d'un autre le décrivant comme un être diabolique.

C'est peut-être lui d'ailleurs qui l'aura le mieux formulé : « Malgré tous les efforts pour me contenir, me supprimer et me faire taire, il sera difficile de m'effacer complètement de la mémoire populaire. »

REMERCIEMENTS

À mon agent, Pam Ahearn – devant qui je m'incline une nouvelle fois en signe de reconnaissance. Nous avons fait un long chemin ensemble, non ?

À Mark Tavani, Beck Stvan et tous les formidables collaborateurs de Random House Promotions and Sales, encore merci pour un travail exceptionnel. Vous êtes tous, sans exception, les meilleurs.

Des remerciements tout particuliers à un très bon romancier et ami, James Rollins, qui m'a sauvé de la noyade en me sortant d'une piscine aux îles Fidji ; à Laurence Festal qui m'a été d'une aide inestimable pour la langue française ; et à ma femme Elizabeth et à Barry Ahearn, qui ont trouvé le titre de ce livre.

Enfin, ce livre est dédié à Gina Centrello, Libby McGuire, Kim Hovey, Cindy Murray, Christine Cabello, Carole Lowenstein et Rachel Kind.

Sept femmes merveilleuses.

Toutes professionnelles.

Pendant la rédaction de tous mes romans, elles ont su me diriger avec fermeté, et m'ont fait bénéficier de leur implacable sagesse et de leur ardente créativité.

Aucun écrivain ne peut espérer mieux.

C'est un honneur de faire partie de votre équipe.

Celui-ci est pour vous.

À PROPOS DE L'AUTEUR

S teve Berry est l'auteur de sept romans ayant tous figuré sur la liste des best-sellers du *New York Times*. Ses livres sont traduits en trente-sept langues et vendus dans cinquante pays. Il vit sur la côte de Géorgie et travaille actuellement à son prochain roman.

La Prophétie Charlemagne, *L'Énigme Alexandrie*, *L'Héritage des Templiers*, *Le Troisième Secret* et *Le Musée perdu* ont été publiés en France aux éditions du cherche midi.

À PARAÎTRE

Glenn Cooper, *Le Livre des âmes*

Après *Le Livre des morts*, la nouvelle aventure de Will Piper.
1947. De mystérieux manuscrits médiévaux sont retrouvés dans les ruines d'une abbaye de l'île de Wight. Winston Churchill demande au président Truman de les prendre en charge. Celui-ci fait construire dans le désert du Nevada une base top secrète destinée à les abriter et à les étudier. Son nom : Area 51.
2010. Un nouveau manuscrit fait surface à Londres, lors d'une vente aux enchères. Will Piper, ancien profileur du FBI, est engagé par d'anciens membres d'Area 51 pour en percer les secrets. Will y découvre, dissimulé dans la reliure, un poème, écrit en 1581 par un de ses anciens propriétaires, William Shakespeare. Plus qu'un poème, c'est une véritable carte cryptée, relative au mystère des manuscrits. La résolution des énigmes qu'elle renferme nous transporte autour de l'année 1530, à Paris, où deux hommes commencent à faire parler d'eux, Jean Calvin et Michel de Nostradamus.

Nous retrouvons ici toute l'intensité et le sens incroyable de l'intrigue qui ont fait le succès du *Livre des morts*. Jeu érudit autant que thriller palpitant, *Le livre des âmes*, traduit dans plus de vingt-cinq pays, a été salué par une critique unanime.

À propos du *Livre des morts* :
« En quatorze années de critique littéraire, je n'ai jamais lu un livre à la construction aussi éblouissante. » Antonio D'Orrico, *Corriere della Sera*
« Sans aucun doute le meilleur premier roman de l'année ! » *Bookseller*

Diplômé en archéologie d'Harvard, Glenn Cooper est chercheur en biotechnologies. Il vit dans le Massachusetts. Après Le Livre des morts, Le Livre des âmes *est son deuxième roman. Il a été vendu dans le monde à plusieurs millions d'exemplaires.*

Mis en pages par DV Arts Graphiques à La Rochelle.
Imprimé en France par CPI Bussière
à Saint-Amand-Montrond (Cher)
en décembre 2010.
N° d'édition : 1864. — N° d'impression : 103394/4.
Dépôt légal : janvier 2011.
ISBN 978-2-7491-1864-2